FOREST BOOKS

THE TALISMAN

GANGA PRASAD VIMAL was born in 1939 in a small Himalayan town in India. He was educated at various Indian universities and obtained his post-graduate degree in 1961. Later he was awarded a university fellowship to pursue research on the 'Studies of Symbols and Images in Modern Poetry'. He edited a weekly magazine called *Deshseva* and later joined a college of Delhi University as a member of the teaching faculty. Currently he is the Director of the Central Hindi Directorate at the Ministry of Human Resource Development for the government of India.

He has written four novels, seven collections of short stories and two volumes of poetry, besides publishing numerous books on criticism and translating a number of books from other languages.

He has participated in many national and international writers' conferences, an international translators' congress held in Moscow, and an Afro-Asian Congress of young writers in Frunze. He was elected a fellow of the Royal Asiatic Society (U.K.) in 1982, and vice president of the Authors' Guild of India in 1986. He has given lectures on Hindi literature in European universities, and in 1985 gave a series of lectures at the Indological Departments of Warsaw University.

His literary talents have won him the Poetry People Prize, the Euverov Medal, and a diploma of AA University in Italy. He was also awarded a special prize by the U.P. government for his book *Modernity and Literature*, and the Dinkar Prize by the government of Bihar for his poetry collection *Bodhi Briksh*.

His work has been translated into English, French, Russian, Polish, Bulgarian and Italian, as well as into many Indian languages.

THE TALISMAN

THE
TALISMAN

Stories and Poems

in Hindi and in English

by

GANGA PRASAD VIMAL

edited by
WENDY WRIGHT

FOREST BOOKS
LONDON * 1990 * BOSTON

PUBLISHED BY
FOREST BOOKS

20 Forest View, Chingford, London E4 7 AY, U.K.
61, Lincoln Road, Wayland, MA 01778, U.S.A.

First published 1990

Typeset and printed by Indira Printers, New Delhi

Translations of poems © Brenda Walker
Translations of prose © Translators as stated on text
Original work © Ganga Prasad Vimal
Cover design © Ann Evans

British Library Cataloguing in Publication Data:
Vimal, Ganga Prasad 1939—
The Talisman: stories and poems of Ganga Prasad Vimal
1. Hindi literature, 1940—
I. Title   II. Wright, Wendy
891.437

ISBN–0–948259–57–4

Library of Congress Catalogue Card No:
90–81227

Forest Books gratefully acknowledge the generous financial support
of the Greater London Arts. They would also like to thank the various
translators for allowing their work to be included in this volume,
and Raj. N. Bisaria for his invaluable help with the Hindi text.

Contents

Contents

Acknowledgments

The author expresses his gratitudes to the following journals:
Deccan Herlad for "Talisman", Asian and Pacific quarterly,
Autumn 1983, Vol. XV No. 3 for "Something in the Past (an
adaptation of memories of an Indian Boy)", The New
Renaissance, U.S.A., for "Patterns," Mundus Aritum, 1971,
U.S.A., for "Ghost". The New Renaissance, U.S.A., for "On
the Road", New Voices No. 5, New York for "Inta - Finta",
The Western Humanities Review, Utah, Vol. XXXV, No. 2,
Summer 1981, U.S.A. for "Flowers in Bloom", The New
Renaissance, U.S.A., for "The Child" and numerous English
and Hindi magazines of India for publishing translations and
original Hindi poems and short stories.

Introduction

Some years ago I was called from my room as someone wished to speak to me. It turned out to be a small Indian gentleman called Mr. Ghosh. In the course of our conversation, when we had disposed of the main business, we became reflective in our observations of life and attitudes in general. I learned that because of the circumstances of his birth, childhood and subsequent migration to Britain, his mind ranged widely across the two continents of his experience. He had left India some thirty years ago, but as a child he had ridden the trains out of Calcutta. Not on a seat in a compartment, in possession of a legitimate ticket. He had been orphaned and lived with a large band of children in similar circumstances who had made their home on the train. They rode on the roofs and at night slept in the empty box cars, scraping a few rupees carrying bags for the passengers. Often for other children more fortunate than themselves.

He spoke of his amazement when he came to England, at the people he encountered. I smiled and said "I think you expected the entire population to be like the officers and gentlemen of the Raj. The district officer and his lady. Deprivation exists all over the world". "Oh no," he said. "I did not expect everyone to be rich. What I expected was that they would be educated. In India I had to teach myself to read and write, with a stick in the dust and a little help from an old beggar. But here there is so much! I see all the books in the libraries, the newspapers, the magazines, radio and T.V. programmes. You can learn so much. Education is all around you."

He stopped and looked at me, perturbed and mystified.

"Then why Mrs Wright? Can you tell me why so many English people are so ignorant?"

He was not being rude or insulting. He was genuinely amazed at what he percieved to be the rudimentary level of intellectual or spiritual development, call it what you like, that he encountered on a daily basis.

"I ask myself the same question Mr Ghosh." I replied sighing. "The English are not much given to thinking," he continued.

"All is action, struggle and striving. The Indian, on the other hand, is not enough given to action and never to struggle. All is reflection, conversation and meditation.

What is needed is a marriage of these two conditions. Perhaps India needs more action, decision and production and Britain more thought and reflection.

This selection of short stories by Ganga Prasad Vimal ranges from bitter little observations of the cruelty and indifference to suffering in Indian society, to the almost metaphysical and philosophical pieces where the action serves to provoke the reader to thoughtfulness.

What my friend Mr Ghosh and Ganga Prasad Vimal have in common is that they both approach their experiences from a different starting point to the usual British understanding of life. I hope that this book will be a contribution to closing the gap between Western action and Eastern reflection.

These stories are an invitation to enter the world of Ganga Prasad Vimal. This is not a panorama of Indian life. This is not the Liffey of Joyce's Dubliners, where the banks are observed from a safe distance of centre stream and the figures stand captured forever in their landscape while the river flows silently by. Here each small scene exists alone, it's own tiny drama and the author stands centre stage, only able to percieve from the perspective he has imposed upon himself. He is not assuming some God-like stance, passing judgement, either moral or political.

A lofty view distances writers from life. They become merely observers. Vimal does not do that. Writing in the first person he is at the centre of each situation. Sometimes events revolve around him, but he makes no excuses that he stands outside of life and what happens, happens. He is prepared to take some responsibility, for he is taking part, so he provides an unexpected sense of identity with other people. As in 'Patterns', the cat is the chess piece sitting on the chequered carpet, so is Vimal a pawn, a knight or whatever in the lives of his characters. He is part of the game, part of the pattern. The voice of the author is central to these stories. He sees himself as different people in order to get inside their experiences and speak with their voices. Providing a centrifugal perspective.

Few of the stories are linear. Most revolve around one pivotal action or piece of drama. Often the centrepiece is within a circle, as in 'The child', sometimes a crowd, 'On the road', where different points of view can be flung into the arena of the central theme. It is a theatrical device and highly visual. The mind's eye can conjure the scene very easily, although it is described in few words. In all the stories very little description is offered and yet you seem to know the places. There is no particular exploration of emotions or relationships.

Each story is a pebble plopping into a pool creating ripples and eddies, each one impinging on the next, in a series of concentric circles, that may live on in your memory or dissolve into a flat smooth nothingness. For Vimal does not shout at you or demand that you listen. There are no slogans, no pamphleteering. His voice is one of civilised conversation and he accords you the respect of being a reader who pays attention.

He passes from the literal into the process of the imagination with its ambivalence and its capacity for existence on different levels. A process much mistrusted by Western mechanical logic and spurious belief in detachment. A belief that the intellect can stand outside of matter and view it without involvement. A belief system largely overturned by modern physics. Now nothing is fixed, nothing remains constant. The interrelatedness of all matter involves constant interaction. It is a paradox that these stories that fit so well into our Nuclear age have an inescapable relationship with Hinduism, the oldest religion in the world and that spiritual insights construct a religion in the first place. Are the insights of thousands of years ago to provide a set of tools for understanding some of our most modern concepts?

My thoughts return to Mr Ghosh. Has our single minded pursuit of technology since the Industrial Revolution impeded our intellectual growth? Has it shrunk our vision?

As we pass from the stories to the poems this strong sense of an eternity that encompasses us all becomes wholly pervasive.

Vimal has lived in the Himalayas, he has felt their majesty, their grandeur, they awe-inspire him. For him they are eternity and house all the knowledge and wisdom of the centuries. He feels their power of the continuity of past and present, the real and the unreal, presence and absence. He is continually balancing opposites. Holding one in each hand to find a new perspective, a sharper reality. Opposites pull away from each other creating tension. It is that tension that Vimal is perpetually drawing to our attention.

The unseen dynamic upon which all things tremble on a knife edge of reality and unreality. The intangible form that exists between the word and its meaning and the Talisman may be the recognition of such an existence. A recognition that we are born with, but probably lose as our minds are trained to think along straight lines and within a limited framework. These stories and poems are to be experienced. 'Enough . . . and incomplete . . . . as such . . . .'

Ganga Prasad Vimal

Waiting

I am
> waiting here
> to become

a magician.
> With frantic movements
> they cast spells
> then great things happen
> on a palm.
> On a palm

water comes out of a stone.
> The impossible happens.
> Those who don't wait
> for years
> quietly
> pour divinity
> into human skin
> with magical incantations.

And I behold
> in their mirrors
> an outpouring of happiness.

At this stage
> my joys lie restlessly
> in imagination

It's not only time that's restless for change
> I too am waiting.

प्रतीक्षा

मैं करता हूँ
    इन्तजार
    होने का
जादूगर
    क्षणभर
    करता है विमोहित
    केवल घटता है
    सब कुछ
    उसकी हथेली पर।
    उनकी हथेली पर
उगती है सरसों
    बरसों से
    जो नहीं करते इन्तजार
    वे चुपचाप
    आदमी की खाल में
    जादुई तिलिस्म से
    भरते हैं देवत्व।
झरता है सुख
    उनके आईनों में
    तकती हैं मेरी आखें
मेरे सुख अभी
    कल्पना में
    करवट बदलते हैं
वक्त ही करवट नहीं बदल रहा
    करता हूँ इन्तजार मैं भी ।

The Talisman
Translated from the original Hindi short story
Khoee Huee Thati

The Talisman

Certain remembrances of my distant childhood are now like a dream. Perhaps this is not unusual for most people, but it is unusual for me because the remembrances that I speak of belong as much to my sister as they do to me. To be sure, she reminds me, and repeats them, often enough, to the degree that they have become a function of her imagination. She goes over these remembrances again and again because she is extremely sad over the fact that I lost something that our mother entrusted to me in her dying moments. Unfortunately, I only remember my mother from photographs. I was very young when she died. It is my sister who keeps her alive as an expression of her imagination and my dream remembrances. Sometimes I feel like the entire matter is nothing more than a lie.

If that be so, then it would also be a lie that I was born of the same mother as my sister. But how could that be a lie when she and I were born of a woman, and we are brother and sister? We are both products of the same woman's milk. That milk gave rise to our two bodies and our two memories. It is responsible for the physical and spiritual development my sister and I have attained.

Often when my sister brings up the subject of our remembrances, I want to quarrel with her, but I usually feel defeated in front of her before I start. She reminds me of the mother I cannot truly remember. I can see mother in her eyes. It is the mother in her that defeats me and binds her imagination with my sense of dream.

Since I was three and a half years old, my sister has told me about something mother gave to me. We lived in the Himalayas then, and I remember being told about it as we roamed through the foothills of those mountains. It was near the bend in the river near our village, and I was told in the darkness of my bedroom. It seems I grew up on repetitions of the story. It was its own special kind of food.

What my sister told me was that as my mother lay dying, she placed something in my baby hands, and I promptly tried to put it in my mouth. "No," my sister told me my mother said, and then added, "You must always keep it with you." I do have a memory of the sound of mother saying that, but not of the words themselves. Did it really happen like that? My sister says so.

As I said, my elder sister began telling me about this incident when I was very young. I remember the precise way she used the language, her sentences, and how she always used the same, exact words. My sister was very vivid in describing how my mother held my hand so lovingly as she placed something in it which had the colour of copper. She said, "Here, take this!" and as I was about to put it into my mouth, she stopped me. "You little wretch, you must always keep it with you. It was given to me by my mother who had received it from her mother. Hand it over to your wife when you get married. Tell her to pass it on to someone very dear to her when the moment of death is near. A day will come when somebody will read what is written inside . . . " And my elder sister has repeatedly told me that after that my mother lost the strength to speak, there were suddenly loud lamentations in the house, and my sister picked me up and took me outside. Outside . . . I still feel like I am outside, in the sun, in the open air.

As I've been told, when my mother was about to die, my sister retrieved the flour she kept behind mother's bedroom door. And even though I was just a small child, it was reported that she said to me at the time, "I will put the flour on mother's bedroom floor, and that will tell us what mother will be in her next birth." She was then allowed to cover the bedroom floor with the flour near the place of our dying parent. Next we played a game to try and guess what would be the form of mother's rebirth.

A few days after mother's death, a young bird fell from its nest with a thud in our courtyard. Before this event, sister had announced that mother would be reborn as a bird because there had been bird's tracks in the flour on the death room's floor. Was this mother in the form of that little bird? Did she die only to die again so soon and so suddenly?

My sister told me about these things, but she did not see the contradiction in it. I thought about the plunge of the little bird, and many times I thought to question my sister about it. But the moment I had the chance, I would forget about my intentions. Once she would say, "You went and lost that talisman that you were supposed to give to your wife," I had no voice to confront her.

That is what my mother put in my hand when she was dying, a talisman. My sister tied it to my arm with a string after mother died, but it was like a bell around a bull's neck. Moreover, every now and then the knot of the string would untie and the talisman would be lost. Then the entire family would go scurrying about until it was found, usually with some difficulty.

When the young people in our family grew up, separated, and became members of married families, and came to reside in other cities and villages, we would get together infrequently, at holidays or on the occasion of death or marriage. However, whenever we did, the topic of the talisman would always come up. When was it actually lost? And then everyone would want to know about the small piece of paper I had found inside.

It was just after I had learned to read and write, and in a fit of anger one day I banged the talisman on the table, it being still attached to my wrist, and it opened into two sections. As it did, a small piece of paper fell out of it. There was writing on the paper in ancient script. Everyone usually wanted to know what the script said? I didn't know, and just about that time, my elder sister would normally say, "You devil! You went and lost the most valuable thing in your life." That would always break up the discussion.

That kind of provocation would set me off thinking for days. Was there really a talisman given to me by my mother that I eventually lost? Why was I unclear about it? My sister did not seem to be. I remember the house I grew up in, the mountains and paths that surrounded it, the nearby water. But the actual, probable existence of the talisman was always hidden in the darkness of uncertainty. This darkness is a darkness of ignorance, and now I am caught in the conflict of what is real and what is unreal, between what is logic and what is illogical. In the end, I feel that both are lies.

In a recent year, I had seen a film on TV that depicted the town I grew up in. Watching that film returned me to my childhood, and I found myself looking for the talisman in the houses, courtyards, mountains, roads, and even the surging river. My sister said we searched for the lost talisman for days. She believed that it was magical, and that is what the strange script on the paper explained.

My sister said, "We had shown that paper to all the learned scholars of our town. They said that the paper was several centuries old, but none of them was able to decipher the writing." She went on to say that she believed I could read it. She would tell me that I read it to her one day, but I don't remember doing any such thing. She said the paper showed ways of having a long life, and ways of attaining anything, and ways of conquering hunger and freeing oneself from disease and any hardship.

When my sister told this part of my dream or her imagination to me, I knew why she was forever telling me about mother and the loss of the talisman. She felt responsible and she wanted me to feel guilty. She and I stand accused before the poor and the sufferers of the world. Of course, I am the true guilty one. I lost the talisman, and now three-fourths of the world's population must suffer for it. Perhaps this is why I do prefer to remember certain memories as dreams. In dreams, like in my sister's imagination, we can make up our own stories and endings—good ones and bad.

Translated from the Hindi by Sarala Jagmohan

खोई हुई थाती

— गंगाप्रसाद विमल

ठेठ बचपन की वह याद आज एक स्वपन सी लगती है। अविश्वसनीय और आश्चर्य से भरी हुई।

कभी-कभी मुझे लगता है कि वह महज़ एक कल्पना है। कल्पना अगर नहीं साबित हो पाती तो इस वजह से कि उस घटना को, दूसरी घटनाओं की तरह मेरी बड़ी बहन ने बार-बार दुहराया है। दुहराया भी इसलिए कि उसे बेहद अफसोस है कि मैंने वह एक चीज़ खो दी – जो मेरी माँ ने मरते वक्त मेरे हाथों में सौंपी थी। माँ.... मैं अक्सर अपनी बहन से लड़ने की इच्छा रखता हूं। माँ नाम की उस औरत को मैंने सिर्फ एक फोटो भर में देखा है। वह कभी थी, कहीं थी इस बात से न सिर्फ मुझे खास किस्म की बेचैनी होती है, बल्कि लगता है यह सब झूठ है।

झूठ है कि मैं इस धरती पर उसी माँ से पैदा हुआ हूं...पर यह क्या कभी झूठ हो सकता है? हर आदमी – अभी तक माँ के पेट से जन्मता है। तो इसका मतलब है कि मैं स्वंय नहीं हूं। ...मेरे शरीर का कितना भाग दूध से बना होगा – इसका हिसाब लगाना ते कठिन है। दूध और दूध की खुशबू से शरीर और स्मृति बनती है। शरीर और उसके भीतर की आत्मा में कहीं विकसन होता है तो उसमें दूध का योग भी होता है। मेरे मस्तिष्क पर एक वैज्ञानिक सवार हो जाता है – जो लोग पाउडर का दूध पीते हैं – जो माएँ अपने शरीर को चोखा रखने के लिए – अपने जिस्म से बच्चों को दूर रखती हैं, उनके बच्चों के किसी भी हिस्से में माँ का कोई योग है तो लोग कहेंगे बिलकुल भी नहीं। ...मैं अपनी बड़ी बहन से झगड़ना चाहता हूं पर उसकी याद करते ही मैं हताश हो जाता हूं – उसके सामने पराजित, क्योंकि कभी-कभी उसी में मुझे माँ की एक झलक दीखती है। ममता और संदेह से परे प्यार का उमड़ता हुआ सागर जैसे उसकी आँखों में निरन्तर झरता रहता है। मैं हरेक की बात पर अविश्वास कर सकता हूं पर उसकी बात पर अविश्वास करने का मेरे पास कोई साधन नहीं होता। वह किसी दिन कह दे कि वह मंगल गृह की यात्रा कर आई है तो मैं अविकल स्वीकार कर लूंगा क्योंकि मुझे लगता है वह झूठ नहीं बोलेगी....

तो उसने साढ़े तीन साल की उम्र की वह याद मेरे हृदय में ऐसी बिठाई हुई है कि मैं कभी-कभी अतीत के अंधेरे में झांकने लगता हूं। हिमालय की तलहटी का वह कस्बा याद आता है, नदी का छोर और अपने घर का एक निपट अंधेरा कमरा... यह सब तो याद करने से याद आता है पर उसके बाद मेरा हाथ जोरों से पकड़े वह चेहरा... वह आँखें – जो शायद याद ही का हिस्सा नहीं बल्कि मेरे अस्तित्व का

हिस्सा है... कैसे मान लूं वह झूठ है।... मेरी बड़ी बहन बताती है, उस दिन साढ़े तीन साल की उम्र में मेरा चेहरा चौहत्तर बरस के मेरे दादा जैसा हो गया था। और मरती हुई माँ के चेहरे पर हल्की-सी तसल्ली तैर आई थी। उन्होने मेरे हाथ में कोई चीज़ रखी तो बिल्कुल अपनी उम्र की चंचलता के मुताबिक मैंने वह चीज़ सीधे मुंह में डालनी चाही... ''नालायक'' माँ ने बहुत ही धीमी आवाज़ में कहा – ''इसे हमेशा अपने पास रखना –'' बस मुझे तो इन शब्दों की ध्वनी याद है । वह ध्वनि किसी जलतंरग से कम मिठास वाली नहीं थी । कभी-कभी जब मैं किसी चीड़ के जंगल से अकेला गुजरता हूं तो सहसा मीठी-मीठी घण्टियों की आवाज़ गूंजने लगती है। एक अजीब सा अनुभव होता है, जैसे पूरे जिस्म में कोई नयी ही चीज़ प्रवेश कर गयी हो। तो कैसे मान लूं कि वह झूठ है...

बड़ी बहन ने बहुत बचपन में मुझे वे विवरण देने शुरू किये थे। उनकी भाषा, उन वाक्यों के शब्द – ठीक वहीं के वहीं हैं।... कि माँ ने बहुत प्यार से मेरा हाथ पकड़ा था। मेरी हथेली पर वह तांबई सी चीज़ रखी थी। कहा था – ''ले'', और हाथ में लेते ही जैसे मैं उसे मुंह में रखने वाला था मुझे बरजा, ''नालायक! इसे हमेशा अपने पास रखना। यह मुझे मेरी माँ ने दिया था। माँ को नानी से मिला था।... तुम इसे अपनी शादी पर अपनी बीवी को दे देना। कहना... मरते वक्त इसे किसी अपने बहुत प्यारे आदमी को दे देना... वक्त आयेगा कोई इसके भीतर की इबारत पढ़ेगा...'' और बड़ी बहन बताती चलती है, ''इसके बाद माँ के बोलने की ताकत ही जैसे खत्म हो गयी थी। घर में कोहराम मच गया था।'' और मेरी बड़ी बहन मुझे उठाये बाहर चली आई थी। बाहर... मैं सोचता हूं मैं अभी तक बाहर ही हूं। खुली धूप और हवा में।

जब भाँ मर रही थी तभी बड़ी बहन ने कमरे के दरवाजे के पीछे एक तश्तरी में थोड़ा सा आटा रख दिया था ''अब माँ जिस जन्म में आयेगी उसके निशान यहां पड़ जायेंगे।'' यह एक खेल था जो बाद के वर्षों में जब तक बहन हमारे घर रही तो हम खेलते थे और आने वाले जन्मों की तरह-तरह की अटकलें लगाते थे। पर उस बरस जब माँ मरी थीं – उनके मरने के कुछ ही दिन बाद दालान के आडू के पेड़ पर एक घौंसले से चिड़िया का एक छोटा-सा बच्चा थप्प से जमीन पर आ गिरा था। हां – उससे पहले दीदी ने घोषणा कर दी थी कि माँ चिड़िया बन गयी थी। बड़ी बहन बताती है कि माँ के मरते ही दरवाजे के पीछे आटे की तश्तरी पर चिड़िया के पंजे अंकित हो गये थे।

''छुटपन की उन बातों का अब अर्थ ही क्या है?'' मैं अक्सर अपनी बहन से सामना होने के वक्त यह संवाद रट कर रखता लेकिन जैसे ही वह सामने आती मैं सब कुछ भूल जाता। हम लोग बूढ़े हो गये हैं'', मेरी इच्छा अपनी बहन से यही कहने की होती तो वह रुआंसी हो जाती, कहती ''तूने वह ताबीज़ गुम कर दिया था... तुझे वह अपनी बीबी को देना था...''

वह शायद ताबीज़ जैसी कोई चीज़ थी। माँ के मरने के बाद उसे धागे से बांध मेरी बड़ी बहन ने मेरी बांह के साथ बांध दिया था। पर यह बैल के गले में घण्टी बांधने जैसा काम था। हर बार वह धागा खुल जाता, और ताबीज़ गुम हो जाता। हम सब भाई–बहन उसे खोजने लगते और कुछ ही मेहनत के बाद हमें वह मिल जाता।

तो उस चीज़ का किस्सा एकदम झूठ नहीं है। कभी छुट्टियों में या सगे-सम्बन्धियों में किसी के मरने या विवाह आदि अवसरों पर हम लोग जब इकट्ठे होते तो कहीं न कहीं से वह चर्चा छिड़ जाती और भाई-बहनों में से कोई न कोई बढ़-चढ़ कर कहता, ''उस दिन तो मैं कुएं की जगत से उठा लाया था वह ताबीज़''। यानी वह कोई चीज़ थी तो मेरी माँ को उनकी माँ ने और उनकी माँ ने मेरी नानी को दी थी... मैं कभी-कभी उस आदि माँ के बारे में सोचने लगता तो मैं खुद से सवाल पूछता पहले पिता आये होंगे कि माँ?

सबसे ज्यादा रहस्यपूर्ण बात थी कि अपने उस भूले बचपन में जब मुझे अक्षर ज्ञान हो गया था मैंने अपनी शरारत पूर्ण आदत से मजबूर हो वह ताबीज़ एक दिन तोड़ डाला था। तोड़ डाला कहना शायद ठीक नहीं होगा क्योंकि वह किनारे की पकड़ से ढीला होते ही खुल गया था और उसमें से एक कागज़ निकल आया था। बहुत पुराने किस्म की लिपि में उसपर कुछ लिखा हुआ था।

क्या लिखा था?... यही तो एक बात थी जिसे लेकर मैं बहुत संतप्त, पश्चाताप में पड़ा होता था। मेरी बड़ी बहन मुझे कोसती। कहती ''तूने जीवन की सबसे अमोल चीज़ खो दी दुष्ट।'' और वह जैसे किसी दूसरी दुनिया में खो जाती –कहीं दूर देखने लगती, या चुप हो जाती।

न... न... यह सब स्वप्न नहीं है। मुझे तो यह भी याद नहीं कि मैंने इसमें कुछ जोड़ा होगा। उस बचपन के बाद मैं अपने जन्मस्थान, उस कस्बे की ओर भी नहीं गया। परन्तु वहां का वह घर, दरवाजे, घर के दलान में पेड़, घर की खिड़कियां और छोटी सी पहाड़ी गली – ये चीज़ें मुझे पूरी तरह याद हैं। अपनी खिड़की से दीखने वाले पहाड़.... उन पहाड़ों के सिरों पर चमकती बर्फ... ये सब चीज़ें मुझे ऐसे याद हैं जैसे कल ही देखे गये दृश्य हों। उन्हीं दृश्यों में एक कांपते, कमजोर, बरजने वाले हाथ की पकड़ भी याद है... याद है उन आखों में झरते उस भाव की... जिसमें करुणा, दया, प्यार, हताशा, पराजय... न जाने क्या क्या था... कितने पलों के लिए देखा होगा उन आखों ने? बड़ी बहन बताती है बस कुछ देर बाद ही तो दीपक बुझ गया था।

क्या मैं उस अन्धेरे में चल रहा हूं... अज्ञान का अन्धेरा ही कहूंगा न कि मुझे कुछ पता ही नहीं है...। कितने ही बरस बीत गये... मैं सच और झूठ की दुविधा में फँसा हूं... तर्क और ज्ञान... इस सिलसिले में मुझे ये दोनों भी झूठ लगते हैं।

बरसों बाद बाढ़ में फँसे उस शहर की एक फिल्म मैंने टेलिविजन पर देखी थी... क्षण भर के लिए मैं अतीत के उसी बचपन में पहुंच गया था। मुझे वैसे ही घर

दीखे... वह दालान... पेड़... नदी का उफान... और पहाड़... और पहाड़ के शिखरों पर श्वेत सी बर्फ जिसके साथ-साथ एक सफेद सा उजाला चुपचाप जैसे उन हाथों पर छप गया था।

मैं वहां गुम हुआ ताबीज़ खोजने लगता हूं। स्मृति के हर तार को टटोलता हूं... हर जगह तलाशता हूं... सोचता हूं एक छोटा सा बच्चा लापरवाही में कहां-कहां अपनी चीज़ें छोड़ जाता है... कितने ही दिन हम वह ताबीज़ खोजते रहे, बड़ी दीदी बताती है। फिर एक गोपनीय बात मुझे बताती है... पहले हम सोचते थे कि यह कोई टोटका है... सुरक्षा का टोटका। पर जब तुमने वह कागज़ ताबीज़ से निकाल लिया और हरफ पढ़ने लगे तो उस विचित्र लिपि के बारे में विश्वास ही नहीं हुआ। तुम्हें हमने थोड़ा बहुत अक्षर ज्ञान दिया था। माँ आनन्दमयी जब तुम्हें गोद में उठाकर काली मन्दिर में नाचा करती थी तब जो गीत तुम्हें याद हो गये थे उनके कुछ शब्द जरूर लिख लेते थे लेकिन तुम कोई गुप्त लिपि पढ़ने लगे यह तो हैरत में डालने वाली बात थी।

मेरी बैचेनी – जिज्ञासा... इतनी बढ़ गई थी कि मैं व्यग्रता में बोल उठा... तो फिर क्या हुआ?

और बड़ी बहन हंसने लगी, ''हमने वह कागज़ उस शहर के सभी विद्वानों को दिखाया था। लोगों ने उस कागज़ की उम्र ही कुछ शताब्दियां बताई थी। पर पढ़ कोई नहीं सका था। तू जो शरारती और धूर्त था वही उसे पढ़ सका था। पता है तुझे एक रात लैम्प की रोशनी में धीरे-धीरे तूने वह पढ़कर मुझे सुनाया था... वह भी आधा कागज़।''

और मैं अपनी बहन की तरफ टकटकी लगाये उस दिन केवल यह जानने के लिए देखता रहा कि वह जितना भी सही पढ़ा गया उसका विषय मुझे बता दे...

''वह पढ़ने के बाद मैं स्वामी तपोवन के पास गई थी। उनके साथ तू भिक्षा मांगने तक जाता था। उनकी अंगुली पकड़े... नदी घाट पर शरारतें करता था। तो जानता है स्वामी जी ने क्या कहा?''

क्या कहा? मैंने तोता रटन्त लहज़े में कहा।

''उन्होंने कहा अब मैं इसे भिक्षाटन के लिए नहीं ले जाऊँगा। तू इससे पूरा कागज़ पढ़ा ले बेटा।... पर तुझ जैसे दुष्ट ने वह ताबीज़ ही कहीं खो दिया। मैं सोचती हूं वह पढ़ना ठीक शकुन नहीं था... तूने पढ़ा था..., वह बताते-बताते रुक गई., ''कहीं इसे बताने का कोई पाप तो नहीं लगेगा...'' मैंने जिद्द की तो वह बताने लगी, ''उस कागज़ में लम्बी उम्र पाने के तरीके लिखे थे... सब कुछ पाने के तरीके... और लिखे थे भूख पर विजय पाने के तरीके और रोग तथा कष्टों से छुटकारे के तरीके ...।''

और मैं उसी दिन से बहुत बुरी तरह बैचेन हूं। हरेक से पूछ रहा हूं क्या तुमने वह ताबीज़ कहीं देखा है... उसके भीतर का कागज़ मैं ही पढ़ सकता हूं। वह हजारों

साल पुरानी लिपि में लिखा है – वह कागज़ भी है कि नहीं मुझे मालूम नहीं।

मैं दुनिया के सामने गरीबों, रोगग्रस्त लोगों, कष्ट में पड़े लोगों का कसूरवार हूं... मैं अपराधी हूं... काश कि वह कागज़ मेरे पास होता और मैं दुनिया के तीन चौथाई लोगों को कष्ट मुक्ति के तरीके बताता...

अक्सर तीन चार बरस के बच्चों को प्यार करते मैं उनसे पूछता कि तुम अपनी चीज़ कहीं खो देते हो तो कहां रखते हो और वे सब अपनी मांओं की ओर इशारा कर देते हैं जिनके सिरहानों के नीचे वे अपनी मामूली से मामूली चीज़ छिपा देते हैं... अपनी माताओं के कान में वे अपनी गोपनीय बातें छिपा देते हैं... पर मैं... मैं बेशकीमती चीज़ खो बैठा था। हो सकता है वह किसी के हाथ लगी हो – मैं कहना चाहता हूं कि कोई उसे फैंके नहीं... बल्कि उसके भीतर के कागज़ को निकाल कर देखे– अगर भीतर कागज़ है और वह न पढ़ा जाए तो मान ले कि वह मेरी ही खोई हुई लिपि है।

सड़क चलते जब मैं किसी भिखारी को देखता हूं तो मैं अपने अपराध के कारण उस ओर नहीं देखता न रिक्शे चलाते पसीने में लथपथ मजदूरों को, न झोपड़पट्टियों में बिलबिलाती पीढ़ियों को, न टट्टी के कनस्तर उठाये दलितों और खेतों में काम करते एक जून खाना न जुटा सकने वालों को... इन सबका अपराधी मैं हूं।

मैं अपना सिर नीचे किए चलता हूं। मुझे वह चीज़ अपनी पत्नी को देनी थी और फिर उसके आगे वंशों तक चलना था... लोग कहते हैं वह होने से वंश भी नहीं रुकता और मेरी बड़ी बहन बताती है... ''तूने वह अमोल चीज़ खो दी दुष्ट... कैसा अभागा है तू... कैसे अभागे हैं हम?''

मैं कसूरवार हूं ओ भविष्य –इन तमाम विग्रहों, मृत्युओं, हत्याओं, तनावों की वजह मैं हूं...

कैसे हो सकता है यह झूठ। आखिर हम किसी माँ की गोद में पनपते हैं... मुझे मरती हुई उस औरत की आँखें याद आती हैं... वे मेरा पीछा कभी न छोड़ेंगी।

Sight

In total darkness
one's eyes cannot find the way, cannot see
the opposite direction to light in its
devouring cycle. I think that eyes
are meaningless in both dark and light.
If there was no eye, that expanse of sprawling
light would have no meaning.

A man can be blind despite seeing. Each of us has sight
yet how many see workers burdened with heavy loads,
the helpless ones, begging
at stations, temples and crowded places.
Nobody appears to see,
neither the satisfied ones,
or the specialists,
the psychologists
or the politicians.

Sight cannot see in total darkness.
Nor can we discover
reasons, helplessness.
All inequalities ruthlessly continue
to flourish.

So what can we see
in the glittering light?

A replica of darkness
where there is still illusion, something hidden,
like tunnels under a city?

दृष्टि

घने अंधेरे में नहीं टोह सकती
आंख रास्ते को। देख नहीं सकती
रोशनी के विपक्ष में घटते हुए
क्रम में। सोचता हूं अंधेरे में
निष्प्रयोजन है दृष्टि और उजाले में
अगर न हो आँख। परसती रोशनी का
फैलाव क्या माने रखता?

देखने पर भी अंधा हो सकता है आदमी
भरपूर रोशन होते हुए भी
कितनों को दीखते हैं सामान ढोते मजदूर,
भीख मांगते निरीह
स्टेशनों, मंदिरों और भीड़ भरी जगहों पर
उन्हें तो कोई देखता ही नहीं है
न संतुष्ट लोग न विशेषज्ञ
न मनोवेत्ता, न राजनेता

घने अंधेरे में नहीं टोह सकती दृष्टि
नहीं टोह पा रहे हैं हम
कारण या विवशताएँ
असमानताएँ बढ़ रही हैं सीमातीत

चमक रोशनी में
जिसे हम देखते है वह कहीं
अंधेरे की प्रतिकृति तो नहीं
उसमें भी दुराव है छिपाव और रहस्य
गुफाओं सा शहर में।

Something from the past

An adaptation from '*Memories of an Indian Boy*'
Translated from the original Hindi story
Ateet Mein Kuch

Something from the past

An adaptation from 'Memories of an Indian Boy'

As we left our house on foot in the early hours of that morning, the city was enveloped by a thick cloud of fog and mist. It was January, and the weather was extremely cold. It was normally cold at that time of year, but there was a touch in the air this morning that chilled you right to the bone. Yet, it was not the cold that disturbed me so much. The deep, thick, encircling fog bothered me much more because it hid people from one another as they walked only a few yards apart.

We were leaving that city on that cold, wet, foggy day. No longer was it to be our home. The feelings we once had for those streets, those buildings, and the people who had shared a part of their lives with us, were now an experience of the past.

In life, acquaintance develops into a closer association which brings forth love and attachment. We humans entertain a sentimental attachment to a particular place as long as we are closely associated with it. Once removed from it, eventually all generalities of past associations become matters of imagination rather than matters of actual knowledge.

The city we had lived in was a military town. A large military base that held battalion upon battalion of soldiers. Marching soldiers and military vehicles travelled back and forth on the roads all the time. As a young boy, I delighted in seeing the military trucks. I came to believe that those trucks owned the roads.

Oh those trucks. . . . but we were leaving that city on that cold morning. My father had been served with a charge-sheet and an expulsion order. The order said that all of us had to be out of the province in a matter of hours, so here we were trudging along the road.

Father held his umbrella low over his face. Obviously, we were supposed to think that he was trying to keep the rain off, but the truth was he was trying to keep his face hidden from people we might chance to meet. He did not want to be seen by anyone who knew him, and that umbrella was saying further that he did not even want to be seen by us. But how foolish this was. Even if we met people who might stare at us, which would have been difficult in that foggy weather, what was there to hide? Everyone knew we were going to be ordered out of the city. It had been coming for a long time.

Strange are the things you think about at certain points of time in your life. As we walked along, I began to think about the novel sight of seeing my father walking along the road. It was something, as a military man, that he did not often do. He used to go to his office in his car, even though his office was just a few doors down the street from our house on Ridge Road. He could have used the back entrance from our house to get to his office. It would have been a very short walk, but he never tried it. As an officer in the Army, it was something special for him to roll up to the gate near his office and be saluted by the two uniformed orderlies who were always there on duty.

My father was not just an Army officer. He was the supreme commander of the entire provincial army, being fully responsible for its administration. The discipline and order that was so much a part of his military career also found its way into the life of our family. I developed a profound dislike for the regimentation of the military. I used to have the desire to write him a letter and send it to his office. In the letter I would have complained about the military posture he assumed at home. After all, a home wasn't an army barracks. But I never wrote such a letter because I was frightened of what he might do to me if I did. He could look so stern and at attention almost all the time that one glance from him would kill any desire I had to act against his wishes.

The second World War burst upon us while we lived in that city. Soldiers by the thousands came and went. They were trained and then shipped out to fight in some far-off land for the Allies. What a scene it was, those countless parades, those numerous units of young men being sent off to some battlefield, and the weeping women who lined the roads waving their goodbyes. The truck loads of men rolled by day and night, and the poor creatures didn't even know where they were being sent.

I used to sit by the roadside and count the numbers written on the sides of the trucks and jeeps. I'd add them up until I reached my lucky number. Of course, it was just a number made up by me, but the truck or jeep that got the lucky number meant a safe return for the men who were riding in it. It did not matter what battle they might go into, they would not be harmed. I felt very sorry for the soldiers on the trucks that did not get the lucky number. They had my sympathy. The best I could do was not to think about their fate.

As the War effort picked up, almost all the available space in the town was used for the Army. Even parts of our college were turned into a military depot. It wasn't just our school which was affected this way. All the schools in the town found themselves being used. And there were those war posters that popped up all over the city, on walls, trees, and fences. When they first appeared, they seemed attractive, but as time passed people became bored with them. The images and faces on the posters changed from time to time, but the message was always the same. The images looked as though they had been modelled on actual places, perhaps those familiar places that one might have seen in an Atlas. I would search through the Atlas trying to find these places which the images on the posters reminded me. My friends and I used to bet each other as to who would find the places first. But even such a game soon became boring.

Overall, the city was a dirty, dusty place. The dust collected in sheets on the tops of the buildings. As for our house, matters were even worse. It was located right by the road, and the trucks that passed by so frequently, kicked the dust into all the rooms of our house. This caused endless problems for my mother. She could never keep the house as clean as she would have liked.

There would be those days when the people of the town would stand around and gossip about the war. They did this when something notable occurred in the fighting between the Allies and the enemy— as when the enemy was driven out of north Africa, or when the Allies landed in Italy. They did not want to hear general news of the War. They would have liked to know where the truck loads of soldiers that left the city finally ended up, but that was about all. Most of the time they preferred neither to talk nor think about the War. If they thought too much about it, they would have to consider the roles they were playing in the panorama of the war.

Just looking at some of those young men as they first reported to the military base for training. I was fairly certain that most of them, if not all of them, were from peasant communities, communities that were poverty-stricken to the core. From the way they stared around at the streets and stores, they must have come from the remotest areas of the countryside. It was unpleasant for me that this town should serve as the starting point for their journey into battle.

The Recruitment Office was a very interesting place because of

21

the people standing in line in front of it, waiting to join up. They were usually straggly, ragged-looking individuals. I say interesting, because most of the time I would wonder how they had managed to get themselves to our city; they looked so thin and undernourished. But on they came, every day, destitute and hungry, probably looking more for a meal than an army career. It didn't matter whether it was a holiday or not. They still kept on coming. It seemed to me that the Army and the war were taking unfair advantage of them.

During school vacation periods, there wasn't much for a young boy to do but immerse himself in the details of military life that spiralled constantly around him. I knew the time schedules for the arrival of new troops and the departure of the trained ones. I knew the contents of the training curriculum, the time they went to bed, and the time they got up. And not because my father told me. He mentioned nothing about the troops' activities. I learned it all by observing for myself. It was at about this time that my younger sister became ill. Mother, who in the past, during my vacation periods, would spend a lot of her time with me talking, taking trips, and the like, was then unable to do so. She had to spend all her time looking after my younger sister. Learning all those details about the military kept me from worrying about my sister as she was more ill than I wanted to believe.

Then there occurred the accident that my friends and I came upon one day while we were taking a walk in the Flasda Jungles. It was the first time in my life that I had encountered violent death. A military truck had slipped off the road and fallen into a deep trench. When my friends and I came upon the scene, there were many dead bodies strewn in and around the trench. The bodies were twisted and torn in a most horrible, unsightly manner. It was a horrific sight to see, and I felt a pinch in my stomach as I stood there looking at it. In just a matter of seconds, those healthy young bodies had been ripped asunder, snatched from life.

We were the first to come upon the scene, and as we stood there in shock, one of my friends shouted that he saw one of the bodies move. He pointed to a soldier who was partly pinned under the rear of the truck. "He is still alive," my friend said. As we were trying to decide what to do to help the man, two army officers arrived. I was not surprised to see that one of them was my father. My father told us to leave. We had not walked for more than a few minutes from the scene when two soldiers in a jeep stopped us. They asked us to give our names and wrote them down in a little book.

"Do you know why your names have been taken?" one of the soldiers asked us.

We kept silent.

"Because this is a military affair. You should not mention it to anyone when you get back. Don't mention that accident to anyone. Understand?" he barked at us.

"But why?" my body trembled at the thought of keeping that horrible experience locked up inside myself.

"Didn't I tell you this is a military affair?" the soldier shouted at me. "Should anything come out of your mouth about this, you will be judged criminals by military regulations."

He had us write our names on sheets of paper and then ordered us to go straight home.

For the next few days, the road leading to the area where the accident had occurred was closed to civilian traffic. When civilians were allowed to use the road again, my friends and I hurried back to the site of the accident. To our surprise, all traces of the accident had been removed. The tyre marks of the truck, the grass, and the torn-up road-bed had all been carefully set right again. I could hardly locate the spot where the vehicle had lain.

None of us had told anyone about the accident. I was most afraid of speaking out, even to my mother. My father certainly knew that I had been warned against mentioning anything to anyone. If I had told mother anything about it, he would have heart of it. I was not so dumb about all of this as my father and the military considered. Learning all those details about the military also made me aware of their way of thinking. I felt they wanted us to remain silent because they wanted to declare that the victims of the accident had died on some battlefield, while fighting for the cause of the war. If we just kept silent, they could write such letters to the families of those soldiers, and none of their families would know the real cause of their death.

We were warned, not just the once, my friends and I were summoned to the military interrogation office on a number of occasions, and there, cautioned time and again to keep our mouths closed. The interrogators threatened they had their agents everywhere, and if we talked to anyone they would hear about it right away.

It really upset me to go to the military office and be interrogated. The officer who spoke to me was so cold and callous. I couldn't feel any humanity about him. He seemed to be just a talking machine. My friends were also very disturbed by their repeated visits to the military office. They were worried that their parents would eventually realize that something had happened to them and start asking questions. They would be at a loss how to answer them. Fortunately, however, their parents failed to discern their secret.

There was one benefit from my visits to the interrogation office. I became friends with a young army officer who was attached to the wireless wing at the military base. He was very sociable and easy to like. His name was Mr. Chatraval Singh. My friends also became friends with him. We would visit his quarters to hear him sing and tell stories about his boyhood and his life in the army. Finally he began to pay visits to my house, and my mother grew very fond of him. She extended her maternal affection to him as if he were her own child. Singh was very kind to my little sister, and mother was very appreciative of this.

Singh was a man of many talents. He could paint, and sometimes, on holidays, he would use a wall in my room as a canvas and paint on it. He used washable paints so my mother never minded. He would spend hours in there, painting in solitude. Once, I remember, he painted a life-size portrait of a man on the door of my room. The man looked almost alive, but in a very strange way. Many different faces seemed to look out at me and I felt as though I was gazing at the dead young men from the accident.

Singh had his own personal reasons for this particular picture. He said the portrait looked like the commander of his wireless unit. He lived in fear of that man, and he was certain that his commander wanted to transfer him out of the company. Singh was sure that if he were transferred he would be sent to the battle-fields. Singh was certain in his own mind that if he went to a battle-field he would be killed. He was afraid of dying.

That portrait lingers in my mind for another reason. It was about the time that Singh was painting it that my younger sister took a turn for the worse. She had difficulty in moving her limbs, and any physical effort seemed to make her extremely tired, even speaking a few words. She grew more and more silent as days passed. This of course worried everyone. It was a while before we discovered what had caused her condition, and we didn't find this out until she was taken to the hospital some days later. She had suffered an unusual kind of stroke that was causing a creeping paralysis. The news hit the whole family hard, and caused a debilitating effect on the mental health of us all. The family members became uncommunicative, unable even to express emotions.

Mother became a nursemaid to little sister and withdrew from all family activities, except those that surrounded her daughter's care and maintenance. She could not be blamed for this, but without her attention to the rest of us, our family life was bound to deteriorate.

I loved my sister very much, and there were times, when I was at her bedside, that she would try to speak. You could see the strain in her face as she tried to do so. I could barely hear her voice, but her eyes would sparkle. That would make me feel better, and I could feel that she realized I appreciated her effort. She would close her eyes and lie there motionless, but if I got up to leave when mother was not around, she would quickly open her eyes. She wanted someone there with her all the time.

I tried to believe that my sister would get better. Mother also tried to assure me of this, but I finally had to accept the fact that she was suffering from an incurable illness. And then I had to think about mother. Could she take it ? The truth of the matter was I wasn't sure how I could take it myself.

Mother would carry my sister around the house. Whenever mother would bring her into my room, my sister would become extremely upset by the portrait on my door. I don't know why it bothered her so, nor why mother insisted on bringing her there when she had such bad reactions. But then it struck me that mother might be getting some hope from the weak yelps she would let out. I suppose for mother, any signs of life were better than none.

Father would stay away from little sister most of the time. Mother tried to get him to see her more often, but he just wouldn't. When he did go into the room, my little sister would become visibly upset. Perhaps this is why he didn't go to see her. It couldn't have been pleasant to see her twisting and moaning on her bed.

I don't mean to say that father absolutely did not care for little sister. I guess he did. There were times when he would even try to pick her up, but she would let out a feeble cry whenever he did so. Sometimes he would get her up into his arms before she could cry out, but the cry would always come.

Mother sat me down once or twice a day, just outside of my sister's room, and tried to convince me that little sister was very much aware of things that were going on in the house. She said that I shouldn't think otherwise just because little sister didn't talk much. Mother said that she still communicated with her. Those feeble sounds she made from time to time were her way of doing it. Mother swore she could understand little sister as if she was talking to her. I didn't believe mother, and her daily attempts to convince me in this way just made me even more concerned about her.

Little sister had never been given any particular name. It was strange, I know, but mother just never did. Mother would just call her by any name she fancied at a given time and little sister seemed to enjoy this. There was one name that she particularly liked, and that was Dero. It was a nice name, and I liked it very much myself.

My sister grew progressively worse, and the psychological paralysis between father, mother and myself grew worse too. We were like strangers living under the same roof and such a state among us finally got the better of father. He had mother take little sister to the hospital on the military base, which wasn't easy. Mother did so at father's urging, but it distressed her greatly. Now she spent all her time at the hospital, attending little sister as much as the doctors and nurses would allow.

When I visited my sister at the hospital, she seemed sicker than she had been at home, if that were possible. May be she was not actually sicker, but she didn't seem to belong there. After a few weeks, mother couldn't take it any longer, so she brought little sister back home. She had a very good reason to do so: the day she brought sister home was her fourth birthday.

Mother and I decided to give her a birthday party, and we were preparing for it when father came home from his office earlier than usual. It was just early afternoon. He normally did not get home until late evening, but there he was standing over mother with an awful scowl on his face.

"You brought her home from the hospital", he bellowed into mother's face.

"It's her birthday today," mother said in a low voice.

"But that was no reason to bring her home from the hospital."

I thought the sound of father's voice might upset little sister, so I quickly went to her room. She was weeping. I tried to comfort her, but I did not succeed. I went back to mother and father.

"You should not have brought her from the hospital," father was still going on.

"Do you want to kill her once and for all?" mother was crying.

"She'd be better off if she were dead," he said in a stern voice.

Mother's eyes went glassy at the remark, and she fainted. At the same time I could hear little sister screaming in her feeble way. I didn't know whether to help my sister or my mother.

26

Father picked mother up from the floor and laid her on the couch. I went to younger sister. Soon she quietened down.

I went back into the front room and stood near mother. Father had taken a chair next to her. She soon regained consciousness, and lay there mumbling to herself. Father held his head in his hands for a time, then spoke to her.

"How do you feel?" he asked mother in a much more subdued tone.

Mother muttered something but she gave him no direct answer.

"I've got some bad news to tell you," father went on. "The government has ordered us to leave this district."

"Why?" mother almost screamed.

"You wouldn't understand," he quickly assumed his military air.

He got up from the chair and started to leave the room, waving for me to follow him. Away from mother, he told me that things had gone wrong between him and the government. He never said anything specific about how things had gone wrong. The talk was more about my schooling. It seemed he was telling me not to think of a military career, although he never came right out and said that. He spoke about my taking up medicine or some other similar profession. It was not an easy conversation to have with my father.

There was no happiness at all in our house that evening, and there was no celebration of little sister's birthday. We all had that expulsion order on our minds. Mother tried to persuade father to discuss the matter with her. Her efforts continued all evening, but he would not talk any more about it than what he had already said. I felt the same concern as mother's and wondered where we could go. When I went to bed, I could not sleep. I just lay on my cot out on the terrace staring up at the stars, unable to imagine what the future might bring if we really had to leave that city. I felt helpless, and the more I stared at the stars the more helpless I became.

There was no way for our bad news to remain a secret in such a small city. All our neighbours knew about it the next day. Singh came to visit us in the afternoon, and I used the opportunity to ask him to tell me just what an expulsion order meant. It meant, Singh told me, that we had to leave the entire province and go somewhere else. Also, we would not be able to take any of our belongings. Our house and property, everything, including the dishes in the kitchen and our clothes in the closets, had to be left behind. We could only take the clothes we were wearing.

As Singh was telling me this, a police party came to our house.

Father was with them. They entered the house and the policemen began searching everywhere. They were not tidy about it at all. They spilled things on the floor, emptied the drawers and closets. They even threw our letters and very personal belongings into the courtyard.

It was shocking to see their carelessness. They even emptied the medicines for my younger sister from their containers. They went so far as to dump the flowers from the flower pots, and then they overturned the recently cultivated vegetable and flower garden. They seemed absolutely determined to make a mess of our house, and they succeeded expertly.

They paid special attention to the papers in father's desk, going through them very carefully, and they carefully inspected all my books too. They went about their messy task with grim faces, but I was certain that they were enjoying the disruption. They were looking for something, that was clear, but they didn't seem to be having any luck. The search team had split up. One group went to the upper floor, and the other searched the ground floor. Occasionally, they would stop their searching and have a conference in low voices. Towards the end of the day, they gave up the search and came out on the veranda where we were to talk. That seemed to be their purpose, but they did not leave. They now seemed to be waiting for someone to come.

What a day this had been for us. Since the policemen had come, we hadn't been able to do anything but stay huddled in one corner of the veranda. We couldn't even talk to each other but just stared in silence. Mother couldn't cook supper, or prepare little sister's milk, but little sister didn't make a whimper about it. We had all been locked into this drama of search.

As darkness came, another policeman showed up. We learned that he was the chief investigating officer. When he came in, the men who had been searching stood at attention. One of them gave the investigating officer a report of their results. He read through the report and then turned to father.

"Hello," he said "I'm sorry we disturbed you," he said wryly. "But we were obliged to. Hope you will forgive us."

He turned to his men and told them to clean up the house.

"No, no, that's alright." said father. "We'll do it."

Mother was holding little sister as she sat on a chair in a corner of the veranda. Now she moved from the corner for the first time that afternoon. The investigating officer next turned to her.

"We are sorry about this," he smiled, bending down to pat little sister's arm.

Little sister gave out a little yelp, and mother cuddled her closer to her breast.

"My daughter is a little ill," she said.

"Oh, I didn't know," the officer said, "but she will be getting better soon."

Mother smiled. She was pleased by this comment.

Father walked with the police officer to the end of the garden. They talked briefly, and then the police officer and his men left. He came back to the veranda and told me to start putting our things back in order. As I was collecting the letters from the veranda, Singh reappeared. I had forgotten that he had been there when the search party first showed up. At some point in the afternoon, he had left. But now he was back and began to help me clean up the house.

The next day, Singh told me that the expulsion order had been cancelled because the search squad did not find the evidence they had been looking for. Still, there would be a further investigation. This was made perfectly clear by the presence of a policeman on guard at the entrance to our house. The guard would salute my father whenever he would leave or enter the house, but he was still watching everything that went on in the house very closely. The guard would even salute me occasionally, but I would never acknowledge it. Singh said that one of the main duties of the guard was watching who came to visit our house.

I remember I went back to school after that day we spent under the inspection of the search squad to find a change in my friends' attitude towards me. I was not certain whether my friends were cool to me because we were under investigation by the police, but there didn't seem to be any other reason. They didn't have to tell me. Now, I was aware that the war wasn't going well for the Allies, and it was possible that this might have had some impact upon my friends, for my father was still the military commander of the district. But I didn't put too much stock in that. Yet again, many of my school mates were joining the military academy, so I couldn't be sure what was really in my friends' minds.

Not only were my friendships and the war going badly, but things in general seemed to be bad. The city wasn't the same for me as it had been in days past. There was still much military activity, the troops and trucks were coming and going, but for me the town was becoming less of a place that I felt myself a part of. The monsoons were very bad that year as well, but it didn't keep the dust down.

As my old friends became less and less friendly, I relied upon Singh's friendship more and more. He seemed to know that I needed him, and he was willing to spend more time with me. He could tell me about battlefields in far-off places. But I was more interested in other aspects about the war than just the fighting. He told me of the abuse that our soldiers had to take from the white Allies, mostly the English. Singh did not think we should be fighting for them. I told him about the course we were taking in school about the English, how brave they were, how many wars they had won. I detested reading about it. We both agreed that if the English were such good soldiers and had won so many wars then why did our people have to go and fight for them now.

There was a teacher of mine who had similar thoughts as Singh and me about the war. He would come to my house and join in the discussions sometimes. The teacher was named Panditji, and not only did he have a lot to say about the war, but he also knew quite a bit about the charges that had been brought against my father. He didn't tell Singh and me about it right away, but eventually it came out. How he knew anything at all about it I don't know. But what he said was this. The police suspected that my father was associated with the rebels, the anti-British forces who were manoeuvering in the district. Since my father was district military commander, he had access to classified and secret information and they suspected he was passing it on to the rebels. Also, there was another reason that some of the English government officials wanted my father to be removed from his position. He was not subservient enough for their taste.

It wasn't long after our house had been searched that my sister was once again admitted to the hospital. When I visited her there, I would run into that white police officer who had been in charge of the squad that had searched our house. He would greet me very politely, which made me feel very uncomfortable. It was hard for me to take to that man after what he had done to our home—well, what his search squad had done to our home.

"Why don't you come over to our club sometime?" he would ask me.

I had been to this club on different occasions with my father and Singh. It was the place where the police and the military officers gathered to drink and talk about the war. It was the news centre of the city, the informal news centre. I didn't like going there because

I did not see myself as a military person or a policeman or a government official.

But on one of my visits to the hospital to see my sister, this policeman was there, and he insisted that I go with him to the club. I was fed up with him asking, so this time I went with him. His name was Mr. Nellar, and he was from Ireland. He was a good talker, but I wasn't used to so much conversation, not having had much at home lately. He talked a good deal about my mother. He seemed to be fond of her.

I had been sitting with Mr. Nellar about an hour when Singh came into the club. He motioned for me to come to one side.

"Did you come here with him?" he pointed to Mr. Nellar.

"Yes," I said.

"You shouldn't have come with him."

"Why?"

"That bastard is still trying to get your father."

Singh went on to tell me to be cautious of Mr. Nellar and not to go anywhere with him again. Then Singh left the club. I didn't like Singh talking to me as though he were my father, but yet I could understand his concern. He didn't want me to be used by that man. He didn't care about me or my mother. He was just looking for information that could be used as evidence against my father. I don't know to this day what kind of information Mr. Nellar expected to get from me. I knew nothing about my father's professional life that could have helped him – I think.

In the weeks immediately after that, our neighbours and friends began to stay away from us wholesale. The news was out that the guard at our door was taking down the names of everyone who came to visit us. Their behaviour was understandable. They didn't want to become involved in the police investigation, but still it distressed us very much not to see our neighbours and friends.

Singh continued to visit us for a long while after this, but, as time passed, he too no longer came. We idled away the days at home, alone and silent. As a family, we were not used to being so emotionally dependent on, or in need of, each other. We didn't know how to cope with it, and we seemed to resist learning how. This just deepened our state of mental paralysis.

The investigation was being extended to our distant relatives. We received letters from them asking us what was the reason for their local police coming to search their homes. The family of one of my aunts had actually been terrorized by their local police. Her two children had been frightened off into the jungle. Her husband had fled from the district after being threatened with imprisonment. She didn't know where any of them were. We all felt very sorry for her, but there was nothing we could do. We couldn't even write her to explain because our mail was being censored.

I became very depressed after that letter from my aunt, and that state of mind stayed with me for the longest time. Neither school, the military activity, nor even a magazine or book could hold my attention for long. It didn't matter what I read or what I saw. Everything just depressed me. Father and mother were in the same state of mind, and this was augmented by the continuously worsening health of my sister.

In the midst of our depression, which had now lasted through the autumn and into winter, Singh came to our house one day to tell us that he was being transferred to the war front.

"You have not come to see us for a long time." mother said to him. "So I am happy you came to see us before you left."

He smiled weakly but gave her no clear answer.

I couldn't help but say to him, "You smelled the danger for us here."

"No, it is not like that," he reacted strongly. "The truth is that I have become the victim of that white devil, my commander."

"What are you talking about?" mother asked.

He started crying and I felt ashamed for what I said. "Is it true," I then asked, "that you are definitely going to be sent to the battlefront?" I was thinking of his fear of death.

"Absolutely true," he straightened himself up. "I'm going to the battlefield."

There was not that same fear on his face that I had seen before when he talked about fighting, and now he was no longer crying. Mother began to discuss the entire matter of his departure, but I could not participate in the discussion. I suddenly felt as though he had already left for the front. For me, he was no longer there. Of course, after he left our house I was sorry I hadn't talked to him about his leaving. I knew I had lost a friend, but that was a common occurrence in my life at that time. Still, I should have given Singh a proper goodbye. He might be killed out there somewhere. My callousness towards him told me how wretched my life had become.

We had been living in fear for a long time. None of us believed that this matter would ever be over, but in one way, and that final note came late one night. It was the expulsion order again, but this time it was final. In a way I was glad it had come. It meant that we could stop living in anticipation of it. Father took the news very easily, but mother began to wail and cry. She wanted to know where we would go, what would father do. That expulsion order also meant that he would have to give up his military career. I didn't care a bit about this though. I just wanted to get out of that city.

A police officer had come to deliver the order, and he told us that we would have to get going soon. He was explaining to us that we could take nothing but the clothes on our backs, when little sister began to cough violently. I was surprised because I didn't think she had that much strength left in her weak, frail body. We all went to her room, including the police officer.

Father took one look at little sister and declared, "We need a doctor."

The police officer said, "I'll have to talk to my commanding officer."

"Use our telephone," mother said anxiously.

"No," the officer said, "Your phone is no longer operational." He leaned out of the window and called to another policeman who was waiting outside, to go and call the commander about getting a doctor for a sick child.

The policeman dashed away and was back in a few minutes. "A doctor is on his way," he shouted up to the officer.

The doctor was not long in coming. He placed his bag down on the bed and began to examine little sister. She had been quiet now for quite a while.

"She has been under a long spell of unconsciousness," mother said to the doctor. "She will wake up soon, won't she, doctor?" Mother sat down on the bed and began to say to little sister, "Darling, wake up. Wake up. We have to leave." But little sister's eyes did not open, nor did she move.

The doctor stood up and said to mother, "She is dead."

"No ! No !" mother started to cry. "Examine her again, please. She is just sleeping.

The doctor quickly examined little sister again. He shook his head. "It is all over."

Mother was crying loudly now, and I was weeping. Father took mother by the arms and led her from the room. The doctor said he knew of our expulsion order, and that he would take care of the arrangements for the dead child.

As we gathered up our coats to leave the house under the watchful eye of the police officer, Mother suddenly stopped crying, and I was happy for that. She needed to preserve her strength for the journey ahead. It was better for little sister the she didn't have to travel with us.

We left our house and walked quietly down the road.

Mother suddenly said, "But suppose she wakes up?"

Father did not answer her, nor did I. But I was thinking, what if she should wake up? Would there be anyone there?

Translated from the Hindi by A. Ayengar

अतीत में कुछ

सुबह-सुबह जब हम अपने घर से निकले थे तो सारा शहर धुन्ध में लिपटा हुआ था। वे नवरी के दिन थे। इतने ठण्डे कि उन का अन्दाज़ा किसी दूसरी जगह लगाया ही नहीं जा सकता। दूसरे मामूली दिनों की तरह, जब ऐसी सुबहें ठण्ड की वजह परेशान करती थीं, वह दिन वैसा मामूली नहीं था। ठण्ड का हम लोगों पर शायद कोई असर नहीं हो रहा था। कम से कम मुझे उस वक़्त ठण्ड नहीं लग रही थी। बल्कि ठण्ड की वजह से जो धुन्ध चारों तरफ़ फैली हुई थी वह एक तरह की सुविधा थी, ऐसी सुविधा जिस की वजह से हम लोग एक दूसरे को छिपाये हुए थे। मैं चलते-चलते अपनी माँ की लम्बी, पतली काठी तो देख सकता था पर उन का चेहरा नहीं देख सकता था। उन का वह चेहरा जो मरे हुए आदमी से भी ज़्यादा निस्तेज और भयानक हो सकता था। धुन्ध कितनी अच्छी थी जिसने हमें आपस में पास-पास चलते हुए भी दूर किया हुआ था।

उस धुन्ध वाले दिन हम उस शहर से निकाले गये थे। पहले, उस दिन से पहले, वह ज़रूर एक शहर था, लेकिन मैं सोचता हूँ हमारे जाने के बाद हम लोगों के लिए वह उस तरह का शहर नहीं रह जायेगा। क्योंकि उस ख़ास तरह की कोई जगह आदमी के लिए ख़ास तभी तक रहती है जब तक वह उस से जुड़ा रहता है। उस से अलग होने के बाद, मेरे लिए वैसी जगहों का विकल्प जो मेरे दिमाग़ में तसवीर बनाता है, ठीक ऐसी जगह की तसवीर बन जाता है जिस से हम कभी परिचित न रहे हों, जैसे वह एक अन्तहीन रेतीला किनारा हो। या ऐसी जगह जहाँ कुछ नहीं हो, कम से कम अपने से जोड़ने वाली कोई चीज़।

वह चाहे एक छोटा शहर था। एक पहाड़ी रियासत का वह उस वक़्त और ख़ास तौर से मेरी उम्र के उन हिस्सों में वह महत्त्वपूर्ण शहर था जहाँ रियासत के छोटे-बड़े दफ़्तरों के साथ फ़ौजों का बहुत बड़ा हिस्सा पड़ा हुआ था। फ़ौजों का इतना जमाव मैंने पहले कभी नहीं देखा था। जब पहले-पहल हम लोग फ़ौजों की परेड या उनकी गाड़ियों की लम्बी क़तारें देखते थे, तो वक़्त का कितना हिस्सा चुपचाप हमारे बिना जाने खिसक जाता था। पर वे चीज़ें कभी भी दुबारा देखने के लिए पुरानी नहीं पड़ती थीं बल्कि उन का रंग, उन की तेज़ी दुबारा उतनी ही तीव्रता से अपनी तरफ़ खींचती थी।

उस सुबह, जब हम वहाँ से निकाले गये थे, हमारे वे पिता जिन पर रियासत की ओर से आरोप लगाये गये थे और जिन्हें सिर्फ़ कुछ घण्टों में रियासत छोड़ने का हुक्म मिला था। हम सब से आगे-आगे चल रहे थे। उन के हाथ में छाता था, जिसे वे धुन्ध

के बीचों-बीच गिरने वाली या हवा से उड़ने वाली बूँदों से बचने के बहाने खोले हुए थे, दरअसल उस तरह बूँदों से बचने के लिए नहीं बल्कि अपना मुँह छिपाने के लिए खोले हुए थे। वे नहीं चाहते थे हम या कोई भी परिचित या कोई भी आदमी उन्हें देखे। हालाँकि मैं सोचता हूँ उस वक़्त इस तरह का बहाना कितना कच्चा था। देखने न देखने से क्या फ़र्क पड़ता क्योंकि सारे शहर को पता था कि हम लोगों को उस रियासत से निकाले जाने का हुक्म हुआ था। उस सुबह पहली बार मैंने अपने पिताजी को पैदल चलते देखा था। उस से पहले जहाँ तक मुझे याद है, वे अपने दफ़्तर भी कार से जाया करते थे हालाँकि उन का दफ़्तर हमारे घर के साथ लगी हुई रिज रोड से कुछ ही नीचे कुछ मकानों के बाद था। जहाँ अकसर मैं सीढ़ियों के रास्ते सीटी बजाते हुए एक ही साँस में उतर जाता था। हमारे घर के पिछवाड़े की सीढ़ियों से उन के दफ़्तर तक जाने के उस रास्ते को छोड़ कर एक फ़ौजी अफ़सर की तरह वे बाक़ायदा कार से दफ़्तर जाते थे जो काफ़ी चक्कर लगा कर उन्हें दफ़्तर के उस गेट पर छोड़ती थी जिस जगह सलाम करने वाले फ़ौजियों की एक टुकड़ी खड़ी रहती थी।

क़ायदे से मेरे पिता फ़ौजी अफ़सर नहीं थे, पर वे रियासत के सब से बड़े फ़ौजी अफ़सर थे, और फ़ौजों की प्रशासनिक सारी ज़िम्मेदारियाँ उन पर थीं। फ़ौजी दफ़्तर में काम करने की वजह से उन के घरेलू व्यवहार में फ़ौजी अफ़सरों जैसी सख्ती थी, जिससे मैं बेहद नफ़रत करता था। कई बार मेरे जी में आता था कि अपने अप्पा (पिताजी) को एक दिन उन के ऐसे व्यवहार के ख़िलाफ़ ख़त लिखूँ, पर उनके सामने होते ही मैं सब कुछ भूल जाता था। घर में उन का सख़्त और ठण्डा व्यवहार पूरे घर को एक अजीब-से डरावने, घुटन भरे वातावरण से छाये रखता था।

वे दूसरे विश्वयुद्ध के शुरू के दिन थे जब फ़ौजी गतिविधियों में तेज़ी आयी थी। देशी रियासतों से फ़ौजी टुकड़ियाँ सुदूर भूमध्यसागरीय इलाक़ों में भेजी जाती थीं जहाँ वे मित्र देशों के लिए लड़ने जाती थीं, मुझे अब तक हलकी याद है उन दिनों की। फ़ौजी जवानों की परेड करती कितनी ही टुकड़ियों की तसवीरें न जाने कहाँ-कहाँ कीलों की तरह खुदी हुई हैं। उन तसवीरों को जब कुरेद-कुरेद कर मैं याद करने लगता हूँ तब हलके से मेरे आगे, ठीक उनके समानान्तर पतझर के उदास दिनों की तसवीरें खुद-ब-खुद आ जाती हैं । वे फ़ौजी टुकड़ियाँ दिन-दिन भर सड़कों को घेरे रहती थीं और फिर न जाने कहाँ कब विलीन हो जाती थीं। कभी-कभी तो जब कॉलेज से छुट्टी का दिन होता तो मैं लड़ाई में जाने वाले उन फ़ौजी सामानों से लैस, ट्रकों को गिना करता था। यह तो मैं आज क्या, कभी नहीं भूल पाऊँगा कि उन जाते हुए ट्रकों या जीपों के नम्बर मिला मैं कोई 'लकी' अंक तय कर लिया करता था और वह भाग्यशाली अंक मेरी तरफ़ से उन सैनिकों की सुरक्षा का जादुई तावीज़ बन जाया करता था पर वह सिर्फ़ मेरा खेल था, और मैं सोचता था जिन-जिन ट्रकों का 'लकी नम्बर' निकल आता था वे लोग ज़रूर लड़ाई ख़त्म होने के बाद अपने घरों को वापस चले आयेंगे और मैं फिर उन के ट्रकों के नम्बर गिनूँगा। लेकिन उन बाक़ी

लोगों और ट्रकों के लिए जिन का लकी नम्बर नहीं आता था, मेरे मन में एक गहरा अवसाद घिर आता था, ऐसे मौक़ों पर मैं कोई दूसरी बात सोचना शुरू कर देता था, एकदम दूसरी बात।

उन दिनों शहर का हर दफ़्तर फ़ौजी दफ़्तर बन गया था। यहाँ तक कि हमारा कॉलेज भी, छुट्टी के बाद फ़ौजी दफ़्तर बन जाता था। शहर की हर दीवार, स्कूलों और हमारे कॉलेज की दीवारें फ़ौजी दफ़्तरों से घिरी रहती थीं। रोज़ नये-नये पोस्टर उन दिनों शहर के लोगों के लिए नयी ख़बरों की तरह होते थे, लेकिन कुछ अरसे बाद मैंने पाया था कि धीरे-धीरे उन पोस्टरों में लोगों की दिलचस्पी ख़त्म हो गयी है और वे उन से जल्दी ही उकता भी गये। उकताहट के बावजूद उन पोस्टरों की तसवीरों को देख-देख कर बार-बार मेरे मन में यह जानने की इच्छा होती थी कि वे किन शहरों की हैं, फिर हम लोग शर्तें लगा-लगा कर उन शहरों को अपनी एटलस में खोजा करते थे। पर यह काम बहुत देर नहीं चलता। एटलस देखना, शर्तें लगाना सब धीरे-धीरे ख़त्म हो जाता। एक बात जो कभी ख़त्म नहीं होती, वह धूल और मिट्टी थी जो मटमैली रंग की पट्टियों की तरह शहर की छतों पर जम गयी थी। आप किसी चीज़ को झाड़ें या किताबों के पन्ने खोलें पीली, मटमैले रंग की मिट्टी की कोई न कोई परत वहाँ ज़रूर होती। हमारा घर एकदम सड़क के किनारे होने की वजह से धूल से ज़्यादा भरा नज़र आता। ट्रकों के गुज़रने से हरवक़्त घर में धूल पड़ती और एक ख़ास क़िस्म का उज़ड़ा-उज़ड़ा महौल घर में बन जाया करता था।

उस माहौल से माँ अकसर डरी रहती थीं।

''यह घर उज़ड़ने की शुरूआत है,'' वह कभी-कभी दबे-दबे खुद से बातें करते हुए कहतीं। पर शामें फिर धूलहीन हो जातीं, और मैं माँ की बात भूल जाता। रातों के बारे में अब ज़्यादा याद नहीं है, फिर रातें तो सोने में बीत जाती होंगी।

बीच-बीच में जब लड़ाई की ख़बरों में लोग रुचि लेने लगते, उन दिनों सब बातों का सिलसिला सिर्फ़ लड़ाई ही होता। अपने शहर से जाने वाले उन सैनिकों के बारे में मैंने कभी कुछ नहीं सुना। मैं उस तरह की ख़बरों का इन्तज़ार करता रहता था। वे सैनिक जो हमारे शहर से सुदूर देशों की ओर जाते थे, सच तो यह है कि वे हमारे शहर के सैनिक नहीं थे। वे रियासत के दूर-दूर इलाक़ों से आने वाले ग़रीब किसानों के लड़के थे। अब वे भूमध्यसागर के सुदूर इलाक़ों में फैले हुए असंख्य सैनिकों की तरह होंगे, जिन के बारे में कोई भी ख़बर किसी के पास नहीं।

लड़ाई की ख़बरों और बातों के अलावा भरती दफ़्तर भी एक आकर्षण का केन्द्र था जो हमारे घर से बिलकुल पास था। पतझड़ की छुट्टी हो या क्रिसमस की, इस अवसर पर अपने दोस्तों के साथ फ़ौजी सरगर्मियों की वे जगहें देखते थे, जिन में भरती दफ़्तर भी एक था। जहाँ सुबह तड़के से गाँवों से आये नौजवानों की भीड़ लग जाती थी। वे लोग भरती दफ़्तर को जाते हुए जब कभी हमारे घर के सामने से निकलते या हमीं उन्हें दफ़्तर में देखते तो आसानी से यह जान जाते कि वे कितने ग़रीब होंगे।

लेकिन जब मेरे मैट्रिक के इम्तिहान ख़त्म हुए और छुट्टियाँ शुरू हो गयीं तब फ़ौजी हलचलों की तेज़ी मेरे लिए दिन बिताने का आसान तरीक़ा बन गयी थी। सब कुछ भूल-भुला कर अपने फ़ौजी शहर की फ़ौजी हरकतें मेरे लिए उन तमाम नयी चीज़ों में शामिल हो गयी थीं जिनकी कल्पना करता था।

शायद उन्हीं दिनों हमारे घर में अप्पा के व्यस्त कार्यक्रम की घटनाएँ और छोटी बहन की बीमारी की घटनाएँ शुरू हुई थीं। छोटी बहन चाहे अरसे से बीमार थी लेकिन उन दिनों उसे ले कर माँ बहुत ज़्यादा व्यस्त हो गयी थीं। व्यस्त अप्पा और व्यस्त माँ के बीच मैं खुद को इतना ख़ाली पा सकता था कि छुट्टियाँ मुझे सज़ा की तरह लगें, लेकिन शहर का फ़ौजी माहौल काफ़ी हद तक एक सुविधा थी। अकसर अपने दोस्तों के साथ शहर के छोटे से चायघर में या बाज़ार की दुकानों या फिर शहर से दूर के हिस्सों में घूमने के अलावा कोई काम नहीं था, चाहे यह घूमना और बाज़ार की दुकानों में ज़्यादा वक़्त बैठा रहना बिलकुल बेमतलब था, पर उन दिनों के हिसाब से देखा जाये तो उस का ज़रूर कोई मतलब होगा।

छुट्टियों के शुरू में ही एक बार जब हम फ़्लासड़ा के जंगलों की तरफ़ घूमने गये थे, हमने एक ट्रक-दुर्घटना देखी थी। मैंने पहली बार ऐसी भयानक दुर्घटना देखी थी। सड़क से उलट कर वह ट्रक बहुत नीचे खडड् में जा गिरा था। अपने दोस्तों के साथ हम जब ट्रक के पास पहुँचे थे तो हमने अविश्वसनीय तरीके से कटे हुए फ़ौजी जवानों के शरीर देखे थे। जीते-जागते फ़ौजी नौजवानों के वे शरीर एक ही झटके में टूट कर अलग-अलग हो गये थे। दुर्घटना देखने वाले हम पहले लोग थे।

''वह देखो कोई ट्रक के नीचे दबा पड़ा है, शायद वह ज़िन्दा हो'', किसी दोस्त ने टूटे हुए ट्रक की तरफ़ इशारा किया।

अभी हम जब ट्रक के नीचे दबे हुए उस आधे जीवित फ़ौजी को निकालने की तजवीज़ें सोच ही रहे थे कि तेज़ी से कुछ फ़ौजी अफ़सर भी वहाँ पहुँच गये। उनके साथ मेरे पिता भी थे। फ़ौजी अफ़सरों ने पहला काम हमें भगाने का किया। मैं अप्पा की उपस्थिति से पहले ही वहाँ से जाने की सोच चुका था।

लेकिन जैसे ही हम खडड् से ऊपर सड़क की ओर आये तो फ़ौजियों की एक जीप ने हमें रोका और हमारे नाम-पते दर्ज किये।

''आप जानते हैं, आप के नाम-पते क्यों दर्ज किये गये?'' उन में से एक फ़ौजी ने कहा।

हम लोग चुप रहे।

''आप अब शहर में या कहीं भी नहीं बतायेंगे कि कोई ट्रक गिर पड़ा और आदमी मारे गये। यह फ़ौजी मामला है, आपको इस सिलसिले में कहीं कुछ नहीं बताना है।''

''पर क्यों?'' मैंने पूछा। दरअसल मैं उस दृश्य को देख कर काफ़ी परेशानी महसूस कर रहा था।

''आप को बताया न कि यह फ़ौजी मामला है। आप लोगों के मुँह से बात निकली कि आप फ़ौजी क़ानून के मुताबिक अपराधी साबित हुए।''

थोड़ी देर बाद, एक काग़ज़ पर दस्तख़त कराने के बाद उन्होंने हमें सीधे अपने-अपने घर चले जाने के लिए कहा।

मुझे पता है, उस सड़क पर दूर-दूर तक दो-तीन दिनों तक पहरे का पड़ाव पड़ा रहा और जब वहाँ से पहरा टूटा और हम लोग फिर शाम के रुटीन के मुताबिक़ घूमने निकले तो वहाँ दुर्घटना का नामोनिशान नहीं था।

उस घटना के बारे में खुद किसी को नहीं बता सका, अपनी माँ को भी नहीं क्योंकि फ़ौजी अफ़सराना अन्दाज़ में अप्पा ने मुझे किसी को न बताने को आगह किया था। मैं इस बात की गहराई जान गया था कि हमें किसी को बताने से क्यों रोका गया। ताकि मृतकों के परिवार वालों को यह लिखा जा सके कि उन के बेटे मित्र देशों की रक्षा में सुदूर भूमध्यसागर के लड़ाई वाले हिस्सों में वीरता से वीरगति को प्राप्त हुए। यह बात सिर्फ़ हम जानते थे कि वे लोग एक मामूली दुर्घटना के शिकार हुए थे।

पर बात यहीं ख़त्म नहीं हुई थी, मैं और मेरे दोस्त हफ़्तों तक फ़ौजी दफ़्तर में बुलाये जाते, और हमें फिर किसी को कुछ न बताने का हुक्म दिया जाता। हमें कहा जाता था कि शहर का हर दूसरा आदमी उन का जासूस है और वह कभी भी जब हमारे मुँह से कुछ निकलेगा, फ़ौजी दफ़्तर को ख़बर कर देगा।

अकसर वहाँ से लौटने के बाद मैं कुछ थक सा जाता। मुझे फ़ौजी दफ़्तर का वह हिस्सा, जहाँ हमें ले जाया जाता बेहद उकताने वाली जगह लगता। जैसे वहाँ अफ़सर आदमी न हों, केवल बोलने वाली मशीनें हों। यह अजीब बात थी कि दूसरे दोस्तों की तरह मैं उस सब से आतंकित नहीं था। हफ़्तों तक दफ़्तर में हाज़िरी बजाने के नीरस काम के बीच अचानक एक नौजवान फ़ौजी अफ़सर मेरा दोस्त बन गया था। वह वायरलेस विंग का आदमी था, और इतना दिलचस्प कि उस की बातों में अजीब सा खिंचाव था। उस का नाम था छत्रसालसिंह। हाज़िरी बजाने और फ़ौजी अफ़सरों की एक सी ट्यून सुनने के बाद हम सब दोस्त छत्रसालसिंह के कमरे में जाते और घण्टों वहाँ बैठ कर फ़िल्मी गाने सुना करते या जिस बीहड़ इलाक़े का वह रहने वाला था, वहाँ की कहानियाँ सुनते। बाद में छत्रसालसिंह जब हमारे घर आने लगा तो अपने दिलचस्प व्यक्तित्व के कारण वह माँ के लिए दूसरा बेटा बन गया।

वह छत्रसालसिंह, मेरी माँ का दूसरा बेटा, अजीब-अजीब तरह के शौक रखता था। वह पेण्टर भी था और अकसर अपनी छुट्टी के वक़्त मेरे कमरे में अकेले बैठ कर वह दीवारों को ही 'कैनवस' मान कर तसवीरें बनाया करता था। मेरे कमरे के बड़े दरवाज़े पर उस ने एक बहुत बड़ी, आदमक़द, तसवीर बनायी थी। मुझे न जाने क्यों यह विश्वास है कि वह तसवीर अभी भी उस मकान के उस दरवाज़े पर वैसी ही बनी होगी उसे किसी ने नहीं मिटाया होगा और क्योंकि वह कभी-कभी दरवाज़े से

अलग कोई दूसरी चीज़ नहीं लगती थी।

उस तसवीर के पीछे उन दिनों की एक बात जुड़ी हुई है, और वह बात है लड़ाई। उस आदमक़द तसवीर से बहुत सारे चेहरे झाँकते लगते थे। मेरे मुताबिक़ वे चेहरे ठीक उस दुर्घटना में मृत सैनिकों से मिलते थे लेकिन छत्रसाल का कहना था कि वे चेहरे उन लोगों के हैं जो वायरलेस सेटों से तैनात फ़ौजी हैं, जिनके मृत चेहरों से भी कुछ बताने का भाव जाहिर होता है। वह मरने से बहुत डरता था। अकसर वह इस बारे में मुझे बताया भी करता था। वह कहता था कि जिस दिन उसका यहाँ से तबादला होगा, अँगरेज़ अफ़सर उसे लड़ाई में भेज देंगे। वह कहता था, कितना अच्छा हो कि उसका कभी तबादला न हो।

मैंने उसे अनेक बार अकेले में बैठ कर रोते हुए भी देखा था। पर मुझमें कभी इतनी हिम्मत नहीं आयी कि उस से पूछूँ कि उस के रोने का कारण क्या है। पहले तो ऐसे मौक़ों पर मैं खुद अजीब सा महसूस करता हूँ, दूसरे पूछने जैसे कामों से मुझे अजीब सी शर्म लगती है। यही एक झिझक थी जिसकी वजह से मैं कभी छत्रसाल से उसके परिवार के बारे में बात नहीं कर पाया। मैं उसे बहुत नज़दीकी तौर से जानता था, चाहे बहुत सारी बातें मुझे पता नहीं थीं। वह जब ज़्यादा गुस्से में होता तो अँगरेज़ों को और लड़ाई को गालियाँ देता होता।

न जाने क्यों, मुझे शक है कि उस शहर से हमारे निकाले जाने के पीछे एक कारण छत्रसाल भी है। मुझे तो यह भी सन्देह है कि हमारे परिवार की दुर्घटनाओं की शुरूआत छत्रसाल के हमारे परिवार के बहुत 'नज़दीकी' बन जाने से होती है उन्हीं दिनों मैं यह जानने लग गया था कि अब बहुत कम मौक़े मिलेंगे जब छत्रसाल के बारे में, मैं दूसरी तरह भी सोचूँगा। यह कितनी हास्यास्पद बात है कि ऐसे सन्देह मुझे शुरू-शुरू में हुए थे और उन का धुँधला स्पर्श अब भी वैसा का वैसा है।

जिन दिनों छत्रसाल मेरे कमरे के दरवाज़े को 'कैनवस' बना कर आदमक़द तसवीर बना रहा था उन्हीं दिनों छोटी बहन के हाथ-पाँवों की हरकतें बन्द होने लग गयी थीं। वह इतनी छोटी थी कि उस की हर बात का अन्दाज़ा काफ़ी दिनों बाद ठीक-ठाक लगता था। पहले-पहल जब उस के हाथ-पाँवों का चलना धीरे-धीरे बन्द होता गया था और वह एक बेहोशी के अन्दाज़ में लेटी रहती थी, तब हमें ख़याल था जैसे वह अपने पुराने मर्ज़, बेहोशी से पीड़ित है। लेकिन काफ़ी दिनों बाद जब माँ के साथ मैं उसे फ़ौजी अस्पताल ले गया तो डॉक्टरों ने बताया कि उस का रोग एक तरह का पक्षाघात है। न जाने क्यों, मुझे लगता था कि वह पक्षाघात मेरी छोटी बहन के शरीर का नहीं बल्कि हमारे परिवार के पक्षाघात की शुरूआत है। माँ जब-जब धूल देख कर खीझे हुए स्वरों में कहतीं, ''यह घर उजड़ने की शुरूआत है,'' तब-तब मेरे कई शक पक्के हो जाते। मैं कभी सोचूँगा, फ़ुरसत से तो मुझे पता चलेगा कि मेरे शक की वजह मेरी माँ थीं क्योंकि उनके सोचने का असर का न जाने किन-किन रास्तों से मुझ पर पड़ जाता था।

सचमुच वह भयानक शुरूआत थी, पक्षाघात की वजह से चीख़ने-चिल्लाने वाली बहन के चीख़ने-चिल्लाने की मात्रा में एकदम कमी हो गयी थी। अपने छोटे-से पलँग पर लेटी कभी-कभी वह सिर्फ़ मांस का सफ़ेद टुकड़ा लगती थी। उस की इस हालत के बाद माँ जिस तरह से उस के चारों तरफ़ हर वक़्त मौजूद रहती थी, उस से लगता था जैसे उन के लिए वह छोटी लड़की ही अब उन की शेष दुनिया रह गयी है। मैं उन का एकलौता बेटा था, अप्पा ऊँचे ओहदे पर विराजमान उन के पति थे, लेकिन इस सब से बेख़बर वे थीं जो उस मांस लोथ को अपने से चिपकाये, उस के ठीक होने के विश्वास की प्रतिक्षा में थीं।

अगर उस बहन से माँ के बाद किसी को ज़्यादा प्यार था तो वह मैं ही था, लेकिन न जाने क्यों अब मुझे इस स्वीकार से डर लगने लगता है। बीमार होने के बाद वह इतनी चुप हो गयी थी कि उस की गूँजें जिस घर को घर बनाये रखती थीं – अब सब कुछ एक निरन्तर चुप में शामिल हो गयी थीं।

जब-जब मैं फुरसत में होता और उस के आसपास से गुजरता तो वह अपने दायें हाथ की उँगलियों को बड़ी कोशिश से सीधी कर के, आँ... आँ... कर के मुझे अपने पास बुलाती थी। उस की आँखों में एक गीलापन तैरता रहता, मैं नहीं जानता वह अपनी आँखों से क्या ज़ाहिर करती होगी लेकिन मैं वहाँ जितनी देर बैठा रहता उतनी देर वह अपने होंठों पर हँसी लाये रखती। ऐसा करते जब वह थक जाती तो आँखें बन्द कर के चुपचाप हो जाती। उसका बायाँ हाथ और पाँव एक ओर निर्जीव से पड़े रहते। पर वह अपने दायें पाँव और हाथ को बड़ी मुश्किल से हिला पाती थी।

उस की इस हालत से मुझे सिर्फ़ डर लगता। मैं अकसर मन ही मन मनाता कि वह ठीक हो जाये, लेकिन जल्द ही मैं अपने इस अन्धविश्वास को टूटता हुआ पाता। मुझे बिलकुल पता नहीं था वह क्या चाहती है, क्या सोचती है लेकिन कभी मैं डाँट कर उसे बायाँ हाथ उठाने को कहता। वह चुपचाप कोशिश करती लेकिन थक कर फिर आँखें बन्द कर लेती। हमेशा मैं उस के पास उठ कर ऐसे मौक़ों पर चला जाता जब उस की आँखें बन्द होतीं। बाद में मैं सोचता, उस की आँखों ने मुझे पूरे कमरे में कहाँ-कहाँ खोजा होगा?

बहन के बारे में माँ मुझे बहुत बार बातें बताया करतीं। शायद मेरे मन में बहन का प्यार बनाये रखने के लिए वह ऐसा करती होंगी लेकिन ज़्यादातर वह बताया करतीं कि वह मेरा बहुत इन्तज़ार करती है। बल्कि माँ यह भी बतातीं कि जब वे उस के पास मेरी बातें करती हैं तो वह चुपचाप हँस-हँस कर उन बातों को सुनती रहती।

कभी मैं माँ से यह कह पाया कि वह बात कैसे समझती है ? चाहे वह बोल नहीं सकती फिर भी माँ का विश्वास था कि वह सब कुछ समझती है। अपने झूठे विश्वास की तरह कि वह ठीक हो जायेगी, माँ एक दूसरी ही दुनिया में रहती थीं।

अपनी गोद में लिये माँ उसे जब मेरे कमरे में ले आती थीं तब वह सचमुच मुझे बेहद खुश लगती। पर मैं उस की उपस्थिति में विचित्र क़िस्म की परेशानी में पड़

जाता। मैं जानता था वह ऐसे रोग से पीड़ित है जिस से कभी ठीक नहीं हो सकती। परेशानी मुझे माँ को ले कर होती। उस की वजह से माँ को कुछ हो सकता था यह बात मेरे डर का मूल कारण थी पर माँ थीं कि उस की भयानक बीमारी के बाद आश्चर्यजनक तरीक़े से उस से घिर गयी थीं। वे हमेशा उसे ऐसी जगहों पर ले जातीं जहाँ वह खुश रहती। वह मेरे कमरे में खुश रहती और छत्रसाल की बनायी तसवीर को देख कर चिल्ला पड़ती। उसकी भूली हुई चिल्लाहट के वापस लौटने से माँ का चेहरा खिल उठता। या कभी-कभी अपने पलंग पर लेटे-लेटे खिड़की से वह यूकलिप्टस के पेड़ों को हिलते देखती तो खुशी में चिल्लाने के साथ-साथ उछलने की कोशिश करती, अपनी इस खुशी में वह उछलती तो कभी नहीं थी, थोड़ा सा खिसक सकती थी।

अप्पा के मन में उस के लिए कोई मोह नहीं था। दिनों बीत जाते वे उस के कमरे में नहीं जाते। माँ के बार-बार कहने पर वे उस के कमरे में जाते और उसे बनावटी तरीक़ से तसल्ली देते। लेकिन वह पिता की उपस्थिति से बहुत डर जाती, और तमाम वक़्त अपनी आँखें बन्द किये रहती।

उनकी गोद में बैठे कभी भूल से अगर उस की आँखें खुल जातीं तो वह डर से चीख़ कर एक हाथ के ज़ोर से ही माँ की ओर लपकती। तब अप्पा उसे माँ की गोद में डाल देते। वह बहुत छोटी लगती थी। पक्षाघात की वजह से वह अपनी असली उम्र तीन की तरह कभी नहीं लगी। आम बच्चों की तरह वह शायद ही कभी रोयी हो। वह सिर्फ़ चीख़ती थी, लेकिन कुछ क्षणों के लिए। उस की भाषा वही थी। हम उसे चीख़ना कहते थे लेकिन माँ उसे ही उस की ज़ुबान मानती थीं। इस में चौंकने वाली कोई बात नहीं, क्योंकि सचमुच माँ उस की चीख़ों का अर्थ समझती थीं। दूध के लिए पानी या किसी भी काम के लिए उस की चीख़ें अलग-अलग क़िस्म की होती थीं। कुदरत ने बचपन से उस बीमार लड़की को चीख़ने की जो ताक़त दी थी वह दो ही काम कर सकती थी—एक उस के बचाव का और दूसरे उस की ज़रूरतों को जाहिर करने का। इस के अलावा बहुत कम मौक़े होते जब वह चीख़ती।

फुरसत के वक़्त माँ उस बीमार लड़की की तारीफ़ें तो करतीं ही, साथ में उसकी अजीब बातें भी बतातीं। उन का कहना था कि वह जानती है कि 'तुम लोग कहाँ-कहाँ रहते हो, कब घर में रहते हो और कब बाहर, वह बहुत कुछ जानती है।' यह सब बताते हुए वह अपने उस झूठे विश्वास से भरी रहतीं कि एक खुशनुमा सुबह वह एकदम ठीक हो कर अपने पाँवों से चलने लगेगी, उस बीमार बहन को रात-दिन अपने से लगाये माँ खुद भी बीमार लगने लग गयी थी। घर भर में एक अजीब सी चुप्पी और घर न होने का माहौल बना रहता था। अप्पा की बनिस्बत मैं घर में ज़्यादा रहता था, इसलिए इस सब को ज़्यादा महसूस करता। अप्पा शायद घर के माहौल को अपने अनुशासन के मुताबिक़ पा कर निश्चिन्त थे। लेकिन मैंने कहा न 'शायद' हो सकता है उन्हें सब कुछ पता हो, कुछ भी हो सकता है....

माँ उस छोटी बहन को ढेरों नामों से बुलाती थी, यही एक वजह थी कि उस का कोई नाम निश्चित नहीं हो पाया था। माँ जब कभी कोई नया नाम सुनती तो उसे उसी नाम से पुकारतीं, और वह थी कि माँ के हर नये सम्बोधन, हर नये अजनबी नाम को सुन कर किलक उठती। जैसे वह अपने नाम की स्वीकृति दे रही हो।

घर भर में माँ और उस छोटी बहन का यह खेल चलता रहता। पर यह खेल ज़्यादा नहीं चला। एक दिन ग़ुस्से में आ कर पिता ने उसे फ़ौजी अस्तपताल में दाख़िल करवा दिया।

उस दिन माँ और दिनों से ज़्यादा उदास थीं। लगता था जैसे उन के हाथों से कोई चीज़ छीन ली गयी हो। धीरे-धीरे सब कुछ पहले की तरह होता गया। माँ दिन में दस बार अस्तपताल अपनी बच्ची को देखने चली जातीं। और मुझे महसूस होता जैसे कि घर में कम अस्पताल में ज़्यादा रहने लग गयी हों।

छोटी बहन की चौथी सालगिरह के दिन माँ उसे अस्पताल से घर ले आयी थीं, मैं जब-जब उसे देखने अस्पताल गया था तो वह ज़्यादा बीमार लगती। घर आ कर खिले हुए चेहरे को देख कर लगता था जैसे वह खुश हो, वह खुशी सिर्फ़ कुछ क्षणों की थी क्योंकि पलंग पर लेटने के बाद वह वैसे ही बीमार और उदास लगने लग गयी थी।

माँ शायद उस की सालगिरह के किसी काम में लगी थी कि दोपहर में ही अप्पा घर लौट आये थे। छुट्टी के अलावा ऐसे बहुत कम दिन थे जब वे घर आते थे। इसलिए उस दिन थोड़ा सा आश्चर्य हुआ था। वे बहुत ग़ुस्से में थे और जब उन्होंने छोटी बहन को घर पर देखा तो वे ग़ुस्से में ऊँची आवाज़ में चीख़ पड़े।

''इसे कौन अस्पताल से घर लाया,'' उन्होंने ज़ोर से पूछा । मैंने माँ और अप्पा के बीच कभी ज़ोरों से बातें नहीं सुनी थीं। मुझे तो ऐसा भी लगता था जैसे उन्होंने सालों से बातचीत न की हो।

''आज इस की सालगिरह है,'' माँ ने बहुत धीमी आवाज़ में कहा।

''लेकिन तुम इसे घर क्यों ले आयीं ? अप्पा के ज़ोर-ज़ोर से बोलने से माँ रोने लग गयी थीं तब मैं अपने कमरे से निकल कर नीचे चला आया था। जो चीज़ अस्पताल में रहनी चाहिए, उसे घर में क्यों....''

अप्पा ने बहन को चीज़ कहा तो माँ को ज़्यादा रोना आ गया—''आप इसे मारना चाहते हैं।''

''तुम्हें चाहिए, इसे अपने हाथों ज़हर दे दो।''

यह सुनते ही माँ बेहोश हो कर वहीं गिर पड़ी थीं। माँ के गिरते ही छोटी बहन आश्चर्यजनक तरीक़े से चिल्लाने लग गयी थी। मैं अभी तय नहीं कर पाया था कि माँ को उठाऊँ या बहन के पास जाऊँ कि अप्पा ने माँ को उठा कर पलंग पर लिटा दिया था। तब मैं बहन के पास चला आया। मेरे आते ही वह चुप हो गयी। वह कोशिश कर

के माँ की तरफ़ देखना चाहती थी लेकिन उस हिस्से को, जिस तरफ़ से माँ देखी जा सकती थी, वह हिला भी नहीं सकती थी।

कुछ देर बाद माँ को होश आया था, तब लेटे ही लेटे वे कुछ बड़बड़ायी थीं। अप्पा माँ के सामने की कुरसी पर सिर झुकाये बैठे थे। माँ के होश में आते ही उन्होंने कहा, ''अब क्या हाल है ?''

माँ फिर बड़बड़ायीं। तब पिता ने धीमे स्वर में कहा, ''तुम नहीं जानतीं, जो बात अब मैं कहूँगा वह इस से भी ज़्यादा ख़राब है'' बिना रुके उन्होंने कहा, ''रियासत की सरकार की तरफ़ से देश निकाले का हुक्म हुआ है।''

''क्यों...,'' माँ ने उठ कर परेशानी में कहा, ''आखिर क्यों ?''

''तुम नहीं समझोगी, फिर थोड़ा ठीक हो कर अपनी फ़ौजी मुद्रा को वापस ला कर पिता बोले, ''तुम अपनी हिफ़ासत रखो । यह तो मामूली बात है।'' माँ के कमरे से निकल कर बाहर बरामदे में उस दिन बहुत देर तक अप्पा ने मुझ से बातें कीं। मैट्रिक के बाद एफ. ए. में मेडिकल लेने की बात की और भी बहुत सारी बातें।

उस दिन शाम छोटी बहन की सालगिरह नहीं मनायी जा सकी। बीमार बहन की मरणासन्न हालत के बाद वह दूसरी दुर्घटना थी जिस ने शाम को बहुत अँधेरा और काला कर दिया था। मैं नहीं जानता था कि अप्पा को निकाले जाने का क्या कारण होगा, मैं उस रात भर सिर्फ़ सोचता यही रहा कि हम कहाँ जायेंगे... गरमी की उस रात जब अपनी छत पर सोते हुए मैंने खुला आसमान देखा था तब भी मैं पूरी साँस नहीं ले पाया था। मुझे लगा था, इतने खुलेपन में भी कोई घुटन है... कोई घुटन जिस से मैं आसमान के किसी भी चमकते सितारे पर अपनी आँखें नहीं टिका पाता।

एक छोटे शहर में ऐसी बातें छिपी कैसे रह सकती हैं। दूसरे ही दिन हमारे परिचितों को सब कुछ मालून था। मुझे छत्रसाल ने बताया था कि देश निकाले का मतलब है रियासत छोड़ कर दूसरी जगह चले जाना। और उस हुक्म के मुताबिक़ हम अपने साथ कुछ भी नहीं ले जा सकते थे। हमारे पास जो ज़मीनें थीं, घर या ऐसी ही चीज़ें थीं वे सब हमें छोड़नी पड़ेंगी। यही नहीं, हमारे सम्बन्धियों तक को अपनी सम्पत्ति से हाथ धोना पड़ेगा। हो सकता है, किसी को सज़ा भी हो।

जब छत्रसाल मुझे अभी यह बता ही रहा था कि अप्पा के साथ आये पुलिस के एक बड़े दस्ते ने हमारे घर की तलाशी लेनी शुरू कर दी थी। मैं, छत्रसाल, अप्पा, माँ और छोटी बहन हम सब बरामदे में सिर्फ़ यह देखते रहे कि तलाशी लेने वाले लोग किस बेरहमी से सामान बाहर दालान में फेंक रहे हैं।

छोटी बहन की दवाइयों की शीशियाँ, कूड़े का ढेर और दालान से लगे हुए छोटे बग़ीचे की क्यारियों को खोदने का सामान भी तलाशी में शामिल था। बरामदे में पड़ा हुआ सामान इस बेतरतीब से पड़ा हुआ था जैसे वह बाहर फेंकने की चीज़ें हों। असलियत यह थी कि वे चीज़ें हमें बाहर फेंकने की एक छोटी सी शुरूआत थी।

उस तलाशी में ज़्यादा वक़्त मेरी किताबों और अप्पा के काग़जों की छान-बीन में लगा था, तलाशी लेने वाले लोगों के चेहरे मैं उस वक़्त नहीं देख पाया था ! सिर्फ़ उनके हाथ दीखते थे। वे हाथ कितनी जल्दी काम कर रहे थे। वे लोग कोई ऐसी चीज़ खोज रहे थे जो संगीन थी लेकिन उन्हें मिल नहीं रही थी। दोनों तल्लों पर तलाशी ले रहे वे लोग पूछताछ के लिए एक-दूसरे के पास आते थे तो तलाशी कुछ देर के लिए थम जाती थी। लेकिन शाम होने तक भी उन लोगों के हाथ कुछ नहीं लगा था। शाम होते ही वे लोग हमारा सामान वैसे ही छोड़ कर बाहर बरामदे में आ गये थे, ठीक हम लोगों के सामने। अब एकदम आमना-सामना था। मुझे याद नहीं कब छत्रसाल वहाँ से चला गया था, मुझे महसूस ही नहीं हो पाया कि चले जाने की कोई बात हुई होगी।

वे लोग हमारी कुरसियों पर बैठ गये। उन में से कुछ सीढ़ियों पर। अब वे किसी के आने का इन्तज़ार कर रहे थे।

वह एक दिन था जब हमारे घर में दोपहर का खाना नहीं बना था। मुझे याद आया, उस रोज मेरी बहन का दूध भी तैयार नहीं किया गया था। अप्पा मैं, माँ और छोटी बहन बरामदे के एक कोने में उस सारे दिन बैठे रहे। शायद हम लोगों की कोई बात भी नहीं हुई थी। वह ख़ामोशी नयी नहीं थी लेकिन लोगों के चलने-फिरने और बात करने के बीच हम लोगों की ख़ामोशी थी जो सब जगह तैर रही थी।

आश्चर्य इस का था कि उस रोज़ हमेशा की तरह दूध के लिए छोटी बहन ने चीख़-पुकार नहीं मचायी थी। लगता था, जैसे उसे किसी अनहोनी का पूर्वानुमान था। शाम को जब मैंने ग़ौर से उस की तरफ़ देखा तो मैंने पाया जैसे उस की आँखें ठहर गयी हों। एक क्षण के लिए मैं काँप गया था। मेरे काँपने से वह कुरसी भी काँप गयी थी जिस पर मैं बैठा था।

छोटी बहन को देखने की बजाय मैंने अपने सामने बैठे पुलिस वालों को देखा। पर उन में से शायद किसी ने ग़ौर नहीं किया।

शायद अँधेरा घिर आया था जब पुलिस वालों का प्रतीक्षित गोरा अफ़सर आया। उस के आते ही वे सब सलामी मुद्रा में खड़े हो गये। उस ने आते ही पहले पुलिस वालों द्वारा तैयार की हुई रिपोर्ट देखी।

उस ने अप्पा की तरफ़ देखा।

''हैलो सिंह,'' उसने जैसे ही कहा, अप्पा ने बनावटी और सूखी हँसी से उस का स्वागत किया।

''मुझे अफ़सोस है, आप को तकलीफ़ दी,'' उस ने औपचारिक मुद्रा में कहा, ''लेकिन हम इस के लिए मजबूर थे। उम्मीद है, आप हमें माफ़ करेंगे।'' उस ने एक अधिकारी को सामान अन्दर रखने का इशारा किया।

''नहीं, नहीं। हम खुद रख लेंगे,'' अप्पा ने कहा।

माँ छोटी बहन को गोद में लिये बैठी थीं, उस गोरे ने उन्हें लक्षित कर के कहा,

''श्रीमती सिंह हमें बहुत अफ़सोस है।'' उस ने धीरे से पास आ कर छोटी बहन को छुआ तो वह घबराहट में ज़ोरों से चिल्ला दी। उस दिन, दिनभर वह चुप रही थी।

''बीमार है,'' माँ ने कहा।

''ओह ! मुझे मालूम नहीं था। जल्दी ठीक हो जायेगी,'' गोरे ने कहा तो माँ खुश हो गयीं। वह गोरा अफ़सर अप्पा को बग़ीचे के किनारे तक बातें करते-करते ले गया, और फिर सारे तलाशी दस्ते को ले कर लौट पड़ा।

मैंने ग़ौर किया, अप्पा के चेहरे की तमतमाहट ख़त्म हो गयी। फिर अप्पा के कहने पर मैंने और उन्होंने सामान कमरों में धकेलना शुरू किया। कुछ देर बाद छत्रसाल भी आ पहुँचा और वह भी काम में लग गया।

इतनी बड़ी दुर्घटना के बाद माँ और अप्पा मुझे खुश लगे। माँ इसलिए कि गोरे अफ़सर ने बच्ची के ठीक होने की बात कही थी और अप्पा इसलिए कि तलाशी में कुछ नहीं मिला। उस रात फिर सोते हुए खुले आसमान के नीचे मुझे ऐसा महसूस हुआ जैसे अन्दर और बाहर कहीं खुलापन न हो। जैसे एक अँधेरी गुफा में घुसने के बाद उजाले की दिशा न मिल रही हो।

दूसरी सुबह छत्रसाल ने बताया था कि तलाशी में कुछ न हासिल होने की वजह से देश निकाले का हुक्म टल गया लेकिन अभी तहक़ीक़ात होती रहेगी, मैं जानता था वह दुर्घटनाओं की शुरूआत टली नहीं थी, वह एक ऐसा वक़्त था जो बाहर से ठहरा हुआ लगता था लेकिन अन्दर से कुछ जल्दी-जल्दी ही गुजरने की क्रिया तेज़ी से चल रही थी।

हमारे घर के आगे पुलिस का पहरा लग गया था। चाहे अप्पा के दफ़्तर जाते समय पुलिस वाला सलाम बजाता था, मुझे अन्दर ही अन्दर लगता था जैसे वे लोग हमें निकाल बाहर करने वालों के षड्यन्त्र में शामिल हों। अकसर मेरे बाहर जाते या माँ के बाहर जाते हुए भी वह सलाम बजाता था, पर मैंने कभी उस का उत्तर नहीं दिया, जैसे अप्पा दिया करते थे। छत्रसाल का कहना था कि पहरा इसलिए लगा दिया गया है ताकि आने-जाने वालों की रिपोर्ट रखी जा सके। मेरे बार-बार पूछने पर भी छत्रसाल ने यह कभी नहीं बताया कि वह कौन सी वजह है जिस से अप्पा के ख़िलाफ़ यह सब कुछ हो रहा है।

छुट्टियाँ ख़त्म होने और नतीजा निकलने के बाद जब मैं दाख़िल होने के लिए अपने कॉलेज गया तो मैंने देखा कि कॉलेज की दीवार फ़ौजी काग़जों पोस्टरों से भरी पड़ी है। जो हमारे दोस्त पास हो गये थे उन के चेहरे तो कॉलेज में दिखाई दिये थे, लेकिन बाक़ी लोगों को हम ने निचली कक्षाओं में भी नहीं देखा। बाद में पता चला था कि वे लोग ''मिलिटरी ब्यायज़'' में भरती हो गये। जुलाई के बाद धीरे-धीरे हमारे शहर की फ़ौजी गतिविधियों में तेज़ी आ गयी थी। अब कॉलेज की आधी इमारत पढ़ाई के लिए और आधी इमारत नये सैनिकों के लिए अलग कर ली गयी थी। गतिविधियों की तेज़ी के बावजूद एक ख़ालीपन, उजाड़पन था जो हमारे शहर पर

छाया हुआ था। मित्र राष्ट्रों के जीवन के ख़ालीपन का वह असर था या कुछ और लेकिन उससे बचा नहीं जा सकता था । वह पढ़ाई के दौरान, खेल में या घर में भी आ कर दबोच लेता था। एक निरर्थकता, सब चीज़ों का बेमानीपन और अपने फ़ालतू पड़ते जाने का अहसास था, जो ख़ालीपन के रूप में अपनी शक्ल बना रहा था।

उस बार बारिश भी इतनी ज़ोर से शुरू हो गयी कि हमारा शहर अनेक बार दूसरी जगहों से कट जाता था। जब सड़कें टूट जाती थीं तब फ़ौजियों की पैदल क़तारें छोटी-छोटी पगडण्डियों के रास्ते सुदूर मैदानी इलाक़ों की ओर जातीं, जहाँ युद्धक्षेत्र की ओर ले जाने वाली रेलगाड़ियाँ या जहाज़ उन का इन्तज़ार कर रहे होते । मैं उन फ़ौजियों को देखता तो मेरे मन में उन के प्रति एक करुणा उमड़ आती। वे अपने घरों से दूर, बारिश-पानी की परवा न करते हुए न जाने किस लक्ष्य के लिए खुद को बलि देने ले जाते थे। छत्रसाल ने मेरे मन में गोरों के प्रति इतनी वितृष्णा भर दी थी कि उनके साथ काम करना मुझे लगता था जैसे हम दूसरों के लिए काम कर रहे हों। कॉलेज में हम लोगों को रियासत के हुक्म के मुताबिक़ अँगरेज़ों की वीरता की कहानियाँ पढ़नी होती थीं। मैं जानता था, वह ऐसा वक़्त था जब उन्हीं कहानियों की बदौलत हमारे मन में ज़्यादा नफ़रत पैदा होती थी।

हमें भाषा पढ़ाने वाले एक पण्डित जी थे, जिन का घर हमारे घर के पास था। उन के सभी बच्चे हमारे दोस्त थे। वे उन लोगों में से थे जो अपना धर्म-कर्म तो ठीक रखते थे लेकिन विद्यार्थियों के प्रति जो हमेशा विरोध का भाव रखते थे। हम में से ज़्यादातर पढ़ने वालों की उनसे गहरी छनती थी। उन पण्डित जी ने मुझे बताया था कि अप्पा के ख़िलाफ़ सरकार क्यों है? रियासत के कामों में उन की काफ़ी चलती थी, इसलिए उन्हें बहुत बातें मालूम थीं।

अप्पा के ख़िलाफ़ जो बातें थीं उन में रियासत में क्रान्तिकारियों की मदद करने से लेकर सरकार के ख़िलाफ़ षड्यन्त्र तक के जुर्म थे। लेकिन पण्डित जी ने जो महत्त्वपूर्ण बात बतायी थी वह थी कि अप्पा के ख़िलाफ़ कुछ गोरे लोग थे जो उन्हें अपने रास्ते से अलग करना चाहते थे। ये बातें छत्रसाल को पता होंगी, अप्पा को भी, लेकिन मेरी माँ को नहीं। उन्हें ये बातें पता भी कैसे चल सकती थीं क्योंकि वे इस बुरी तरह अपनी बच्ची के आसपास सिमट आयी थीं कि उस से बाहर उनके लिए कोई दुनिया नहीं थी।

जुलाई ख़त्म होने के बाद, या शायद अगस्त के शुरू दिनों में जब सड़कें खुल गयी थीं, हम लोगों को कॉलेज के सिलसिले में कहीं बाहर जाना था। शहर से बाहर जाने का वह मौक़ा मुझे अच्छा लगा था। लेकिन उन्हीं दिनों न जाने कैसे छोटी बहन की तबीयत ज़्यादा ख़राब हो गयी थी और माँ अप्पा के कहने पर उसे अस्पताल में रखने पर राज़ी हो गयी थीं। ऐसे मौक़े पर मैं जाने की सोच भी नहीं सकता था। कॉलेज के भरेपूरे दिनों के बावजूद मैं खुद को बेहद ख़ाली महसूस करता और मुझे लगता इस के भराव के लिए मुझे कहीं ज़रूर जाना चाहिए। वही एक मौक़ा था जो

बहन की बीमारी से छिन गया था। माँ दिन-दिन भर अस्पताल, अप्पा दफ़्तर और मैं कॉलेज से जल्दी फ़ारिग हो कर घर में अपने कमरे में बैठा वक़्त बीतने का इन्तज़ार करता था। वक़्त था जो न जाने कैसे धीमे-धीमे बीतता था। बहुत धीमे-धीमे शामें आती थीं और शामों को खूब लम्बा कर जाती थीं।

वे दिन थे जिन दिनों अस्पताल में मेरी छोटी बहन को देखने वह गोरा अफ़सर भी जाता था जो तलाशी वाले दिन हमारे घर आया था। पता चला था वह सरकार का कोई बड़ा अफ़सर था जो रियासत के फ़ौजी मामलों का विशेषज्ञ था। अधिकतर उस से मेरी मुलाक़ातें अस्पताल में ही हुई थीं। वह बहुत विनम्रता से पेश आता था लेकिन न जाने मेरे मन में उस के प्रति एक सन्देह का पेंच था, जिस से मैं उस की विनम्रता पर भी शक करता था।

''तुम क्लब आया करो,'' वह मुझे आमन्त्रण देता था। मैं कई बार अप्पा की वजह से और छत्रसाल की वजह से क्लब जाता था। वह उस शहर की एक ऐसी नब्ज़ थी जिस से आप सब कुछ जान सकते थे। फ़ौजी आदेशों से ले कर लड़ाई की ख़बरों की बातों का सिलसिला वहाँ चलता था। मैं खुद को कभी उन लोगों के बीच ठीक तरह से महसूस नहीं करता था। यही वजह थी कि दो-चार बार के अलावा मैं वहाँ कभी नहीं गया।

आख़िर एक दिन वह गोरा शाम को खुद मुझे अपने साथ ले गया। उस का नाम नेलर था और वह आयरलैण्ड का रहने वाला था। वह बहुत बातूनी था, और घर में चुप रहने की आदत पड़ने के कारण मुझे उस का बोलते जाना ज़्यादा पसन्द नहीं था। क्लब में छोटे-छोटे खेलों के दौरान वह हर वक़्त माँ की तारीफ़ करता रहता था। हो सकता है माँ की चुप्पी और उनका उदास रहना उसे अच्छा लगा हो। क्योंकि माँ अब ऐसी उम्र में पहुँच गयी थीं जहाँ से उन के रूप की तारीफ़ करने का सिलसिला ख़त्म हो जाता है। पहले वह कितनी सुन्दर रही होंगी, यह उन की तसवीरें बता देती हैं, लेकिन अब—अब उन का वह चेहरा कहीं नहीं रहा। उस चेहरे पर उस शहर की मटमैली धूल सी चढ़ गयी थी, एक ऐसी धूल जो धीरे-धीरे आँखों, हाथों और शरीर को क्षीण करती रहती थी।

छत्रसाल उस शाम मुझे क्लब में ही मिला था, वह मुझे खींच कर कोने में ले गया, ''तुम नेलर के साथ आये हो ?''

मैंने स्वीकार किया।

''तुम्हें इस के साथ नहीं आना चाहिए।''

मैं उस की बात नहीं समझा, बोला, ''क्यों ?''

''यह साला मुझे बलि का बकरा बना कर भेजना चाहता है।'' दो-चार गालियाँ सुना कर और मुझे यह कह कर कि इस के साथ मत आया करो वह जब चला गया तब मैं कुछ भी नहीं सोच सका। दरअसल छत्रसाल की बातें उलझाने वाली थीं। लेकिन कुछ दिनों के बाद बातें खुद-ब-खुद सुलझ गयी थीं। अप्पा ने हम लोगों को

वे बातें बता दी थीं। नेलर हम लोगों से सम्बन्ध बना कर कुछ ऐसी बातें जानने की चाल चल रहा था जिस से अप्पा पर फिर से केस किया जा सके और उन्हें रियासत के फ़ौजी ओहदे से हटाया जा सके।

वह बात क्या थी जिसे नेलर जानना चाहता था, यह अब तक मैं नहीं जान पाया। दरअसल दुर्घटनाओं का यह सिलसिला इस हद तक उलझ गया था कि कुछ भी जानने की इच्छा ख़त्म होती जा रही थी। पण्डित जी से मैं पूछ सकता था लेकिन उन से पूछना भी अच्छा नहीं लगा। दरअसल वे बातें फिर किसी दूसरी बात से जुड़ी हुई होती थीं, उन सब सिलसिलों से पार पाना मैं आसान काम नहीं समझता था, इसीलिए उन्हें जानने की इच्छा मेरे मन में मर सी गयी थी।

बाद के महीनों में फिर धीरे-धीरे एक सिलसिला ऐसा आया कि हमारे परिचित, हमारे जानकार सब हम से कट कर रहने लगे। शहर की उन बातों को, जो लोगों के बीच प्रचलित थीं, मैं बिना पूछे भी जान सकता था; और मुख्य बात यह कि हम लोगों के साथ कोई अपना भविष्य नहीं जोड़ना चाहता था। कोई नहीं चाहता था कि हमारी वजह से उन पर विपत्तियाँ आयें। ऐसी हालत हो गयी थी कि हम बिलकुल अकेले पड़ गये थे। पहले छत्रसाल हमारे घर आता था, अब उस ने भी बिलकुल आना छोड़ दिया। वे ऐसे दिन थे जब पूरा का पूरा दिन हमें बिलकुल अकेले बिता देना होता था। माँ, अप्पा, मैं और मेरी छोटी बहन सब के सब अकेले पड़ गये थे। माँ बहन को अस्पताल से घर ले आयी थीं। उस में कोई तबदीली नहीं हुई थी, सिवा इस के कि वह छोटी सी जान पहले की अपेक्षा ज़्यादा चुप और ज़्यादा कमज़ोर हो गयी थी।

उन्हीं दिनों हमारे दूर-दूर बसे परिजनों की हमें ख़बरे मिली थीं, जिन्हें उनके घरों से निकाल दिया गया था, और जिन्हें रियासत छोड़ देने का हुक्म हुआ था। दूर किसी गाँव में शान्तिपूर्ण जीवन बिताने वाली हमारी बुआ का हमें ख़त आया था जो बाद में फ़ौजी जासूसों ने हमसे माँग लिया था।

बुआ ने ख़त में उन ज़ुल्मों का ज़िक्र किया था। वह चिट्ठी मुझे अब पूरी तरह याद नहीं, उस के हिस्से मेरे दिमाग़ में जगह-जगह छपे हैं, परतों की तरह। वे जब खुलते हैं तो सीधी तसवीरें सामने आती हैं। मेरे बराबर उन के लड़के-लड़कियों को कुड़की वाले दिनों घर से जंगलों को भागना पड़ा था। मेरे फूफा न जाने कहाँ भाग गये थे। उन की सम्पत्ति, घर, गाय, भैंस सब की सब चीज़ें दो-दो आने में नीलाम कर दी गयी थीं, केवल घर में ले-दे कर बची थी तो एक बूढ़ी बुआ, जिन्हें तुरंत वह गाँव छोड़ देने का हुक्म था।

हमारे कितने ही रिश्तेदार होंगे जिन पर इस तरह की विपत्ति आयी थी। हम थे जो कुछ दिनों के लिए बचे थे। मैं अपने कॉलेज जाता तो वहाँ वे सब बातें सुनता जो बुआ ने चिट्ठी में लिखी थीं बल्कि उन से भी ज़्यादा भयानक।

जैसे ही कॉलेज पतझड़ के लिए बन्द हुए थे वैसे ही मैं सिर्फ़ अपने घर में बन्द रहने के लिए छूट गया था। मेरे जितने दोस्त थे, वे सब किसी आतंक की वजह से हम

लोगों के घर नहीं आते थे, वे मुझ से भी कतराये रहते थे। कॉलेज बन्द होने के बाद मैं एकदम ख़ाली पड़ गया था। कोई ऐसा अख़बार या किताब नहीं थी जिससे मैं अपना ख़ालीपन दूर करता, उस पतझड़ से सर्दियों के दिनों तक मुझे अकेले रहने का जो वक़्त मिला था, वह मेरी यादों से इस तरह चिपका हुआ है कि कोई भी धक्का उसे दूर नहीं कर सकता।

सर्दियों के दिनों वह शहर ज्यादा ख़ूबसूरत हो जाता था, लेकिन उन सर्दियों में उसे सिर्फ़ एक ही तरह देख पाया था कि वह शहर बाक़ी सालों से भिन्न हो गया है। बल्कि लगता था जैसे बाक़ी वर्षों से कट कर अलग हो गया हो। चारों तरफ़ ऊँची पहाड़ियों से घिरा वह शहर पर्यटकों के लिए कभी आकर्षण था लेकिन जब से फ़ौजी गतिविधियाँ ज़ारी हुई थीं वहाँ किसी को आने का हुक्म भी नहीं था। हम जैसे लोगों के जो वहीं रहते थे, अलावा बाहर के लोग सिर्फ़ बसों के रास्ते से दूसरे गाँवों-शहरों को जा सकते।

लड़ाई में कुछ दिनों जब मित्र राष्ट्रों की फ़ौजें पिट रही थीं, उन दिनों उस शहर का फ़ौजी क़ानून सख्त हो गया था। मुझे अब हँसी आती है कि सेनाएँ हज़ारों मील दूर दूसरी धरती पर हार रही हैं लेकिन उस हार की सज़ा भुगतने की ज़िम्मेदारी इन छोटे-छोटे शहरों की क्यों थी?

अपने जाने के आख़िरी दिन छत्रसाल माँ से मिलने हमारे घर आया था।

''तुम कई दिनों से नहीं आये,'' माँ ने उससे पूछा।

वह चुप रहा। जैसे उस के पास कोई जवाब न हो।

''मैं जानता हूँ,'' मैं बोला, ''छत्रसाल जानता है कि हम लोगों की छाया भी ख़तरनाक है।''

''नहीं,'' वह ज़ोर से चीख़ा और रो पड़ा, ''बात यह नहीं है। बात यह है कि मैं खुद उस गोरे का शिकार बन गया हूँ जिस की वजह से तुम पर विपत्ति आयी है।''

''कौन सी विपत्ति?'' माँ ने हँस कर पूछा, यह तो मामूली बातें हैं, बेटे, पर मैं तो तुम्हारा इन्तज़ार कर रही थी।

वह ज़ोरों से रो रहा था। मैं शर्मिन्दा सा एक कोने में खड़ा था। मुझे पता नहीं था वह मेरी बात से रो रहा था या किसी और कारण से फिर भी उस के रोने से शर्म मुझे आ रही थी।

''क्या यह सच है,'' उसे चुप कराने की नीयत से मैं बोला, ''कि तुम्हारा तबादला हो गया है।''

''सच,'' वह सीधा खड़ा हो गया, ''वह गोरा मुझे सीधे लड़ाई में भेज रहा है।'' माँ ने उसे न जाने कितनी बातें कहीं, उसे आश्वस्त किया कि लड़ाई में तो सब जाते हैं। पर उस की घबराहट दूर नहीं हुई।

छत्रसाल के चले जाने के बाद, अचानक ही उस दिन मुझे लगा जैसे कोई ऐसी चीज़ चली गयी हो जिस के रहने से एक सहारा बना रहता था। जब पहले दिन उसने

मुझे अपना डर बताया था, और जब वह माँ का लाड़ला बेटा बन गया था, तभी मैं जान गया था कि एक दिन उस का तबादला ज़रूर होगा और जहाँ वह नहीं जाना चाहता वहाँ ज़रूर भेज दिया जायेगा। मैं ये बातें जानता था या नहीं, पर मुझे इस का हलका सा अनुमान तब ज़रूर था। ओर वह बात सच हो गयी थी।

पर फिर भी न जाने क्यों मुझे छत्रसाल पर शक था। उस का हमारे परिवार में बहुत नज़दीक आना और फिर अरसे तक छिटक कर अलग रहना, ये सारी ऐसी बातें थीं जो मेरे सन्देह को मज़बूत करती थीं।

फिर भी उस के चले जाने के बाद सर्दियों के वे दिन मेरे लिए ज़्यादा सूने हो गये। ऊँची-ऊँची पहाड़ियों पर बर्फ़ नहीं गिरी थी, वे नंगी थीं। वे अपने नंगेपन में, अपने सूनेपन में किसी के लिए प्रतीक्षित थीं। लेकिन मेरे पास कोई प्रतीक्षा नही थी, सिर्फ़ उजाड़-से दिन थे, ऐसे दिन, जिन में मेरे पास कॉलेज में भी कोई दोस्त नहीं आते थे, घर में माँ और अप्पा भी अलग रहते थे। अपना दरवाज़ा बन्द करने के बाद छत्रसाल की बनायी आदमक़द पेंटिंग ज़रूर मेरी आँखों के सामने होती थी लेकिन वह भी उतनी ही सूनी, नंगी और बेमतलब हो गयी थी।

न जाने कहाँ से माँ को एक पहाड़ी पण्डित मिल गया था जो माँ की हस्तरेखा के आधार पर बुरे ग्रहों के शमन के लिए पूजा-पाठ पर ज़ोर दे रहा था। उन कुछ दिनों सुबह-सुबह वह पण्डित पूजा कर जाता था और माँ को और छोटी बहन को ढेरों आशीर्वाद दे जाता था। अप्पा को तो उस के बारे में पता भी बहुत दिनों बाद चला। मुझे मालूम था लेकिन मेरी दिलचस्पी उस में नहीं थी। उन अकेले दिनों में मुझे अरुचि के बावजूद इतनी खुशी ज़रूर थी कि उस पण्डित के कारण माँ की दिनचर्या में तबदीली आ गयी थी।

माँ उसे पुरोहित जी के नाम से पुकारती थीं। मुझे बताया करती थीं कि उन्हें उन पुरोहित जी पर बड़ा विश्वास है। पुरोहित जी का कहना था कि हमारा संकट जल्दी ही दो-तीन महीने में टल जायेगा। लेकिन एक दिन उन पुरोहित जी पर ही संकट आ पड़ा। पूजा ख़त्म करने के बाद पूछताछ के लिए सैनिक उन्हें हमारे घर से पकड़ कर ले गये थे।

बाद में उन का क्या हुआ, हमें पता नहीं। उन सूनी सर्दियों में अब कोई बाहरी उपस्थिति नहीं थी। माँ के पास बैठ कर, अपनी छोटी बहन के साथ धूप सेंकने के बहाने मैं ज़रूर माँ को व्यस्त रखता था लेकिन उन सर्दियों के वे ऐसे दिन थे जिन दिनों धूप भी हम लोगों पर मेहरबान न थी, हमारे दालान से कुछ घण्टों के बाद ही धूप गायब हो जाती थी, और हम वहाँ से उठने की बजाय वहीं मकान की छाया में तब तक बैठे रहते थे जब तक बैठे रह सकते थे।

न जाने किस दिन ख़बरों से पता चला था कि फ़ौजियों की संख्या बढ़ायी जा रही है और इसलिए कॉलेजों से लड़के लिये जायेंगे। हमें कॉलेज में ही पता चला था कि कॉलेज अनिश्चित काल के लिए बन्द कर दिया गया है। मैं फ़ौज में जाने के लिए

उत्सुक नहीं था। अप्पा और माँ भी फ़ौज के ख़िलाफ़ थे। कॉलेज बन्द होने से मैं खुश था, क्योंकि वहाँ सब से अलग, लोगों के आतंकित चेहरों से अलग बैठना बिलकुल अच्छा नहीं लगता था। उस से बेहतर अपना घर था। वहाँ चाहे अकेले पड़ने की बात थी लेकिन वह अपमानजनक कम थी। चाहे मुझे कितनी ही बार सहना पड़ा हो, अपमान की चर्चा से मैं बहुत बचना चाहता था। लेकिन हम लोगों की जो हालत हो गयी थी उस में कोई बचाव नहीं था।

आख़िर एक रात जब हम सोये हुए थे, हमें कुछ ही घण्टों में रियासत छोड़ने का हुक्म हो ही गया। उस रात ऐसी ख़बर पाने के बाद हम कैसे सो सकते थे। हुक्म के मुताबिक़ हम कुछ भी अपने साथ नहीं ले जा सकते थे। किसी सरहद तक फ़ौजी गाड़ी हमें छोड़ सकती थी, उस के बाद हम लोगों का दायित्व था। आधी रात में उठे हम सब के चेहरे इतने सियाह पड़ गये थे जितना कि खुद रात का चेहरा था।

अप्पा शान्त थे लेकिन माँ अशान्त थीं—''हम कहाँ जायेंगे?'' माँ बार-बार बड़बड़ाती थीं।

मैं अपने बिस्तर के पास अपनी खिड़की से बाहर झाँकने लगा था, दूर आसपास के कोनों से, पहाड़ियों की सियाह छायाओं के पास बादलों के टुकड़े घिर रहे थे। वो आख़िरी दृश्य थे जो मैंने उस रात देखे थे, उस शहर में जिसे कुछ घण्टों बाद हम लोग छोड़ने वाले थे।

अप्पा बहुत शान्त थे और माँ उतनी ही परेशान। सुबह होते ही, जब हमें जाना था, छोटी बहन अचानक मरणासन्न हो गयी थी। माँ बहुत विचलित थीं। जब हमारे घर पर अधिकार करने वाले फ़ौजी अफ़सर आ चुके थे और हमें वह घर छोड़ना था तभी छोटी बहन नीली पड़ने लग गयी थी। ''कोई डॉक्टर तो बुलाओ,'' माँ ने कातर आवाज़ में कहा, ''बुलाओ न!''

अप्पा ने फ़ौजी अफ़सरों की तरफ़ देखा। उन के चेहरे निर्जीव से थे। उन के मन में कोई भाव नहीं था।

अप्पा ने एक अफ़सर की तरफ़ देखा।

''मैं कमाण्डिग आफ़ीसर से पूछ देखता हूँ,'' वह बोला।

अप्पा ने कहा, ''टैलीफ़ोन कर लो।''

''वह तो कब का कट चुका है,'' उन फ़ौजियों में से कोई बोला। एक अफ़सर दौड़ कर सीढ़ियाँ पार कर कमाण्डिग आफ़ीसर से इजाज़त लेने गया। वह कुछ ही देर में लौट आया था।

''डॉक्टर अभी आने वाला है,'' वह बोला और फिर तन कर खड़ा हो गया।

जब तक डॉक्टर आया तब तक छोटी बहन की आँखें स्थिर हो गयी थीं। मैंने उस का हाथ छू कर देखा तो उस की नब्ज़ बन्द हो गयी थी।

अप्पा और माँ उस के पास बुत बने खड़े थे।

''इसे लम्बी बेहोशी है'' माँ बोली, ''अभी उठ जायेगी... बच्ची... मेरी बच्ची!

उठो बेटे, हमें जाना है...।'' माँ ने उसे आवाज़ दी। उस की पुतलियाँ स्थिर थीं। आँखें खुली हुईं और चेहरे पर एक ऐसा भाव था जैसे सब कुछ ख़त्म हो जाने के बाद निश्चिन्तता का होता है।

डॉक्टर ने उसे देखा, ''मृत,'' वह बोला।

''नहीं, नहीं'' माँ बोलीं, ''एक बार फिर से तो देख लीजिए। देखिए न, बेहोश हो गयी है।''

डॉक्टर ने फिर देखा, ''खेल ख़त्म,'' वह फ़ौजी डॉक्टर अपने ही अन्दाज़ में बोला।

उस के बाद उसे वैसे ही छोड़ कर हम उस शहर की सड़क पर बाहर निकल आये जहाँ सर्दियों की धुन्ध ने सब कुछ अपारदर्शी बनाया हुआ था। पता नहीं, अप्पा ने माँ को कैसे समझाया होगा और वे बिना रोये हुए चल पड़ी थीं।

रोने के बारे में मैंने भी सोचा था, ऐसे मौक़े पर रोना-धोना बेकार होता है—बिलकुल बेकार।

''पर अगर वह जाग गयी तो...'' माँ ने सड़क पर धुन्ध के बीच छिपे मुँह से कहा।

उनका किसी ने, इसमें से किसी ने जवाब नहीं दिया। मेरे मन में था जैसे हम अपनी सब से बड़ी चीज़ वहीं छोड़ आये हों, जैसे हम ने एक बहुत बड़ा अपराध किया हो। वह सेफ़द, छोटी सी जान मेरी छोटी बहन उसी पलँग पर पड़ी थी जिसमें वह अपने पंगु हाथों से सब कुछ ज़ाहिर करती थी।

अब धुन्ध के बावजूद सड़क के एक कोने पर खड़ा मिलिटरी ट्रक दीख रहा था, जो हमें कहीं दूर छोड़ आयेगा—किसी अनजान सरहद पर।

Unsaid

So much has been said
yet some things are still left unsaid.
I want to say them now.

A lot has been written about
but some things are still left unwritten.
I need to write them now.

In tales of courageous deeds,
from strange to the dangerous and cruel,
a lot has been suffered,
but since the advent of the sun
to the daily sunset
we have to tolerate intolerable times
quietly without saying no.
I have to give expression to these things now.

Between word and meaning
that abstract in the concrete
has been explored for centuries
but even then. . . . . . .

अनकहा

इतना कुछ कहा गया है अब तक
फिर भी कुछ है जो नहीं कहा गया
वही तो कहना चाहता हूँ मैं

कितना कुछ लिखा गया है अब तक
फिर भी है कुछ बाकी जो नहीं लिखा गया
वही तो लिखना चाहता हूँ मैं

सहने की अनेक गाथाओं में
विचित्र से भयंकर और क्रूरतम
सब कुछ जैसे सहा गया है
पर सूरज के आने और विदा होने तक
हर रोज – यह असहनीय वक्त
सहना पड़ता है। चुपचाप, बिना इंकार किए
वही तो खोजना चाहता हूँ मैं।

शब्द और अर्थ के बीच
अमूर्तित मूर्ति को
इतनी बार खोजा गया है सदियों से
फिर भी..............

Destination

I've been walking for years
    and have got
    nowhere.

That's where
    the travelling of the day starts
    from where it ended.

For centuries
    this order has continued
    the world going nowhere either
    through the passage of dark space.

Passages are similar
    to the moving world
    of men,
    except that a great deal changes
    just as you would expect
    from repetition
    or any season.

This me
    who is walking,
    am I cheating myself ?
    as I do when I move
    or measure my progress ?
    That goal I set my heart on,
    that's also there
    as if moving.
    But because I move towards the goal
    the passages
    never change places.

गंतव्य

चल रहा हूँ वर्षों से
नहीं पहुँचता हूँ
कहीं भी।
वहीं से शुरू
हो जाती है दिन की यात्रा
जहाँ हुई थी खत्म
सदियों से
ऐसा ही
चल रहा है क्रम
दुनिया भी
नहीं पहुँचती कहीं
अंतरिक्ष के रास्तों से।
रास्ते वही हैं
चलती हुई दुनिया के
आदमी के
उतना ही बदलता है सब कुछ
जितना फिर फिर
किसी भी दुहराव में
मौसम में
बदलता है
यह जो मैं
चल रहा हूँ
क्या अपने को छल रहा हूँ
गति में
प्रगति में
वह जो गंतव्य है
वह भी वहीं है
जैसे चलता है
चलने से गंतव्य तक
रास्ते
अपनी जगह नहीं बदलते
गंतव्य से
फिर फिर किसी भवितव्य का
रास्ता
हो जाता है तय
चल रहा हूँ मैं भी
गंतव्यों की ओर
पर पहुँचता हूँ
कहीं भी नहीं।

57

Patterns
Translated from the original Hindi story
Hathee Ka Paon

Patterns

I had been asked to wait in a very large hall. Half of the hall had been reserved as a waiting room and the other half had been set up as a dining area with tables arranged in long rows. (The entire place must, at one time, have been the residence of a very affluent man. Surrounding the two-storied house were foliage, small bushes, tall trees—remnants of a lovely garden.) Young people were continually coming and going, and, at the dining tables, they took as much delight in gossiping as in eating.

I turned to look at the closets in the corners of the hall. The *almirahs* were filled with books. In fact, that room, that hall, must have once been a library. I squinted, trying to make out one or two of the titles, but I could not. The walls of the hall had not been polished for a long time, and, here and there, the colours had faded, leaving strange-looking blobs. Staring at those blobs, I easily conjured up images of lions and tigers and frightening mythic creatures.

The half of the hall that had been reserved as a reception area had carpeting of a chequered design so exact I could have played chess on it. It was clean and still well-cared for but the chairs and sofas were dusty and worn. All the furniture, in fact, was very old. Someone had carved writing on to the surface of the arm of the chair I was sitting in, but the carving was so old I couldn't tell whether it was just doodling or someone's name.

"Oh !" A melodious voice caught my attention. A beautiful girl entered the hall from the back door. She had an arm around the shoulders of another girl and was laughing as she talked to her friend. They both went directly to the dining tables and suddenly I was conscious of the presence of many girls at the dining tables. I simply had not noticed before. There were so many pretty girls. clustered together, young, happy, laughing, I couldn't decide which was the loveliest.

Again, my concentration was destroyed by the constant parade of people coming into the hall, talking, shuffling along, laughing. I was almost the only one all alone, just waiting and watching. My neck began to feel stiff and I turned away. Besides, I didn't care to look at the girls while they were eating. They didn't look as pretty with their mouths opened.

I had been waiting for quite some time and I was getting tired. I stretched my legs, but it didn't help. To divert myself, I began to count the square patterns in the carpet, hoping to while away the time by concentrating on something physical. I had not quite finished counting the squares when I became aware of a couple, a young man and young woman, sitting close to me.

"Why didn't you come yesterday ?" the young man was asking.

"I wasn't well."

"What was the trouble ?" he asked, with a laugh. "That which occurs every month ?"

I turned to look at them. The young woman noticed me right away and nudged the young man. They started speaking low, almost whispering, and I couldn't hear anything more of the conversation.

I went back to counting the squares in the carpet. There were 120 squares in each line. I got busy making calculations and, when I looked at my watch a short time later, I was astonished that it had taken me only two minutes to work out the mathematics.

People kept coming into the hall and some had taken seats near me. The dinner hour was ending and there was now so much laughter and conversation around me that I was becoming dazed. The babble had turned the place into a bedlam and I decided to leave. As I was going out of the hall, I noticed the information desk which, unfortunately, was crowed with people. I didn't stop, I wanted only to get away from the crowds. I thought of the public telephone but there was a woman using it – arguing with someone – talking so loudly that my ears hurt just as if they had been slapped. I guessed her age to be about 35, and then, instantly, became annoyed with myself for bothering about such a trifle. I hurried outside.

It was airy and beautiful. You could feel the cool touch of the wind in the dark. The road looked shiny in the dim light. I walked across the grassy lawn that led to the gate and, passing through, I looked back over my shoulder at the hall. Even though I had lived in town for a number of years, this was my first visit to the hall. I remember my classmates going to that hall when we were at college.

Umi had left the job she had held for years and had come to my town in February. For six months I deliberately avoided seeing her even though I knew where she was living. But now I was anxious to see her and had gone to the hall because I learned she frequented the place. Since I preferred to stay at home in the evenings, it took me weeks to get this far. All this waiting only made me want to see her more and I decided to walk over to the hostel where she lived.

It was a working girls' hostel I had long wanted to see it – this was my first visit to a girls' hostel – but before I'd had no reason to go. And as might be expected, I had my preconceived notions about such a place. I believed that girls who went to work did so because they had to and those that lived in hostels did so because they had no choice. I believed that hostels consisted of small, dingy rooms in an environment totally depressing. So, in a way, I was going to the hostel to test my opinions.

When I stood on the road outside the hostel, I felt a sudden urge to turn back to the hall. Maybe I didn't want to risk finding out I could be wrong. Whatever the reason, my desire to see Umi was stronger than my fear and I went inside. The place was clean, brightly lit and lively, with a homey atmosphere. Trust me to be wrong !

I inquired about Umi at the front desk and was told she was not in. As I left the hostel, a car passed me going up to the front of the building. There were several young people in it and I stopped to see if I could see Umi. They all left the car and went into the hostel but Umi was not among them. I started off again. I knew I should return to the hall but I really didn't want to. All those pretty girls would surely make me feel uncomfortable. In truth, I knew I would stare at them. How could I not ? Upon reaching the hall, I went straight to the information desk. "Has Miss Verma come in ?" I asked the woman.

She didn't answer but rang a bell. A man, a kind of steward, I guessed, strolled in from another room. "See if Miss Verma has come in yet," the woman said.

The steward left and was back in seconds. He shook his head, no, to the woman but did not look at me.

"Miss Verma is not in yet," the woman said to me, "but I know her room mate is back there."

"Thank you," I said. "Could you have her room mate come to see me ?"

The woman nodded and motioned for me to follow the steward. He led me to a seat in the hall and said he would find Umi's room mate. It wasn't long before the girl walked over to me.

"Are you waiting for Umi ?" she asked.

I nodded yes.

"Well, I have no idea where she went. She didn't say anything to me and I don't know when she'll return either."

I looked at her closely. She was a very attractive young woman, finely proportioned.

"So you don't even know if she'll be coming here tonight at all ?"

"That's right. She may be here by midnight, though." She smiled as she said "midnight." "Maybe she went to the pictures with somebody."

I looked at my watch. It was ten o'clock.

"You might as well wait a little longer," she said. "I shall order you a cold drink. I would like to join you but my brother is here to see me, and I have to entertain him."

Then it struck me that this was the same young woman who had been sitting nearby me earlier with that impudent young man.

"Your brother ?"

"Yes, he is waiting for me over there." I looked down the hall where I had been sitting earlier and recognized the young man.

After she left, I sat back in my chair, closed my eyes and thought about Umi. I sat that way for at least a half hour. Then I shook the memories from my mind and decided to leave. Just as I was getting to my feet, the steward hurried over to me and said that Miss Verma had just arrived and, following right behind him, through the hallway door, was Umi.

She came up to my chair, said, "Oh ! It is you," and brought her hands together in front of her chest and smiled. "I'll be back in a moment," she said and walked away from me. When she returned, she was with a man who looked about my age. "This is Mr. Keshwani," she said. He was a handsome fellow, well dressed and imposing. "He has only recently returned from America." Umi said, "and is now looking for a job." She motioned for the two of us to sit down and then she took off again.

Keshwani asked me, "How long have you known Umi ?"

"For a long, long time."

"She told me you were a cousin."

I was sorry, even sad, that he said that. It surprised me but I made no comment. "What did you do in America ?" I asked.

"I was studying mostly and did a little work on the side."

"You know," I said, "I've been living in this city for some years but this is the first time I have ever been to this place."

Keshwani made no response but said easily, "Today, we went to the lake side. It is about five or six miles away from here and my car got stuck in the mud."

64

"Yes ?" I said, encouraging him to go on.

Instead, he changed the subject. "Do you know," he said, "Umi's Officer is not the right sort of man for her."

"What ?" I asked, confused. "What are you talking about ?"

"He goes to her room," Keshwani continued, just as if I had remained silent, "and takes her hand, yes, holds her hand, and tries to make love to her."

"Make love ?" Umi had come back to the table. "Who is making love ?"

"I was telling him about your Officer."

Umi, who had been smiling, instantly turned sombre. "Oh, forget it," she said quickly.

"No, we should talk about it," Keshwani said, then turned to me. "We have to do something about such people."

I glanced at Umi. She looked disturbed.

"I have secured such a good job," she smiled meekly. "Such a good job, after such a long time, but now I have to put up with this fellow. He must be at least 50. Sometimes he tells he thinks of me as his daughter. Other times he says that his life has not been his own since he saw me. He tells me all the time that he has always wanted a girl like me for his wife," she stopped abruptly and looked more troubled than ever.

There was a silence and I glanced at my watch. Eleven o'clock.

"Have you had your dinner ?" Umi asked. She seemed to have forgotten the whole business of her Officer.

"No, I spent my time sitting and waiting."

"Good," she said, smiling once again. "Let's drive some place and get something to eat."

We all agreed, got up from the table and started out of the hall. As we walked passed the area with the chequered carpet, we saw several cats tip-toeing across the squares. The cats were of all colours, even red. Their eyes were glassy and shiny, so shiny and so strange I couldn't bear to look at them. I was glad to get away from these feline chessmen.

Keshwani went to get his car while Umi and I waited in front of the hall. "There were an awful lot of cats in that place." I said.

"Yes, a lot of cats," she agreed.

"I knew you were going to be late. Your room mate told me."

"Sometimes my room mate is a busybody," she laughed. Just then Keshwani drove up with his car and we got in. He drove to the part of town where the hotels were clustered.

65

"Where shall I drop you ?" he asked us.

"Aren't you coming for dinner, too ?" Umi asked, looking surprised.

"No," he said. "My father is waiting for me."

"Oh, please, come along," Umi whined. "Just for a little while at least."

Keshwani did not answer. He stopped the car in front of one of the larger hotels and turned to me. "Don't you know some minister in the government ? This Officer of Umi's must be dealt with properly."

"I'll see what I can do," I said foolishly. "Now, won't you join us for dinner ?"

"Thank you, no," he said.

We got out of the car and bid Keshwani goodnight and stood there while he drove off. As we walked across to the hotel. Umi said, "Please look for some job for Keshwani, will you ? He is so innocent, just like a child."

We went into the dining room of the hotel and I kept thinking, what made the two of them think I had such influence – first to take care of this Officer fellow of Umi's and then to find Keshwani a job. I hadn't tried to impress either of them.

We ordered dinner and sat back to chat.

"I knew we had to see each other sooner or later," I said.

"You knew where I was living. Why didn't you try to contact me earlier ?"

"Oh, I don't know."

"Well, if you wanted to see me, that was the thing to do."

We fell into silence for a time.

Umi suddenly spoke up. "My parents didn't want me to come here, to this town, but I was bored stiff in that other place."

I asked her how her family was doing but she didn't answer. We fell into silence again.

"My older brother," she said at last, "has gone to Singapore and the younger one lost his job. My parents are constantly quarrelling. So I came here. I just couldn't take it any longer. It began to get depressing."

I was about to ask Umi of her elder sister, whom I had known, but before I could say anything, she started to cry. Just as though she read my mind, she began to talk about her sister.

"My brother-in-law is no more. Didi was not sufficiently educated and her children are very small. If she had not been lucky and offered that job at the hospital, they might all have starved to death."

66

This news about her family was upsetting, even depressing. I tried to change the subject. "Our dinner is here. Won't you try to eat something ?"

She nodded, "It is very late, I know, but Keshwani's car went out of control. It got caught in a Khud and we barely escaped. Fortunately some people came to our rescue and pushed us out. There was nothing but wilderness around us. Even Keshwani was frightened."

"What about Keshwani ? I mean, his background."

"He is the only son in his family. What more is there to say ?" She smiled again and I was glad.

"You are still very much the same," I said. "You haven't changed that much, that's something I've always liked about you."

"There is no reason for me to have changed much. I haven't yet seen all the faces to life."

In the past, Umi had not been a sad person and I hoped she wouldn't talk about sad things anymore.

Suddenly, she laughed out loud. "You know, I saw you entering the hostel, I was on the lawn with Keshwani."

"Why didn't you call out to me ?"

"I simply could not believe you would come to see me at such an odd hour."

"What are you talking about ? It wasn't that late then."

"Well, perhaps, I wanted to see how long you would wait for me."

"I can tell you I waited a very long time."

She looked away in a kind of bored way, then back at me again. "I told Keshwani you had come to see me while we were out there on the lawn. I mean, I really told him about you."

"Why did you do that ?"

"I enjoy teasing him."

"Well, I don't think you should have done that."

"Please forgive me ?" she said, putting her hand on mine.

"My hands aren't clean," I joked.

She pulled her hand away quickly. "What's happening to me these days ?" she said. "God alone can understand the things I do."

We were both silent following this exchange but we continued eating dinner and, as we did, the hotel became quieter and emptier. It was obviously now well past the dining room's closing time. Except for two people dozing at separate tables, Umi and I were the only people there. Even the cashier was falling asleep at the counter.

After we finished eating, I said to Umi, "I think we should leave now."

67

"No." She became playful. "Let's doze the way those people over there are doing. After all, they can't turn us out. Oh, and let's have some coffee."

"They may not be able to turn us out," I said, looking around doubtfully, "but they can certainly turn off the lights."

"Coffee," Umi called out loudly.

The cashier woke up. "There is no coffee, madame."

"Humpf," Umi said as she took me by the hand and led me from the hotel.

When we came outside, the road was empty. We were the only people around.

"I like the night sky," Umi said, still holding my hand. "Bare, open wrapped up in darkness."

"Yes," I agreed, then, "Would you like me to walk you back to the hostel ?"

"No, no."

"Would you like to take a taxi ? Look, one is coming."

"Great," she said, releasing my hand. "That will be fine."

I flagged the taxi down and Umi got in quickly.

"If I don't come to see you." I said, holding the door open, "will you write to me ?"

"But you will come to see me," she said, sitting back in the taxi and smiling.

"All right, I will come to see you." I shut the door.

"When are you coming then ?"

"When you have a lot to talk about."

"Oh, I'll have a lot to talk about very soon," she said, leaning out of the taxi window and waving as it started off.

I smiled to myself and looked up at the sky. As Umi said, it looked bare, clear, and wrapped up in darkness. Still smiling, I began to walk home.

Translated from the Hindi by G.R. Taneja *and revised by*
Louise T. Reynolds & Harry Jackel

हाथी का पाँव

जिस जगह मुझे बैठने को कहा गया था, वह एक लम्बा-चौड़ा हॉल था। आधे हिस्से में इन्तज़ार करने वाले लोगों के बैठने की जगह थी और आधे हिस्से में लम्बी-लम्बी क़तारों में खाने की मेजें लगी हुई थीं (किसी ज़माने में वह पूरी जगह ज़रूर किसी ऐयाश क़िस्म के रईस का घर रहा होगा। दो मंज़िले मकान के चारों तरफ़ लक-झक बाग़ीचा था, छोटी-छोटी झाड़ियाँ, हरी दूब और लम्बे-लम्बे पेड़)। लड़कियाँ आ-जा रही थीं और खाने की मेज़ों पर बातों में उसी तरह लगी हुई थीं, जैसी खाने में। जल्दी और तेज़ी।

मैंने अपना चेहरा कोनों पर लगी आलमारियों की ओर कर लिया था। वे आलमारियाँ क़िताबों से भरी पड़ी थीं। वह जगह लाइब्रेरी की जगह भी थी। दो-एक टाइटल पढ़ने की कोशिश भी मैंने की लेकिन किताबों की आलमारियाँ काफ़ी दूर थीं। दीवालों पर निहायत मैलापन था और दूर से देखने पर आप उस मैलेपन में शेर-चीतों के साथ-साथ भद्दी और डरावनी शक्लों का अन्दाज़ा भी लगा सकते थे।

जिस हिस्से में बैठने की जगह बनी हुई थी, वहाँ कार्पेट बिछा था। चौकोर ख़ानों वाला 'कार्पेट'। मैं उस पर शतरंज की गोटियाँ खेल सकता था। वह साफ़ था, और बैठने की कुरसियाँ, सोफे साफ़ नहीं थे। लगता था जैसे वे बहुत पुराने हों। एक कुरसी के हत्थे पर ऊबड़-खाबड़ कुछ कटा हुआ था। वह किसी का नाम भी हो सकता था या लम्बे नाखूनों की खुरची हुई जगह।

'हाय' अचानक एक सुरीली आवाज़ ने मेरा ध्यान तोड़ा। पिछले दरवाज़े से एक सुन्दर लड़की अपनी सहेली के गलबहियाँ डाले हँस-हँस कर कुछ कहे जा रही थी। वे दोनों खाने की मेज़ों की तरफ़ चली गयीं, तब अचानक मुझे ध्यान आया कि मैंने उन दो लड़कियों को देखने से पहले बाक़ी खाना खा रही लड़कियों को ग़ौर से देखा ही नहीं। झुण्ड की झुण्ड सुन्दर लड़कियाँ थीं वहाँ। आप अन्दाज़ा नहीं लगा सकते कि कौन ज़्यादा खूबसूरत होगी।...

पर मैं ज़्यादा देर लड़कियों की तरफ़ नहीं देख सका। हॉल में चारों तरफ़ से दरवाज़े थे। और हर बार दरवाज़े से कोई-न-कोई आ-जा रहा था। मेरी गर्दन दुखने लग गयी थी। फिर मुझे खाना खा रही लड़कियाँ अच्छी नहीं लग रही थीं। उन के खाना खाते हुए बिगड़ते हुए मुँह देख कर मुझे परेशानी हो रही थी। वे जल्दी-जल्दी खा रही थीं और खाने के साथ चुंचुंहाट किये जा रही थीं ।

मुझे इन्तज़ार करते काफ़ी देर हो गयी थी। मैंने कुरसी पर बैठे-बैठे अपनी टाँगें फैला दीं। लेकिन इस से थकान कम नहीं हो सकती थी। मैं बुरी तरह थक गया था।

अभी मुझे इन्तज़ार करते कुल एक घण्टा हुआ था।

मैंने कार्पेट के चौकोर ख़ानों को गिनना शुरू किया। मैंने सोचा थोड़ा वक्त इस से बीत जायेगा। शायद इस बीच उम्मी आ जाये। मैं अभी गिन रहा ही था कि अचानक मैंने देखा ठीक मेरे पास वाली दो कुरसियों पर कोई बैठ गया था। एक लड़की और एक लड़का। उन्होनें कुरसियाँ क़रीब खिसका दीं।

''तुम कल नहीं आयीं।'' लड़के ने पूछा।

''मेरी तबीयत ठीक नहीं थी''।

''कौन-सी तबीयत, वही जो हर महीने....''। लड़के ने हँसते हुए कहा।

''मैंने तुम्हे फ़ोन किया था।''

''तुम बहुत बोर करती हो·····'',

मैं उन्हें घूर कर देख रहा था। लड़की ने मेरी तरफ़ देखा और फिर लड़के की तरफ़ इशारा किया। अब वे बहुत धीमे बोल रहे थे। मैं सुन नहीं सकता था। मैंने फिर कार्पेट के चौख़ाने गिनना शुरू किया। एक लाइन में वे ख़ाने १२० थे। फिर मैं हिसाब करने लग गया था।

मैंने घड़ी देखी। चौख़ाने गिनने में मुझे सिर्फ़ सात मिनट लगे थे। और हिसाब लगाने में यही कोई दो मिनट।

वक्त, अभी मेरे पास बहुत वक्त था। इस बीच बैठने वाली जगह पर काफ़ी लोग आ गये थे। उन की बातें और खाने वाली जगह की बातें ऐसा शोर पैदा कर रही थीं जैसे आप किसी नदी के किनारे बैठे हों।

मैंने सोचा थोड़ी देर बाहर घूमना ठीक रहेगा। हॉल में बहुत शोर था और अकेले आदमी का वहाँ बैठना मुश्किल था।

बाहर आते हुए पूछताछ का कमरा पड़ता था। वहाँ पब्लिक फ़ोन पर एक महिला ज़ोर-ज़ोर से बातें कर रही थी। जैसे वह किसी को डाँट रही हो। मैंने उस महिला की उम्र का अन्दाज़ा लगाया ३५ साल। इस बेकार के से ख़याल पर खीझ हुई।

बाहर हवा थी। अँधेरे में चलने वाली ठण्डी हवा। लम्बे-लम्बे पेड़ों से पतझर के दिनों की हवा शब्दहीन थी। बाहर अँधेरे में छोटी-छोटी बत्तियों में सड़क चमक रही थी। एक बड़े घासीले लॉन के बाद। घासीला लॉन एक झील की मानिन्द दिखाई दे रहा था। मैं बाहर गेट की ओर आया। अचानक मुझे जाते हुए लगा जैसे पास ही पेड़ के तने से दो लोग सटे खड़े हों।

हों। मैं इन्तज़ार करने से इतना तंग हो चुका था कि इन मामलों में एक क़िस्म की जड़ता और ऊब और थकान में फँसे होने के कारण परेशानी महसूस कर रहा था।

'हों' मैंने मन ही मन उम्मी के बारे में सोचा। यहाँ मैं पहली बार आया था। इस शहर में इतने साल रहने के बाद भी पहली बार। सालों पहले उम्मी हमारे साथ पढ़ती थी। वे बातें अब बहुत पुरानी हो गयी हैं। अब खुद पर यह विश्वास भी नहीं होता

कि जैसे हम कभी पढ़े भी हों। उन पुरानी बातों से लगता है कि हम कितने मूर्ख रहे होंगे। अब—उन में से क्या याद है, क्या नहीं, यह सोचना भी मुश्किल है।

उम्मी यहाँ फ़रवरी में आयी थी। वह सालों से एक नौकरी कर रही थी, उसे छोड़ कर आयी थी। मैं उसे मिलने ठीक छह महीने बाद यहाँ आया था। यह जगह मेरे घर से बहुत दूर नहीं है लेकिन शामें... मैं कभी शाम होने पर किसी से मिलने की बात नहीं सोच सकता था। बहुत बार कोशिश करने के बाद—आज की शाम मैंने सोचा था कि उम्मी को उस के होस्टल में मिलूँगा।

यह जगह होस्टल थी। काम करने वाली लड़कियों का होस्टल। मैं यहाँ पहली बार आया था। और सिर्फ़ इस वजह से चौंका था कि इतनी खुली जगह में काम करने वाली लड़कियाँ क्या महसूस करती होंगी। इसकी—यानी इस तरह चौंकने की वजह थी, वजह यही कि मैं सोचता था काम करने वाली लड़कियाँ मजबूरी की वजह से काम करती होंगी, उदास रहती होंगी और गन्दे सस्ते होस्टल में रहती होंगी। होस्टल बेहद साफ़ था। क्रिसमस के दिनों के होटलों जैसा । सजा हुआ चमकीली बत्तियों से । और अब—अन्धेरे की झील में तैरता लग रहा था।

गेट से बाहर सड़क....। सड़क के पार जाने की मेरी इच्छा नहीं हुई। सालों बाद उम्मी को मिलने की उत्सुकता यहाँ आ कर ज़्यादा आ गयी थी। मैं देखना चाहता था उम्मी का उदास चेहरा कितना खिला हुआ है।

कोई कार गेट के अन्दर आयी। कोई लोग थे। लड़कियाँ, लड़के। उम्मी हो सकती है। मैं लौट पड़ा। झाड़ियों के पास से हँसने की आवाज़ आ रही थी। तीखी हँसने की आवाज़ें।

पूछताछ करने वाले कमरे के बाहर, सोच में कार से वे उतर रहे थे। उन में उम्मी नहीं थी। सालों बाद भी उस की चाल से और उस के चेहरे से मैं उसे पहचान सकता था।

सिवा अन्दर बैठने के कोई चारा नहीं था। पर हॉल में बैठ कर मैं फिर उसी तरह परेशानी महसूस करूँगा। एक क्षण के लिए मैंने तय किया कि सब तरह की परेशानियों से परे रहने की कोशिश बेहतर रहेगी। बेशर्म हो कर सुन्दर लड़कियों की तरफ़ देखना, और बेशर्म हो कर बैठे रहना। पर···· ।

मैंने पूछताछ वाले कमरे में मेज़ के पास बैठी महिला से पूछा, ''क्या मिस वर्मा आ गयी हैं ?''

उस ने घण्टी बजायी। वह चपरासी आया जिस ने मुझे हॉल में इन्तज़ार करने के लिए कहा था।

''जाओ मिस वर्मा के कमरे में देखो वे आ गयी हैं क्या ?''

चपरासी थोड़ी ही देर में लौट आया। इस बीच मैंने अख़बार की सुर्ख़ियाँ दुबारा पढ़ ली थीं।''

''उन की रूम मेट आ गयी हैं, मिस वर्मा अभी नहीं आयीं।''

चपरासी मुझे फिर हॉल में बिठा गया। वह मुझे उम्मी की रूममेट से मिलाने को कह गया था। बैठने वाली जगहों में क़िस्म-क़िस्म के लोग बैठे हुए थे। कोई इन्तज़ार कर रहा था कोई गप्पों में मशग़ूल था।

उम्मी की सहेली आ गयी थी, ''आप उमा का इन्तज़ार कर रहे हैं।''

मैंने सिर हिलाया।

''मुझे तो वह आज बता कर ही नहीं गयी कि कहाँ जा रही है।'' उम्मी की सहेली भरे जिस्म वाली लड़की थी। ठीक चालाक लड़कियों की तरह उस का चेहरा था।

''यहाँ आने का वक़्त कितने बजे तक है?''

''दो बजे तक'', कह कर वह मुसकरायी,'' ''हो सकता हो वह किसी के साथ पिक्चर गयी हो?''

मैंने घड़ी की तरफ़ देखा दस बज रहे थे।

''अब आने ही वाली होगी, आप तब तक बैठें। मैं आप के लिए ठण्डा भिजवा देती हूँ। मैं आप के साथ ही बैठती लेकिन मेरे भाई आये हुए हैं।'' मुझे याद आया वह कुछ देर पहले हॉल में मेरे पास की कुरसियों पर ही उस लड़के के साथ बैठी हुई थी जो उसकी बीमारी के बारे में पूछ रहा था।

''भाई'' मेरे मुँह से निकला।

''हाँ वे बाहर मेरा इन्तज़ार कर रहे हैं।''

जब वह चली गयी तब मैंने जेब से पतों की डायरी निकाली। संस्कृत के विद्यार्थियों की तरह पतों को रटने की मेरी इच्छा हो सकती थी। पर मैं थक गया था। आँखें बन्द कर के मैं उम्मी के बारे में सोचने लग गया था।

क़रीब साढ़े दस बजे, जब मैं जाने के बारे में तय कर चुका था। चपरासी ने बताया, ''मिस वर्मा आ गयी हैं। फिर भी दस मिनट बाद उम्मी आयी।''

'आप'! उस ने चौंक कर मुझे देखा। वही नैसर्गिक मुसकान। उम्मी का चेहरा वैसा ही था। वैसा ही पतला शरीर और वैसी ही आँखें। एक क्षण के लिए मुझे लगा जैसे पिछले सालों के साल सिर्फ़ एक खाई की तरह विलीन हो गये हों । उम्मी वैसी ही थी। अपने दोनों हाथों को नमस्कार की मुद्रा में दबा कर उस के चेहरे से खुशी का हलका आलोक फटा था। पर उस के चेहरे पर वह उदासी नहीं थी। वह होस्टल की दूसरी लड़कियों की तरह खुश थी।

''अभी आयी।'' वह उसी रास्ते से वापस चली गयी। मैंने सोचा वह किसी को बताने गयी होगी या कुछ कहने। जब वह लौटी तो उस के साथ मेरी उम्र का आदमी था।

''ये मिस्टर केशवानी हैं।'' उम्मी ने सिर्फ़ यही परिचय दिया। बाक़ी तो मुझे खुद समझना पड़ा। केशवानी उम्मी का दोस्त था। वह एक खूबसूरत नौजवान था। कमज़ोर। उम्मी ने बताया कि वह हाल ही में अमरीका से लौटा था और बेकार था।

उम्मी शायद हम लोगों के लिए चाय लेने गयी थी तब केशवानी ने मुझ से पूछा, ''आप उम्मी को कब से जानते हैं ?''

''अर्से से''

''क्या आप उस के चचेरे भाई हैं ?''

पहले मैं चौंका लेकिन फिर मैंने बात टाल दी–''आप अमरीका में क्या करते थे ?''

''पढ़ने के साथ-साथ नौकरी।''

''मैं यहाँ चार साल से रहता हूँ पर आज पहली बार यहाँ आया हूँ,'' मैंने केशवानी को यह ज़ाहिर करना चाहा कि वह जिस तरह का चेचेरा भाई मुझे समझ रहा है—वह उसका बहम ही है। मुझे किसी जानकार ने बताया था कि उम्मी इसी शहर में नौकरी करती है, तब मुझे लगा था कि उसे मिलना चाहिए। पर यह बात केशवानी कैसे बता सकता था। मुझे अज़ीब सी झिझक लगी ।

''आज हम लोग शहर से पाँच-छह मील दूर 'लेकसाइड' की तरफ़ गये थे। वहाँ कार ख़राब हो गयी, इसीलिए देर हुई।''

''अच्छा,'' थोड़ी ही देर में खूबसूरत केशवानी मुझे मामूली आदमी लगने लगा था। वह मुझे कई देर तक अपने बारे में बताता रहा। उसके पिता खूब सारा धन बटोर कर लाये थे विदेश से। इस शहर में मकान, गाड़ी, सब कुछ उनके पास था।

वह अपनी बेकारी से परेशान था। उम्मी के होस्टल से और बहुत सारी बातों से।

''आप को पता है'', उस ने कहा, ''उम्मी का अफ़सर बहुत गड़बड़ है।''

''मैं समझा नहीं'', मेंरे मुँह से बेकार का सा वाक्य निकल पड़ा। अभ्यासवश।

''वह उसे दफ़्तर में अपने कमरे में बुला लेता है और उस का हाथ पकड़ लेता है।'' उम्मी वहाँ होती तो मैं हँसता और कहता, 'भाग्यवान्' । आज तक किसी ने उस का हाथ पकड़ा हो यह मुझे मालूम नहीं। वह शायद जैसा बहुत पहले मेरा ख़याल था, इन्हीं किन्हीं वजहों से उदास थी। पर मैं कुछ नहीं बोला।

''एक दिन वह होस्टल में आया और उम्मी को सैर के लिए बुलाने लगा। पर मैंने उम्मी को मना किया था। मुझे इस तरह के आदमियों पर शक है।''

इतने में उम्मी आ गयी, ''किस पर शक है'', उस ने पूछा ।

''मैं तुम्हारे अफ़सर की बात इन को बता रहा था।''

क्षण भर के लिए उम्मी के चेहरे पर झिझक झलकी। फिर वह हँसी, ''अरे छोड़िए भी।''

''क्यों छोड़ें। नहीं साहब'', वह मुझे समझाने लगा, ''उस आदमी का कुछ करना ही चाहिए।''

मैंने उम्मी की तरफ़ देखा। अब उस के चेहरे पर उदासी झलक आयी, ''बहुत दिनों बाद मुझे यह अच्छी नौकरी मिली थी, लेकिन यहाँ भी....,'' वह कुछ देर चुप रही, ''अफ़सर बड़ा कमीना है।'' उस ने गाली निकाली। इससे उस के चेहरे पर

सन्तोष झलका। ''वह पचास साल का बूढ़ा है। कभी मुझे कहता है तुम मेरी बेटी हो और कभी कि तुम जब से दफ़्तर में आयी हो मैं बेचैन हो गया हूँ। कहता है, मेरी औरत फूहड़ है, मुझे तो तुम्हारी जैसी पढ़ी-लिखी, गम्भीर लड़की चाहिए थी....'' उम्मी उत्तेजित हो गयी थी।

मैंने घड़ी की ओर देखा। ऐसे ही। मेरा देखने का इरादा नहीं था, अचानक आदतन उस ओर ध्यान चला गया था। ग्यारह बजे थे।

''आपने खाना खाया'', उम्मी ने सहज हो कर पूछा।

''नहीं। आज की शाम सिर्फ़ इन्तज़ार में।''

वह एकदम खुश हो गयी। ''कहीं बाहर खाया जाये'', उस ने तजबीज़ की। हम बाहर आ रहे थे तब मैंने कार्पेट पर दबे पाँव बिल्लियाँ चलती देखी थीं। लाल, सफ़ेद, भूरी बिल्लियाँ। उन की आँखों में इतनी चमक थी कि मैं ज़्यादा देर एक बिल्ली की तरफ़ नहीं देख सका।

''यहाँ बहुत बिल्लियाँ हैं'', मैंने उम्मी से कहा। केशवानी गाड़ी को पोर्च में लाने चला गया था।

''आप का मतलब लड़कियों से है,'' उम्मी ने पूछा।

''नहीं,'' मैंने कहा, ''तुम्हारी सहेली ने मुझे बताया था कि तुम देर से आओगी। उस ने यहाँ का आख़िरी टाइम भी बताया था।''

उम्मी हँसी, ''वह खुद व्यस्त होगी, क्यों...है न?''

केशवानी की गाड़ी से हम शहर के उस हिस्से में गये जहाँ ज़्यादा होटल थे। ''तुम्हें, आप लोगों को, कहाँ छोड़ दूँ।''

''क्यों आप खाना खाने नहीं चलेंगे'', मैंने पूछा।

''मेरे पापा इन्तज़ार करते होंगे।''

उम्मी ने कहा, ''चलिए न, थोड़ी देर और सही।''

पर केशवानी ने एक होटल के सामने गाड़ी रोक दी, ''आप किसी मिनिस्टर को जानते हैं। उम्मी के अफ़सर का इलाज करना चाहिए।''

''मैं कोशिश करूँगा,'' मैंने कहा, ''आइए आप खाना खा कर जाइएगा।''

''शुक्रिया,'' हम लोगों के उतरते ही केशवानी कार में बैठ कर चला गया।

''आप इन के लिए कहीं नौकरी देखिएगा,'' उम्मी ने मुझे कहा, ''बिल्कुल बच्चों का स्वभाव है।''

वाक़ई केशवानी बच्चे की तरह था। गम्भीर, कमजोर और दिलचस्प। हम होटल में एक ख़ाली कोने में बैठ गये।

''मैं सोचती थी आप ज़रूर किसी दिन मिलेंगे,'' उम्मी बोली, ''हालाँकि काफ़ी दिनों बाद मैंने इन्तज़ार करना छोड़ दिया था।''

''तुम्हें मेरा पता मालूम था तो तुम आ जातीं।''

''मुझे बहुत काम रहता है। दफ़्तर की बातें तो आप को पता चल ही गयी हैं।''

हम लोग कोशिश कर के पुरानी बातें याद कर-कर के हँस रहे थे।

''पापा, मम्मी कहते थे कि मैं यहाँ न आऊँ। हर पापा-मम्मी यही चाहते हैं। पर मैं उस जगह से उकता गयी थी।''

मैंने उम्मी से उस के घर के बारे में सवाल किये तो वह चुप हो गयी। मैंने सोचा आदमी के इतने व्यक्तिगत जीवन के बारे में नहीं पूछना चाहिए।

थोड़ी देर की चुप्पी के बाद वह बोली, ''बड़ा भाई सिंगापुर चला गया है और छोटे ने नौकरी छोड़ दी है। पापा, मम्मी दिन भर लड़ते रहते थे, इसीलिए मैं यहाँ चली आयी। ज़्यादा वक़्त ऐसी बातें आदमी सह नहीं सकता।''

मैं उम्मी की बड़ी बहन को जानता था, मैंने सोचा बात टालने के लिए वहीं से शुरू करूँ।

पर वह रुआँसी हो गयी। ''जीजा जी नहीं रहे। दीदी तो पढ़ी-लिखी नहीं थी, बच्चे भी छोटे थे। वे सब लोग अनाथ हो गये होते अगर वक़्त पर दीदी को एक जगह नर्स की नौकरी नहीं मिल गयी होती।''

''तुम खा नहीं रही हो,'' मैंने फिर बात बदली।

''बहुत देर हो गयी,'' वह बोली, ''केशवानी की कार ख़राब हो गयी थी। हम लोग मरते-मरते बचे। कार एक गड्ढे में फँस गयी थी । वह तो लोगों ने धक्का दे कर निकाल ली। निपट जंगल था। और केशवानी डरने लग गये थे।''

''डरने क्यों ?''

''माँ बाप के इकलौते हैं,'' उम्मी हँसी। ठीक पहले जैसी हँसी। वह गम्भीर क़िस्म की लड़की किसी ज़माने में बेहद शरारती थी ।

''आप बिलकुल वैसे के वैसे हैं,'' उम्मी बोली, ''ज़रा भी नहीं बदले।''

तुम भी तो नहीं बदलीं।''

''कैसे बदलूँगी ? अभी न जाने क्या कुछ देखना है।''

मैंने कुछ नहीं पूछा। मैं पूछता तो उम्मी मुझे फिर किसी उदास कोने की बातों में लगा देती।

वह शरारत में हँसी, ''मैंने आप को देख लिया था जब आप होस्टल में आये थे। तब मैं और केशवानी बाग़ीचे में बैठे थे।''

''तो तुम चली क्यों नहीं आयीं।''

''मुझे यकायक यक़ीन नहीं आया कि आप ऐसे वक़्त आ सकते हैं। इन दिनों लोग भीड़ भरे बाज़ारों में घूम रहे होते हैं ।''

''तुम कैसी बातें करती हो,'' मैंने इसलिए कहा ताकि वह मुझे पूरी तरह वजह बता दे।

''मैं देखना चाहती थी आप कितनी देर इन्तज़ार करते हैं।''

''तुम ने मुझे बाहर आते भी देख लिया था। मैं कुछ देर के लिए बाहर आया था। दरअसल मैं बहुत उकता गया था।''

''मैं यह नहीं जानती। पर जब मैंने केशवानी से कहा कि मेरे कोई जानकार आये हैं तो वे ऐसे ही डर गये थे जैसे जंगल में फँसी कार में डर गये थे।''

''फिर तुम ने क्या कहा?''

''मैंने केशवानी के डर का मज़ा लिया। सालों से मैं अपने घर की हर दुर्घटनाओं की वजह से डरती रही हूँ। अब केशवानी के डर से देखती हूँ कि डर कैसा होता है।''

''खैर....तुम ने खूब इम्तिहान लिया।''

''प्लीज़, इस के लिए माफ़ करोगे,'' उम्मी ने मेरे हाथ पकड़ लिये।

''हाथ जूठे हैं,'' मैंने कहा। मैं हँसने लगा।

उसने अपने हाथ हटा लिये, बोली, ''मैं नहीं जानती मुझे क्या हो गया। मैं आजकल ऐसे-ऐसे नाटक कर रही हूँ कि भगवान् ही जानता है।''

''कैसे?''

''पूछो मत।'' खाना ख़तम हो गया था। मैंने घड़ी की ओर देखा। बारह से ज़्यादा बजे होंगे। होटल में कोई और नहीं था। सिर्फ़ हम दो ही थे और कुछ ऊँघते हुए बेयरे। काउन्टर पर एक आदमी सिर रखे सो रहा था।

हाथ धोने के बाद जब मैं उठने लगा तो उम्मी ने मेरा हाथ खींच कर बिठा दिया। ''बैठें भी। इन सोने वालों को तंग किया जाये। ये हमें अभी निकाल तो नहीं सकते न। कॉफ़ी पी जाये।''

''ये लोग निकाल देंगे या बिजलियाँ बन्द कर देंने। फिर तुम्हें होस्टल जाने में दिक़्क़त न होगी।''

''कॉफ़ी'' उम्मी वहीं से बोली, ऊँघता हुआ बेयरा उठा। उम्मी ने मेरी बात का कोई जवाब नहीं दिया।

''कॉफ़ी नहीं मिलेगी मेम साहब,'' बेयरा बोला।

हम होटल से नीचे उतर आये। बाहर सड़कें ख़ाली थीं।

''मुझे रात का आसमान बड़ा प्यारा लगता है। सूना। खुला और अँधेरे में लिपटा हुआ।''

''तुम्हें होस्टल छोड़ दूँ।''

''आप ने, मुझे अपने घर नहीं बुलाया। पर मैं ज़रूर आऊँगी। मैं आपकी बीवी से दोस्ती करूँगी।''

''वह तो तुम्हारी दोस्त होगी।''

'शुक्रिया', उस ने केशवानी वाले लहज़े में कहा। वह खूब चमकदार हँसी हँसने लगी, ''मैंने जंगल के बीचों-बीच केशवानी के साथ अपनी बाहें उस के गले में डालने का नाटक करते हुए स्टीयरिंग का चक्का गड्ढे की ओर कर दिया था। केशवानी खुश थे लेकिन जैसे ही गाड़ी गड्ढे में फँसी वे बेहोश हो गये।''

एक ख़ाली टैक्सी रास्ते से गुज़री। मैंने वह रोकी। जब हम बैठ गये तो उम्मी मुझे कुछ उदास लगी।

''तुम कभी ज़रूर हमारे घर आना।''

''ज़रूर,'' वह बोली। ''आप कब आयेंगे?''

''तब जब तुम्हारे पास ढेरों नाटकों की कहानियाँ हो जायेंगी।''

''आप तो मज़ाक़ समझने लगे हैं। मैं सच कहती हूँ पिछले सालों से मैं अपने घर की बर्बादी के डर से खुद को हाथी के पाँव के नीचे महसूस करती हूँ। वहाँ से उचक-उचक कर मुझे जो दुनिया दिखाई देती है, उस में साँस लेने के लिए अगर मैं ऐसा न करूँ तो...। मेरे पास घुट कर मर जाने के अलावा कोई रास्ता नहीं।''

जब हम होस्टल पहुँच गये तब उम्मी की आँखों में कुछ आँसू थे।

''हिश'', मैंने उसे पुचकारा।

''आप कब आयेंगे?''

''कभी भी।''

मैं जब होस्टल से बाहर आया तो एक बजा था। अगर मुझे कोई सवारी न मिली तो मैं तीन बजे घर पहुँच सकता था। मैंने पास ही झुके पेड़ से एक टहनी तोड़ ली थी। यों ही। घर देर से पहुँचा तो दातुन के काम आयेगी। अपनी सूझ पर मुझे कुढ़न हुई।

बाहर आते ही मुझे ख़याल आया कि मैं उम्मी को अपना पता देना भूल गया। मुझे तो यह भी याद नहीं रहा कि मुझे किस ने बताया था कि उम्मी इस शहर में है।

रात का आसमान बेहद खुला और साफ़ था।

To me as well

To me,
        as well as to you
        have the Himalayas been given,
        an expanse of the ethereal.

And the loneliness of my soul
        like yours
        is caressed there,
        somewhere.

Also the Himalayas have given
        the summit of sound,
        to my lips
        never to be questioned
        just experienced from within.
        like itself – incomplete.

मुझे भी दिया है

तुम्हारी ही तरह
    मुझे भी दिया है
    हिमालय ने
    अलौकिक का अनुभव

तुम्हारी ही तरह
    मेरी आत्मा का एकांत
    कहीं वहीं है
    अभिशप्त

मुझे भी दिया है
    हिमालय ने
    उच्चारण का चरम
    परखने के लिए नहीं
    बस अहसास की खातिर
    बस, ऐसा ही अपूर्ण……. ।

The ghost
Translated from the original Hindi story
Pret

The ghost

I t all began with this note. Had it not been for that curious note, believe me, I would not be telling you all this. Indeed, when I first read it, I thought it was some kind of prank, and nearly burst into a fit of laughter. Nearly, but not quite because I had to consider the neighbours. It was late in the afternoon when it came, and the neighbours were all fast asleep, or so I thought, so I checked for myself.

But then my mood changed. I didn't feel like laughing. How did I happen to get this note, I wondered. My mind went back to a trivial incident of some months before. Probably if it had not been for the recollection of it (the note itself) I would have gone to sleep without reaching for one of those scholarly tomes that seem to be designed primarily to put you to sleep.

It was, as I said, a trivial incident. I was returning home one night in winter. The hour was late – after ten o'clock. The streets were all deserted, and I walked along at a sprightly pace, lost in thought. Then, as I was turning into a side street, I heard a scream so piercing that it made me stop in my tracks. I saw a figure rushing towards me; before reaching me it stopped short, turned around and rushed away, all the time screaming, "Ghost ! Ghost !" The figure had been that of a woman.

Afterwards, whenever I happened to recall the incident, I only found it funny. It had been something out of the ordinary – that was true – but there was nothing in it to send shivers down the spine. It was, at worst, a bit grotesque.

But now, connecting it with the note I had received, I could no longer dismiss it as an absurd experience. It had taken on a wholly new perspective. It seemed to harbour some grim meaning for me. That experience began to haunt me, to pursue, and persecute me.

I am, I confess, an ordinary person, given to sleeping in the open until the end of September. The world knows me as Mukundilal –an identity that I am no longer sure is my own. I have no ambitions, no desires and dreams that might be deemed immodest for a small situation. I suppose I am lonely as only a long-married man can be.

When I return home from work I often find my wife asleep. It is I who have to go to the kitchen and carry a cold meal to the table in the living room. There I sit and eat by myself, but I always comfort myself in knowing that I have a well-ordered life.

There was nothing out of the ordinary in such a life as mine. It has been a wholly uneventful life. But my wife had once told me of a curious happening, which I had all but forgotten.

"Do you remember," she had said one day, "all those photographs taken at our wedding ?"

"What about them ?"

"Well, they were all spoiled."

All spoiled ?"

"Yes, when the film was developed, it was found to be blank. Nothing had registered."

The photographer, she went on to say, was very disappointed, because the film could not be used.

It was one night some time later when I received that strange note. Just about the time I was going to bed, I heard footsteps on the stairs. My wife was already snoring; so I had to go and open the door. It was the postman.

"There is a strike on," he explained, " and the distribution of the mail is now very irregular. We have to deliver the letters just as soon as we have finished sorting them."

Some of the letters he gave me were for the neighbours. But there was one for my wife and one for me. I opened the envelope that bore my name. After reading the letter I was totally perplexed. Could it be a joke ? I looked at the envelope again. There was no mistake about the address, and as I stood there wondering who the sender could have been, my wife suddenly screamed in her sleep, "Ghost ghost !"

I rushed to her and shook her. "What is it, my dear ? What is it " She gave me no answer, and soon she went back to sleep. But I could not sleep. The letter I had received told me that I was a ghost, a ghost that had assumed the identity of a man called Mukundilal, and that if I challenged the veracity of the statement, perhaps I might care to produce proof to the contrary. It went on to say that perhaps I would want to produce a witness to support my claim to be a man called Mukundilal.

I was petrified. My wife screaming, just at the time I was reading the letter, was too much of a coincidence. I lay down on my bed and stared out of the window at the sky and stars. In a mysterious way, I seemed to be aware that I had known that sky and those stars for hundreds and hundreds of years.

According to the letter, I had died some twenty years earlier since I had supposedly died a violent death, it said, my spirit had not found peace. It has entered the body of a man called Mukundilal and taken possession of it, effectively suppressing Mukundilal's original personality. The letter further said that if I, the ghost, were to give up my possession of Mukundilal's body, its rightful owner would again take over. Mukundilal, if one were to believe the writer of the letter, had been a small and rather dull child twenty years ago, one who was very bad at his studies.

It was highly repulsive to me to think that there was any truth to these wild suggestions. I never had an occasion to doubt my identity. It had never occurred to me that I might, after all, be any other person.

I got up early the next morning, went out and flung the letter into the gutter. I wanted to be rid of it, and quickly. I went back into the house and asked my wife about the dream she had, and why it had made her scream.

She looked at me in a strange sort of way and said, "I don't remember anything."

"But you screamed. Surely you remember that you screamed ?"

"I don't remember anything. So please stop asking."

I went to the office that day, but could not concentrate on my work, so I left. I walked, wandering through the streets quite aimlessly. I didn't care where I was going. After a few hours, I found to my surprise that I had come upon a cremation ground. In fear and confusion, I quickly retreated from that place.

When I reached home late in the evening, I met the postman at the door.

"Your letter, sir," he said handing me an envelope.

To my consternation I saw that it was the same letter I had thrown into the gutter. I just stood there, stunned, staring at the postman.

"Yes, I know," the postman said, "the letter is in a poor state, but don't blame us. It is this strike. Things are in a hopeless mess and letters frequently get torn and parcels damaged."

I left the postman, and quickly climbed up stairs to my room.

"So you left the office early today" my wife said.

"How did you know ?"

"A Mr. Khanna from your office came by. He told me about you leaving early."

"Did he also tell you that he shouldn't be meddling in my business ?''

"No, but he was full of paise for you. He said you work like someone possessed.''

'Like one possessed.' The words drove a shiver down my spine.

Again that night I could not sleep. During the few brief snatches of drowsiness, I kept seeing a vulture hovering overhead in the sky, covering cities and other things under its dark wings. Again and again, I had to shake myself awake to be free of the nightmare. But I would become drowsy again and it would be there again – the same vulture, the same dark span of wings. Finally I couldn't take it, so I sat up in bed and read the letter through again, to see if I could get any further information from it. Yes, I said to myself, I must prove that I am really and truly Mukundilal, and not an interloping ghost.

I went to the town where, according to the letter, I had died on the twentieth of September, twenty years before. I diligently thumbed through the municipal records to find out if indeed there had been a fatal accident on the day named. There was one such accident recorded, but the particulars of the victim were lacking. No details about him could be traced. I sought assistance from the police. There, too, I was disappointed.

I went back home, and I felt at the end of my tether. I felt haunted, shadowed. You can imagine that it is not a happy thought to think that you may not be who you think you are, that you may not be able to prove your own identity.

You may ask why, if I have any doubts concerning this matter, I did not begin my investigations with myself – that is, me, Mukundilal, rather than with the corporeal past of the supposed ghost. Well, the fact is that my parents had died while I was still very young. I was brought up for a few years by my uncle, who also died. The years of my childhood are something of a blur. I have a vague memory of a kind of strayed existence. I wandered from one village to the next. I have no childhood friends to vouch for me. Yes, there is one Goku Babu. But then, how and where to find him is another matter.

I decided in the end to burn the offending letter. There was no other way. One evening I quietly took it out and set fire to it, watching with great relief as it turned to ashes. Imagine my horror when the very next morning I received another envelope just like the one I had destroyed. Only the postmark on it bore a date of twenty years ago.

"Whose letter is it?" my wife asked me.

"Oh, just something from the office," I lied.

I did not open the letter. It is still with me. I do not have the courage to dispose of it because I know that another will come. And what if it should fall into the hands of my wife?

For some days I tried to persuade myself, with questionable success, that this whole letter matter was some kind of conspiracy against me. Some enemy or enemies wanted to disrupt the even tenor of my life. I went through the letters my wife had received in an attempt to get to know her secrets. It was a pleasant pastime, but it could not be continued for long. I had to confess to myself that there really could not be any kind of conspiracy directed against me. It was inconceivable that anyone should be sufficiently interested in me to do such a thing.

I then read up on everything I could find about ghosts and spirits and rebirth. I found it quite an interesting subject. But I didn't feel any better; the letter was still there. I was confronted with myself and I had to be sure. Someone told me that the feet of a ghost turned backwards. My feet, I knew, did not have this deformity. But I do have a sixth toe on one foot which is turned backwards. Who shall be able to tell me whether Mukundilal had such a toe as a child ? I came to the idea of having this growth amputated, but then I thought better of it. There was no guarantee that it would not reappear.

I now wait for Goku Babu to show up from somewhere. May be he can tell me that Mukundilal too had six toes on one foot. If he could do that, then I would be reassured. But one never knows with Goku Babu. He is such a spinner of yarns. Meanwhile, if any of you should have six toes on one of your feet, do not be alarmed. There is quite probably no danger of your being a ghost. It seems to be true only in my case. The letter is very clear about that.

Translated from the Hindi by J. Uniyal

प्रेत

मुझे वह खत न मिला होता, तो मैं आपके सामने यह सब बताने के लिए हाजिर ही न होता। दरअसल शुरू में वह खत पाकर पहले तो मेरी इच्छा जोरों से ठहाके मारने की हुई, लेकिन उस वक्त पास-पड़ोस के लोग गहरी नींद में सो रहे थे, मैंने अपनी इच्छा दबा ली थी।

वह अचानक ही ऐसा हुआ कि ठहाके मारने का मेरा इरादा अपने आप में गंभीर तरह से बदल गया और मैं सोचने लगा—आखिर खत मुझे मिला ही क्यों ?

अगर मैं कुछ महीनों पहले की घटना याद न क़रता, और उस शाम की वह तसवीर मेरे आगे न तैरती, तो संभव था, उस रात मैं बिना किसी नीरस किताब को आंखों के आगे लाकर सो सकता। हुआ एकदम उलटा था ।

मैं हमेशा की तरह रात को घर लौट रहा था, शायद वे सर्दियों के दिन थे। दस बजे गलियां सुनसान और खाली हो जाती थीं। मैं अपनी मस्ती में लंबे-लंबे कदम रखता न जाने किस खयाल में डूबा हुआ था कि तभी कहीं से किसी के चीखने की आवाज सुनायी दी।

जैसे ही मैं रुका, कोई मेरी तरफ दौड़कर फिर उलटा दौड़ गया और जोरों से चिल्लाने लगा, ''भूत....भूत....'' वह कोई औरत थी, जो 'भूत-भूत....' चिल्लायी थी।

वह महीनों पहले की घटना थी। और मैं अकसर उस पर मन-ही-मन हंसता था। जब तक वह घटना मुझे ठीक वैसी ही याद रही, तब तक मेरे लिए वह कौतुक थी।

लेकिन पिछले दिनों से वह घटना और यह खत अब कौतुक नहीं रहे थे, बल्कि मुझे लगता है—जैसे मेरे पीछे कोई खूंखार और नियत अदृश्य लगातार पीछा किये जा रहा है।

मैं सितंबर के महीने तक ऊपरी छतों पर सोने वाला मामूली आदमी हूं। लोग मुझे मुकंदीलाल नाम से बुलाते हैं। लेकिन वह खत मेरे नाम और मेरे अस्तित्व के आगे एक भयानक शुरुआत ज़ारी कर देता, जिसका साफ-साफ मतलब है कि मैं मुकंदीलाल नहीं हूं।

सितंबर के महीने तक एक ठंडी हवा के झोंके के लिए लालायित मेरे जैसे आदमी की कोई आकांक्षाएं नहीं हैं। छोटी-सी नौकरी। शादी। और सालों शादी के बाद हासिल एक निपट अकेलापन।

अपनी नौकरी से जब मैं रात को लौटता हूं तो बीवी सोती मिलती है। रसोई से

खुद उठाकर अपना खाना मुझे मेज पर रखना होता, और खाते वक्त यह मानने के लिए विवश हो जाना पड़ता कि मैं कितना सुखी हूं, मेरी बीवी संतोष से सोयी हुई है और मैं मेज पर खाना खा रहा हूं।

ऐसे मामूली आदमी के जीवन में कोई भी अचरज की बात नहीं हुई। मुझे सचमुच याद नहीं। हलके से आश्चर्य में डालने वाली एक बात जरूर थी, जिसका ब्यौरा अब मैं भूल चुका हूं। और वह बात सालों पहले मेरी शादी के बाद बीवी ने बतायी थी। उसे शादी, समारोहों का बड़ा शौक था। अपनी शादी के समय जो फोटुएं किसी फोटोग्राफर से उन्होंने खिंचवायी थीं, वे सब की सब खराब हो गयी थीं।

"सब खराब हो गयीं!" मैंने अपनी बीवी से सिर्फ यह अचरज प्रकट किया था। दरअसल यह अचरज नहीं था। मैं नहीं जानता, मैंने किस मुद्रा में पूछा होगा। पर मेरे इस हलके अचरज को देखकर मेरी बीवी ने ब्यौरे से मुझे सारी बात बतायी थी। वह ब्यौरा मुझे अब याद नहीं है। याद सिर्फ इतना था कि फोटोग्राफर बहुत निराश और दुखी था। दुखी इसलिए कि शादी अब दुबारा रचायी नहीं जा सकती थी। और उसकी निगाह में हम लोग 'यादगार' रखने जैसी चीज़ से ही नहीं, बल्कि शादी होने के प्रमाण से वंचित हो गये थे।

उस रात मैं सोने ही वाला था कि सीढ़ियों पर किसी की पदचाप सुनायी दी थी। पत्नी गहरी नींद में सो रही थी इसलिए दरवाजा खोलने मुझे ही जाना पड़ा। आने वाले की थपथपाहट से पहले ही मैंने दरवाजा खोल दिया था। वह पोस्टमैन था।

"आजकल हड़ताल के दिन हैं, इसलिए डाक जब छंटती है, तभी बांटी जाती है।" पोस्टमैन ने कहा था और कुछ खत मेरे हाथ में पकड़ा दिये थे। उनमें से ज्यादा खत पड़ोसियों के थे। एक खत मेरा था और दूसरा मेरी बीवी का। अपनी बीवी के खत पढ़ने का कभी मुझे शौक नहीं रहा। वह बात ठीक ऐसी ही थी, जैसे आप खत न पढ़ रहे हों, अपने किसी दोस्त को बंद कमरे में नंगा देख रहे हों। इस एहसास की वजह, मैं कभी दूसरों के खतों में दिलचस्पी नहीं ले पाया।

अपना खत खोलकर जब मैंने पढ़ा, तो मैं अचरज में पड़ गया। मैंने उलट-पुलटकर देखा। उस पर पता मेरा ही था। पहले मैंने अंदाजा लगाया कि किसी ने मेरे साथ मज़ाक किया होगा। पर दूरदराज खोजने पर भी ऐसा कोई आदमी नहीं मिला, जो मेरे साथ मजाक कर सकता हो।

पर फिर भी मैंने वह खत उस वक्त हलके से लिया। मैं उसे लेकर कुछ भी महसूस करने की हालत में नहीं था। वह तो कुछ देर बाद अचानक बीवी की चिल्लाहट ने मुझे घबरा दिया। वह सपने में चिल्ला रही थी—"भूत....भूत...."

"क्या हुआ?" मैंने अपनी बीवी को झकझोरकर जगाया, तो वह सिसकते-सिसकते मुझसे लिपट गयी।

"क्या हुआ?" मैंने फिर पूछा।

''कुछ नहीं'', उसने कहा। और थोड़ी देर बाद वह फिर सो गयी।

उस रात मैं नहीं सो सका। उस खत में लिखा था कि ''मैं 'प्रेत' हूं और मुकंदीलाल नामक आदमी के रूप में रह रहा हूं। अगर यह सच नहीं है, तो मैं अपने को मुकंदीलाल साबित करूं, कम-से-कम कोई तो बताये कि मैं ही मुकंदीलाल हूं।''

उस खत में एक-एक करके ऐसी बातें लिखी थीं जो कुछ देर पहले मुझे मजाक लग रही थीं, लेकिन पत्नी के चिल्लाने के बाद मुझे महीनों पहले की वह घटना याद आयी।

सोने की तैयारी में मैंने पूरी रात बिता दी थी। उस रात मैंने खुला आसमान और तारे देखे थे। उनकी बदलती जगहें देखी थीं। मुझे लगा था—जैसे यह आसमान मैं शताब्दियों-शताब्दियों से जानता हूं। जैसे मैं हर नक्षत्र, हर चमकते सितारे को जानता होऊं।

एक मामूली आदमी की जिंदगी में यह इतना बड़ा अचरज था कि मैं इसे खुद संभाल सकने की स्थिति में नहीं था।

खत के मुताबिक मैं बीस साल पहले मर चुका था, लेकिन अकाल-मृत्यु की वजह से मैं प्रेत बनकर मुकंदीलाल के शरीर में प्रवेश कर गया। मुकंदीलाल का व्यक्तित्व कहीं गहरे में दब गया था। अगर अब कहीं मैं मुकंदीलाल का शरीर छोड़ दूं, तो मुकंदीलाल एक पागल किंतु अबोध आदमी की तरह फिरने लगेगा। बीस साल पहले मुकंदीलाल एक छोटा-सा बच्चा था, जो लगातार कई दर्जों में फेल हुआ था। दिमाग से कमजोर उस आदमी के ऊपर मैं, जिसे खत में प्रेत कहा गया था, हावी हो गया। और प्रेत योनि से मनुष्य योनि के इन वर्षों में मैं अपना असली अस्तित्व भूल गया था।

यह कितना भयानक और वीभत्स दृश्य था, मैं सोचता हूं, किसी दूसरे पर यह आरोप आप सहज में ही लगा लें, तो क्या नहीं हो जायेगा।

अगर यह झूठ नहीं....पर यह कितना मनहूस होगा कि मैं इसे सच मान लूं। मेरे जैसे मामूली आदमी में इस तरह की सच्चाइयों का सामना करने की ताकत नहीं।

सुबह उठकर मैंने पहला काम यह किया कि वह खत गंदे नाले के पास छोड़ आया। मैं उस खत से, और उसके बयान से छुटकारा पाना चाहता था। और मेरे मुताबिक उसे अपने से अलग कर देना ही ठीक था।

फिर मैंने पत्नी से उसके रात के सपने के बारे में पूछा। पहले तो वह कुछ देर चुप रही। मुझे लगा, जैसे वह मुझे देखकर डर रही हो।

''नहीं तो, कुछ भी नहीं'', पत्नी ने कहा, ''मुझे तो कुछ भी याद नहीं।''

''तुम चिल्ला रही थीं।''

''मुझे कुछ याद नहीं। मुझे परेशान मत करो।''

हमेशा की तरह दफ्तर में मेरा मन नहीं लगा। मैं उस दिन जल्दी दफ्तर से बाहर निकल आया। घर जाने की मेरी इच्छा नहीं थी। इसलिए मैं इधर-उधर घूमता रहा।

कहां घूमता रहा, जब मैंने यह जानने की कोशिश की, तो मैंने पाया कि मैं इस वक्त श्मशान के आसपास घूम रहा था।

यह एक डरावनी खोज थी। और मुझे अपनी मूर्खता पर गहरा अफसोस हुआ कि मैंने यह खोजने की कोशिश ही क्यों की....अगर मैं यह जानने की कोशिश न करता, तो कुछ ही देर में घर पहुंच जाता और किसी मजेदार बात से अपनी पत्नी को खुश करता।

जब मैं घर पहुंचा, तब काफी शाम हो चुकी थी। दरवाजे पर ही मुझे पोस्टमैन मिला था।

''आपका खत साहब।''

मैंने देखा, वह वही पुराना खत था, जो मैंने रात पाया था और सुबह जिसे गंदे नाले के पास छोड़ आया था।

''आजकल डाक क़ी हालत बड़ी खराब है। खत फट जाते हैं, इसलिए आपका यह खत खुला नजर आता है। हम लोगों की कोई गलती नहीं। आजकल हालत ऐसी ही है।''

पोस्टमैन कुछ और कहता, इससे पहले मैं सीढ़ियां चढ़ गया था। पत्नी रसोई में खाना खा रही थी।

''आज आप जल्दी आ गये। मुझे पहले पता था।''

''तुम्हें कैसे पता चला?''

''आपके दफ्तर से खन्ना साहब आये थे, कहते थे, आप दफ्तर से जल्दी चले आये थे।''

''क्या खन्ना को मुझसे कोई काम था?''

''यह तो मुझे पता नहीं, आपकी तारीफ कर रहे थे। कह रहे थे, भाई मुकंदीलाल तो भूत की तरह काम करता है।''

मुझे लगा जैसे मेरी रीढ़ की हड्डी के पास से कोई चीज कांप गयी हो। अचानक मुझे लगा, जैसे मेरे चेहरे का रंग उड़ गया हो। प्रसंग बंद करने की नीयत से मैंने कहा, ''मुझे एक जरूरी काम था, इसलिए दफ्तर से जल्दी वह करने के लिए चला गया था....आज तुमने खाना नहीं बनाया है?'' यह बात मैंने जीवन में पहली बार पत्नी से पूछी थी। मैंने कभी खाने-पीने के बारे में दिलचस्पी नहीं दिखायी थी। शायद कभी भी मैंने यह नहीं कहा होगा कि खाना अच्छा था, या इसी तरह की कोई बात। ये बातें मुझे अजीब-सी झिझक में बांध देती थीं ।

पर मैं सोचता हूं, कहीं ऐसा तो नहीं कि मुझे ये बातें आती ही न हों....

फिर उस रात टूटी-टूटी नींद में मुझे लगता रहा, जैसे मेरे ऊपर से कोई बड़ी चीज गुजर रही हो। उसके पंखों के नीचे मुझे तरह-तरह की चीजें और शहर दिखायी देते रहे। मैं बार-बार यह सपना तोड़ता था, लेकिन फिर हर बार यही सपना टूटी हुई नींद के साथ जुड़ जाता था।

मैंने अमेजन नदी के खूंखार किनारों, जंगलों की बातें किताबों में पढ़ी थीं, वे ही बातें जैसे साक्षात् तसवीरों की तरह मेरे सामने आ रही हों।

मजबूर होकर मुझे आधी रात को बैठने के लिए खुद को तैयार करना पड़ा अंदर के कमरे में जहां पत्नी सो रही थी, वहां जाते हुए भी मुझे डर महसूस हुआ। मुझे लगा, अगर मैं सचमुच मुकंदीलाल नहीं हूं तो इस औरत, जिसके साथ मैं पति की हैसियत से रह रहा हूं—के मन में क्या कुछ करने की आग नहीं जागेगी।

उस रात विवश होकर मैंने वह खत गौर से दुबारा पढ़ा। मुझे महसूस हुआ, जैसे पहली बार मैंने वह उड़ती-उड़ती निगाह से पढ़ा हो, अब वह दूसरी किस्म का भयानक खत था।

इसके बाद अपने को मुकंदीलाल साबित करने की यात्रा शुरू हुई। मैं उस शहर में पहुंचा, जहां खत के मुताबिक मैं २० सितंबर के दिन मरा था। आप नहीं जान सकते, मैंने वहां की म्यूनिसिपल कमेटी के लोगों की कितनी खुशामद नहीं की होगी। सिर्फ यह जानने के लिए कि क्या सचमुच २० सितंबर के दिन कोई आदमी मरा था। और क्या सचमुच वह किसी दुर्घटना में मरा था। और क्या मैं उसका नाम जान सकता था।

बहुत कोशिशों के बाद, फाइलें छानने के बाद मैं सिर्फ यह जान पाया था, कि सचमुच उस दिन एक आदमी मरा था, लेकिन उसका नाम-पता ठीक तरह 'डायरी' नहीं किया जा सका।

मेर लिए यह पहली हार थी।

तब मैंने तुरंत पुलिस के कागजात खोजने की कोशिश की। लेकिन पुलिस दफ्तर में जितना अपमान और सवालों की बौछारें सहनी पड़ीं, उतनी कहीं नहीं सहनी पड़ीं। मैं निरुत्साहित हो गया था। और यह मानने के लिए तैयार हो गया था कि जरूर उस दिन कोई किसी दुर्घटना में मरा होगा।

यह कितनी विचित्र बात है कि मैं मुकंदीलाल होकर भी अपने बारे में निश्चित नहीं हूं। एक छोटे-से खत ने मुझे बेहद परेशान कर रखा है। पर जाने क्यों....मैं सोचता हूं कि कहीं यह सच नहीं हो सकता....।

आप पूछेंगे, आखिर मैं अपनी खोज मुकंदीलाल से क्यों नहीं शुरू करता ? अगर मैं ही मुकंदीलाल हूं, तो मैं यह जानता हूं कि मेरे मा-बाप बचपन में मर गये थे और एक दूर के चाचा ने मुझे कुछ वर्षों पाला था। उसके बाद वह चाचा भी इस दुनिया से चल बसे थे। इसके बाद का इतिहास सिर्फ इतना है कि मैं जगह-जगह भटकता रहा हूं। शहर-कस्बों और गांवों में। और सालों बाद जब मुझे यह नौकरी हासिल हुई, तब से मैं इसी शहर में हूं। यहीं मेरी शादी हुई और यहीं बच्चे की आकांक्षा में हर औरत की तरह परेशान अपनी पत्नी के साथ मैं निपट अकेली जिंदगी बिता रहा हूं। मेरे संगी-साथियों में कई लोग नहीं हैं। सिर्फ कुछ जानकारों....। हां, याद आया, एक गोकू बाबू मेरे बचपन के दोस्त थे, पर अब उन्हें पाना आसान नहीं है।

मुझे उनकी धुंधली-सी याद है।

हर तरफ से हारकर मैंने फैसला किया कि मैं वह खत जला दूंगा। और एक रात अपनी आंखों के सामने मैंने वह खत जला दिया। मैंने सोचा, मैं मुक्त हो गया, लेकिन दूसरे दिन फिर वैसा ही एक खत मुझे मिला। वह मेरी पत्नी ने लाकर मुझे दिया।

उस खत पर पोस्ट ऑफिस की तारीख आज से ठीक बीस साल पहले की लगी हुई थी।

''किसका खत है ?'' पत्नी ने पूछा।

''दफ्तर के किसी काम का है।'' यह कहते हुए भी मेरे हाथ कांप रहे थे। मैंने वह खत खोला नहीं।

वह आज भी मेरे पास वैसा ही पड़ा है। मैं इस डर से उसे अपने से अलग नहीं करता, क्योंकि मुझे पता है कि एक दूसरा खत फिर आ जायेगा। और कौन जानता है, कभी वह पत्नी के हाथ पड़ गया तो।

मैं सचमुच अगर प्रेत हूं, मैं सोचता हूं, तो क्या मुकंदीलाल मेरे जाने के बाद पागल हो जायेगा—पर मुझे लगता है कि ऐसा कुछ सोचते रहने से एक दिन मैं ही पागल हो जाऊंगा।

मैंने एक तजबीज सोची और वह यह कि उस चिट्ठी को लेकर मैं यह मान लूं कि यह किसी का षड्यंत्र है और कोई मेरी इस शांत, चुपचाप चलने वाली जिंदगी में बाधा डालना चाहता है।

इस तरह मैंने कुछ दिन बड़ी अच्छी तरह बिताये। मैंने छिप-छिपकर अपनी पत्नी के पीछे जासूसी की। मैंने अपनी पत्नी के खत पढ़े। सचमुच कुछ दिन ऐसे मजे में गुजरे कि मैंने पत्नी की सहेलियों के खत पढ़कर बहुत सारी बातें जानीं। खास तौर से यह कि औरत दूसरी औरतों के पतियों में कितनी दिलचस्पी रखती हैं। कुछ ऐसी ही हंसी वाली बातें कि उनके लिए तो मुझे कई खत आपके सामने रखने होंगे।

परंतु यह खेल ज्यादा दिन नहीं चला। मैं कोई ऐसा आदमी नहीं खोज पाया, जो मेरे पीछे पड़ा हो, जो मुझे मारना, डराना या मेरी शांति भंग करना चाहता हो।

फिर मैंने 'भूतों' के बारे में लोगों से बात करनी जारी की। पुनर्जन्म की कथाएं, भूतों की कल्पित कथाएं पढ़ीं। मुझे उनमें इतना रस आया कि इस मामले को लेकर भी मैं परेशान था, क्योंकि बाकी सब लोगों को ये बातें डरावनी लगती थीं।

मेरे लिए सबसे डरावना खयाल वह खत था, जिसने धीरे-धीरे मेरी सारी जिंदगी के कोनों-कोनों में दहशत भर दी थी। जिसने मुझे हर आदमी पर शक करने, और अपने पीछे की हर चीज को मुड़-मुड़कर देखने की आदत डाल दी थी।

बहुत अरसे के बाद एक आदमी ने मुझे बताया था कि भूत की पहचान उलटे पांव होते हैं। मैंने अपने पांव देखे, वे बिलकुल सीधे थे। लेकिन एक पांव पर छठी

उंगली थी, जो पीछे की ओर यानी उलटी मुड़ी हुई थी। अब मैं किससे पूछूं कि क्या मुकंदीलाल के एक पांव में छह उंगलियां थीं ?

मैं उस उंगली को कटा देना चाहता था, लेकिन मुझे डर था कि खत की तरह वह फिर उग आयेगी। और कहीं ऐसा न हो कि पहचान की एक वजह बन जाये ! मैं इन सब मामलों से इतना परेशान था कि कुछ दिनों तक मैं घबराहट में अपनी पत्नी से भी ठीक बातें नहीं कर पाया।

मैं अपनी पत्नी से शादी की फोटुओं वाला प्रसंग पूछना चाहता था, लेकिन वह भी खुद में कितना बड़ा प्रमाण था कि भूत की फोटुएं नहीं आतीं....कितने प्रमाण थे।

और मैं उन प्रमाणों के बीच सिर्फ यह जानना चाहता था कि आखिर यह खत मुझे लिखा किसने होगा। मैं डाकखाने से भी पूछताछ नहीं कर सकता था।

आप भी सोचेंगे कि मैं किस वहम में हूं। पर यह सच है कि हम लोग इस दुनिया में 'प्रेतों' की जिंदगी जीते हैं, लेकिन मैं 'प्रेत योनि' से संबंध की वजह से परेशान हूं।

मैं गोकू बाबू की इंतजार में हूं। कभी गोकू बाबू आयें, तो वे कम-से-कम यह तो बतला सकेंगे कि मुकंदीलाल की छह उंगलियां थीं। मैं उसी दिन इस प्रेत-छाया से मुक्त होऊंगा। उसी दिन।

पर गोकू बाबू के बारे में बताऊं—वे बहुत गप्पी आदमी हैं। मैं नहीं जानता, वे कभी आयेंगे तो क्या कहेंगे। पर आप लोग यह भी तलाश कर लीजिये कि आपके पांवों में छह उंगलियां हैं—इस शक से मुक्त होकर कि आप 'प्रेत योनि' से नहीं आये हैं। यह तो सिर्फ मेरे लिए है। खत में साफ लिखा भी है।

Who lives where ?

Home lives within me or is it me who
        lives at home ?
        Who lives where ?

When I enter my home
        it contracts
        to a single chair
        or a corner of a bed

In sight or in memory
        home lives only
        within me
        inside my ego.

When I'm away
        home starts to expand
        grows from imagination
        to extend into the open,
        huge.

        Benevolent as a garden to flowers
        changing my attachment
        to feelings
        and feelings
        into pain.

Quite frequently home lives within me
        and I in it
while it continues to pen me
        in its fold.

कौन कहाँ रहता है

घर मुझमें रहता है या मैं
        घर में
        कौन कहाँ रहता है

घर में घुसता हूं तो
        सिकुड़ जाता है घर
        एक कुर्सी
        या पलंग के एक कोने में

घर मेरी दृष्टि में
        स्मृति में तब कहीं नहीं रहता
        वह रहता है मुझ में
        मेरे अहंकार में

फूलता जाता है घर
        जब मैं रहता हूं बाहर
        वह मेरी कल्पना से निकल
        खुले में खड़ा हो जाता है
        विराट सा
        फूलों के उपवन सा उदार
        मेरे मोह को
        संवेदन में बदलता
        और संवेदन को त्रास में

घर मुझ में रहता है अक्सर
        मैं भी रहता हूं उसमें
वह बांधे रहता है मुझे
        अपने पाश में........!

The peace of the graveyard
Translated from the original Hindi story
Sannatta

The peace of the graveyard

Have you ever met Naresh ?
Now why should I think that you should have met him. In a country of sixty crores, we can not meet everyone. And then, there is the matter that he lives in a small, out of the way town that is rarely in the news. After I had first met him, he would have slipped out of my mind if it were not for the fact that I would hear about him intermittently. He discusses poetry here and there like a linguist. Well, it is better to say that he is a debater, and like museum pieces it is not easy to rid our minds of controversial people.

Anyway, the long and short of it is that Naresh dropped in on me one day, very unexpectedly. "It has been a long time since I've seen you," he said.

Well, that was no surprise since we were not really close friends, and I had never seen him in my town before. "Yes, it has been a long time," I answered him. "So, why are you here in my neighbourhood ?" I thought he had come to stir up some controversy. Perhaps he had even come to see the new bridge that was built over the dirty stream in front of the Land Revenue Office. That was something to be argued about.

He did not answer me as he sat down on a seat nearby. But then he said, "When I got off the train, I left the platform and looked for a cab, but not a single one turned up."

I laughed, and he did not like it. I saw his lips shape to hurl a curse at me, but then he apparently thought better of it. "What do you expect, Naresh ? Things are always changing," I said.

"Oh, I see ! You are looking at things from a sociologist's point of view." He hitched the side of his mouth. "Next you're going to tell me that the tail of a horse is getting shorter because it is not much used, but this ignores the fact that the horse's tail is really used to cover the horse's arse because people do not like to see it exposed."

"But . . . " I tried to speak, and he stopped me by holding up his hand.

"Finally though, a cabman did come up to me and stood there as though he had been my lifelong servant. 'Where would you like to go, sir ?' he asked me. I told him the name of a cheap hotel, and he said, 'It would be my pleasure, sir.' And off we went, the driver speaking to the horse's arse. He was telling the creature to move along. God knows, the horse was slow, slower than a lame pony.

"And as the cab crept along the streets, I looked around at the people in your town. They walked at a pace that was more suitable for a funeral. No one was in a hurry. Even the public buses moved along as though they were in a fashion-parade. And your shops had no posters or colourful displays. What a slow, dreary town, I thought."

This time I did laugh, and he obviously did not like it. "But why have you come here ?" I asked again.

"That bugger Joginder pressed me to come. He said this was a lively place, that as soon as I stepped off the train hotel-boys, pick-pockets, scooter drivers and cabmen would flock around me. They would all be seeking to serve me and make me feel welcome. But instead, those cabmen compared me to a horse's arse."

"But cabmen are all the same everywhere," I said. "How are they in your town ?"

"My town . . . my town," he looked at me annoyed. "My town has nothing to do with this. It is your town," he pointed a finger at me, "where silence reigns everywhere. In the hotel the workers move as though keys were being turned inside of them. I came here to relax, and so what does a bellboy say to me, 'Hello, what about a woman ?' Yes, I would not have mind having a woman, but then he tells me, 'They have shifted to the posh colonies. The prostitute business is a flop here.' Now I was really disappointed."

"Naresh, are you saying you came here to get a woman ?"

"A woman, a woman ! Why the people in this town have lost their spirit," he refused to answer me. "They are not what you think them to be. The people here have become dumb, and that is what is slowing them down. Joginder was in this town just two months ago. He even stayed in the same hotel, and he enjoyed himself tremendously."

"If you mean about the women, he was probably lying. Who is this Joginder anyway ?"

Again he ignored my question. "Lying ! Lying ! It it all lies, the people, the town ? Is Connaught Place a lie too ? Why should he lie ?"

"I don't know ? But things are the same here as they have always been ?"

"You're mistaken, my dear. Things aren't as they used to be." Naresh looked annoyed again. What about the strikes, the slogans on the walls, the mischief of the college students that used to be happening around here ? Its all gone, and you say things are as they have always been. No way. No way."

"Do you know what you are talking about Naresh ? You're talking about the character of a city."

"Don't be funny. What the hell have I to do with this city's character ? All I know is that I've been to the hospital lately, and in there . . . stink and suffocation. I spent three days in the hospital, and I needed a change when I got out. If Joginder had not told me all those nice things, I would not have shown my face down here. It was also the doctors who told me to get away and relax." He suddenly looked gloomy.

"You will be all right, Naresh. But tell me what's your disease ?"

"Oh, never mind that. What I am telling you hasn't got anything to do with my illness. It's true that I was in the hospital, but the doctors did not help me much. They spent their time making love to the nurses."

"Oh come on, Naresh."

"Yeah, I'm coming, but forget those doctors. I'm so sick of hearing you people brag and boast down here about everything, the vegetables, Arya Samaj, politics, and even murders. I suppose that it's only natural to have so many braggarts in a city where five-hundred political leaders have come to assemble."

My, my, I was thinking, Naresh could go on. He was some argumentative fellow.

"Joginder had assured me that the charms of this city would cure half of my illness. He even suggested that if I went to the hospital down here, I would be perfectly all right if some fairy-like nurse smiled seductively at me. But I did not come down here to go to the hospital."

"You came down here to . . . ."

"To laugh, but you people here don't laugh. Never have I seen such sad faces. Where is that wholesome laughter that I used to hear from people ?"

"That wholesome laughter you're talking about is really a thing of stories, books. There is too much poverty and misery around for people to laugh the way you are talking about."

"Come on. People must never forget how to laugh, no matter what their condition."

"Be realistic, Naresh."

"I am being just that. When I got down here I thought I would be in a city like the capital. I was thrilled with anticipation when I started down here. This was to be a city bubbling with life, not death. But when I came out of the station and got my first peep at the city I was puzzled. Nothing exciting greeted me. The cabmen talked about horses arses, and the bearers in the hotel talked about the lack of female arses. What a place ! Why even the women hide their bodies behind thick, ugly shawls."

"Perhaps, but it doesn't take away from their beauty."

"What beauty ? How can you tell ? The women down here live in fear. Everyone down here lives in fear. And if you doubt what I say, just run your eyes over the newspaper. Your writers down here even write as if they're scared. And would you believe this ? I tried to compliment a man on the bus. I wanted to tell him that he had a nice moustache, but he took offence. He told me to keep my comments to myself. He said talkative people like me should be put in prison, in solitary confinement. And then there were these two young men talking on the same bus, and when I simply asked them the name of a place, they fell silent. Not only that, but they seemed to be trembling at the knees. Fear is everywhere down here."

"Well, I am sure you are talking about people who would be frightened by the rustle of dry leaves. Some of them might even have been criminals who are just suspicious by nature."

"Now, how should I respond to that ? Are you saying that this city is filled with criminals ?"

"Of course not."

"Well then, don't exaggerate such things. Just listen to me. I was passing through a temple and the people were singing hymns. Fortunately or unfortunately, if the word Sankara occurred in a hymn the singers would hardly pronounce it."

I laughed. "What are you trying to get at now ? It sounds like hyperbole to me."

"Then let me say goodbye to you." He stood up abruptly. "I am going to leave your town earlier than I had intended. I saw this firey slogan, a leftover from better days, on a wall and that decided for me."

"I thought you were interested in women and not political demonstrations. If that is what you want, I'll arrange one for you. Just wait until tomorrow."

"No thank you. I have had enough of this place." And just like that he was gone.

What a strange argumentative fellow, and he left his eyeglasses behind.

I thought about Naresh and our conversation for days afterwards, trying my best to make the best sense of the experience.

It must have been about a week after my meeting with Naresh when I was returning home from my office by bus. The bus I was riding on was filled with passengers, but suddenly I became aware of just how silent they all were. At the same time, looking out of the vehicle's window I realized that the streets were very empty of people. Usually, the roads were filled with people this time of the day, but where had they all disappeared to.

Then up ahead a large crowd suddenly gathered. Had they all been released from a cinema ? They moved so noiselessly and quietly. Was this a funeral procession ? Hah, it was difficult to see the faces of the people through the window, it was covered with an oily film. But I wanted to see their faces. I felt drawn to the crowd moving along the road. When the bus reached its next stop, I got off.

Then I felt a certain repulsion. Why did I feel an association with this crowd that looked like a funeral procession. They were so silent, so . . . so dumb-looking. I followed the crowd and determined that this was not a funeral group. They turned off the road and moved towards an open area, an open field. In the middle of the field a fire was burning. Above the fire a pole stood, and on the pole a robe was hung.

The crowd of marchers sat down around the fire, and I sat with them. The faces of the people sitting in the first row glowed from the light of the fire. The glow on their faces was exactly like the face of the boy seen standing in a picture that advertised Apple Juice. The boy in the picture looked healthy and blooming with life, but that was not true of this crowd of people around me. They had shrivelled faces. Who were these people ?

Then it occurred to me that I was seeing these people as Naresh had spoken of my town's people. They were indeed silent.

As I sat there, more people were crowding into the field, and I was beginning to feel uncomfortable. About that time, I noticed that a man had climbed to the top of the pole overlooking the fire. Two other men came forward to hold the pole and give support to it. I could not imagine what was going on. Eventually the man at the top of the pole hung himself upside down, and in the glow of

105

the fire light his hair looked golden. His face was also shining. It reminded me of the face of my mother in times past.

I pondered over the question of why the man was hung upside down? At that moment, I became aware of another man who was trying to read something written on a piece of paper by the fire light. I turned my head around and tried to make out the lettering on the piece of paper. It seemed to me that it said, COME AND SEE A MAN WHO WANTS TO CURE HIS DUMBNESS.

The man at the top of the pole was now writhing in pain. Dumbness and pain. It all seemed the same. The awareness and realization of the words choked in my throat, and beside those cackling tongues of flame, I shivered.

Translated from the Hindi by Rattan Chouhan

सन्नाटा

नरेश से आप न मिले होंग। पर यह अपेक्षा भी कितनी मूर्खतापूर्ण है। साठ करोड़ में से कितने लोग होंगे कि जिनसे हम-आप न मिले होंगे। एक दूर-दराज कस्बे में वह रहता है, जिसका नाम साल में शायद ही एक दफे अखबारों में छपता है। मैं भी उसे भूल ही गया होता अगर बीच-बीच में मुझे उसकी खबर न मिलती और यह पता न चलता कि वह कविता के बारे में एक 'लिंग्विस्ट' की तरह बहस करता फिरता है। कुछ चीजों की तरह—जिन्हें अक्सर अजायबघरों में देखने की तबियत होती है—बहस करने वाले इन्सान भी जल्दी से भुलाये नहीं जाते हैं। खैर, तफसील में जाने से क्या, बिल्कुल जासूसी कहानियों के नायक की तरह वह एक दिन आया और बिल्कुल हांफने जैसी स्थिति में आकर बोला, ''खाक पुरलुत्फ है तुम्हारा शहर।''

''तो तुम वह देखने आये हो जो तुम्हारे कस्बे में नहीं है?'' मैं उसकी जल्दबाजी और उसके गुस्से-भरे लहजे से हैरान था। कोई आपसे वर्षों बाद मिले, थोड़ी-सी झिझक न हो, एक-दूसरे से सुनने की लालसा न हो, ढेर सारे लोगों के बारे में पूछने का सिलसिला आगे न बढ़े तो महसूस कैसे हो कि आप वर्षों बाद मिले हैं। वह तो आते ही वर्षों की दूरी एक शिकायत-भरे लहजे से पार करना चाहता था।

उसने मेरी तरफ देखा फिर हाथ पकड़ा और धम्म से तख्तपोश पर बैठ गया। वह तख्तपोश की आवाज ही थी, पर वह बैठते ही जैसे डर गया था। जैसे उसने कोई बड़ी आवाज सुनी हो।

''क्या हाल है?'' उसने बेहद औपचारिक होते हुए कहा। फिर कहने लगा, ''पूछने से क्या फायदा? वह तो मैं देख ही आया हूं।''

''तुम कब आये हो?'' मैंने सोचा, इस धीमी बातचीत में वह सहज हो जाएगा और मैं उससे अपने कस्बे की सारी बातें पूछ सकूंगा। जैसे मेरी यह पूछने की बड़ी इच्छा थी कि तहसील के दफ्तर के सामने गन्दे नाले पर एक पुल बन गया है, तो वह कैसा लगता है। जोकि मुझे जैसे उम्मीद थी कि एक पुल की वारदात से ही जैसे शहर का नक्शा बदल गया होगा।

पर उसने मेरी बात का जवाब नहीं दिया। ''मैं स्टेशन पर उतरा और बाहर आकर तांगे वाले से मोल-भाव की नीयत से खड़ा हो गया पर कोई पूछने नहीं आया।''

अचानक ही मुझे हंसी आ गई तो उसने बात बीच में रोक दी और मुझे देखने लगा। ''तो तुम सोच रहे थे कि तांगे वाला तुम्हें गले में माला डालने के लिए

आता?''

''तुम भी...।'' वह कोई गाली निकालने वाला था पर फिर चुप हो गया। यह 'तुम भी' हिकारत-भरी मुद्रा में किसीको नादान जैसा कहना था। ''मेरा मतलब है, तांगे वाले, और चुप हों। सवारियों को आवाज न दें। घोड़े को गाली न दें—मतलब यह हुआ न कि सभी तांगे वाले बीमार हैं।''

''यार, तुम समझते नहीं; आजकल अपनी-अपनी गरीबी के मारे लोग इस कदर बेहाल हैं कि बहुत-सी बातें धीरे-धीरे खत्म हो रही हैं।''

''मानता हूं, तुम समाजशास्त्री के चश्मे से देखने के आदी हो गये हो...।'' अब नरेश चहकने लगा था—उसके हाथों में बोलों के साथ-साथ एक्शन की सक्रियता आ गई थी। ''धीरे-धीरे तुम कहोगे घोड़े की पूंछ छोटी होती जा रही है क्योंकि अब उसका इस्तेमाल बहुत कम होता है और घोड़े को कौन-सी चीज ढकनी है जो आदमजाद ढकना चाहती है।''

''पर...''

उसने मुझे बीच में रोक दिया; सिर्फ उसके हाथ का इशारा ही था। ''मैंने एक तांगे वाले को बुलाया तो वह बिल्कुल जी-हजूरी के लहजे में खड़ा हो गया। 'कहां ले चलना होगा हजूर?' जब मैंने उसे चालू किस्म के होटल का नाम बताया तो वह थोड़ा भी नहीं मुस्कराया। वरना एक बदनाम होटल में जाने पर वह बायीं आंख जरूर दबाता और बख्शीश का एक रूपया अलग से तय करता। पर उसने दबी जुबान से घोड़े से कहा, ''चल बेटे।'' और वह अफगानी नस्ल का घोड़ा टट्टू से भी मरियल चाल से सड़क पर चलने लगा। स्टेशन पर भीड़ थी। लेकिन पहली दफा चने बेचने वाले, पालिश करने वाले नहीं दिखाई दिये तो मुझे लगा, मैं कहीं गलत जगह तो नहीं उतर गया। पर बाहर बड़े-बड़े अक्षरों में तुम्हारे शहर का नाम लिखा था।

''लोग सिर झुकाये, चुपचाप चले जा रहे थे। कोई भागमभाग नहीं थी। बसें बहुत सधी हुई चाल से चल रही थीं। दुकानों के बाहर की जगहें ज्यादा फैली हुई लग रही थीं। दीवालों पर कस्बाई किस्म के विज्ञापन वाले पर्चे नहीं थे। शहर में आम किस्म की रौनक नहीं थी।''

मैं फिर हंसने लगा, ''तो तुम आये कब थे यार!''

''अगर जोगिन्दर मुझे न भड़काता तो मैं कभी इस शहर में न आता। उसने बताया था कि तुम स्टेशन पर ही उतरोगे तो तुम्हारे गिर्द होटलों के दलाल, जेबकतरे, स्कूटरों के चालक और तांगे वाले होंगे। वे तुम्हें घेरेंगे ही नहीं बल्कि कुछ एक तो तुम्हारा थैला या सूटकेस हाथ में लेकर तुम्हें जबर्दस्ती अपनी सवारी की तरफ ले जायेंगे। यार, तांगे वाले भी कमाल हैं। तुम्हे कहेंगे कुछ नहीं बस घोड़े से ही तुम्हारी नातेदारी बांध देंगे।''

''तांगे वाले सब जगह के एक-से होते हैं?'' मैंने यह सवाल इसलिए किया ताकि वह अपना शहर याद कर ले और वहां की कुछ बातें बताये।

"कमाल है," उसने जब कहना शुरू किया तो मुझे अपने कस्बे की कई बातें याद आ गयीं। "होटल में मैंने देखा श्मशान-सी चुप्पी थी। बेयरे ऐसे चल रहे थे जैसे उनमें चलने के लिए ही चाबी भरी हुई हो। जानते हो, मैं होटल में क्यूं ठहरा ? मैं बड़े शहर के मजे लेना चाहता था। इसलिए मैं बेयरे के कान में फुसफुसाया था, 'क्यों भाई, कोई औरत नहीं मिलेगी ?' और जानते हो उसने क्या जवाब दिया ? बोला, 'साहब, अब औरतें अच्छी कालोनियों में चली गयी हैं। होटलों का वह धन्धा खत्म हो गया है।" नरेश मायूस हो गया।

"लोगों में पहले जैसी जान नहीं है।" मैं उसकी अपेक्षाओं को जमीन पर उतारने की कोशिश में बातचीत का ऐसा सिरा खोजना चाहता था कि वह उस वहम से मुक्त हो जाय। यही कि वह भूल जाय कि जो कुछ उसने लोगों से सुना है वैसा कुछ—ठीक-ठीक वैसा ही कुछ वास्तव में कुछ नहीं है।

"खाक जान नहीं है। तुम समझते क्यूं नहीं, बात कुछ और ही है। लोग गूंगे हो गये हैं।" वह यह बोलकर कुछ सहम-सा गया।

"दो महीने पहले जोगिन्दर आया था और इसी होटल में उसने मौज़-मजा किया था। इसी होटल में। वही कमरा। वही बेयरा।"

"वह झूठ भी तो हांक सकता है..."

"अच्छा, चल, अगर वह झूठ हांकता है तो बाकी सब चीजें भी झूठ हैं। तुम्हारे शहर की बसों के धक्के...कण्डक्टरों के मजाक...खूबसूरत झूठ है। लड़कियां... दफ्तरों के थके-हारे बाबुओं की रंगीन शामें... सब यानी कनाट प्लेस झूठ है।"

"वे तो सब चीजें ठीक वैसी हैं।"

"ठीक वैसी नहीं हैं।" नरेश जैसे थोड़े-से आवेश में चीख-सा पड़ा था, "ठीक वैसी नहीं हैं। मैंने यहां की हड़तालें, दोपहर के भोजन के वक्त दफ्तरी बाबुओं के नारे, स्कूल-कालेज के लड़कों की शरारतों के किस्से.... वे बहुत सुन रखे थे। वे कहां हैं। तुम सोचते हो, सब चीजें वैसी ही हैं।"

"देखो, किसी 'सिटी' के 'कैरेक्टर' की बाबत...।" मैं उसे अपने ही ढंग से समझाना चाहता था। पर वह कुछ भी सुनने को तैयार नहीं था।

"सिड़ी....मुझे क्या करना है शहर के 'कैरेक्टर' का। तुम यह बताओ, क्या तुम कभी अस्पताल गये हो ?" यह कहकर भी उसने मेरी हां-ना की इन्तजार नहीं की। "मैं अस्पताल गया था। वहां वैसी ही भीड़ है। वैसी ही सड़न, वैसी ही घुटन। मैं वहां तीन दिन रहा। जानते हो, तुम्हारे शहर में मैं पांच दिन पहले आ गया था। अगर जोगिन्दर न कहता तो मैं कभी न आता। उसने शहर की खुशनुमा तेजी के साथ-साथ मुझे यह बताया था कि मेरा इलाज वहीं बड़े अस्पताल का डाक्टर कर सकता है। यार, मैं बीमार हूं।" वह अचानक ही उदास हो गया था। इतना उदास कि वह थोड़ी देर चुप रहता तो मुझे विश्वास हो जाता कि वह रोने वाला है।

''अच्छे हो जाओगे भई। पर पहले बताओ तो सही, मामला क्या है?''

''जमा रखो। जमा रखो। थोड़ा सब्र करो। पर यह बिल्कुल न समझना कि जो बातें मैं कह रहा हूं वह बीमारी की वजह से है। अब मैं अस्पताल में रहा तो डाक्टरों को नर्सों से इश्क के अलावा फ़ुरसत ही नहीं है।''

''देखो नरेश, अगर तुम सीरियस हो तो ऐसी....''

''ओछी बातें न करूं।'' उसने अपने-आप ही मेरा वाक्य पूरा किया।

''नहीं, मेरा मतलब है बहुत-सी चीजें तुम अपने चश्मे से देखते हो।''

''बस...बस, तुम अगर सुन सकते हो तो सुनो, क्या इस शहर में बड़बोले लोग नहीं थे? मुझे याद है जब एक दफे एक नौकरी के सिलसिले में मैं आया था तो मुझे लगा था यहां लोगों के पास बोलने के अलावा कोई काम नहीं है। जिस धर्मशाला में मैं ठहरा था उसके बाहर पान की दुकान पर हत्या की वारदातें एक मामूली बात थीं। वहां पर लोग मण्डी में सब्जी के भाव से लेकर विधवा विवाह, आर्यसमाज और राजनीति तक पर बात करते थे। मेरा अन्दाजा था, जिस शहर में हिन्दुस्तान के पांच सौ से ज्यादा भाषण देने वाले नेता इकट्ठे होते होंगे वहां तो अपने-आप ही बड़बोले लोग पैदा हो गये होंगे।''

नरेश के आत्मालाप के बीच मुझे अपनी बाबूगिरी, अपनी बीवी के हुक्म और दूसरी चीजें भूल नहीं गयी थीं। मैं इन्तजार में था, वह चुप करे और एक नार्मल किस्म की गप्प की जाय और शामों के कार्यक्रम तय किये जायें।

वह फिर हांफने की स्थिति में आ गया, बोला, ''जोगिन्दर का कहना था, 'बेटा, पचास फीसदी बीमारी शहर की हरकतें पी जायेंगी। बाकी तुम अस्पताल में रहोगे और कोई खूबसूरत परी-जिस्म नर्स तुम्हें देखकर हंसेगी तो तुम एकदम ठीक हो जाओगे।' पर अस्पताल में सब कुछ था; साथ में था एक सन्नाटा। ठीक यही सन्नाटा तुम्हारे पूरे शहर में फैला हुआ है। ठीक वैसा ही मौत के डर जैसा।''

''असल में तुम पहले ही सब कुछ तय कर चुके हो। लोग बोलते हैं। काम करते हैं। हंसते हैं।''

''आब्जेक्शन,'' वह बोला, ''झूठ...झूठ...झूठ। कोई उस तरह नहीं हंसता। मुक्त और स्वच्छन्द। गरीबी में, भूख में भी हंसी की एक मुक्तता है।''

''तुम जानते नहीं नरेश। अब वह मुक्त हंसी सिर्फ किताबी चीज रह गयी है। शहर का दबाव तो देखो। आदमी की गरीबी तो देखो।''

''शहर में और गरीबी,'' वह मजाक के लहजे में बोला, ''क्या फैक्ट्री मजदूर, घरेलू नौकर...सब साले 'लुम्पेन', छंटे हुए...।''

''फिर तुम उन्हींमें चाहते हो कि तुम्हारी कल्पना जैसा चाहती हो...''

उसने मेरी बात नहीं सुनी। उसने हाथ से मुझे रोका और फिर जैसे पस्त पड़ गया। वह दीवार का सहारा लेकर फैल गया।

''तुम बीमार हो प्यारे, और अब कुछ अपनी सुनाओ। क्या बीत चुका है...।''

''मैं जब आया था, मैंने सोचा था, मैं मुल्क की राजधानी में आया हूं। आखिर यह किसी तीर्थ से कम नहीं है। आखिर पूरे मुल्क की आंखें उन सुर्खियों पर लगी रहती हैं जिनमें इस शहर का नाम होता है। तो मैं अपने कस्बे से आया। मैंने सोचा था, एक ठहरे हुए कस्बे से एक चलते हुए शहर की यात्रा कितनी मजेदार होगी। पर मैं जैसे-जैसे धीरे-धीरे शहर में घुसा तो तीन-चार आदमियों के अलावा किसी ने मेरी बातों का जवाब भी नहीं दिया। मसलन तांगे वाले ने दो-चार बातें कीं, घोड़े तक को फुरसत नहीं थी। होटल में बेयरे ने सिर्फ अपनी असमर्थता जाहिर की। बसों में कण्डक्टर ने सिर्फ मंजिल का नाम पूछा। शहर की दुकानों में हर जिन्स पर कीमतों की पर्चियां टंगी हैं। और तो और, यार, औरतों ने मोटे-मोटे दुशालों से अपने जिस्म के नंगे हिस्से ढके हुए हैं।''

''तुम बहुत खूबसूरत बयान करते हो।''

मेरी बात का गुस्सा खा गया। ''खूबसूरती की मां की......। तुम समझते क्यों नहीं हो कि मैं तुम्हें सिर्फ एक बात बताना चाहता हूं। मुश्किल यह है कि एक वाक्य की उस बात को लोग समझते नहीं हैं। मसलन, तुम अपना अखबार उठाकर देखो। चिट्ठी-पत्री में भी लोग दरबारी लगते हैं। मैंने बस में खूबसूरत मूछों वाले की गूंछों की तारीफ कर दी तो वह नाराज होकर मुझे घूरने लगा। मैंने जब फिर कहा, 'साहब, मैं अच्छी मूंछों की तारीफ करने के लिए मजबूर हूं' तो बोला, ''खामोश, वरना कानून ऐसे हैं कि तुम्हें बिना जुर्म बताये छह महीने-भर अकेले कमरे में बन्द किया जा सकता है।' बस की एक सीट पर दोनों जवान लोग फुसफुसाकर बात कर रहे थे तो मैंने उनसे सिर्फ एक जगह का नाम पूछा था तो वे न सिर्फ चुप हो गये थे बल्कि मुझे लगा था वे कांपने लगे थे। मुझे नहीं पता था कि उस जगह का नाम जेल रोड है।''

''बात यह नहीं है नरेश, कि तुम उन कमजोर लोगों की बातें कर रहे हो जो पत्ता खड़कने से डर जाते हैं। ज्यादातर अपराधी लोग ज्यादा चौकन्ने, गुमसुम और शक्की लगेंगें। अब क्या कहूं....''

''तुम्हारा मतलब है, सारा शहर अपराधी लोगों से भरा है। डियर, तुम जिस तरह सफे पलट रहे हो वह बहुत आसान है। चीजों को 'अण्डरलाइन' करके भी समझो।''

मैंने सोचा, अब क्या कहकर नरेश को दूसरी चीजों की तरफ मोडूं? मैं कोई रास्ता तलाश कर ही रहा था कि नरेश ने फिर बोलना शुरू किया, ''मैं भी सोचता था, यह सब इकतरफा है। पर इन पांच दिनों में गली, मुहल्ले, पार्कों, बाजारों में—जहां-जहां मैं गया हूं, मुझे महसूस हुआ है, लोग धीरे-धीरे गूंगे हो रहे हैं। और हर गूंगा आदमी बहरा भी होता है। खतरा सिर्फ यह है। अगर तुम गूंगे का अर्थ समझ जाओ तो तुम्हें पता चलेगा, निरर्थक बोले चले जाना भी गूंगापन है। एक सार्थक सनक, एक बड़बोलापन जायीय गौरव भी तो होता है।''

मैंने चालाकी बरती और चुप हो गया। मैं जानता था, अगर मैं थोड़ी दरे उसकी बातों पर टिप्पणी करना छोड़ दूं तो वह चुप हो जायेगा । लगाम मेरे हाथ में आ जायेगी।

''मैं एक मन्दिर से गुजर रहा था और लोग आरती कर रहे थे। आरती में जहां 'संकट' शब्द आता था उसे जैसे लोग बोलते ही नहीं थे।''

मैं ठहाका मारकर हंसा। ''तुम अतिशयोक्ति अलंकार का ठीक इस्तेमाल कर रहे हो।''

''अच्छा फिर चलूं,'' एकदम बीच में वह उठ खड़ा हुआ। ''अगर मैं एक दीवाल पर इन्कलाब जिन्दाबाद न देख लेता तो यार, मैं कभी का तुम्हारे शहर से विदा हो गया होता।''

''तुम्हें जलूस का शौक है तो कल ही इन्तजाम कर देता हूं। पर तुम चले कहां ?''

बोला, ''मैं अब आखिरी बार तुम्हारे गूंगे शहर की परिक्रमा करना चाहता हूं।''

मैंने उसे लाख रोकने की कोशिश की पर नरेश जिद्दी इतना था कि वह एक मिनट भी फिर न रुका। नरेश को आप कभी न मिलेंगे। मुझे भी शायद वह वर्षों बाद मिले।

वह अपना चश्मा मेरे पास छोड़कर गया था। हमेशा की तरह शाम की बस से अपने घर की तरफ लौट रहा था मैं। बस में दफ्तरों की छुट्टी के बावजूद भीड़ ज्यादा नहीं थी। बसें खूबसूरत, साफ और आरामदेह हो गयी थीं। वे वक्त से भी चलती थीं। यह टिप्पणी सिर्फ इसलिए दे रहा हूं कि ऐसा भी सालों बाद हुआ था।

सड़कें साफ थीं। नहीं....नहीं, गन्दगी के ढेर अब भी थे लेकिन किनारों पर। 'सड़कें साफ थीं' का मतलब है आदमी बहुत कम थे।

यह तो मैंने तभी ध्यान दिया। और मौकों पर ठीक ऐसे ही वक्त इस सड़क पर लोग ही लोग होते थे। आखिर वे लोग चले कहां गये? मैंने अपने-आपसे सवाल किये।

बस का रास्ता सदर बाजार से था। आज के दिन बाजार बन्द था। भीड़ इसलिए भी कम थी। मैं थोड़ा-सा आश्वस्त हुआ। भीड़ कम है, यह बात अपने-आपमें आश्वस्तिदायक थी। एक जमाने में भीड़ के साथ-साथ सांड या दूसरे जानवर भी इन संकरी सड़कों पर दिखाई देते थे—दिखाई ही नहीं ट्रैफिक के मामले में वे सबके लिए सिरदर्द बन जाते थे। पर तभी जैसे शाम पूरी तरह छा गयी थी । बस की घर्राहट के अलावा सचमुच कोई बातचीत नहीं कर रहा था। थके हुए लोग होंगे, मैंने सोचा। एक पतली गली के अन्दर से आदमियों की भीड़ की भीड़ निकल रही थी। इतने ज्यादा लोग देखकर मैं थोड़ा हैरान था। बस की खिड़की से मैंने वे लोग देखे शायद। किसी मन्दिर या फिल्म से छूटकर आ रहे हों वे लोग।

लेकिन वहां कोई मन्दिर नहीं था। सिनेमा-थियेटर नहीं था। मैंने उन लोगों को

देखा। गुपचुप सिर झुकाये वे लोग चले जा रहे थे। उनके चेहरे देखने मुश्किल थे। कुछ अंधेरा बढ़ रहा था और कुछ बस के शीशों पर तेल-सी चिपचिपी मैल थी। उन नरमुण्डों के चेहरे कुछ अपनी ही छायाओं से ढक गये थे।

आखिर वे कहां जा रहे होंगे? बस में एक अस्पष्ट फुसफुसाहट जरूर चली थी पर फिर सब शान्त हो गया था। बेतरतीब पांतों में चलते उन लोगो के गन्तव्य जानने की हलचल मेरे अन्दर करवट ले रही थी। मैं चुपचाप बस खड़ी देखकर उतर गया था।

फिर एक ग्लानि-सी अन्दर उमड़ी थी। मैं क्यों इस भीड़ के साथ हो लिया? हो सकता है यह कोई मातमी जलूस हो। आखिर लोग इतने खामोश हैं। ऐसे मौकों पर किसीसे यह पूछना कि जनाब, किसका इन्तकाल हुआ है कितना बेहूदा लगेगा। पर थोड़े साथ ही चलने पर और लोगों के चेहरे देख लेने पर मैंने अन्दाजा लगा लिया था कि यह मातमी जलूस नहीं है।

वह भीड़ अब तक एक खुले मैदान की तरफ जा रही थी। मैदान के बीचों-बीच एक अलाव-सा जल रहा था। अलाव के ऊपर दो लकड़ियों के सहारे एक बल्ली टिकी थी। उस बल्ली पर एक रस्सी झूल रही थी जिसे मैं दूर से ही देख चुका था।

लोग चाहे चुप थे, लेकिन मुझे लगा, थे वे शौकिन, तमाशबीन। अलाव के पास पहुंच-पहुंचकर लोग बैठ जाते थे। अगली पांत के बैठे लोगों के चेहरे आग में दमदमा रहे थे। उनकी दमक ठीक वैसी ही थी जैसी सेबों का रस बेचने वाली कम्पनी के विज्ञापन में खड़े लड़के के चेहरे पर चमक होती है। लाल, सुन्दर और स्वस्थ। वह जरूर उन जगहों का लड़का होगा जहां बड़े लोगों के बच्चे रहते हैं। पर यहां, इस वक्त पिचके गालों वाले लोग थे। लगता था जैसे उनमें से कुछ लोग भूखे रहने के योगाभ्यास में दक्ष हों। आगे अलाव के पास बैठे लोगों की आंखों की चमक भी अजीब-चीज थी। जैसे परकोटों में फंसे पानी पर रोशनी का कोई अक्स पड़ रहा हो। झिलमिल-झिलमिल।

आखिर ये लोग कौन थे? मैंने उन्हें पहचानने की कोशिश में आसपास के हरेक चेहरे को, अंधेरे में ही सही, गौर से देखना शुरू किया। इतने बड़े शहर में भीड़ में पहचान वाले का मिलना नामुमकिन नहीं है। पर जिन्दगी फिल्मों की तरह संयोगों से भरी हुई नहीं है।

महीनों बाद मैंने इतने लोग एक साथ देखे थे। कुछ दिनों से जैसे मैं भूल ही गया था कि लोगों की तादाद इतनी है। यह मैदान भी अभी हाल ही में मैदान हुआ था। पहले यहां एक बस्ती थी। पर इससे क्या, अब इस वक्त मैं चीजों को नरेश के चश्मे से देख रहा था। वह अपना चश्मा मेरे घर छोड़ गया था। सचमुच लोग चुप थे।

और लोग अभी आ भी रहे थे। मेरे पीछे बहुत लोग खड़े हो गये थे। भीड़ और एक चुप भीड़ का दबाव बहुत भीषण होता है, यह सिर्फ अनुभव करने की चीज है।

मैं अनुमान लगाने लगा। शायद आल्हा के शौकीन लोग हों। पर यह मौसम और था। तब कोई जादू का खेल हो सकता है। आखिर बल्ली और अलाव इन दोनों का

क्या मतलब था। मेरी दिलचस्पी और जिज्ञासा दोनों इकट्ठी ही खत्म होने को थी कि तभी मैंने बल्ली पर चढ़े एक आदमी को देखा। दो और आदमी उसे थामने के लिए आगे आये। उस हल्की रोशनी में कुछ सूझा ही नहीं कि वे क्या कर रहे हैं। पर थोड़ी देर में एक आदमी उसपर उल्टा लटका था। अलाव की रोशनी में उसके बाल सुनहले दीख रहे थे। उसका चेहरा दमक रहा था। वह ठीक वैसी ही दमक थी जैसी मैंने रसोई घर में बैठे, काम करते अपनी अम्मा के चेहरे पर वर्षों तक देखी थी। झुर्रियों से पटा अम्मा का चेहरा, गरीबी के अंक-अंक से चित्रित उनके चेहरे पर रसोई की आंच की दमक में अजीब किस्म की रोशनी आ जाती थी। उम्र के तय के लिए बहुत-से पड़ाव ओझल हो जाते थे।

मुझे उल्टे लटके आदमी का ख्याल आया। उस सन्नाटे भरी भीड़ में आदमी का आग के ऊपर सिंकना....मुझे याद आया, कहीं इसका 'रामतेल' तो नहीं निकाल रहे हैं। मेरे पीछे एक आदमी टार्च की रोशनी में एक कागज पढ़ रहा था। अपनी दहशत छिपाने के लिए मैंने पीछे देखा तो कागज पर छपा था...क्या छपा था मैं ठीक-ठीक नहीं पढ़ पाया। कुछ, कुछ ऐसा था कि एक आदमी अपना गूंगापन ठीक करना चाहता है। आइये देखिये....ऐसी शैली में उस पर्चे पर कुछ हरफ मैंने देखे थे।

पीछे भीड़ इस तरह बढ़ रही थी कि मुझे सांस लेने में तकलीफ-सी होने लगी। मैं कुछ बोलना चाहता था पर मुझे लगा, कुछ भी बोलना मुश्किल है। मैंने अपने गले पर हाथ फेरा और भीड़ से बाहर निकलने की कुलबुलाहट दिखायी। उस सन्नाटे से घबराहट बढ़ रही थी। और दशहत-भरा दृश्य था उस आदमी का छटपटाना।

Fall

He had no idea
the hunt was on !

He came from the hills
in search of prosperity
and now because he's a servant, curses
the stars
      at the moment of his birth.

Sometimes he is amazed
      that the very foundations to which he is glued
      are kept alive by commerce from people in the cities,
      those unconcerned about good or evil,
      and who show no signs of conscience.

He had come
      to behold the heaven of prosperity.

He had no inkling,
         nor did it occur to him that the heaven
         of this city rested on the foundations
         of the very walls of hell.

He remembers the darkness of his village home,
how much closeness was there,
now lost among the flashing lights,

He fails to realise
      that the lights are the hunt,
      nor does he know that in this game
      it's he who is hunted ....

गिरा

उसे नहीं अहसास
आखेट का !

वह तो चला आया पहाड़ों से
समृद्धि की खोज में
चाकरी में कोसता है कभी-कभी
नक्षत्रों को
        जन्म के लग्न को,

कभी कभी चौंकता है
        जिस आधार से चिपका है वह
        उसका व्यापार करते हैं लोग शहर में
        न उन्हें सताता है पाप-पुण्य
        न काटती है ग्लानि

वह तो आया था
        ऐश्वर्य के स्वर्ग को देखने
उसे नहीं था अहसास
न विश्वास कि नरक के ठीक ऊपर ही
        नरक की ही भित्तियों पर
        टिका है शहर का स्वर्ग

उसे याद आता है गांव घर का अंधेरा
कितना आत्मीय प्राप्त था
विलुप्त है जो इस चमचमाती रोशनी में

रोशनी के आखेट का
नहीं है उसे ज्ञान
न भान है कि वही तो शिकार है
इस पूरे खेल में.........

Some questions

From the trunks of trees
    rifles are made
    and the hilts of ancient swords.

From the trunks of trees
    sweet nectar drips
    and drips,
    a juice which
    intoxicates.

From the tree itself
    new trees have grown,
    leaves
    flowers
    and fruits.

From the tree is born
    the ambition to ascend.

Sky leans on the trees,
    the tree,
    the wind,
    and the ambition to rise.

How can it be
    that such
    risings
    link to primitive tools
    and the science of violence?
        Moving
        or not moving—
        the tree remains
        indifferent and still.

कुछ प्रश्न

पेड़ के तने से ही
    बनी हैं बन्दूकें
    और तलवारों की मूठ
पेड़ के तने से
    झरा है मधुर पेय
    और झरता
    मदिरासन्न करने वाला
    रस

पेड़ से ही
    विकसे हैं दूसरे तने
    पत्ते
    और फूल
    और फल

पेड़ से ही उपजी है उठने की
    आकांक्षा
पेड़ से ही टिका है आसमान
पेड़ और हवा
    और उठना
    यह कैसे संभव है
अगर आदिम औजार को
    हम हिंसा के विज्ञान से जोड़ें

पेड़ से ही
मिली है धरती को जकड़
प्यार और ऊष्मा भरे पेड़
क्या कहते हैं
ऐसा करो ?
    करना
    और ठहरे रहना
    दो स्थितियों में पेड़
    स्थित प्रज्ञ है । स्थिर

On the road
Translated from the original Hindi story
Sarak Par

On the road

I was hurrying along the road. Ahead of me at some distance, I could see a crowd forming, growing into a huge mass like a lake of human heads and swaying in rhythm as though rocked by waves of emotion. It had often been so. I have seen still larger crowds: people standing with glum faces, their children hanging from between their legs, listening to some soothsayer; or crowds of restive youths peering hopefully at each other while some quack made an eloquent speech proclaiming that regular use of his drug offered vitality or restored potency. At times, even a lone man abusing an unknown malefactor picked up the dust of a crowd. It had always been discouraging to join such congregations. Every time I stopped to investigate, it had been a waste of time.

As I neared the gathering, I saw that everyone was on his toes, straining to see what was happening at the centre. Without slowing down, I turned my head in their direction hoping to get some kind of look myself. The crowd seemed to be made up largely of riff-raff with people yelling at the top of their lungs as in a street brawl. Even at the periphery, I could hear shrill cries over and beyond the babble of voices. Unwittingly, I slackened my pace and moved over to the thinnest side. Like others, I, too, stood on my toes, raising myself up to get a look into the centre.

But nothing could be seen from that distance. I assumed airs and casually pushed aside people standing in front of me. It wasn't polite but I was too curious to be considerate. The people deeper into the crowd, however, were not so obliging as the ones at the perimeter and I found myself as far from the centre as I was from the outer edge. I turned to the man next to me to ask what was going on. He seemed not to notice me but, without even glancing my way, mumbled, "There's a boy being thrashed by Lala because he stole some fruit from his stall."

A sturdy-looking man in a costly suit nearby barked out: "The bastard deserves to be smashed to bits, taking other people's property." He sounded imperious as if he were the prosecuting attorney. He squared his shoulders and glowered at me challenging

121

me to object. I said nothing but I was throbbing to have a look at the boy. His screams pierced my heart. Was he being beaten so badly ?

"Oh, god, how foul," said the man I was now trying to push forward in order to get a closer look at the boy. He was a pretty old fellow. On his cupped head there sparkled only a few white hairs and I had no trouble in getting in front of him. I turned back and looked into his face. He muttered again "foul ... nasty business ...." Was he talking about me or about the boy ? Had I hurt the old man by my roughness in jostling him ? It was obvious he was upset about something. I pulled myself up at full height, then bent a little towards him. There were tears in his eyes. But he was not concerned about himself after all. He groaned, "To kill a child without even a word of grace. There's an end to such insanity !"

The crowd seemed to grow more compact by the minute. People stood neck to neck and were holding fast to their places. I found it difficult to elbow through any farther. "Why don't I go my own way ?" I thought. Yet the temptation to see the boy was overpowering. I stood on my toes, straining to catch just a glimpse of him when someone gave me a push from behind. I lost my balance and reeled down on the people in front of me. They all split apart at my weight, making way. In a moment, I found myself in the front line that surrounded the boy. It was like a miracle.

The boy, about 10 or 12 years old, was indeed in bad shape. He was weeping convulsively and, at times, moaned in pain in a squeaky voice like a young girl. He was very gaunt, almost all bone. It was difficult to believe that he had ever played or run about like boys do, let alone that he had had the courage to steal from a prominent vendor. In his face was a blankness like the opaque depths of an empty vessel. And like an empty vessel his belly rang with the repeated blows. His eyes, cheeks and nostrils were wet with tears.

"A hard nut, this brute . . ." said the man from the middle of the mob. "Own the theft and Lala will excuse you ! Have you stolen anything else or only apples ?"

The boy rubbed his nose with the flat of his palm and wailed, "It's all untrue. I vow by the name of Rama. I haven't stolen anything."

"Beat the rogue to a pulp ! Only the likes of you steal !" I recognized the voice of that well dressed sturdy citizen.

The boy, who had stood up to defend himself from the charge, suddenly slumped forward and began heaving for breath like a fish out of water.

"The son of a bitch is a good actor too . . ." That same voice, as if he were Lala's spokesman. Lala had not said anything.

The people closed in to have a fresh look at a boy struggling for breath. Beatings are commonplace but here was high drama.

"You have beaten the boy enough," said a man who held a chisel in his hand. He could have been a plumber. His were the first words of sympathy since the old man's but his was a stronger, more angry voice. "We have watched it long enough," he continued. "The fruit vendor has been punching the wretch with both fists as though he were bent on snatching his life away yet the boy is defenceless." He was tense and his chisel shivered as he spoke.

Almost instantly, the crowd began to thin out. Had everyone suddenly realized he was a party to wanton punishment ? People will turn away to avoid complicity when a man, as indignant as the plumber, challenges them. Within moments nearly everyone had left, including Lala. Only the man with the chisel, myself, and a few others remained. We had nothing to talk about except the boy who now lay stretched out on the ground breathing heavily.

The plumber was still shaking with anger. He murmured, "Who bothers about a poor boy ? He has had to suffer so much. O Lord, give him courage to endure." He would have said more perhaps but, in the interim, the boy moved a little and after a heavy sneeze got to his feet, holding his belly in both hands. He doubled over immediately, and began, spasmodically, to vomit curdled blood.

The plumber rushed forward to hold him. I also moved closer, hoping somehow to comfort the child. The few others moved away, thinking, perhaps, that the street show was coming to a close.

"What type of fruit vendor is Lala ?" I asked, mainly to break the silence and keep the boy alert.

The boy pointed at a nearby fruit stall. It was the only fruit shop I could see along that stretch of road. It glowed in colour and beauty: obviously, it catered only to the needs of the rich. Then it dawned on me that all the shops in the lane were front row gardens to the posh houses of the locality.

"I haven't stolen anything, sirs," moaned the boy. He vomited blood again, rich red blood that was soon absorbed into the earth leaving only a stain. Perhaps the earth needed to be enriched thus. Someday there might sprout a twig that would blossom in the same colour.

The boy began to shiver like someone who was about to have a fit. I said to the plumber, "Let's get him to a hospital. Otherwise

—'' The plumber nodded. The boy wasn't able to stand and so we carried him on our shoulders to the nearby clinic. Inside, there was a full waiting room. For a long time the doctor didn't even make an appearance. When he finally came out, he came over to us directly and touched the boy all over his body, then stood silent for some time as if trying to remember something. After a while, he said, "Take him to the hospital at once. He needs an operation."

"An operation !" repeated the plumber in an exasperated voice. On coming out of the clinic, he said that such responsibility must be undertaken by the fruit vendor. "He pummeled the boy's stomach !" The boy began sobbing. The phrase "at once" that the doctor had used stuck in my mind and I said, "Let's not bother about the fruit vendor now." The plumber agreed, "Yes. The way he beat him, he'd never admit it or take the responsibility."

By the time we reached the hospital, the boy had turned blue in the face like the face of an open sky.

"Have you eaten anything ?" I asked. He shook his head to say no and held up four fingers to indicate he hadn't eaten in four days. The plumber turned to me and said, "That isn't unusual in India. Who bothers about a poor boy's hunger or about the dead or dying in this country ?" The barely-controlled rage that underlined his words startled me.

At the hospital, the boy was taken into a private room right away. The clinical examination seemed to take forever. Finally, it came our turn to enter the name of the boy in the register. Whose boy was he ? Whose ward ? The officer became impatient when we couldn't answer. He said that a "non-person" could not be admitted to the hospital, that there were procedures to be followed. We persisted and said that the boy could be dying; in any case, he was critically ill. To ward us off, the staff officer said briskly it was a case for the police. They could have the boy admitted without the usual formalities. The mention of the police made the plumber quiver, his chisel shaking like an automatist. What could we do now, I wondered.

We came out of the hospital on to the road again with the boy who seemed to be getting worse. He was vomiting small clots of blood now with some regularity. In order to put courage into him and keep myself from anguish, I started talking.

"Why did the fruit vendor beat you at all ?"

The boy gasped and mumbled a few words; the meanings I pieced together was that Lala wanted to buy up the boy's stall so that he could have a larger shop. I wondered what kind of stall the boy could have — I couldn't remember seeing anything in that lane that wasn't posh.

"Yes, but why beat you ? Why not just buy you out ?"

The boy didn't have a reply for this. He just said that Lala was rich and wanted to have complete control over the land, over all stalls, over everything. The boy added that when his father had been alive, Lala had offered, a few times, to buy out the stall but that his father always refused.

The plumber, who had been quiet during this exchange, interposed and said, "Yes, but what can we do now ?" He sounded resigned. I had been wondering that same thing all along. Where could we go ? There didn't seem to be any answer. None of us ever really considered the police. The boy broke the silence this time, speaking in clear tones. "Now — now — I'll settle matters now. I'll face them. Things can't go on like this."

He sounded so much older than his years. There was strength and conviction in his voice, I thought. Maybe he *could* do something. But the effort of speaking had been too great for him and he collapsed, falling to the ground with a thud. We leapt forward to help him.

As we knelt on the ground beside him, the plumber cradling the boy's head in his arms, a crowd collected around us, pressing in from all sides and making the inner circle, us and the boy, so much smaller. Everyone wore a curious expression and seemed determined to fight his way to the front lines to have a glimpse of a boy lying across a road in front of the hospital. They had come so suddenly it appeared they were waiting for just this kind of spectacle. They must have been.

Translated from the Hindi by K. P. Saradhi *and revised by*
L. Reynolds

सड़क पर

सड़क के किनारे भीड़ जमा थी। वह मामूली भीड़ नहीं थी क्योंकि मैंने दूर से नरमुंडों की उस जमात को देखकर अंदाजा लगा लिया कि जरूर कोई खास मामला होगा। हालांकि कई मौकों पर भीड़ बड़ी भी हो, लोग चुपचाप भी खड़े हों, बच्चे लोगों की टांगों के नीचे सिर फंसाये खड़े हों और लम्बूतरे नौजवान उचक-उचककर देख रहे हों—वहां जाकर सारा उत्साह ठंडा पड़ जाता था क्योंकि उस जगह कोई दवा बेचन वाला नसीहत भरा भाषण दे रहा होता या कोई दो आदमी एक-दूसरे को गंदी-गंदी गालियां दे रहे होते। तब निराशा भी होती और जरूरी काम के बहाने रुकने के सभी मंसूबे कमजोर पड़ जाते।

भीड़ देखकर हमेशा की तरह थोड़ी देर के लिए मैं अपना जरूरी काम भूल गया था। लोग चुप नहीं थे, इसलिए वे पेशेवर तमाशबीन नहीं थे। वे हम सब लोगों की तरह कुछ-कुछ फालतू लोग थे। उस वक्त अपने फालतूपन को सार्थक बनाये रखने की भरपूर कोशिश में वे बोलते ही जा रहे थे। जब मैं भीड़ के गोल के करीब पहुंचा तभी मैंने उन मिलीजुली आवाज़ों के बीच किसी बच्चे का चिल्लाना सुना। जल्दी-जल्दी सब कुछ जानने की उतावली में, भीड़ के गोल के कमजोर हिस्से से अंदर की तरफ दाखिल होने की तरकीब के ज़रिये अनजाने ढंग से लोगों को धकियाते हुए मैं अंदर घुसा। मेरी उतावली और 'क्या हुआ' की मुद्रा को देखकर आगे वाला आदमी थोड़ा सिकुड़ा और जैसे ही मैं उसके करीब पहुंचा, बोला, ''सेब चुराने के जुर्म में लाला ने बच्चे को खूब पीटा।'' उसकी बगल में अच्छे खाते-पीते घर का मुच्छड़ नौजवान खड़ा था, बोला, ''साले चोर की तो खूब मरम्मत होनी चाहिए।''

उन लोगों की बातें सुनकर मुझे लगा जैसे न्याय, कानून सभी का निर्णय वे ही लोग दे सकते थे। अब मेरी इच्छा सिर्फ़ रो, चीख रहे बच्चे को देखने की थी। आखिर मैंने सोचा, जब इतनी मेहनत से भीड़ के बीच घुसा हूं तो यह तो जानना ही चाहिए कि मामले की गंभीरता किस किस्म की है।

''छिः-छिः !'' जिस आदमी को मैंने अंदर घुसने की कोशिश में फिर धकियाया, वह बोला। वह कथित बूढ़ा आदमी था। उसके सिर के बाल बिलकुल सफ़ेद थे। वे मांग की दोनों तरफ ऐसे झुके हुए थे जैसे ऊनधारी भेड़ों के बाल होते हैं—रोएंदार हिलते हुए बाल। ''छिः-छिः !'' वह अपनी नफरत जताने लगा तो मैंने सोचा—मेरे धक्का देने का उसने बुरा माना है। कुछ कहने से पहले पास जाकर उसकी आंखों में मैंने आंखें डालीं, तो वह बोला, ''छोटे बच्चे को मारना और वह भी इतनी बेरहमी

से, निहायत बेवकूफ़ी की हरकत है।''

''माफ कीजिए'' कहकर मैं उसके आगे हो लिया। अब सिर्फ़ एक परत और थी, लेकिन लोग इस तरह सटे और ठुंसे हुए थे कि आगे बढ़ना नामुमकिन लगता था। पहली मर्तबा मुझे अपने छोटे कद का अफसोस हुआ। फिर भी मैं उचककर देखने से बाज नहीं आया। और मौके की बात कि उचकने की कोशिश के दौरान मैं भीड़ की अगली पांत में पहुंच गया। न जाने कैसे यह हुआ, जैसे एक तिलिस्म खुल गया हो।

लड़का फटेहाल था। यही कोई दस-बारह साल का। उसके रोने और सुबकने की आवाज़ बिलकुल पतली थी। लड़कियों की तरह। वह इतना कमजोर था कि मैं कल्पना ही नहीं कर सका कि वह कभी सड़क पर चला हो। यह सोच ही नहीं सका कि उसमें यह चोरी करने का दम हो। वह निहायत कमजोर और आर्थिक अरक्षा की वजह से दब्बू किस्म के लड़कों की तरह की चीज़ था । उसके चेहरे पर साफ़ झलकता था जैसे वह बेहद भूखा हो। रोने की वजह से उसकी आंखों और नाक का गीलापन उसकी दर्दनाक हालत को बयान कर रहा था।

''अजीब अहमक है साला !'' अगली पांत में खड़ा एक आदमी बोल रहा था, ''कबूल कर ले कि तूने चोरी की है, तो लाला माफ कर देगा। एक सेब ही चुराया है न ?'' लड़का चीख के बीच ही बोला, ''झूठ है। बाबूजी, झूठ है। हम अजुध्याजी की कसम खाय के बोलते हैं, हमने चोरी नहीं की।''

''मर, साले ! चोरी तुम जैसे ही लोग तो करते हैं।'' सवाल पूछने वाला आदमी बोला।

उकडूं बैठा वह लड़का एकदम लेट गया और जैसे तड़पने लगा।

''नाटक करता है साला !'' वही आदमी बोला।

लड़के के तड़पने के दृश्य को देखने के लिए लोग पास खिसक आये।

''लड़के को बहुत मारा है, जी'' वह बढ़ई किस्म का आदमी था जो लड़के के प्रति सहानुभूति जताने की भाषा बोल रहा था, ''हम तो कितनी ही देर से देख रहे हैं। फलवाला तो ऐसे मारता रहा जैसे प्राण ही खींच लेगा।'' उसके हाथ में छोटी-सी आरी थी जो बातचीत के दौरान कांप रही थी। आरी का कांपता सिरा गवाह था कि बढ़ई झूठ नहीं बोल रहा था।

न जाने कब और क्यों, लोग खिसकने शुरू हुए तो कुछ देर बाद मैंने पाया कि उस बहुत बड़ी भीड़ में अब हम चंद लोग ही रह गये हैं। और उन लोगों के पास भी आपस में बतियाने का कोई आधार नहीं था। आधार वह लड़का हो सकता था जो अब चुप लेटा था। उसकी आंखें बंद थीं और उसके नंगे पेट पर सांस का उतार-चढ़ाव उस खतरनाक खयाल को स्थगित करने का सबूत था जो दुर्घटनाओं के दौरान अकसर बड़े शहरों में वास्तविक हो जाता है।

बढ़ई की आरी अभी तक कांप रही थी। वह अपने आप से बोला, ''गरीब की सुनवाई कहां हो सकती है, भाई। उसे तो सब कुछ भुगतना पड़ता है। शुक्र है, ऊपर

वाले, तू भुगतने के दिन तो उन्हें देता है।''

वह शायद कुछ और बोलता कि लड़के के जिस्म में हरकत हुई और वह चीखते हुए उठ बैठा। कुछ ही क्षणों के बाद झाग के साथ उसके मुंह से खून उलट पड़ा।

सिर्फ़ बढ़ई ने जाकर उसे थामा। तब मुझ में भी हिम्मत आयी और मैं करीब गया। बाकी लोग जैसे तमाशे का आखिरी हिस्सा देखने के लिए खड़े थे।

''वह कौन फलवाला था?'' मैंने बढ़ई से पूछा तो लड़के ने अंगुली के इशारे से खुद बताया। सड़क पार खूब सजी दुकानों में एक फल और फलों का रस बेचने की दुकान थी। काफी चमकदार। बड़े लोगों के पड़ाव जैसी दुकान। तब मुझे ध्यान आया कि यह खुली सड़क, सफ़ाई और बड़ी दुकानें उस मुहल्ले का बाहरी हिस्सा है जो शहर की अमीर बस्तियों में से एक है।

''मैंने चोरी नहीं की, साहब!'' लड़के ने हिचकियों के बीच कहा, और फिर खून उलटा। वह लाल, साफ़ लाल खून मिट्टी के कणों में जल्दी ही सोख जाता था। वह गरीब का खून था जो उस मिट्टी में खाद की तरह शामिल हो रहा था। शायद फिर कभी वहां फूल के पेड़ लहलहा उठेंगे।

लड़का कांप भी रहा था। मैंने बढ़ई से कहा, ''इसे अस्पताल ले चलते हैं। नहीं तो...'' बढ़ई ने बहुत शांत भाव से स्वीकृति में सिर हिलाया।

पर लड़का हमारे पकड़ने के बावजूद चल नहीं पाया। वह खड़ा ही नहीं हो सकता था। किसी तरह हम लोग उसे पास ही एक डॉक्टर की दुकान तक ले गए। वहां भीड़ थी। काफी देर बाद, फुर्सत पाकर जब डॉक्टर ने लड़के की जांच की तो कुछ लमहों के लिए डॉक्टर चुप हो गया। मुझे लगा जैसे वह कुछ याद कर रहा हो। डॉक्टर ने फिर से लड़के का पेट टटोला। फिर कुछ सोचने की मुद्रा बनायी और बोला, ''इसे फौरन अस्पताल ले जाओ। शायद ऑपरेशन की जरूरत पड़ेगी।''

''अस्पताल!'' बढ़ई ने यह शब्द दुहराया और बाहर आकर बोला, ''यह जिम्मेदारी तो साहब फलवाले को उठानी चाहिए। उसी ने लड़के के पेट पर घूंसे मारे थे।'' लड़का बेहाल था। और उसकी आंखों में हम लोगों के लिए चमक थी।

मैं सोच रहा था, क्या होगा। हम लोग सड़क चलते लोग थे। लड़के के सामने हमारे काम छोटे पड़ गए थे। मैं 'फौरन' शब्द पर अटक गया जो डॉक्टर ने बोला था। इसका मतलब था कि उसे डॉक्टरी सहायता जल्द मिलनी चाहिए।

लड़का धीरे-धीरे जैसे बुझ रहा था। उसका चेहरा देखकर मुझे लगा जैसे किसी बड़े पेड़ से सारे पत्ते झड़ गए हों।

''छोड़ें फलवाले को,'' बढ़ई बोला, ''जिस बेरहमी से उसने मारा है, उससे तो लगता है कि वह अब कबूल नहीं करेगा कि कसूर उसका है।''

लड़के को लेकर जब हम अस्पताल पहुंचे, तब तक वह पस्त हो चुका था। उसका स्याह चेहरा जैसे किसी दूसरी दुनिया की चीज़ थी।

''तुमने कुछ खाया भी है?'' मैंने लड़के से पूछा तो उसने हाथ हिलाकर इनकार

किया और अपनी चार अंगुलियां खड़ी कर दीं। उसने चार दिनों से कुछ नहीं खाया था। बढ़ई ने चेहरा दूसरी तरफ कर लिया, बोला, ''हिंदुस्तान में यह आम चीज़ है। भूख और फिर बेकसूरों की मौत....'' अचानक वह चीख पड़ा, ''कौन पूछता है इन लोगों को।'' उसका इशारा कई तरफ था और मैं मन ही मन खोजने लग गया था कि वह कहना क्या चाहता है।

जब बड़े अस्पताल में जांच हुई तब तक वक्त का ज्यादा हिस्सा बीत गया था। फिर नाम लिखवाने की बारी आयी तो वहां अच्छा-खासा हंगामा खड़ा हो गया। अस्पताल वाले किसी ऐसे आदमी को नहीं रख सकते थे जिसका कोई सरपरस्त न हो। बातचीत और उसे दाखिल करने की जब कोशिशें जारी थीं, तब अस्पताल वालों को पता चला कि यह तो पुलिस केस होता है।

पुलिस का नाम सुनते ही बढ़ई की आरी ज्यादा कांप गयी। आरी की जगह वह मुझे कोई धीमी रेंगती चीज़ नज़र आ रही थी।

हम लड़के को लेकर अब अस्पताल के बाहर सड़क पर थे। जो घटना सड़क पर हुई थी, वह फिर सड़क पर आ गयी थी। लड़का फिर तड़पने लगा था। फिर से खून के छोटे-छोटे टुकड़े थूकते हुए वह अपने में हिम्मत बटोरने की कोशिश में लगा था।

उसे बहलाने के लिए या कहूं अपनी तसल्ली के लिए मैंने उससे बातचीत शुरू की, ''आखिर फलवाले ने तुम्हें मारा क्यों ?''

हांफते-हांफते लड़के के मुंह से कुछ शब्द निकल रहे थे जिनका मतलब था फलवाला उसके घर की ज़मीन खरीदना चाहता था जहां झोंपड़ी डालकर वे लोग रहते थे।

''पर क्यों ?''

इसका कोई जवाब लड़के के पास नहीं था। बस इतना ही कि वे बड़े लोग हैं और सारी ज़मीन पर, सारी चीज़ों पर उनका हक होना चाहिए। वह, उसके मां-बाप, सब उन बड़े लोगों के गुलाम थे। उनकी बहुत कम कीमत थी।

बढ़ई बैठा सुस्ता रहा था। लड़के की बात सुनकर वह भी बातचीत में शामिल हो गया।

''अब करोगे क्या ?'' बढ़ई ने पूछा। यह सवाल सब बातों के लिए था। इलाज नहीं होगा तो क्या करोगे, हम चले जायेंगे तो क्या करोगे, यहां से कहां जाओगे...वगैरह-वगैरह।

लड़का उकडूं बैठ गया था और जवाब देने की हिम्मत बटोर रहा था। ''अब....अब फैसला करूंगा। उन लोगों से हिसाब-किताब करूंगा....यह ज्यादा दिन नहीं चलेगा।''

यह बेकार की थका देने वाली बातें नहीं थीं। मैं लड़के की हिम्मत का कायल हो गया था। लेकिन वह ज्यादा देर टिक नहीं पाया था। वह इस तरह लुढ़का, जैसे खेल खत्म हो गया हो। हम उसकी तरफ लपके तब तक वहां भीड़ जमा हो गयी थी।

लोगों ने घेरे को और छोटा करना शुरू कर दिया था। इनमें से ज्यादातर लोग ऊबे हुए थे। कुछ बेरोज़गार लोग भी हो सकते हैं। फालतू और ज्यादा फुर्सत वाले लोग भी काफी तादाद में थे। उन सब के चेहरों पर 'क्या हुआ' खुदा था। अस्पताल के बाहर ज़मीन पर पड़े आदमी को देखने के लिए लोग टूटे पड़ रहे थे। ज़रूर कोई मजेदार घटना का इंतजार उन्हें होगा। पर वे लोग एक गरीब, फटेहाल को देखकर खुश नहीं हुए। वे सिर्फ़ निराश लगते थे। दु:खी भी नहीं थे।

हम लोग परेशान थे, क्या करें—कि तभी भीड़ को चीरता एक आदमी आगे आया। लोगों ने उसके लिए जगह दी। वह बड़ा डॉक्टर था। वह पास आया, उसने लड़के की नब्ज़ देखी—''इसे जल्दी अंदर ले चलो।'' वह बोला, ''अभी वक्त है।''

उसका पेट खाली था, यह मुझे मालूम था। वे उसकी चीर-फाड़ कर सकते थे। पर उसके जिस्म में चीर-फाड़ को सहने वाला खून नहीं था—मेरे अंदाज से खून नहीं था।

बढ़ई अब बूढ़ा लग रहा था, बोला, ''कब आएगा वह दिन जब सड़क पर ही फैसला होगा।'' वह न जाने क्या बुड़बुड़ा रहा था, ''आज की दिहाड़ी (मज़दूरी) भी गयी।''

उसके बुड़बुड़ाने के बीच मुझे याद आया कि मैं घर से एक जरूरी काम से निकला था। मुझे अपने बच्चे के लिए दवाई लानी थी।

खुली सड़क पर आगे चलकर फिर भीड़ जमा थी। पर अब वहां जाने की हिम्मत नहीं थी।

Whatever happened

Whatever it was
    that happened
    in history
I wasn't there
    when slaves were sold
    nor was I one of the buyers.
I wasn't there
    when plans were drawn up for some event or other to take
    place.

Nor was I with
    the establishment
    or part of the opposition's
    ambition,
    those who may win tomorrow
    but gain enemies today.

Whatever happens
    does so without
    my consent
    without even a 'yes' from me.
And whatever happens tomorrow
        is without my consultation.
They seem unable to act
    these people who have power
    to change the world without asking.

They'll build no pyramid
    in their name or mine
    or make it collapse.
Even were I to ask them to
    nothing would happen.

Whatever happens
    my role is
    to find
    some excuse
    to delay things
    and swear
    it had nothing
    to do with me. . . . .

जो कुछ हो रहा है

हो चुका
जो भी कुछ
इतिहास में
उसमें नहीं था मैं,
नहीं था मैं
जब बिके थे गुलाम
न खरीददारों में शामिल
था मैं वहां नहीं
जहां कुछ होने की योजनायें बनीं ।

मैं न शामिल रहा
सत्ता में
न प्रतिपक्ष की कांक्षा में
कि कल वहीं होंगे
जहां आज वे
अपने दुश्मन को
सम्बोधित है ।

जो कुछ हो रहा है
वह मेरी सहमति
या हां कहने से नहीं
और जो कुछ कल होगा
उसके लिए भी
नहीं पूछा गया
मुझसे कुछ भी नहीं
बन पड़ेगा
उनसे जो बिना पूछे
दुनिया को बदलने की ताकत
लिए हैं मेरे और उनके नाम से
न पिरामिड बनेगा
न गिरेगा
मेरे कहने से कुछ न होगा ।

जो कुछ हो रहा है
उसमें मेरी भूमिका
सिर्फ़ इतनी है
कि मैं देर के लिए बहाना खोजूँ
और इन्कार करूँ
कि यह मेरे
कहने से नहीं.........।

The ruins
Translated from the original Hindi story
Khandhar

The ruins

W hat would you say, if on seeing someone's face, you are reminded of ruins ? I think all that you would say is that it is something unbelievable – a piece of some cut and dried gossip. For a split second or so the idea comes to mind that maybe you should throw a suspicious glance at the speaker of such words, but then another thought comes to mind that maybe his name should be included in the list of those inquisitive persons who go in for far-fetched ideas.

I too have been having strange perceptions, perceptions that suggest that I am seeing my own self emerging from the midst of me. That is right. That is what I'm saying, and I know you think it is impossible. Nevertheless, I was seeing what I should not have been preceiving.

I was out of focus, and even thoughts of talismans and magic did not cause me to feel any different; which is to say that my thinking is very unstable. It is no wonder then that the person emerging from me was an absolute stranger, but yet I seem to know him. So, I kept my eyes on this fellow.

As I looked at him, I could see that his lips were mumbling something, something that he seemed to have difficulty in saying. Also, I could not help but notice that the person's posture was very aristocratic, and he had an air about him of stiffness, a stiffness that deprives one of conscience. This man could steal happiness away from people and feel no regrets about it. This kind of stiffness we often find merged in the habits of our leaders.

It was this stiffness that caused me to remember an ancient royal palace I had once visited. Or, was it that I was thinking of a royal palace that caused me to think of the man's posture and the look on his face. However, in fact, there was nothing in common with the two, the man's face and the royal palace of my memory, but in some way they were linked together. That dilapidated, time-worn, princely palace had become embossed on the man's face.

Say, if you had been talking to me the way I've been talking to you, I would have looked at you in utter disbelief. I might even have told you that you had a screw loose, and then I may well have given you the address and phone number of the psychiatrist Desai. Furthermore, without lending you my ears or giving any consideration to your mental state, I would happily have scribbled a letter of recommendation for you.

But then, I am talking to you, and not you to me. Consequently, what opinion should I form of myself. Did I have an undiagnosable, mental disorder ?

Well, be that as it may. On the face of the man, just very close to the corners of his lips, there were two wrinkles, probably unknown and invisible to the man himself. Of course, I noticed them immediately. Inside the folds of those wrinkles lay this man's entire history.

You know, I remember seeing the same kind of wrinkles on my face when I was a child, right after I had had a prolonged illness. I still remember the comments that my school teacher made about them. He said that the future of a person having such wrinkles on his face is rife with hazards. It is quite possible that those words have been in my head since childhood, and they, out of sheer habit, have caused me to see wrinkles on the face of every person I encounter, young or old. I had no way of knowing when I was young that I would get involved in this vicious cycle of wrinkles. Indeed, it is not just cycles but more like a cyclone, a real gyrating, spiral whirlpool.

Now, I was still looking at this man's face, and suddenly a building seemed to emerge right out of it and grew up beside him. It was time-worn, but yet a magnificent building from antiquity. The features of the building were so sharp, I could easily make out every detail. A compound suddenly grew up around the building and I could enter it. There was grass and shrubs all over the area, and I had the feeling that some unknown threat was lurking undercover. There was even a shadowy overlay to the building from inside the compound, caused in part by the canopied, arch-shaped windows.

But then, suddenly the building evaporated into ruins right before my eyes, and I thought, where had I reached, from that man's face to the ruins of an ancient building. What next ? I felt as though I could not leave the compound until I had completed some journey that had been designed for me. I said to myself, "This must be an hallucination," but yet I felt I was really standing at the front entrance to this ancient building.

Tell me now, what would you do if you were in my position,

standing in front of this old building, waiting for the door to open
without giving it a knock ? Imagine the exasperation that lies hidden
in such a wait ! I wondered how many other people had had this
same experience. It made me think about the face that had sent me
on this journey, this journey to a ruined land.

Perhaps if I did give a thump on the door, it would open, and I
did just that. The door did open, but not with a bang. It opened
noiselessly.

I looked inside the building, and could see that it had once been
a princely palace. There were corridors and rooms that looked as
though they were stapled into a photo album, page after page after
page. The interior pictures were a bit disordered. Still, I found myself
becoming more attached to some and less emotionally attached to
others. It was a kind of enchantment.

But now, in talking to you again, suppose I said that the best
pictures in the album and my enchanted feelings had all disappeared
behind a screen. Quite unbelievable, right ? Then, if we make a box
for unbelievable things, and in it we put the most unbelievable thing
of all, then how would you feel ? In truth, we may be talking about
lies ? Is it possible to pick out the greatest lie from a bundle of lies ?
It is just a dream-like case. A vision appeared and suddenly vanished
and some other thing was heaved up in its place.

I entered the ancient building, the ruined, huge royal palace,
feelling like a doomed person. It was an easy job to go inside the
establishment, but I was entering an unknown place, not knowing
its etiquette. This filled me with an inferiority complex of a strange
type. Advancing slowly through a main hallway, I suddenly stumbled
against a large table. It was just suddenly there.

Oh ! I forgot to tell you that after graduating from the university,
during the days of my joblessness, I taught a short course in
archeology in the archeology department. For my teaching, I received
a small stipend, one that was so small it allowed me to eat only two
meals a day in a road-side shanti-hotel or what is commonly called
a ''dhaba.'' I very often laugh to myself when I remember that
stipend. It was so tiny, I could not get my clothing cleaned or repaired
when needed. To put it literally, it did not allow me to make *ends*
meet. For the time being, I can't give you a better translation of this
English idiom. In short though, it was the knowledge gathered in
that course on archeology which was responsible for striking me with
wonder on seeing that table in the hallway. In my opinion, the table
was so old that even an antique dealer would have had trouble fixing

the proper price. Nevertheless, it was so beautiful, and even though I did not have room to accommodate it, I would still like to have kept it in my possession, say by erecting a tent over it in my backyard.

The table was not important, for its age, or for that matter its engravings, or the historical significance of it being made out of the wood of an old and rare tree. Its importance lay in the fact that it was a genuine work of art. Layers of dust lay upon the surface of the table, and I felt I could count the layers to estimate how many years or centuries had elapsed since the dust began to settle.

The drawing rooms inside the palace were very large, a waste of space. It had been the same in the compound. The individuals who built this establishment had done so very extravagantly. It was probably due to an aristocratic temperament in the mind of the builders.

I was nearing the back of the palace, and through a broken window I got the opportunity to see outside. There were towering trees at the back of the house, old and ancient trees. At the foot of the trees, the grass spread out like a carpet on sloping groung. The ground was so inclined it would seem that no building could have been erected there. Maybe that is why there was so much open space in the compound. Ah, city people would have loved to have had the pleasure of so much land.

But the palace was in ruins, and on the ground of the compound there were ancient relics lying scattered around. I had the feeling that things had been the same here for centuries. I had even greater feelings which suggested that the area and establishment would never change, because what seemed old was really new. Still, I had already set out on my journey into the past through a trip into these ruins. It was exactly like turning over the pages of an album. I was already in the grip of this feeling that behind these lifeless situations of the past there was a pulsating, a twittering life which I very much longed to see.

I should see this ruinous building from the outside rather than wandering through its interior. As soon as the idea occurred to me, and I turned around to go, I saw something curtain-like hanging from the door in front of me. It could have been a spider's web, or something else for the dust to settle on. It was these kind of things which archeologists and paleontologists investigate to determine the background of mysterious, unknown ancient objects. These scientists often make journeys into the past. They must make trips in reverse direction, like running the film backwards in an H.G. Wells story.

Behind the curtain-like thing at the door, I began to see a charming figure taking shape in my imagination. Actually, it was not in my imagination, but there was some unseen loveliness of that silent loneliness which I encountered after traversing the whole way from that face to the ruins. Yet, I knew that this was all memory, conjured up from the reminiscences of other people or from books that have been read.

In the webby-gloom, I could now see that figure quite clearly, the figure I first thought was my imagination. It was living and awake. It was an age old repetition of the past. It was the figure of a woman suffering from the agony of the ruins, and she had tearful and fear-stricken eyes. I sensed that something terrible was about to happen or that something profusely shady had already happened.

I was scared, and I could not work up the courage to ask her who she was. As I was trying to get my courage up, something terribly talismanic occurred. Another figure was suddenly moving in front of my face, an unknown form just opposite the delicate body of the human female. The new figure was that of a monstrous man who was completely covered with a dense growth of hair.

Who are these two individuals ? I started perspiring as soon as I thought that they might be ghosts. Or, if they were not ghosts then they were a function of my ghostly imagination. I became drenched in sweat. A few centuries back, our forefathers were not only cruel, but they were also barbarians. The male and female form surely represented people of by-gone ages. They had a queer coarse look on their faces that symbolized an undisciplined and anarchic spirit.

Had I been able to peer into their eyes, I may have, perhaps, succeeded in finding more relics of an even deeper past, relics of some far off, unseen world. While thinking of all these things, I was trembling with horror. An unknown fear was taking root within me. I started to look around the room for support, from a corner in the room, a pillar, anything.

Where was I ? I was in the wrinkles and folds of a ruined face that looked like the ruins of an ancient, formerly beautiful, palace. Would I ever get back to my world. Get back ! But, I'd never left it.

Translated from the Hindi by S.K. Sharma

खंडहर

किसी आदमी का चेहरा देखकर खंडहर याद आने लगे तो क्या कहेंगे आप? यही न कि यह अविश्वसनीय बात है। एक कोरी गप्प। दो-एक पल यह बात कहने वाले को संदेह की निगाह से देखने का भी खयाल आता है। दूर की कौड़ी खोज लाने वाले खोजियों की सूची में रखना पड़ेगा फिर से...।

मैं भी खुद हैरान हूं। जैसे अपने बीच से बाहर निकलकर खुद को देख रहा हूं। आखिर यह हुआ कैसे? कि मैं किसी को देख रहा हूं—और वह न दीखकर मुझे कोई दूसरी ही चीज नजर आ रही है।....

बात तो खत्म भी हो जाती। आखिर देखे हुए तिलिस्म या जादू भी तो अक्सर कुछ दिन असर डालने के बाद फिर कहीं भी स्मृतियों के स्थायित्व में नहीं रहते।

तो वह आदमी एक निपट अजनबी था। मैंने जीवन में पहली बार ही देखा था उसे। पर देखने की हल्की-सी ललक फिर भी मौजूद थी। लिहाजा मैंने उसकी तरफ दुबारा देखा। देखते ही लगा जैसे उसके होंठ कुछ बुदबुदा रहे हों, जैसे वह कुछ कहने के लिए बेचैन हो। उसकी पोशाक, उसके खड़े रहने के अंदाज में एक खास किस्म का अभिजात झलकता था। उसमें एक अकड़ थी, वह अकड़ जो लोगों से उनका सुख ऐंठने में गुरेज न करे। वह अकड़, जैसी अक्सर हम नेताओं की आदत में शामिल पाते हैं।

शायद उसकी अकड़ ही थी कि मुझे कोई पुराना राजभवन याद आ गया। बहुत मुमकिन है उसके चेहरे की ओर देखते ही कोई पुरानी याद में शामिल राजभवन आ गया हो। चाहे इन दोनों चीजों में कोई एकता न हो, एक संयोग की तरह दोनों का जैसे कोई संबंध जुड़ गया हो। वह एक ध्वस्त जीर्ण खंडहर राजभवन....उस आदमी के चेहरे पर जैसे वह सब-कुछ अंकित हो।

यह बात कितनी अविश्वसनीय है। आप ही मुझे कोई ऐसी बात सुनाते तो मैं अविश्वास में पहले भौंचक हो आपकी ओर ताकता और फिर गौर से आपको देख हँस पड़ता। देखने लगता कि आपके दिमाग का कोई पेच तो ढीला नहीं हो गया? बहुत मुमकिन है कि आपकी बात अनसुनी कर मैं आपको मनोचिकित्सक देसाई का पता और फोन नंबर भी दे डालता, आपकी हालत देख मुरव्वत में उनके नाम एक सिफारिशी पत्र भी लिख सकता था।

लेकिन यह सब जब खुद मेरे साथ ही घट रहा हो तो अपने बारे में. कौन-सी सलाह कायम रखूं। जैसे कोई निदानहीन रोग हो।

उस आदमी के चेहरे पर होठों के कोनों से सटी दो झुर्रियां थीं, न मालूम-सी,

अदृश्य। और दुर्भाग्य कि मैंने वही पहले देख लीं। उन्हीं झुर्रियों में अंकित था जैसे कोई इतिहास।

ठेठ बचपन में लंबी बीमारी के बाद मैंने वे झुर्रियां अपने चेहरे पर भी देखी होंगी—और मुझे याद है कि स्कूल मास्टर ने टिप्पणी की थी—ऐसी झुर्रियों वाले आदमी का भविष्य और उसका कोई भूतपूर्व अतीत बहुत जोखिम भरे होते हैं। मैंने तो शायद सिर्फ़ बचपन से ठठ् दिमाग में रोपे उस विचार के दबाव में हर आदमी के चेहरे की झुर्रियां देखने की कोशिश में ऐसा आदतन किया हो। मुझे क्या मालूम कि मैं किसी चक्र में फंस जाऊंगा। चक्कर नहीं चक्र—एक गोलाकार वर्तुलाकार-सा भंवर....

उस चेहरे के साथ ही आ खड़ी हुई थी ध्वस्त, पुरानी किंतु अतीत की आलीशान इमारत। उस इमारत का मानचित्र इतना साफ था कि अब मैं महीन-से-महीन ब्यौरे भी जुटा सकता था।

मैं उस अहाते में घुस सकता था जहां घास या झाड़ियों के हल्के छायादार अंधेरे में एक अजान-सी भयावहता दुबकी रहती है। मेहराबदार खिड़कियों की छतरियों के नीचे जैसे कुछ देर के लिए छाया ठिठक जाती है...ठीक वैसे ही उस जगह जैसे वक्त ठिठका हुआ था।

क्षणांश के लिए मैं उस प्रभाव से मुक्त होने के लिए चेतन हुआ। एक आदमी के चेहरे से मैं कहां पहुंच गया था—पुराने खंडहरों के बीच, पर अब शायद मैं उस पूरे खंडहरी इलाके की यात्रा किये बगैर लौट नहीं सकता था। यह भी तो बहम हो सकता है—कहीं एकदम समानांतर चलने वाले खयाल ने मुझे उकसाया और अपने तमाम अविश्वासों के साथ अब मैं उस पुरानी इमारत के द्वार पर था...।

आप कहीं द्वार पर खड़े हों और बिना दस्तक दिये दरवाजा खुलने का इंतजार कर रहे हों—तो उस इंतजार में कितनी कोफ्त छिपी होती है, यह अनुभव अनेक लोगों को होगा। सिर्फ़ दस्तक देने के लिए जैसे मैं उस चेहरे को याद करने लगा जिसने मुझे खंडहरों की दुनिया में पहुंचाया था। सचमुच वह दस्तक देना ही था। दरवाजा फटाक से नहीं खुला—पर कोई चीज थी जो शब्दहीन खुल गयी थी।

वह पुरानी इमारत यानी ध्वस्त राजभवन एक अल्बम की तरह था। जिसमें चित्रों की कतारें जैसे अलग-अलग पन्नों पर अटकी हुई थीं। खंडहरों के बेतरतीब चित्र। और चित्रों से हमारे आत्मीय लगाव का भी तो अंदाजा लगाया जा सकता है—बस यही जानने के लिए कि उन खंडहरों में वह सबसे अच्छी चीज कौन थी जो सबसे ज्यादा मोहित करती है।

पर अब अगर मैं यह कहूं कि वह सबसे अच्छी चीज या वह बिंदु या वह मोहित करने वाला अहसास जैसे कहीं ओट में चला गया था, तो क्या यह सबसे अधिक अविश्वसनीय बात न होगी! अविश्वसनीय बातों का अगर हम कोई संदूक बना लें और उसमें से कोई एक चीज उठाकर कहें 'देखो, यह रही सबसे अधिक

144

अविश्वसनीय चीज' तो कैसा लगेगा? क्या झूठ के बंडल में महान झूठ उठाया जा सकता है? यह ठीक सपने जैसा मामला है। कोई दृश्य दिखा और फिर वह अचानक कहीं विलुप्त होकर दूसरी ही चीज दीखने लगे। ठीक वैसे ही छलावे से भरा है यह खंडहरी अहाता। यानी यह अल्बम—पुरानी इमारतों, ध्वस्त राजभवन जैसे खंडहरों का अहाता।

फिर भी मैं जैसे किसी अभिशप्त आदमी की तरह विशाल खंडहर यानी विशाल राजभवन के अंदर जा पहुंचा। अंदर जाना तो बेहद आसान था, पर एक अनजान जगह, उस जगह के शिष्टाचार से अपरिचित होकर जाना विचित्र किस्म के हीन भाव से भरा जाना होता है। हड़बड़ी में जैसे बढ़ते या एक ओर होते मैं पुरानी, बड़ी मेज से जा टकराया। वह मेज देखकर मैं बस चकित रह गया।

यह बताना तो भूल ही गया कि पहले, यूनिवर्सिटी से स्नातक बनने के बाद बेकारी के दिनों में मैंने पुरातत्व विभाग का एक छोटा-सा कोर्स पढ़ा था। मेरा लालच तो वह मामूली वजीफा था—महज इतना छोटा वजीफा कि मैं दो वक्त सादे से ढाबे में खाना खा सकता था। उस वजीफे की याद कर मैं अक्सर मन-ही-मन हँसता हूं। वह एक ऐसा वजीफा था जिससे यदि मैं एक कमीज सिलवाने की ख्वाहिश रखता तो कमीज तो बन ही जाती पर या तो मुझे उसकी एक बांह आधी सिलवानी पड़ती या उसकी लंबाई किसी बच्चे के कद की रखवानी पड़ती यानी वह वजीफा किसी तरह से 'दोनों सिरों को मिला नहीं सकता था'। अंग्रेजी के इस मुहावरे का मुहावरेदार अनुवाद इस वक्त हाजिर नहीं कर सकता। तो पुरातत्व के उस 'कोर्स' का ज्ञान था कि मैं वह मेज देखकर चकित रह गया था।

उसकी कीमत पुरातात्विक सामान बेचने वाला भी तय नहीं कर सकता था। वह इतनी खूबसूरत थी—अब भी कि मेरे पास उतना बड़ा कमरा चाहे नहीं था फिर भी मैं कहीं तंबू लगा—उसे अपने कब्जे में रखने की तजवीज बना सकता था।

वह केवल अपने पुरानेपन की वजह से ही महत्वपूर्ण नहीं थी। न सिर्फ़ मीनाकारी या उस पुराने अनुपलब्ध पेड़ की लकड़ी होने के ऐतिहासिक महत्व के कारण ही महत्वपूर्ण थी बल्कि वह एक विरल कला थी जिसकी वजह से उस मेज की अकल्पनीय कीमत आंकी जा सकती थी।

मेज के ऊपर सिर्फ़ गर्द जमा थी। धूल। और अगर कोई सामान्य मौका होता, या मैं पूरे होशोहवास में होता तो धूल की परतें गिनकर हिसाब लगाता कि इतने इंच मिट्टी बढ़ने में कितनी शताब्दियां लग जाती होंगी? वह पूरा खंडहर ही कई शताब्दियों की निर्मिति थी।

उस अहाते में, पहले ही देख आया था कि कितनी जमीन फालतू पड़ी हुई थी। वहां बैठक के कमरे कितने बड़े थे और जाहिर था कि वहां क्या-क्या चीजें होनी चाहिए थीं—मैं इसकी खोजबीन करने लगा था। और देख-देखकर हैरान था कि कोई व्यक्ति जमीन की इतनी फिजूलखर्ची भी कर सकता है।

145

बहुत मुमकिन है, यह शाही मिजाज का हिस्सा हो या पुरखों ने कभी जमीन के मामले को लेकर कंजूसीपूर्ण रवैया न अपनाया हो।

टूटी खिड़की के एक हिस्से से मुझे बाहर की ओर देखने का मौका मिल गया था। उस तरफ लंबे-ऊंचे दरख्त थे। बूढ़े-पुराने पेड़। और ढलवां-सी जमीन पर हरी घास गलीचों-सी बिछी पड़ी थी। शायद ढलवां जमीन होने के कारण ही वहां कोई इमारत न बनायी जा सकी हो। इतनी खाली जमीन अगर आज शहरों में होती तो जमीन के 'व्यौपारी' लाभ का सौदा न कर डालते! जहां जमीन खाली नहीं है वहीं टुकड़े-टुकड़े के लिए तरसे लोग खड़े हैं....

क्या यह खंडहर और इसके आसपास पुरानी पड़ी चीजें, यह अहसास हमेशा ऐसा ही रहा होगा? कोई चीज अब जिस रूप में भी है—वह अपनी स्थिति में पुरानी है। आह! पुराने अवशेष, कभी तो इनमें जीवन के संदर्भ रहे होंगे और जब इनमें जीवन रहा होगा तब....

मैं अब उस खंडहर से ही अतीत की यात्रा करने लग गया था। ठीक जैसे अल्बम पलटना होता है....पहले ही मैं इस अहसास की गिरफ्त में था और उन निर्जीव स्थितियों के पीछे कहीं अतीत में एक जीवंत, चहकने वाला जीवन था, जिसे देखने के लिए अब लालायित हो पड़ा था।

बाहर देखने की बजाय मुझे अंदर से देखना चाहिए। यह खयाल आते ही मैं मुड़ा तो मैंने सामने के दरवाजे पर लटकती पर्देनुमा कोई चीज देखी। वह मकड़ी का जाल भी हो सकता था, धूल के टिकाव वाली कोई लटकती चीज। वही तो एक चीज थी जिसकी खोजबीन कर कोई पुरावेत्ता या जीव विज्ञानी बरसों या शताब्दियों की अटकल बिठा सकता था।

अतीत की उस यात्रा में एक अनाम गुफा पार करने जैसी हालत थी। वेल्स महोदय की अटकलपच्चू गाथा की तरह मैं किसी उलट चलने वाले बायस्कोप के सामने खड़ा हो गया था।

पर्दे से सटी एक मनमोहक आकृति जैसे मेरी कल्पना में उभर आयी हो। वह मेरी कल्पना नहीं थी बल्कि चेहरे से खंडहर में पहुंच पीछे अतीत की ओर चुपचाप एकांत की कोई अनदेखी छवि थी। किसी स्मृति को, जो हम दूसरों की स्मृतियों या किताबों से बना लेते हैं, हलके-से अपने परिचय के घेरे में लेने वाली आनुमानिक-सी भावना थी।

उस धुंधलके से मैं साफ-साफ उस आकृति को जिसे मैं कल्पना समझ रहा था, देख सकता था, जैसे वह जीती-जागती आकृति थी। पर बरसों पुरानी आवृत्ति। खंडहर के दर्द से पीड़ित औरतों वाली। पनीली, खौफ से भरी आंखें। जैसे अभी कुछ घटने वाला हो या घनी धुंधलायी-सी कोई चीज पहले घटी हुई हो।

पूछने की हिम्मत नहीं हुई। तभी तिलिस्म जैसा कुछ सहसा घटा। मेरे चेहरे के आगे कोई मूर्ति-सा चल रहा था। आकस्मिक और अपरिचित-सा था वह। कोमल

146

नारी देह के बिलकुल विलोम के रूप में, वह विरूप घने बालों से ढका पुरुष था ।

कौन हो सकते थे वे दोनों....यह सोचते ही मुझे पसीना आने लगा । वे भूतकाल के भूत भी हो सकते थे....और सिर्फ़ भुतहा खयाल का एक हिस्सा । मैं पसीने-पसीने हो गया । यही नहीं कि कुछ शताब्दियों पहले के हमारे पुरखे न केवल क्रूर थे बल्कि बर्बर भी थे । वे लोग उन्हीं पिछली शताब्दियों के लोग थे । उनके खुद के चेहरों पर ऊबड़-खाबड़पन था—अनुशासनविहीन एक अराजक मुद्रा ।

उन दोनों चेहरों की आंखों में मैं झांक पाता तो शायद गहरे अतीत के चिह्न मिलते । बहुत दूर कहीं अनदेखे लोक के....मैं यह सोचते-सोचते भी डर रहा था । एक अनाम डर मेरे हृदय में पनपने लगा । मैं किसी सहारे की तलाश करने लगा । कोई दीवार का कोना या कोई खंभा....या कुछ भी ।

अब मैं खंडहर से कैसे वापिस जाऊंगा—और तब अगर वह चेहरा कहीं चला गया तो क्या मैं वापिस अपनी दुनिया में लौट सकता हूं ?

अपनी दुनिया में...! वहां खंडहर नहीं है । लोग खंडहरों को भी सुसज्जित कर रहे हैं—इस दुनिया में सब चीजें बाहर से रूपवान हो रही हैं । और अंदर—जहां मैं हूं—वहां की दुनिया कितनी खौफनाक है....

कब बाहर निकलूंगा मैं....

The mask of truth

Truth lives
    in caverns of darkness
    lies live
    in the theatre of love.

So – when someone starts
    laying love on thick,

It's – then I try
    to ignore the truth.

Lies are limitlessly believable,
    like us, they're very close.
    After all, they too have come
    from the realism of humanity
    under the mask of truth.

आडम्बर

सच रहता है
    अंधेरे की गुफाओं में
और झूठ
    प्यार के प्रदर्शन में

जब-जब कोई आता है
    प्यार जताता है
तब-तब कोशिश करता हूं
    न करूँ विश्वास सच का

झूठ बेहद विश्वसनीय है
    अपनी ही तरह करीबी
    आखिर वह भी निकला है
      मानव यथार्थ से
    सच के आडम्बर में

Inta-finta

Translated from the original Hindi story
Inta-finta

Inta-finta

As I got down from the bus I saw a bunch of people under a cluster of trees off the street. I walked over. It was a crowd gathered around a quack, who was crying his wares while everybody listened with rapt attention. Nobody noticed me. I was a bit surprised to see them so absorbed and oblivious to the sun and one another's sweat as they stood so packed. I thought it woudn't be proper to disturb them. There were shops and houses along the street. There were few people rushing around hurriedly because of the sun. It was a part of the city I had never been to before. There are always some parts of one's city that one never sees, even after years of living there. Of course, one is aware of them, from election posters or from newspaper accounts. I had never had any particular desire to visit that neighbourhood, and but for the absolute necessity of seeking out Ram Verma for something important I wouldn't have gone so far out of the way even that day.

Going so far out in that awful sun was like throwing oneself into an inferno. Of course, it wasn't the first time I had experienced the heat of the fierce sun. But sitting in the bus I kept cheating myself with promises and predictions of an early monsoon season when the skies would become cloud-soft. I even played at being poetic for a while and tried to imagine that I was surrounded by cool shady trees. I argued with myself that heat and cold were after all immaterial, that all you had to do was to cultivate indifference to them. It helped me to be unaware of the journey. It also prevented me from breaking into angry outbursts and curses at my city.

After half way through I found a seat next to a pretty girl, the kind that captivates you with her openness and her cover-girl face. For the rest of the trip I was so happy that instead of being in an overcrowded bus I was taking a stroll in a cool valley.

Of course I was a miserable fool or I wouldn't have been so pleased by the mere proximity of a pretty girl. I sat stiff and self-conscious while she was quite relaxed. Her body often brushed against mine. She struck me as one of those girls who have few inhibitions, who instead of minding some stranger's touch welcome or even invite it, who are generous with casual pressures of their own bodies, little realizing that they are playing havoc with the poor bastard sitting next to them.

And as soon as I got down from the bus I started feeling uncomfortable and old because of the sun. I started walking along the street, looking for someone who would point out the way to Ram Verma's hamlet. I had a vague idea of where it was. The bus conductor had told me to walk past the row of houses until I reached an open space beyond which there was a very narrow lane that would lead into that hamlet. He had stressed the narrowness of that lane.

I stopped at a betel-leaf shop and asked a fellow about directions. He conveyed to me through gestures unaccompanied by words that all I had to do was keep going some distance and then take a left. Then he turned away from me abruptly and started crossing the street. I heard him mutter – what nuisance ! As I entered that narrow lane I realized how narrow it was. The houses on both sides seemed squeezed. They were made of ancient tiny bricks reeking of history, of the kind I had seen in the Golconda fort in the South. The stink in the lane of course was from dung cakes and not from the bricks. All the houses were plastered with those damp dung-cakes.

The lane ended in an open space. There was a muddy pond on one side and a dusty playground on the other. A few children were playing *Gulli Danda*. They stopped their game when they noticed me. From where I was they looked frozen in the sun.

I entered another lane. It was lined by straw-roofed huts and sheds where I could see some cattle and some old men asleep on cots under the trees. A little further I saw a number of people huddled over something. On getting close it turned out to be a dice game being watched by keen spectators.

One of the players was rattling the dice in his hand and invoking Hanuman while the rest watched his hand intently. Just when he was about to release the dice I touched a specator's elbow and asked if he could direct me to Ram Verma's house. He turned to me and exclaimed loudly – Ram Verma ! At this everybody started staring at me. The player with the dice in his hand got up.

—Which Ram is it ? he asked me – You see, there are quite a few Ram Vermas here; for instance there are as many as five Jai Ram Vermas, three Shrikant Vermas, eight Priyaram Vermas, and three Madan Ram Vermas.

—I am looking for Madan Ram Verma.

An old man stepped forward and said – one Madan Ram Verma lives next to the temple, the other in Chhattarbari, and the third further up north.

I could see the temple and some houses on top of a little hill in front of me. I was in a fix.

– Come along, we'll take you to his house.

And the whole crowd seemed ready to accompany me. They folded the game and got up to go. Some of them started speculating about me. Then one of them asked – Do you know your Madan Ram Verma's house number ?

– I'm afraid I don't.

– Do you know what he does ?

– He is a teacher.

– A teacher, eh ?

– The trouble is Lal Chand's son Madan Lal and Basant Lal's son Madan are also teachers.

– We need not go to Chhattarbari then, suggested one of them.

– What do you do, if I may ask? asked the one behind me.

– I work for a newspaper.

– So you are a newspaper man?

I nodded. Two of the men were walking alongside of me while behind was a whole crowd of them.

– would you like us to go and make enquiries over there around the temple? This was addressed by one of those following us to one of the two beside me. But finally it was resolved that there was no need to split forces.

We walked through several narrow lanes until we reached a sort of hilly street paved with small red bricks. I was reminded of an ancient mountain village whose colourful picture I had seen in some illustrated magazine.

– We hardly ever get a visitor from outside except, of course, as occasional political leader.

I saw a middle-aged man struggling with his rattling bicycle down the slope. It seemed as if he was just hurtling down the hill.

– Virbhanji, this gentleman here is looking for Madan Ram Verma's place, said one of my companions to the middle-aged cyclist.

– Is that so ? Is he from outside?

– Yes. From the city.

From the city, really? How is the hot weather in the city when that village was itself practically in the middle of the city. Virbhanji went on to explain – As you know, the city doesn't offer you too

155

many open spaces whereas here in the village we have a lot of open space and trees. I think I'll accompany you to Madan Ram Verma's place.

Virbhanji turned around and started pushing his cycle up the hill.

– As you must have gathered from his "dress", Virbhanji is the leader of our village.

Virbhanji was wearing the leader's uniform–khadi and all. As we approached a house next to the temple, Virbhanji shouted for Madan Ram Verma. A small-sized boy came out of the house and said –what is it, Uncle? Virbhanji pointed to me – This gentleman wants to see you. The boy stared at me – You want to see me ? I said –No. Virbhanji realized that it was the wrong Madan Ram Verma. He said – We better go on and see if that other Madan Ram is the right one. Meanwhile that poor boy was quite puzzled. He kept muttering to himself as he walked along with us.

Now we were on a dirt road lined by dilapidated huts. The walls of the huts were covered by dung cakes, and by dung wild grasses and creepers. It was hard to believe that I was walking through a village situated practically in the middle of a metropolis. We were being stared at by other villagers as we passed by small shops. Virbhanji kept pointing to me as the main reason for that procession. The spectators looked quite amused by the visitor from the big city. At last we reached Madan Ram Verma's house in front of which a number of children had improvised a sort of tent with bed sheets and cots and were engaged in some game. They came out of their tents to stare at us. A whole host of them. It was obvious that family planning had not yet caught up with that place.

Virbhanji went into the house and came out a moment later. –He hasn't come back yet but his wife is in and will be glad to see you. So we went into the courtyard. Some of the crowd just stood around while others stretched themselves on the cots. There were a number of veiled women huddled together, talking to one another. Virbhanji asked me to go on in and talk to Ram Verma's wife. I went ahead and saw a woman with a long veil. I recognized her in spite of the veil but she was very changed. I had never thought that she would be so elderly. She removed the veil a bit and greeted me with a friendly surprise. – Where is Verma ? I asked. – He left this morning for some place. All he told me was that he might be away for a couple of days.

I was quite dismayed by the news because I did want to see him rather badly about something urgent. Verma's wife noticed my disappointment and invited me to make myself comfortable. I was in a fix and the presence of so many strangers around me did not help matters. I could not even think clearly. I felt as if I was entirely dependent upon the people surrounding me almost in their custody. I don't know after how long a time I came out of my reverie and saw that Ram Verma's wife had just shoved a huge glass of milk into my hands.

– Drink it, she said.

It was more than a pint of lukewarm milk, which I thought I wouldn't be able to finish for the rest of my life. I glared at the glass.

Go on drink it.

I laughed and replied – All of it ? Impossible !

– Go on, drink it. This is the normal measure around here. Just then Virbhanji stepped forward and advised me – Go on, drink it, or else the people of the village will feel insulted. I was convinced that if I somehow gulped that milk down I'd have to make a dash to a lavatory. The very thought of it made my stomach turn. But under pressure from everybody I took a sip and invoked the name of Comrade Maọ. 'The longest march begins with first step.' My first step was my first slip. At the pace at which I was sipping that milk could have easily taken me four or five hours to finish the whole thing. I tried to speed up under the stare of spectators but every time I looked at the glass it looked full as ever.

Virbhanji and other people were staring at me intensely, almost violently.

– These city slickers can't drink even this much milk ! One member of the crowd sneered.

As I put the glass down, some of the milk spilled out. And I noticed that all of them had a glass of milk in their hands. I jotted down a few words on a piece of paper and gave it to Ram Verma's wife. As I came out, followed by the stares of everybody an old woman caught hold of me, kissed me on the forehead and said – Do drop in again. Nobody ever comes here from outside except during elections or for disconnecting our electricity or for demolishing our huts.

I looked hard at her. The frame of her glasses could have been fifty years old. I was touched. Fifty years ! Half a century !

– But you don't look like one of those people, the old woman went on.

Just then I was joined by Virbhanji.

– How to get out of here ? I asked.

– Shall I see you out ?

– You don't have to. Just give me the directions. I didn't want that crowd to follow me around any more.

– Take your first right. . . but where exactly are you going?

– To Karolbagh.

– Really, that is not too far at all. All you have to do is to take your right and keep going till you come to a bridge on the other side of which you'll see Inderpuri and then Karolbagh.

Before walking away I looked back and noticed that everybody seemed to be bidding me a sad farewell. There were those men and many children and all those women, without veils now, clean, fair, simple, and poor; one of them was Ram Verma's wife, perhaps even now feeling amused at my awkwardness. And I heard that one of the men was complaining to others — ''Nobody ever does anything for us. They are all very happy in their big city while we here . . .''

Virbhanji walked with me for a few steps, telling me that he was seeking some office in the current elections. He would have hung on to me but I pointed my hand hurriedly into the lane on my right. There were few shops in the lane. The shopkeepers looked sleepy. One fat fellow was swatting flies. It was a very narrow lane, not wide enough even for two cycles. The shops had all kinds of junk but mostly foul-smelling molasses.

As I walked along looking rather closely at a shop, the shopkeeper startled me by inviting me to stop and see. He was a long-bearded man and his shop was decorated with all sorts of tinsel and stuff.

– Welcome, sir, welcome !

– I walked over out of curiosity.

– Come in, please.

I climbed up to the uncovered platform of his shop and realized, after a look around, that it was a junk shop. The man insisted on my going in. On entering the shop I found that it was a rather big room with a mysterious decor.

''– I supply stuff to theatrical groups,''he explained.

''– I can see that you are one of them. What are you looking for? Here are costumes for historical plays !'' He heaped a whole lot of ancient hats, swords and shiny dresses before me.

''–Do try them on if you like . . .''

He put some robes around me, shoved a sword into my hand, and pushed me toward a mirror. Then he saluted me and said – You look like a commander-in-chief ! No other shop will offer you such superior stuff. There is not much demand for these things now but there was a time when throughout the month this place was jammed with theatre people.

158

Then he took off those robes and took my sword away.

– Here ! Wear this and you can play Mudrarakshasa. And here is the bow that goes with this. I bet you will do well playing Rama's role. The only defeat is you are too fair for the part. But I have all sorts of recipes for everything. Those boys who enact Ram Lila are always pestering me for my preparations for their make-up.

As the man burst into prolonged laughter, I scanned the room. In the middle of the room there was a long casket with glass at both ends. He led me to it and pointed to some ancient coins, bricks and dust.

– These things are centuries old. There was a time when we had a shop in Chandni Chowk. For years hardly anybody ever entered our shop there. That is why we have moved to this place. For here every now and then people come along to see the coins of Asoka's reign and shoes of the Maurya times. Come, have a seat on this throne. This used to be Akbar's once upon a time. Of course all the gold covering has been taken away by the British but my grandfather was able to steal this thing, this throne. Would you like me to get you the costume that goes with it?

As he dashed off into a corner for the costume, I sat down on the throne.

– Not this way, sir, this way. He placed a crown on my head and continued – These are the real pearls. Of course, there are no diamonds any more, thanks to the extravagance of my forebears.

For a long time he went on about his forebears. Then he said –you wait here while I get you the counterfeit things. I don't rent out the real stuff. Everybody around here has bogus stuff. Only I have a bit of the real stuff but I don't rent it out.

He kept bringing out all kinds of counterfeit things. Then all of a sudden he started declaiming rather elegantly – "Your Majesty should sit like this. Emperor Akbar the Great, the first secular ruler of India, never leaned against the back of his throne." He kept on and on.

But I wasn't really bored by his carrying on. On the contrary, he and his shop were like the ruins of an old culture in the midst of that village.

Then he said – "What play are you engaged in? Modern or . . . ?"

I decided to put him right. Just as I got up, one arm rest off the throne, fell.

"– No, not that way, please ! " He said and fixed that arm rest back in its place.

"– You see, I am not a theatre . . ."

"– I know," he interrupted me – "The way you sat in Akbar's throne made it clear to me that you are not even remotely connected with the threatre world."

He looked heart broken now.

On coming out of that shop I noticed it was dark.

The narrow lane was dimly lit by the lamps in those little shops festooned with all kinds of strange looking things. A men sitting at the betel-leaf and cigarette shop looked like an animated advertisement of betel-leaf and cigarettes. The whole atmosphere was that of the seventeenth century, with all those shopkeepers with long beards and everything else. It reminded me of some scenes in historical films. I couldn't see what those people were doing, what they were waiting for in that dead place, without a customer. I couldn't fit them into any pattern. The only expression on their faces was that of waiting. Waiting ! To see that depressing scene was enough to send one into a state of shock.

At the end of the lane there was a house with a long back wall. I could read the graffiti scribbled on it. In a corner, I read: Put your name down, you donkey! In another corner: 'We believe in Revolution !' The whole place reeked of urine. But I couldn't help staying there awhile. I read the names of all big political leaders and reputed artists. Somebody had drawn an arrow from "We Believe in Revolution" to "We Believe in Revolution; please stop and piss here. Don't mind the stink !"

The rest of the wall was plastered with dung cakes. Beyond that house was a pipal tree and beyond that was the bridge. Under the pipal tree I saw some lit earthen lamps and a huge dump. The vacant space between the tree and the bridge was an open latrine for women and children.

As soon as I crossed that bridge, I found myself in the charmed world of Inderpuri – beautiful tall buildings, buses, the vast neighbourhood of Pusa Institute at a litle distance with its elegant residence, its parks, its multi-storied offices, the brightly lit Patel Nagar. It was such a splendid sight that I could never have imagined that a city as dirty as that could have another aspect.

I rushed to a bus stop. Lovely girls, their hair flying about in the evening breeze, stood in several lines, waiting for different buses. There were several well-fed children with their parents. And there were grand mansions near by and sleek cars were parked in several driveways. And a bunch of birds were flying overhead, singing a song whose words sounded like Inta-finta Inta-finta . . .

I was reminded of Ram Verma's house. That little village was no near and yet so far. I looked backward but didn't see any bridge there, nor any pipal tree. I was determined to rediscover those milestones that led to the village. I started walking back to where the bridge and the tree were. But I saw nothing except, at some distance, a mud wall, about twenty feet high, extending like a mound as far as I could see. I ran along that wall for a long time without coming upon that bridge or that pipal tree. I kept searching for that village till late at night, in vain.

Even now quite often I try to revisit that village in my mind but in vain.

Translated from the Hindi by Krishan Baldev Vaid

इंता-फिंता

सड़क के किनारे पेड़ों पर छोटा-सा झुरमुट था जिसे मैंने बस से उतरते ही देख लिया था। वहां भीड़ जमा थी। पास जाने पर मैंने पाया वह दवाइयां बेचने वाले के चारों ओर लगा मजमा था। उसका बोलना जारी था और लोग उसे इतनी तन्मयता से सुन रहे थे कि मुझे थोड़ी-सी हैरानी भी हुई। उन्होंने या किसी ने भी मेरी तरफ देखा नहीं था। गरमी के मौसम में एक-दूसरे के पास सटे, पसीने में नहाते उन लोगों की तन्मयता देखने की चीज थी। मैंने उनमें से किसी से भी पूछना ठीक नहीं समझा। सड़क के किनारे-किनारे मकान और दुकानें थीं। लोग आ-जा रहे थे। धूप की वजह से भी और कुछ अपने काम-काज की वजह से लोग बहुत जल्दी में थे। शहर का यह वह हिस्सा था जो मैंने पहले नहीं देखा था। सालों एक शहर में रहने पर भी बहुत सारी जगहें ऐसी होती हैं जिन्हें हम कभी नहीं देख पाते। अक्सर उन इलाकों के लोगों से या चुनाव प्रचार के पोस्टर पढ़कर या अखबारों की खबरों से उन जगहों के बारे में जानते जरूर हैं—पर उन्हें देखने की ललक मुझमें शायद ही कभी जागी हो।

हो सकता है कभी खाली वक्त में कहीं दूर के इलाकों में जाने की इच्छा हुई भी हो—लेकिन सड़कों की भीड़, शहर बसों में ठुंसे और फुटबोर्डों पर लटके हुए लोगों की याद आते ही कहीं दूर जाने की इच्छा खत्म हो गयी होगी। पर आज हालत ऐसी थी कि मुझे शहर से काफी दूर राम वर्मा के पास उस काम से जाना था जिसे मैं टाल नहीं सकता था।

गरमी की उस दुपहर में बाहर निकलने का मतलब था गरम भट्ठियों के खुले नरक में जाना। बस में सफर करते हुए उस भयानक गरमी का मुझे अहसास हुआ हो ऐसी बात नहीं। पर मैंने गरमी की परेशानी को दबाने के लिए और कुछ अपनी तसल्ली के लिए खुद से झूठ बोलना शुरू कर दिया—मैंने खुद को चालाकी से समझाया कि यह गरमी बस कुछ देर की है, फिर बरसात के दिन आयेंगे बादलों से भरे आसमान के दिन।

मैंने यह चालाकी का खेल खुद से खेलना शुरू किया—जैसे मैं छायादार पेड़ों के झुरमुट में बैठा हूं—बादलों की तरफ देख रहा हूं—थोड़ी देर के लिए कवि हो जाने में क्या नुकसान था?

लिहाजा जितनी देर मैं बर्फानी पहाड़ों और पहाड़ी शहरों की याद करता रहा उतने में आधा रास्ता तय हो गया था। मैं खुद को समझा रहा था कि गरमी-सर्दी कुछ नहीं होती। बस अगर उन्हें एक बार दिमाग से निकाल दिया जाये तो वे महसूस ही नहीं होतीं। इस सोचने का यह असर हुआ कि न मेरे मुंह से शहर के लिए गाली

निकली और न मैंने गरमी की वजह से शहर को कोसना शुरू किया।

आधे रास्ते के बाद मुझे दो सीटों वाली खाली जगह मिल गयी थी। मजा यह हुआ कि एक खाली सीट पर एक खूबसूरत लड़की बैठ गयी, इतनी सुंदर जितनी सुंदर विज्ञापन वाली खुले मिजाज की लड़कियां होती हैं। बाकी रास्ते तो मुझे गरमी लगी ही नहीं बल्कि महसूस हुआ कि मैं कहीं खुली वादियों में पहुंच गया।

गरीब और मूर्ख—कौन है—वह मैं हूं जो सिर्फ़ लड़की की बगल में बैठकर खुश था। मैं अकड़कर बैठा था और लड़की खुलकर। उसका जिस्म मुझसे टकरा रहा था। और मैं खयालों में डूबा हुआ था। वह उन लड़कियों में थी जिन्हें बहुत कम बातों से परहेज होता है। मसलन आपका जिस्म उनसे सटा हो तो उन्हें एतराज नहीं होता बल्कि खास मौकों पर वे अपने जिस्म के उभार को इस कदर चालाकी और फ़ुरती से आप पर छोड़ देती हैं कि आपको पता भी नहीं चलता कि क्या हुआ। जबकि सब-कुछ हो चुका होता है।

बस से उतरते ही मुझे गरमी....बेहद गरमी महसूस हुई। अपनी उम्र का कुछ हिस्सा जैसे मैं बस में छोड़ आया था।...

मैं दुकानों, मकानों के आगे चलने लगा था। तपती दुपहरी में, मैं किसी ऐसे आदमी की तलाश में था जो मुझे उस बस्ती की ओर जाने का रास्ता बता दे जहां राम वर्मा रहता था। थोड़ा-सा पता मुझे था जो बस कंडक्टर ने मुझे बताया था। मकानों से थोड़ा चलकर एक खुली जगह आती है—उसी खुली जगह से आगे छोटी दुकानें हैं जिनकी बगल से एक गली निकलती है। एक छोटी गली—कंडक्टर ने बार-बार इस बात को दुहराया था—मुझे याद था कि ऐसी किसी जगह के पास पहुंच जाने पर मेरे लिए बस्ती के अंदर जाना आसान होगा और मैं किसी से भी फिर वह पता पूछ सकता हूं।

पान वाले की दुकान के पास मैंने बस्ती का नाम पूछ ही लिया एक आदमी से। उसने मुझे सिर्फ़ थोड़ी दूर जाने का और फिर बायीं ओर घूम जाने का इशारा किया। उसने बातचीत के लहजे में कुछ नहीं बताया। बस इशारा करने के बाद वह एकदम मुड़ा और सड़क पार करने लगा। सड़क पार करने के लिए जब वह मुड़ा तो उसका बुड़बुड़ाना मुझे सुनायी दिया—"अहमक, रास्ते चलते भी टोकते हैं....।" उसकी बतायी गली की तरफ जब मैं अंदर जाने को हुआ तभी मैंने पाया कि गली काफी संकरी थी, और आरपार के मकानों की नंगी दीवालें छोटी-छोटी ईंटों से बनी हुई हैं। ठीक वैसी ही ईंटें जैसी मैंने सालों पहले सुदूर दक्षिण के गोलकुंडा के किले में देखी थीं। ठीक वैसी ही इतिहास किस्म की बू देने वाली ईंटें थीं वे।

परंतु वह जो बू, गली के अंदर जाते ही पनप रही थी दरअसल उपलों की थी, ईंटों की नहीं। गली के आखिरी कोने तक जितने मकान थे उन सब की दीवालों पर गोल-गोल उपले चिपके हुए थे।

गली पार कर मैं कुछ खुले में आया। वहां छोटी-सी जगह में एक तरफ गंदले

पानी का तालाब-सा था तो दूसरी तरफ धूल भरा छोटा-सा खेल-मैदान। जहां बच्चे गुल्ली-डंडा खेल रहे थे। मुझे देखते ही वे बच्चे ठिठककर खड़े हो गये। जो जैसी मुद्रा में था, वह वैसे ही खड़ा था। संस्कृत मुहावरे में कहूं तो 'चित्रलिखित' खड़े थे। पानी के तालाब के पार खेल रहे उन बच्चों से मैं कुछ पूछ भी नहीं सकता था। बस मैं उन्हें धूप में खेलते देख सकता था।

मैं दूसरी गली में घुस गया। वहां फूस के छप्परों के नीचे जानवर बंधे थे। किसी-किसी घर के आगे पेड़ था। उन पेड़ों के नीचे चारपाइयों को डालकर बूढ़े लोग सो रहे थे। कुछ ही आगे लोगों का एक गोल घेरा किसी को घेरकर खड़ा था। जब मैं पास गया तब मैंने जाना कि चौपड़ खेलने में मस्त बैठे लोगों के चारों तरफ आठ-दस आदमी थे जो पूरी दिलचस्पी से खेल देख रहे थे।

खेल में बैठा एक आदमी हाथ में गोटियां घुमाते हनुमान का नाम ले रहा था और लोग उसके हाथ की तरफ एकटक देख रहे थे। वह गोटियां छोड़ने वाला ही था कि मैंने पास ही खड़े एक आदमी की कुहनी छुई—''सुनिये....क्या आपको राम वर्मा का घर मालूम है?''

उसने मुड़कर देखा और जोर से दुहराया, ''राम वर्मा'', उसके बोलते ही तमाम लोग मेरी तरफ मुड़ गये। जिस आदमी के हाथ में गोटियां थीं वह भी उठ खड़ा हुआ।

''कौन राम वर्मा?'', उस आदमी ने पूछा, ''भई यहां तो कई राम वर्मा हैं, पांच तो यहां जयराम वर्मा हैं, तीन श्रीकांत वर्मा, आठ प्रिय राम वर्मा और तीन मदन वर्मा...!'' वह धड़ल्ले से गिनतियां बता रहा था।

''मदन राम वर्मा से ही मिलना है मुझे।''

एक बूढ़ा आदमी आगे आया, बोला, ''साहब, एक मदन राम वर्मा मंदिर के पास रहता है दूसरा छत्तर बाड़ी और तीसरा वो उत्तर की तरफ...।''

मैंने देखा मंदिर कुछ ऊंचाई पर था, और बस्ती के कुछ मकान टीलों पर बने थे। मैं असमंजस में खड़ा था।

''चलिये हम बताते हैं आपको वह घर।'' मेर साथ वह भीड़-की-भीड़ चल पड़ी। उन्होंने अपना चौपड़ समेटा और चल पड़े। वे अब आपस में मेरे बारे में बात कर रहे थे।

तब शायद किसी को याद आया, ''उसके घर का नंबर क्या है?''

''नंबर तो मुझे मालूम नहीं।''

क्या करता है, कुछ मालूम है आपको?''

''वह पढ़ाता है।''

''तो मास्टर है वह'', दो-तीन आवाजें बोल पड़ीं।

मुसीबत तो ये है कि लालचंद का बेटा मदन लाल और वसंतलाल का बेटा मदन दोनों मास्टर हैं।''

''छत्तर बाड़ी जाने की जरूरत नहीं ।'' एक ने सुझाया ।

''आप क्या करते हैं साहब'', मेरे पीछे-पीछे आने वाले आदमी ने पूछा ।

''अखबार में काम करता हूं ।''

''अखबार छापते हैं ?''

मैंने सिर हिलाया । मेरे साथ-साथ दो आदमी चल रहे थे और पीछे पूरी भीड़ थी ।

''हम मंदिर की तरफ पूछ आयें मुखियाजी'', पीछे चलने वालों ने मेरे साथ चलने वाले से पूछा ।

पर फिर बातचीत में तय हुआ कि हम सब लोग इकट्ठे चलेंगे ।

हम लोग छोटी-छोटी गलियां पार करते सीढ़ीनुमा ऊंचाई की तरफ चले । लाल-लाल ईंटों वाले उस रास्ते में चलते हुए मुझे एक बहुत पुराना पहाड़ी गांव याद आया । मैंने किसी तसवीरों वाली पत्रिका में उसकी कई तसवीरें देखी थीं ।

''हमारे गांव में तो कोई-कोई आता है साब । कभी आ गया तो कोई नेता आ गया ।''

तभी खड़खड़ साइकिल संभाले एक अधेड़ आदमी उन ईंटों से नीचे की तरफ आ रहा था । दूर से मुझे लगा जैसे वह फिसल रहा हो ।

''आओ वीरभानजी'', मेरे साथ वाले आदमी ने उस अधेड़ का नाम लेकर उससे बात करनी जारी की, ''बाबू साहब मदन राम वर्माजी का घर खोज रहे हैं ।''

''अच्छा'', वीरभानजी ने मेरी तरफ हैरानी से देखा, ''क्या बाहर से आये हैं ?''

''हां शहर से आये हैं ।''

''शहर से'', वीरभान ने फिर अचंभा प्रकट किया, ''शहर में गरमी के क्या हालचाल हैं जी ?'' उसने सीधे मुझसे सवाल किया ।

मुझे हँसी आने को हुई । यह जगह ठीक शहर के बीचोंबीच है फिर शहर और गांव की गरमी का फरक क्या हो सकता है । तभी खुद वीरभानजी ने अपनी बात पूरी की, ''भई शहर में तो खुली जगह बहुत कम है । गांव में तो पेड़ हैं....खुलापन है....। अच्छा चलो हम भी चले चलते हैं मदन राम के मकान तक ।''

वीरभानजी हाथ में साइकिल पकड़े हम लोगों के ही आगे हो लिये । अब वे ऊंचाई की तरफ साइकिल धकेल रहे थे । बीच-बीच में बातें भी किये जा रहे थे ।

''वीरभानजी हमारे गांव के नेता हैं'', मेरे साथ चलने वाले ने मुझे बताया, ''यह तो आप उनकी 'ड्रैस' से ही पहचान गये होंगे ।''

वीरभानजी ने खद्दर के कपड़े और टोपी पहनी हुई थी । अचानक हम लोगों की बातचीत बंद हो गयी । वीरभानजी मंदिर के करीब वाले मकान पर खड़े होकर मदन राम का नाम बुलाने लगे ।

एक नाटा-सा लड़का बाहर आया—''क्या है चाचा ?''

''ये बाबू तुमसे मिलने आया है'', वीरभानजी ने मेरी तरफ इशारा किया ।

वह मदन राम सिर्फ मेरी तरफ देखे जा रहा था, ''आप मुझसे मिलने आये हैं

साब !''

''नहीं'', मैंने इनकार में सिर हिलाया।

वीरभान सारी बात समझ गये। ''चलो ऊपर के मुहल्ले में चलते हैं। वहां भी मदन वर्मा रहता है।''

परंतु अभी जो घर से बाहर निकला था, वह मदन राम हतप्रभ था। बात क्या है, वह धीरे-धीरे बुड़बुड़ाया और भीड़ में शामिल हो गया।

अब हम लोग कच्चे रास्ते से जा रहे थे। कहीं-कहीं घरों के बाहर की ओर खड़ी दीवालें टूटी हुई थीं। उन टूटी दीवालों पर काई नुमा घास उगी हुई थी। कहीं बेलों की तरह की पत्तेधारी शाखाएं लटक रही थीं। दीवालों पर उपलों की पच्चीकारी उस जगह को ठेठ गांव साबित कर रही थी। लगता ही नहीं था कि यह जगह शहर के बीच है—एक बड़े शहर के।

मुझे तो महसूस हो रहा था जैसे मैं किसी ऐसे गांव में पहुंच गया हूं जहां का भूगोल मुझे मालूम नहीं। छोटी-छोटी दुकानों से गुजरते लोगों के उस झुंड को लोग ठिठककर देखते। और फिर अपना मुंह 'अच्छा' जैसी चौंकक मुद्रा में टिका देते।

वीरभानजी इशारों से लोगों को बता देते। और लोग शहरी बाबू की तरफ देखकर हँस देते।

काफी देर बाद राम वर्मा का घर आया। घर के बाहर बच्चे चारपाई पर चादर बिछाकर उसके नीचे छाया में बैठे कोई खेल खेल रहे थे—

ओ ये नू टिकी रैण दे

ओ ये दाबड़ा पुआड़ा

बच्चों ने लोगों की पदचापें सुनीं तो वे चारपाई के नीचे से बाहर निकल आये। कई बच्चे थे। और गली उनसे भरी-पूरी लग रही थी। बच्चों की भीड़ देखकर लगता था जैसे परिवार नियोजन का वहां बहुत कम प्रचार है।

वीरभानजी अंदर गये थे और तुरंत लौट आये, बोले, ''मास्साब तो अभी आये नहीं। आप उनकी श्रीमती से बातचीत कर लें।''

कुछ लोग खड़े थे, कुछ सेहन में बिछी चारपाइयों पर बिछने के ढंग से बैठ गये थे। कुछेक जंभाइयां ले रहे थे। अंदर के आंगन में घूंघट निकाले औरतें आपस में बतिया रही थीं। वीरभानजी के अंदर जाते ही वहां सन्नाटा व्याप गया था।

''अंदर चले जायें'', मुझे वीरभानजी ने इशारा किया—''जाओ न भाई।''

अंदर जाते ही लंबा घूंघट ओढ़े जो औरत मुझे मिली थी, वही राम वर्मा की पत्नी थी। मैं उसे जानता था। उसकी घूंघट वाली मुद्रा देखकर मुझे काफी हैरानी हुई। उसके घूंघट का तरीका और फिर बहुत ठहरकर चलना देख मुझे उम्मीद ही नहीं थी कि वह राम वर्मा की पत्नी है। वह हद-से-हद कोई बूढ़ी औरत लग सकती थी।

चेहरे का परदा हटाकर वह हँसी, ''अरे आप !''

''वर्मा कहां है ?''

''आज सुबह ही गये थे। कुछ कह नहीं गये । इतना जरूर कहा था कि अगर मैं एक-दो दिन न आया तो समझ लेना बाहर ही ठहर गया।''

'मारे गये' की मुद्रा में मैंने अपने बालों पर हाथ फिराया और सोचने लगा अब क्या होगा? सचमुच मुझे एक जरूरी काम था। और वह काम उसी से हो सकता था। मुझे सोचते देख राम वर्मा की पत्नी बोली—''आप अंदर चल के बैठो तो सही।''

मैं 'फिक्स' में पड़ गया था। और उससे उबर पाने के लिए सोचना बहुत जरूरी था। पर उस भंयकर भीड़ और एकदम नयी जगह में यह कितना मुश्किल था। बस यही लगता था कि जैसे मैं आजाद नहीं हूं बल्कि दूसरों पर निर्भर हूं। एकदम उनकी कैद में।

बैठे-बैठे या शायद खड़े-खड़े ही मुझे कितनी ही देर हो गयी—मुझे जब राम वर्मा की पत्नी ने झकझोरा और मेरे हाथ में एक लंबा गिलास थमाया तब मैंने जाना कि काफी देर हो गयी होगी।

''लो पियो'', उसने कहा।

वह लंबा गिलास—गुनगना गरम....देखने पर पता चला कि वह दूध था। तकरीबन आधा सेर। मुझे लगा मैं जीवन भर वह दूध नहीं पी सकूंगा। मैं दूध की तरफ देखने लगा।

''पियो न।''

मैं हँसा। बोला, ''इतना सारा कैसे पी सकूंगा। नामुमकिन।''

''पी डालो'', राम वर्मा की पत्नी सहज भाव से बोली, ''पी लो न.... सारे लोग यहां इतना ही दूध पीते हैं।''

तभी कहीं से वीरभानजी टपक पड़े, ''पी लो साब ! नहीं तो गांव वाले समझेंगे आप उनका अपमान कर रहे हैं।''

यह अच्छी सजा है, मैंने मन-ही-मन सोचा। मैं यह दूध अगर पी लूंगा तो मुझे जरूर किसी शौचालय में बैठना पड़ेगा। दूध का गिलास हाथों में लिए-लिए मुझे महसूस हुआ जैसे मेरा पेट गड़बड़ा रहा हो।

लोगों के आग्रह के बाद मैंने एक घूंट पिया और कामरेड माओ को याद किया। दुनिया की सबसे लंबी यात्रा पहले उठे हुए कदम से शुरू होती है। पहला घूंट उस सजा की शुरुआत थी। मैं धीरे-धीरे दूध पी रहा था। इस गति से कि मैं आसानी से चार-पांच घंटे बिता सकता था। पर लोगों की आंखें ऐसी लगी थीं कि मैंने दूध गटकना शुरू किया। मुझे लगा मैंने बहुत ज्यादा दूध पी लिया होगा लेकिन हर बार जब मैं दूध की तरफ देखता तो भरी हुई सतह मुझे वैसी ही दिखायी देती।

वीरभानजी और दूसरे लोग दरवाजे के पास खड़े एकटक निहार रहे थे। गोया मुझे कह रहे हों पी डालो। उन लोगों के चेहरों पर अचानक मुझे लगा जैसे कोई प्रतिहिंसा तैर आयी हो।

''शहरी लोग इतना दूध भी नहीं पी सकते?'' कोई फुसफुसाया।

उन लोगों की बातों के बीच मैंने गिलास जमीन पर पटका तो थोड़ा दूध छलक आया। मेरी फुर्ती देखकर वे सहम से गये। मैंने गौर किया उनके सबके हाथों में गिलास थे।

मैंने जल्दी से जेब से एक कागज निकाला और राम वर्मा के लिए उस पर तीन-चार लाइनें लिखीं और कागज वीरभानजी को दे दिया। जैसे ही मैं बाहर निकला लोग चुपचाप बैठे या खड़े थे। बच्चे कौतुकी नजरों से कुछ देख रहे थे।

बाहर एक बूढ़ी औरत ने मुझे रोका और मेरे माथे को चूमते हुए कहा—''कभी-कभी आ जाया करो बेटा। लोग जो यहां आते भी हैं वह चुनाव के दिनों आते हैं और या फिर बिजली काटने या मकान गिराने।'' मैंने उसकी तरफ गौर से देखा। उसके चश्मे की कमानी कम-से-कम पचास साल पुरानी थी। मुझे कमानी देखकर उस पर दया हो आयी। वह पचास सालों से उस पुरानी कमानी 'से बंधी हुई है। आधी शताब्दी से। कितना बड़ा अरसा होता है यह। 'तुम वैसे नहीं हो।'' बुढ़िया कह रही थी तभी वीरभानजी आ गये।

''मुझे यहां से बाहर जाने का रास्ता बता देंगे'', मैंने वीरभानजी से कहा।

''मैं साथ चलूं?''

''नहीं। आप क्यों। मैं खुद चला जाऊंगा। आप रहिये।'' मुझे डर था कि वह सारी भीड़ मेरे साथ चलेगी। और जैसे मैं उस भीड़ से अनंतकाल तक छुटकारा नहीं पा सकूंगा। वह भीड़ की कैद थी।

''तो दायें हाथ की गली से सीधे चले जायें....।'' फिर कुछ याद कर वीरभानजी बोले—''जाना कहां है आपको?''

''करौल बाग।''

''बस। वह तो यह रहा। दायें हाथ की गली से सीधे जाकर पुलिया पार करना तो सामने इंद्रपुरी नजर आयेगी और फिर करौल बाग।''

मैं चलने को हुआ। मैंने उनके चेहरे देखे। लोगों के चेहरों पर विदा देने का अफसोस था। बच्चे वैसे ही ठिठके खड़े थे। मैंने देखा, दरवाजों के पास और खिड़कियों से सटी औरतें थीं। अब उनके चेहरों पर घूंघट नहीं थे। वे साफ, गोरी औरतें थीं। सहज और गरीब। उनमें ही कहीं हँसती हुई राम वर्मा की पत्नी थी। वह मेरी हालत देखकर हँस रही होगी।

''हमारे लिए क्या करता है कोई।'' लोगों की भीड़ में कोई बोला, ''शहर में मजे हैं, पर हमारे यहां....?'' वह अपनी दुखगाथा किसी को सुनाने लगा था।

वीरभानजी थोड़ी देर मेरे साथ चले, ''अब चुनावों का चक्कर है और मैं इस दफे इस इलाके से खड़ा हो रहा हूं....।'' वे कुछ और कहते कि मैंने उन्हें हाथ जोड़े और लंबे कदम भरता दायें हाथ की गली में घुस गया।

गली में कुछ दुकानें थीं। दुकानदार ऊंघ रहे थे। एक लालाजी सफेद चपटी से

मक्खियां मार रहे थे। वह थोड़ी चढ़ाई का इलाका था और गली इतनी संकरी थी कि अगर कोई दो साइकिल वाले आमने-सामने आ जायें तो उन्हें ठहरना पड़े। दोनों तरफ की दुकानों में तरह-तरह की चीजें थीं। ज्यादातर जगहों पर पिघला हुआ गुड़ बदबू मार रहा था।

अचानक मुझे एक दुकानदार ने अपनी दुकानों में देखते आवाज दे डाली। मैंने उसे देखा—उसकी दाढ़ी बहुत लंबी थी। और उसकी दुकान का बाहरी हिस्सा रंग-बिरंगी झालरों, फानूसों से सजा हुआ था।

''आइये साहब। आइये।''

मैं सिर्फ दुकान देखने और उसकी दिलचस्पी जानने के लिए दुकान पर चला गया।

''आइये। आइये।''

मैं उसकी छोटी दुकान के बाहरी फट्टे पर खड़ा हो गया। और मैंने चीजों पर नजर दौड़ायी तो मुझे लगा वह पुरानी चीजें बेचने वाला व्यापारी है। कबाड़ी। उसने बेहद नम्रता भरे शब्दों में मेरा स्वागत किया और मुझे अंदर खींच ले गया। वहां बिजली की रोशनी में मैंने देखा, वह एक बड़ा कमरा है, बड़े हॉल जैसा। और सारा-का-सारा कमरा रहस्यमय ढंग से सजा हुआ है। ''मैं नाटक कंपनियों को सामान देता हूं। मैं जान गया था हो न हो आप भी वहीं से आये हैं।''

''ये देखिये पुराने ड्रामे के कपड़े।'' उसने पुराने सैनिकों के टोप, तलवारें और चकमक जड़ी हुई पोशाकें मेरे आगे रखीं।

''हां-हां पहनिये। देखिये कैसा लगता है।''

मेरे आगे-पीछे कपड़े और म्यानें 'फिट' कर उसने मेरे हाथ में तलवार दी और मुझे एक शीशे के आगे ला खड़ा किया। और खुद ने एक मामूली सैनिक की तरह आदाब किया।

''अब लगे न आप सिपहसालार'', वह बोलकर हँसने लगा। ''पास की दुकानों के पास इस किस्म की नफीस चीजें नहीं हैं साहब। वैसे अब तो शौक भी नहीं रहा। कुछ साल पहले तो पूरे महीने बस्ती में ड्रामे होते रहते थे।''

''यह देखिये काला छापा। यही अंगूठी पहनकर मुदराराक्षस ड्रामा खेला जा सकता है।'' उसने जल्दी से मेरे कपड़े उतारे और मेरे हाथों में तीर-कमान पकड़ाये। ''आप तो राम के रोल में बेहद ठीक रहेंगे। बस कसर यही है कि आपका रंग गोरा है। पर साहब मैंने ऐसे-ऐसे नुस्खे तैयार किये हैं कि ड्रामे वाले लौंडे अभी से रामलीला के वे रंग ले जाकर अपने चेहरों पर पोत रहे हैं।'' वह जोरों से हँसने लगा। उसकी हँसी के बीच मैंने पूरे हॉल को गौर से देखा। बीच में एक लंबी पेटी थी जिसके को सिरों पर शीशे लगे हुए थे। ''ये पुरानी चीजें हैं।'' वह मुझे उस पेटी के पास लाया। मैंने शीशों में झांककर देखा। पुराने सिक्के थे। पुरानी ईंटें और कुछ मिट्टी के ढेर।

''ये चीजें हजारों साल पुरानी हैं साहब। किसी जमाने में चांदनी चौक में हमारी दुकान थी। वहां सालों तक लोग दुकान के अंदर ही नहीं आये। इसलिए कुछ चीजें यहां ले आये। यहां भूले-भटके लोग ये तो देखने आ जाते हैं कि सम्राट् अशोक के जमाने के सिक्के कैसे थे, और मौर्यकाल की जूतियां कैसी थीं ।''

''आइये इस सिंहासन पर बैठिये। यह अकबर का सिंहासन है। इसका सोना तो अंग्रेज खरोंच ले गये। यह कुर्सी मेरे दादा चुरा लाये। आइये आपको पोशाक दूं।'' वह दौड़कर दूसरी तरफ पोशाक लेने चला गया। मैं कुर्सी पर बैठ गया।

''ऐसे नहीं साहब। इस तरह बैठिये।'' उसने मेरे सिर पर एक मुकुट रखा। ''असली मोती है साहब। हीरे तो हमारे पुरखे बेच-बेचकर खा गये।'' बोलते-बोलते वह अपनी कहानी में खो गया।

''आप यहीं बैठिये। मैं आपको नकली चीजें दिखाऊं। आसपास की सारी दुकानों में नकली चीजें भरी पड़ी हैं। असली तो कुछ ही माल है, और वह भी बंदे के पास है। पर ये असली चीजें मैं ड्रामे के लिए नहीं देता जनाब।''

वह चीजें ला-लाकर दिखाता रहा। तमाम पुरानी चीजों की नकल की चीजें।

अचानक वह अदब की भाषा बोलने लगा, ''जहांपनाह! हजूर जहां बैठे हैं जरा ऐसे बैठिये—ठीक ऐसे। जनाब शहंशाह अकबर इस कौम के पहले सेक्यूलर बादशाह पीछे पीठ टिकाकर सिंहासन पर नहीं बैठते थे।.....'' और वह तमाम तरह के विशेषणों में बात करने लगा।

मैं उसकी बातों से ऊबा नहीं था। बस्ती के बीच वह पुरानी संस्कृति के खंडहर की तरह था।

वह बोला, ''आपको कौन-सा ड्रामा करना है? कोई माडरन.....?''

मैंने बात साफ करनी चाही। उस सिंहासन से जैसे ही मैं उठा कि मेरे हाथ से एक हत्था नीचे जा गिरा।

''नहीं....ऐसे नहीं।'' वह सिर्फ़ इतना बोला। उसने सिंहासन का हत्था नीचे से उठाकर फिर ठीक जगह लगा दिया ।

''जनाब मैं ड्रामे का आदमी....'' अभी मैं इतना ही बोल पाया था कि उसने मेरी बात काट दी।

''मुझे पता चल गया था जनाब। आप अकबर के सिंहासन में जिस तरह पीठ टिकाकर बैठे थे, मुझे पता चल गया था, आपका दूर-दराज से भी ड्रामे से ताल्लुक नहीं।''

वह मुझे बाहर छोड़ने आया। बोला, ''आप किसी दिन आइये तो आपको जादुई टोपी दिखाऊँगा। पर अफसोस है, आप ड्रामे के आदमी नहीं हैं।'' वह अफसोस में डूब गया।

मैं जैसे ही गली में आया तब मुझे पता चला कि शाम हो गयी। उस संकरी गली में अंधेरा छाने लगा था। दुकानदारों ने अपने लैंप जला लिए थे। छोटी-छोटी रहस्य

भरी दुकानें थीं वे। कहीं झालर लटके हुए थे, कहीं रंग-बिरंगे कपड़े। पान, तम्बाकू की एक दुकान पर जो आदमी बैठा हुआ था, वह ऐसा लगता था जैसे खुद पान-तम्बाकू का विज्ञापन हो। पुराने ढंग की वे दुकानें, लगता था जैसे सत्रहवीं शताब्दी का चेहरा ढो रही थीं। उसी तरह का मुगलिया वातावरण, वैसे ही दाढ़ी वाले लोग—किसी फिल्म में देखे हुए ऐतिहासिक दृश्य की तरह लग रहा था। मैं हैरान था—उस चुप्पी में, उस एकांत में जहां कोई गाहक आ-जा नहीं रहा था, वे लोग क्या कर रहे थे? वे किस चीज का बोझ ढो रहे थे? वे कौन-सी तसवीर का हिस्सा थे? बस उनके चेहरों पर एक भाव था—इंतजार-इंतजार। उस डूबने-डूबने वाले नजारे को देखकर सदमा पहुंचने वाली स्थिति में पहुंचना जैसा था। दुकानों पर क्या सामान भरा हुआ था, जैसे गोश्त की दुकान पर अभी पूरे बकरे लटके हुए थे। वे गर्मी के मारे इस तरह सिकुड़ गये थे कि अगर कोई यह मान ले कि वे बकरे तीन साल से यूं ही पड़े थे तो कोई अविश्वास नहीं होना चाहिए।

क्या-क्या चीजें थीं वहां, मसलन चूड़ियां बेचने वाले की दुकान पर पुराने किस्म की चौड़ी लाल चूड़ियां थीं—इतनी बड़ी कि उनके लिए कोई मोटा हाथ खोजना पड़ता। इत्र-खुशबू की दुकान से पुराने किस्म की सुगंध फैल रही थी।

जब दुकानें खतम हो गयीं तब एक लंबी-सी दीवाल वाला मकान आया। उस पीली दीवाल पर शाम की रोशनी इतनी पड़ रही थी कि आप आसानी से दीवाल पर लिखे शब्द पढ़ सकते थे। एक कोने पर काले हरफों में लिखा था—‘‘गदहे अपने दस्तखत करते जाओ।’’ हाशिये पर लिखा था—‘‘हम क्रांति में विश्वास रखते हैं।’’

इस जगह पेशाब की भयानक बदबू आ रही थी। इसके बावजूद टिकने का आकर्षण था क्योंकि दस्तखतों में तमाम राजनीतिज्ञों के नाम लिखे थे। नामी गिरामी कलाकारों के नाम थे। किसी ने ‘‘हम क्रांति में विश्वास रखते हैं’’ से लेकर एक लंबा तीर दूसरे कोने की तरफ बनाया हुआ था, ‘‘हम क्रांति में विश्वास रखते हैं जरूर पधारें और पेशाब करें। बदबू से जरा न घबरायें !’’

दीवाल के बाकी हिस्से में गोबर के उपले चिपकाये हुए थे। मकानों के बाद एक पीपल का पेड़ था और उसके बाद पुलिया। वह वही जगह थी जिसका जिक्र वीरभानजी ने किया था। पीपल के पेड़ के नीचे जलते हुए दीये थे और उनकी ठीक बगल में कूड़े का ढेर था। उसके बाद की खाली जगह में औरतों और बच्चों का खुला शौचालय था।

मैंने जैसे ही पुलिया पार की तिलिस्म की तरह मेरे सामने इंद्रपुरी का पूरा नक्शा था। विराट खूबसूरत बिल्डिंगें। शहर बसों की कतारें.... रंग-बिरंगी बसें इस तरह जा रही थीं जैसे उनका कोई अपना कायदा हो। सामने पूसा इंस्टीट्यूट का विशाल इलाका था—अच्छे खूबसूरत मकानों, कई मंजिले भवन और बगीचों से भरा इलाका। दूर पटेलनगर के ऊंचे मकानों के ‘न्योन साइन’ चमक-चमक रहे थे। एक गंदे शहर का वह इतना खूबसूरत दृश्य था कि मैं सोच ही नहीं सकता था कि किसी

एक कोण से शहर ऐसा भी दीखता है।

मैं जल्दी से उस इलाके की तरफ लपका जहां बसें आ-आकर ठहर रही थीं। बस अड्डे पर खूबसूरत लड़कियां लाइन में खड़ी थीं। उनके खुले बाल शाम की हवा में लहरा रहे थे। छोटे-छोटे गोल-मटोल बच्चे, साफ-सुथरे बंगले, लंबी कारें—किसी बड़े पेड़ पर से पक्षियों का एक झुंड उड़-उड़कर उन बंगलों की तरफ तैर रहा था—और उनकी आवाजें—सम्मिलित आवाजें आ रही थीं—इंता-फिंता इंता....फिंता....इंता.....फिंता।

अचानक ही मुझे राम वर्मा के घर की याद आयी। जहां से मैं अभी लौटा था। शहर से घिरी हुई वह बस्ती—इतने पास होने पर भी शहर से कितनी दूर थी। एक बंद दराजों वाली बस्ती से मैं खुले मैदानों वाले शहर में आ गया था।

कहां छूट गयी वह बस्ती—मैं पीछे मुड़ा, जिस तरफ से मैं आया था—पर वहां कोई पुलिया नहीं थी। कोई पीपल का पेड़ नहीं था। मैं पीछे की तरफ मुड़ा तो था ही—मैंने बस्ती के उन सबूतों को देखने की मन-ही-मन ठानी, और बस्ती की तरफ चलना शुरू किया। अचानक ही मुझे फिर से वे सबूत देखने की इच्छा हो आयी थी। पर मैं जैसे-जैसे चलता गया मुझे कोई चीज नहीं दिखायी दी। कुछ दूर जाकर एक बीस फीट ऊंची मिट्टी की दीवाल थी—जो टीले की शक्ल में मीलों तक फैली हुई थी। मैं उस दीवाल के किनारे-किनारे कितनी दूर दौड़ा—पर मुझे बस्ती की पुलिया और पीपल का पेड़ नहीं दिखायी दिया।

रात हो गयी—मैं घूम-घूमकर, लौट-फिरकर बस्ती के रास्तों की तलाश करने लगा—पर वह न जाने कहां विलुप्त हो गयी थी। मैं परेशान-सा इधर-उधर दौड़ता रहा—अभी भी अपने दिमाग में मैं उस इलाके की तरफ दौड़ लगाता हूं पर वहां कहीं भी बस्ती नहीं है।

Where do we find ourselves ?

Where do we find ourselves
    after walking down one road after another ?

If you go along the boulevard
    the signposts
    lead to grand high-rise blocks.
    But these are watch towers
    with some trees nearby and a bit of greenery
    the same footpaths from childhood.

Small lonely trails
    can merge into broader paths,
    broader paths into roads and boulevards.

Beyond this there is nothing
    and when we return to where we began
    we start again—one road after another.

Having reached our goal
    the journey doesn't end there,
    from skyways
    we stumble upon the road again.

One of the necessities for a good life
    is a measure of eternity
    on the other side of the wall there is only
    eternity and more eternity.

कहाँ पहुंचते हैं हम लौटकर

कहां पहुंचते हैं हम चलकर
सड़क से फिर सड़क पर

राज मार्गों की दिशाएं
बड़े भवनों की ओर हैं इंगित में
पर वहां प्राचीर हैं
और फिर पार
थोसे से तन और वनाली
वैसी ही पगडन्डियां है शैशव सी

छोटे-छोटे निर्जन पथ
मिलते हैं जन पथों में
जन पथ
दौड़ते हैं राज मार्गों की ओर

आगे रास्ता नहीं
कहां पहुंचते हैं हम लौटकर
सड़क से फिर सड़क पर

गंतव्यों के बाद
यात्राएं खत्म नहीं होतीं
आकाश मार्गों से
चलकर ठिठकते हैं फिर सड़क पर

जीने की शर्त में
एक मात्रा है अनन्त की
दीवारों के पार अनन्त ही अनन्त है।

Inside the closed door
Translated from the original Hindi story
Band Darwajon Ke Bheeter

Inside the closed door

When I start saying something, a voice from somewhere within comes, echoing that this has already been said –

Just at this very point the complication begins. All that is happening, has happened before. For instance, at the time of my birth, seeing my face my grand-ma observed: "Oh ! the face of the child resembles exactly that of his grand-father". I can only suspect that grand-ma might be fulfilling some unknown hidden desire of hers by saying so or that she might be transforming the sorrow of grand-pa's death into joy of his return. As if my father's face did not at all resemble that of my grand father and so she might be compensating for that unfulfilled desire of hers !

– As soon as I opened my mouth to join the formal congratulations on the occasion of the birth of a child in my neighbourhood, other grand-mamas will say everything my grand-ma has already said.

And here at this point – the trouble starts. Every word that is going to be pronounced is present under the tongue or in some corner of the heart or in some of its chambers. Then, is it that the very thing, I am talking about, has already been said somewhere in the history ? What am I then ? – Just a repetition of history?

"Grow – Grow" a crazy friend of mine said, cursing me for my superfluous worries, "grow mustard on your palms, meaning to say, that I should accomplish things in an impossible span of time, in a jiffy.

He just keeps seeking opportunities to humiliate or insult me ! But those people, about whom we hear from others, who have the talisman to get things done quickly – do they really grow mustard on their palms i.e. solve problems in the twinkle of an eye? If it is so, then what will happen to that poor proverb?

Many years ago, I used to reach my place of work carrying a envelope in my hand, moving from this bus to that. In that envelope there were half-written letters or some such papers. That dust-coloured envelope was my identity. Once I left my glasses in the library. A lady from there rang up my office and asked whether the gentleman with the envelope had arrived ? – That very gentleman with the dust-coloured envelope ? "It appeared to me that my name, **surname** productions of my pen – don't they all go to make the configuration of a noun ?

If you ask any man of those days, he will tell you many stories about the man with the dust-coloured envelope. Anyhow, I had an identity – an identification mark, what identification mark did Kabir have so that people could recognise him ? He simply said "Das Kabir kept his linen with great care and left it, as such, unstained !" Afterall Kabir was a 'Das' i.e. a servant and how could he sully the linen ! Bravo ! the whole class-character of Kabir gets revealed by a single line !

Would that I were alone talking of these things ! But, Alas ! these things have been told and heard earlier !

– That cap-wearing fellow has gone. – He passes along this road exactly at two o'clock. I can read the rumours of the town by the way he wears his cap. Whenever he wears the cap erect, I come to know for certain that some terrorist has been killed in the encounter. He gets puffed up with other peoples valour.

In every city, there are essentially some people who can be identified as quite different from others. But they are there, in every city ! And they do talk about those same things which have already been heard.

This is just the root of the whole trouble. What others do or say, we are just the recurrence of it !

Do you know what meritorious people say about my difficulties ? They say that I am doing nothing but pouring from one empty pitcher into the other.

Whatever has been said in the book entitled "Shvet Varah Kalp" commentaries have been written on it from Vishnu Sharma to the present day – Isn't this just a matter or repetition !

This is the twist ! And you people say I am pouring one empty vessel into the other ! Why blame me? What others do is also emptiness.

Anyhow, be that as it may ! I unnecessarily kicked up a debate while telling a story. Here I am setting aside the debate and taking up the thread of my story.

As soon as I close my eyes, a door in the centre of a spot inside me opens up with bang – come along. – I will take you into it.

All that I am going to say now, has not been said earlier. I am taking you inside – it is sort of an original invitation. This invitation is for you, that is to say, for many like you, who got weary of life and sit in the only hope of getting something from lines of words.

But it should be borne in mind that so long as my eyes remain closed, I can take you along the inward journey. The moment my eyes open, I will return to this world and we will part company –So, there is a whole world behind the door – For instance there stands an infinitely beautiful girl standing near the door. Let us dwell a little on the subject of her beauty. She is the beauty of a rare breed whom we see in our dreams. Here she is meant only for you – Yes, for you only and if I also go with you through the door I will also have all those facilities which you have.

– She is a loving girl and the greatest thing is that she is only for you. And – and – that girl, well here is the hitch. That girl is for you but you – as soon as you enter through the door all your desires and yearnings disappear. You become a God – and how would you relish rising above all the earthly (mundane) desires when I see your eyes I feel pangs of repentence. There is nothing except sorrow – Oh ! If it were that I had not got that *door* opened and you had not been there ! Just, though for a while, think of what you will have to undergo on proceeding still further. I presume, like other explorers you will also be ready to undertake all kinds of risks and this inward journey will continue. . . .

But what about that spotless beauty standing *near* the door? She has a *voluptuous* thirst in her eyes. Her face hardly manages to stem that thirst – it was a watery glint and that glint means total surrender !

Something miraculous happens as we enter the door ! Beauty, seen in dreams, lies scattered everywhere ! (omnipresent) – a fear-free pleasure !

It appears to you that sorrow, just like a flower on some branch, has withered, faded and fallen, becoming one with the dust.

After entering the door it happens that there are still more doors. I start looking at your face. – Yes all your faces are familiar to me ! But, – But what happened ! The thing called sorrow has totally vanished from all our faces.

Nowadays it cannot be imagined that there was Gautam Buddha who sat under the tree and at that very place he experienced, the bliss of salvation only after a severe penance – But salvation is also a repeated truth – quite unoriginal and earthly. Only that thing grows in this earth which has to grow time and again. But here, there is originality in the clink of the wind inside. That clink or musical note imparts a feeling of indescribable comfort – as if it is some continuous melody.

Oh ! – On seeing your face it appeared to me that it also has a man who gave a push to his wife. Twenty years after his marriage – Yes –a push – a fatal jolt ! He was the son of a prosperous father. He took a fancy to a poor girl. The girl thought she was in paradise – security and a husband with divine qualities ! Then the circumstances changed and the youngest sister of his wife got married. She was given a large dowry due to changed circumstances of her parents – And then the husband realised that he did not receive anything when he married. At that very moment a snake emerged from the hard slough – So, he gave a mighty push to his wife, saying "your father did not give anything to a jewel like me – nothing" After these twenty years that jewel became a coal in the eyes of his wife – That man is now inside the door. – and so is Urvidatt – The washerman who irons clothes ! He married thrice and reproduced twelve children – Ironing the clothes, his hand became a part of the iron-press – like Lala Ganpat who offers prayers in the morning and rids him of his day's fatigue with a bottle of liquor. Many people have entered with this crowd – I do not know their exact number as my eyes are closed ! –

Now – Lord Buddha is whispering something into the ears of Jeevak. His statue is showing something to the people of all countries with his closed eyes. Something means – don't take it for a festival. I felt like giving a piece of my shirt to cover the nakedness but at that very moment a stark naked Buddh-mendicant met me, saying "Our nakedness is natural but your nakedness becomes more conspicuous in your clothes – It is all the same, I am witnessing the scenes inside the closed eyes – But, I do not know what it is. – Perhaps it is the thread of memory which makes me take the part of people standing before me and when I see them in their past, a sort of distrust comes to me. A distrust that so many people of flesh and bones could traverse this unbearable path of suffering.

– That porter – he carries heavy sacks. One after the other more than a hundred sacks a day – Bathed in sweat, but he still goes on laughing. His is some sort of "Yog" – much more difficult that "Hath Yog" – but the poor fellow never gets "Nirvana" (Salvation) nor fulfilment—nor some miraculous powers.

Here all those people have become desireless – standing in the row of the Gods – After the series of doors – there is a well. I am mortally afraid of wells. One day in my childhood I descended along the stairs into the well in which it was prohibited to descend. And, on the step above the steps submerged in water there lay a skeleton of a man –

Will all of us become skeletons? No – no – no – now I shan't be able to open my eyes, but then, we won't be able to come out of these doors. I shall not be able to open my eyes for the reason that there is no strength left in any cell of my body to face that reality which exists in this world. It is so strong, cruel, inhuman and energy-sapping. I feel even with my closed eyes that there are many people on the face of this earth whose eyes are otherwise open, but they closed them on many things. Paupers, poverty, starvation, unemployment, want, illiteracy, disease, beggars, old and crippled people are not visible to them. Even now these original men of divine category shoot out of their magnificient mansions. Sit in cars and fail to notice that helplessness in the eyes of their drivers. I will not be able to open my eyes and you who are inside the closed door will remain imprisoned there. Who are these people with closed eyes ? We are not exonerated by calling them blind ! We ourselves have closed our eyes about something.

These eyes, are accustomed to closing anywhere at the first opportunity – is this fact not a repetition ? And, will this repetition continue *ad infinitum*? When will they open ?

Translated from the Hindi by Dr. S.K. Sharma

बंद दरवाजे के भीतर

—गंगाप्रसाद विमल

अपनी बातें कहने लगता हूं, तो कहीं अन्दर से आवाज़ आती है कि ऐसा तो पहले भी कहा जा चुका है।

बस यहीं से उलझन शुरू होती है। सब कुछ जो हो रहा है पहले भी हो चुका है। मस्लन जन्म के वक्त मेरी दादी ने मेरी शक्ल देखकर कहा ''अरे, बच्चे की शक्ल तो एकदम अपने दादा से मिलती है।'' मैं तो सिर्फ़ संदेह करता हूं कि दादी अपनी कोई छिपी आंकाक्षा पूरी कर रही होगी, या दादा के मरने के शोक को खुशी से लौटाने में तब्दील कर रही होगी, या ''जैसे मेरे पिता की शक्ल दादा से बिलकुल भी नहीं मिलती थी.... उसी एक चाह को पूरा कर रही होगी।'' अपने पड़ोस के एक बच्चे के जन्म पर रस्मी बधाई देने के लिए मैंने मुंह खोला ही था कि उस बच्चे की दादी ने भी वही कुछ कहा जो मेरी दादी कह चुकी थी।

और परेशानी यहीं से शुरू होती है। हर शब्द जो उच्चारा जाने वाला है पहले से ही उन लोगों की जुबान के नीचे, हृदय के किसी कोने में या मनोकोष में मौजूद है।

तो क्या हर वह बात जो मैं कह ही रहा हूं—इतिहास में कहीं कही जा चुकी है। तो मैं क्या हूं....बस इतिहास का एक दुहराव मात्र ?

''उगाओ....उगाओ'' मेरा एक सिरफिरा दोस्त मेरी फिजूल की चिन्ताओं को देख मुझे कोसता है, ''हथेली पर सरसों उगाओ।''

वह तो बस मेरा तिरस्कार करने, मुझे नीचा दिखाने के लिए मौके तलाशता रहता है। पर ये जो लोग हैं जिन्हें हम आप दूसरों से सुनते हैं कि वे तंत्र ज्ञाता हैं क्या सचमुच हथेली पर सरसों उगा देते हैं ? तो फिर मुहावरे का क्या हुआ ?

वर्षों पहले अपने हाथ में खाकी लिफाफा उठाये मैं इस बस से उस बस में सफर कर अपने काम धन्धे की जगह पहुंचता था। उस लिफाफे में अधलिखे खत–या दूसरे ऐसे ही कागज़ होते थे। वह खाकी लिफाफा मेरी पहचान था। एक बार मैं अपना चश्मा लाईब्रेरी में भूल आया था। वहां की एक महिला ने मेरे दफ्तर में फोन कर पूछा कि क्या लिफाफे वाले साहब आ गये हैं । वही खाकी लिफाफे वाले। मुझे लगा मेरा नाम, कुलवंश, मेरी लेखनी के उत्पाद्य—सब किसी संज्ञा का आकार नहीं बनाते क्या ? उन दिनों के किसी भी आदमी से आप पूछेंगे तो वह खाकी लिफाफे वाले आदमी के कितने ही किस्से आपको सुना देगा। खैर मेरी एक पहचान थी—पहचान का चिह्न था।

कबीरदास ने कौन सी पहचान बनाई थी कि लोग उन्हें जानते। उन्होंने बस यही कहा कि "दास कबीरा जतन से राखी। उसकी तस धर दीन्ही चदरिया।" दास थे बेचारे। चादर कैसे मैली करते। वाह एक पंक्ति से ही कबीर का वर्ग चरित्र झलकने लगता है।

काश ये बातें मैं ही कर रहा होता, पर अफसोस है ये पहले भी कही जा चुकी हैं। पहले भी सुनी जा चुकी होंगी।

....टोपी वाला आदमी जा चुका है। वह ठीक दो बजे सड़क से गुजरता है। उसकी टोपी के अन्दाज से मैं शहर की अफवाहें पढ़ लेता हूं। जब भी वह तनी होई टोपी पहन कर निकलता है मुझे मालूम पड़ जाता है कि जरूर मुठभेड़ में कोई आतंकवादी मारा गया है। वह दूसरों के शोर्य पर अपना सीना चौड़ा कर निकलता है। हर शहर में ऐसे कुछ लोग जरूर होते हैं जो अलग-थलग पहचाने जा सकते हैं। पर वे हर शहर में होते हैं। करते भी वे ही बातें हैं जो हमने सुनी हुई हैं।

बस सारी परेशानी की जड़ यही है। जो दूसरे करते, कहते हैं, हम बस उसका होना भर हैं। मेरी इन परेशानियों के लिए जानते हैं आप गुणीजन क्या कहते हैं ?

वे कहते हैं मैं एक खाली घड़े में से उलटकर कुछ दूसरे खाली घड़े में उड़ेल रहा हूं।

श्वेतवारह कल्प नायक एक ग्रन्थ में जो कहा गया था उसका भाष्य विष्णु शर्मा से लेकर आज तक के लोगों ने किया है तो हुई न यह दुहराव वाली बात।

यहीं तो हैं वह पेंच। और आप कहते हैं कि मैं खाली पतीलों से खाली पतीले में कुछ उड़ेल रहा हूं। वह भी तो खालीपन हो रहा है।

छोड़िये मैं किस्से के बीच बहस ले बैठा। लो तो बहम धकेल रहा हूं। परे और लौट रहा हूं किस्से की तरफ।

जैसे ही मैं सोचने के लिए आंख बन्द करता हूं कि धड़ से जैसे भीतर ही भीतर एक काले धब्बे के बीच से एक दरवाज़ा खुल जाता है। आइए....आइए मैं आपको उसके भीतर ले चलता हूं।

पर वह सब कहा हुआ नहीं है। मैं आपको भीतर ले चलता हूं – यह एक मौलिक किस्म का आमन्त्रण है। आप यानी बहुत से लोग – आप यानी वे लोग जो जीवन से ऊब गये हैं और शब्दों की सतरों में ही कुछ पाने की उम्मीद लगाये बैठे हैं।

लेकिन याद रहे जब तक मेरी आंखें बन्द रहेंगी मैं आपको उस दरवाजे से भीतर ले जा सकता हूं। जैसे ही आंखें खुलेंगी मैं इस दुनिया से लौट आऊंगा – और फिर आप और मैं बिछुड़ जायेंगे। तो दरवाजे के भीतर एक दुनिया है। दूसरी तरह की दुनिया जिसे हमने कभी नहीं देखा। मस्लन – दरवाजे के बहुत करीब एक बेहद खूबसूरत लड़की है – थोड़ा उसकी खूबसूरती पर बातचीत की जाए वह एक विरल नस्ल की सुन्दरी है, जिसे हम सपनों में देखते हैं। यहां वह सिर्फ़ आपके लिए है।

हां – आप ही के लिए और अगर मैं अन्दर जाऊंगा आपके साथ तो मेरे लिए भी तमाम सुविधाएं होंगी।

....वह प्यार करने वाली लड़की है। और सबसे बड़ी बात तो यह है कि वह है सिर्फ़ आपके लिए। और और वह लड़की – बस उलझन यहीं है। वह लड़की तो आपके लिए है लेकिन आप.... आप जैसे ही दरवाज़े से अन्दर प्रवेश करते हैं आपकी इच्छाएं, आकांक्षाएं सब खत्म हो जाती हैं। ....आप खुदा हो जाते हैं – इन पार्थिव इच्छाओं से ऊपर उठना कैसा लगता होगा ? जब मैं आपकी आंखें देखता हूं तो मुझे पश्चाताप होता है। वहां सिर्फ़ दुःख ही दुःख है। काश – मैं वह दरवाज़ा न खुलवाता और आप वहां न होते। थोड़ी देर के लिए ही सही – बस यह सोचिए कि और अन्दर प्रवेश कर अभी क्या देखना भोगना होगा। मेरा ख्याल है तमाम खोजियों की तरह आप भी जोखिम उठाने के लिये तैयार हो जायेंगे। और आगे की यात्रा जारी रहेगी।

लेकिन वह दरवाज़े के पास ही अनिंध सुन्दरी... उसकी आंखों में कामुकता भरी प्यास है। उसका चेहरा उसकी प्यास को थाम पा रहा है – उसमें पनियाली सी एक चमक है – और उस चमक का मतलब है समर्पण।

हम लोग दरवाजे के भीतर जाते हैं तो जैसे एक चमत्कार सा होता है। चारों ओर सपनों में देखी सुन्दरता बिखरी पड़ी है। एक उड़ान भाव – कि आप जहां चाहें जा सकते हैं – एक विद्यमानता कि आप हर जगह मौजूद हैं एक त्रासहीन सुख का अहसास लगता है दुःख किसी टहनी पर उगा फूल है जो मुरझा गया है और मुरझाने के बाद कब का मिट्टी में मिल चुका है।

दरवाज़े के भीतर पहुंचकर लगा है अभी और दरवाज़े हैं। मैं आप लोगों के चेहरे की ओर देखने लगा हूं। हां – आप सबके चेहरे मेरे जाने पहचाने हुए हैं। पर यह क्या हुआ कि हम सबके भक्तिव्यों से दुःख नामक चीज़ गुम हो गई है।

अब तो कल्पना भी नहीं की जा सकती कि कोई बुद्ध थे जो पेड़ के नीचे बैठे थे – और वहीं एक कठोर तपस्या के बाद उन्हें निर्वाण की अनुभूति हुई थी। वह निर्वाण जैसे एक दुहराया हुआ सत्य था। अमौलिक और पार्थिव। पृथ्वी पर ऐसी ही चीज उगती है जिसे बार-बार उगना होता है.... पर दरवाज़े के भीतर हवा की खनक में भी एक मौलिकता है। वह स्वर एक अनिवार्य सुख और प्रतीति कराता है – जैसे सतत कोई राग हो....

ओह ! आपके चेहरों को देखकर ही मुझे लगा कि इसमें तो वह आदमी भी है जिसने शादी के बीस साल बाद अपनी बीबी को धक्का मारा था। हां – धक्का – प्राण ले लेने वाला धक्का। वह पैसे वाले बाप का इकलौता बेटा था। उसे एक गरीब लड़की भा गई। और उसने आदर्शों का खोल ओढ़ उससे शादी कर ली। लड़की को लगा उसे स्वर्ग मिल गया। सुरक्षा और देवगुण सम्पन्न पति। फिर हालत बदली उसकी पत्नी की सबसे छोटी बहन की शादी हुई – बदले हालात में उस लड़की को खूब दहेज मिला। और.... पति ने सोचा उसने जब शादी की थी तब उसे तो कुछ

हासिल नहीं हुआ था। आदर्शों की सख्त केंचुल से एक सांप निकला तभी... और उसने गुस्से में अपनी पत्नी को धक्का दिया – कहा ''तेरे बाप ने मुझ जैसे हीरे को कुछ नहीं दिया...कुछ नहीं दिया। बीस साल बाद पत्नी की आंखों के सामने हीरा कोयला पड़ चुका था.... अरे वहीं आदमी अब दरवाज़े के भीतर आ गया है।

उर्बीदत्त प्रेसवाला भी। उसने तीन शादियां की थी। बारह बच्चे पैदा किए.... और इस्तरी करते करते उसके हाथ इस्तरी का एक हिस्सा बन गये । लाला गणपतराय की तरह जो सुबह प्रार्थना करते और शाम को दारू की बोतल सामने रखकर अपनी थकान उतारते....इस भीड़ में कितने लोग अन्दर आ घुसे हैं....मुझे मालूम नहीं....मेरी आंखें तो बन्द हैं।

भगवान बुद्ध जीवक के कान में कुछ कह रहे हैं। अब भगवान की मूर्ति अपनी बन्द आंखों से तमाम मुल्कों में लोगों को कुछ दिखा रही है। कुछ का मतलब...सिर्फ़ उत्सव न मान लीजिए। मेरी इच्छा हुई अपनी कमीज़ का कुछ हिस्सा दूं। तभी मुझे नंग धड़ंग जैसे बौद्ध भिक्षुक कहते मिले। हमारा नंगापन प्राकृत है लेकिन तुम्हारा नंगापन कपड़ों से ज्यादा उजागर होता है....

बन्द आखों के भीतर के दृश्य तो मैं देख रहा हूं। न जाने कौन सी चीज़ है – शायद स्मृति का सूत्र कि मैं अपने सामने खड़े लोगों का अतीत भी देख रहा हूं – और उस अतीत में जब मैं उन्हें देखता हूं तो मुझे अविश्वास सा होता है। अविश्वास कि इतने हाड़ मांस के लोग तकलीफों के इस लम्बे असहनीय रास्ते से गुजरे होंगे।

वह पल्लेदार – वह दो-ढाई मन की बोरियां उठाता है। एक के बाद एक सौ से भी ज्यादा। बस पसीने से लथपथ वह फिर भी हँसे जा रहा है। हठयोग से भी कठिन योग है यह – पर न उसे निर्वाण मिलता है – न सिद्धि। न चमत्कारी शक्ति।

और यहां वे सब लोग इच्छाहीन हो गये हैं। ठीक देवताओं की कतार में खड़े। दरवाज़े के क्रम के बाद एक कुंआ है...मैं कुंए से डरता हूं। हां बचपन में मैं एक दिन सीढ़ियों से कुंए में उतर गया था। वर्जित कुंए में। और वहां पानी में डूबी सीढ़ियों से ऊपर को एक सीढ़ी में आदमी का कंकाल पड़ा था। क्या हम सब कंकाल हो जायेंगे। नहीं नहीं नहीं...अब मैं आंख नहीं खोल पाऊंगा तो इन दरवाजों से बाहर नहीं निकल पाऊँगा। मैं आंख इसलिए नहीं खोल पाऊंगा कि मेरे जिस्म के कण-कण में अब वह ताकत बाकी नहीं कि मैं उस वास्तव का सामना कर पाऊं – जो दुनिया में है और दुनिया की शक्तियों के कारण ही वह वैसी ही है शक्तिशाली और क्रूर, अमानवीय और बलघाती। और मैं अपनी बंद आखों से ही देखता हूं कि कितने ही लोग हैं धरती पर जिनकी आखें यों तो खुली हैं पर कितनी ही चीज़ों से उन्होंने वे बन्द रखी हुई हैं। उन्हें गरीब, गरीबी, भुखमरी, बेरोजगारी, अभाव, अशिक्षा, रोग, भीख मांगते लोग, बूढ़े अपाहिज....वे दीखते ही नहीं हैं.... वे मौलिक और देवकोटि के लोग आज भी आलीशान मकानों से निकल, अपनी कारों में बैठ जाते है पर अपने ड्राइवर की आंख की विवशता नहीं देखते....मैं आंख

नहीं खोल पाऊंगा और आप भी जो दरवाजे के भीतर हैं, यहीं बन्द रहेंगे। बन्द आखों वाले कौन होते हैं ? अन्धा कह देने भी से हम अपराध से मुक्त नहीं हो सकते। हमने तो खुद ही कुछ चीजों से अपनी आखें बन्द की हुई हैं।

कहीं भी अवसर पा बन्द होने की अभ्यस्त आखें....क्या यह दुहराना नहीं है ? अभ्यास तो दुहराव ही है। क्या यह दुहराव अनन्त काल तक चलेगा.... कब....कब...खुलेंगी आंखें....?

The door opens

Sometimes even if I
momentarily close my eyes,
an automatic door opens.

I see before me an expanse beyond imagination,
a dreaming sky
and chimerical earth.

How much space there is
behind closed eyes !
I wander and wander alone,
but arrive
at no conclusions :

I can't see a single straw
or even a door-step
just a vast unending
universe,

I see nothing but an indescribable
scene of snow
that no artist
ever painted.

खुलता है द्वार

कभी क्षणांश भी
    आंख बन्द करते ही
    खुल जाता है कपाट
    स्वचलित

दीखता है कल्पनातीत विस्तार
    सपनीला आकाश
    सपनीनर धरती

बन्द आंखों के भीतर
    कितनी होगी जगह
    अचरज में सोचता हूं
    पाता हूं अचरज
    निष्कर्षत:

तिनके भी समाने की
    चौखट भी नहीं
    वहां दीखता है संसार
    अपरंपार

वहां दीखता है शब्दातीत
    हिम दृश्य
    रेखांकित न कर पाये
    जिसे कोई सिद्ध कलाकार

Flowers in bloom

Translated from the original Hindi story
Phool Kah Rahe Hain

Flowers in bloom

W hat happened had the quality of a dream, I felt as if I had grown wings and was flying over the hills in one magnificent sweep. It was so incredible. It derided the imagination.

My feet resting on a teapoy, I was glancing through the newspaper for some juicy plum, some believe-it-or-not type of news which I could spend the afternoon discussing with my friends, for I was utterly bored. But the paper had nothing exciting to offer – nothing that made you sit up, not even an announcement spelling out the details of a housing project for the low-income group. It was devoid of any worthwhile news as if the world had sunk into a stupor that day. The only news that remotely held my interest related to the death of an old poet who had long since been teetering on the verge of senility. The news had been relegated to the last column on the fifth page just to make the point that the paper still cared for art and letters.

I was still scanning the paper with the avidity of a hunter stalking its prey, in the hope that I might yet come upon something interesting, when I heard someone calling out my name from the street below. My attention momentarily wavered. But the call was not repeated and I reverted to the newspaper with greater intensity to make up for lost time. Then I heard heavy, booted treads on the stairs. Some people were coming up. They seemed to be in a hurry.

They pushed open the door of my room without knocking and barged in. They were policemen in uniform.

I slowly rose from my chair.

"Who's Uniyal ?" the policeman in front gruffly asked.

I put on a smile. "What can I do for you ?" I asked the man.

"So you are Uniyal ?" The policeman gave me a sharp look and then hesitated, trying to make up his mind whether it was necessary to add a 'Mister' to my name. I gave the visitors an appraising look and then fixed my eyes on one who looked like a junior officer of sorts.

He produced a dirty brown sheet of paper from his pocket and handed it to me. It bore some indistinct, shoddily typed words.

"Your warrant !" The officer threw the words at my face and then seeing me hesitate, added, "You'll have to accompany me to the police station just now !"

I tried to decipher the writing on the paper. Something had been cyclostyled below my name. I couldn't make out what it was.

"Just now ?" I asked the officer. "But . . ."

"I've no time for 'buts'," the officer said impatiently. "Get ready and be quick about it. If you want to inform someone you may do so. But be quick."

Another policeman strode up . . . all smiles. "Yes, you'll do well to inform a friend," he said in an affable tone. "He may arrange your bail. Your case will be put up before a magistrate early in the morning."

I could not guess, for the life of me, why I was wanted at the police station. There could be a mistake. Or was it that someone had lodged a false report against me ? It was so mystifying. So sudden and incredible.

"You'll know everything the moment you step into the police station," the police officer said, a touch of sarcasm in his voice. "A brief investigation on our part and everything will become as clear to you as broad daylight." He gave me a meaningful look, laughed and then became exaggeratedly polite as if the police had suddenly launched on a courtesy week and he was rehearsing in my room.

"Surely, there must be a reason," I said.

"We shall go into that at the police station," the officer said. "We were informed by the police wireless van that you were among the people who last evening stopped the Prime Minister's car and tried to create trouble." The officer again laughed.

Last evening . . . . Where was I last evening ? I tried to remember. After borrowing a book from the library I stopped at a wayside *dhabba* for a cup of tea and then proceeded to the park at the intersection of the roads where I had stopped for a while, watching some idlers playing cards. Now I remembered ! Some cars had suddenly come to a halt at the intersection and some young men had rushed forward shouting slogans. Then they surrounded a big car which was perhaps the Prime Minister's. It was over very quickly and the crowd suddenly melted. My lingering impression was of a small crowd, consisting of young faces, most probably college students. There was also a band playing a popular tune of the kind one generally hears at weddings.

I couldn't help smiling at the irony of it all.

"You were looking for sensational news, weren't you ?" I said to myself. "Now you have it here, right at your doorstep, made to order and dramatic enough to suit your taste !"

Imagine, the police raiding my house to investigate a case with which I did not have even a remote link !

In the first round of interrogation they must have asked me the same question three dozen times and each time I gave the same reply: "I know nothing. I tell you, I know nothing !"

At last the police officer lost his patience and glared at me. Till then I had taken the proceedings rather lightly as if they did not concern me, and I bemusedly watched the goings-on at the police station. The *munshi* on duty, who appeared to be the butt of the policemen's brand of coarse humour, came in for a lot of ribbing. Regardless of the presence of his superiors, the *munshi* kept shouting at the peons. "Where's my pen ? You – – ! I want my pen. You think I'm going to write my reports with my – ? – hell ! Imagine, losing a pen in the police station, of all places !"

A constable kept provoking the *munshi* just for fun. "Chaudhri, today it is your pen, tomorrow it could be your – !"

"Bastards !" the *minshi* cried. "If I don't get my pen I'm going to drive all of you into the earth through this floor."

"Look !" the police officer said, fixing me with his gaze. "It's a serious case. You can be put behind the bars for three years. And if the police haul you up in another case you can be clapped into the jail for the rest of your life."

It was only now that I began to realise the gravity of the situation. I had suddenly lost my bearings.

The police officer said that if I turned a government approver and gave out the names of ten of my accomplices the situation could still be saved. Catching the flicker of uncertainty in my eyes he promptly added: "Do you see those files piled high on my table ? Proof that even a little co-operation in a serious case goes a long way in letting off a culprit."

His suggestion had in no way allayed my anxiety. I was still in the dark about the charges on which I had been apprehended. I was still worrying about it when they brought in a screaming youth, beating him mercilessly. The *munshi* who had been sitting there suddenly jumped to his feet, marched up to the youth and gave him two hard slaps. I felt completely shaken. Did a similar fate await me ? My anxiety to know on what charges I had been brought to

197

the police station suddenly vanished. The youth's screams filled my mind: only now had they any meaning for me.

"Have you decided ?" The police officer glared at the youth who stood wailing before him. "Or you want me to help you in making up your mind ?" He caught the youth by his hair and banged his head against his table.

"Son of a bitch !" The police officer again slapped the youth. Was I in for a similar treatment?

Then I saw more people being subjected to the free-for-all type of treatment. Would it be possible for me to maintain my sanity under such circumstances ?

Taxing my memory, I laboriously drew up a list of my 'enemies'. Here was an excellent opportunity to wreak my vengeance on them. To do them in, all I had to do was to cook up a plausible story which could stand the scrutiny of the court.

The following morning, my self-concocted story was in all the newspapers, my own name emblazoned in bold headlines. The whole account had been garnished with my photograph in which I contrived to look like the leader of a gang of 'killers'.

It came to me as a great surprise. The newspaper correspondent had nicely 'dressed' up my invented story, giving it a professional gloss of high drama. The youths who had assembled at the end of the park, it was reported, were brandishing *lathis* and *khukhries*, as they do in Indian films. There was also a colourful band playing at the head of this small polyglot procession. The young men had, as the report said, first started by shouting slogans against the Prime Minister. Then they had tried to pull him out of the car. The Prime Minister's Security Squad, which was following him in a jeep, had however managed to control the situation without any show of force. This aspect of not using force had been tacitly magnified. A blow-up of the Prime Minister's face covered a quarter page of the newspaper.

My 'enemies', looking more puzzled than scared, started arriving at the police station at short intervals. Some of them wearing the same expression, or frozen in the same stance in which they had been caught by the police. Among them was the measly looking barber who used to delight in keeping me endlessly waiting in his barber shop in preference to other rich customers of the *mohalla* who had come after me and whom I hated from the core of my heart for being the worst type of exploiters and bloodsuckers. Now the barber would pay the price for treating me with such contempt.

To tell the truth, I did not have any serious grouse against the barber. I had perforce to include his name to complete my tally. Besides, since he was so good at handling scissors and a cut-throat razor he fitted nicely into my story. The police could use the fellow to good advantage. I patted myself on the back for being so clever and far-sighted in preparing the list of my enemies.

My 'arch enemy' was my old school teacher, now on the verge of retirement. Years ago, though I was the best student in the class, he had failed me in the ninth class just because I had refused to engage him for private coaching. In the evenings, boys used to go in large hordes to his house, for private tuition and in return for this 'devotion' to their teacher he rewarded them with a generous measure of grace marks, which enabled them to pass the examination. The police, who had a strong animus against the educated, were pleased at having 'unearthed' a criminal from among the tribe of school teachers. My old school teacher was the first to be hauled up. Beside him slouched the Head Clerk of the Education Department, who had put impediments in my way so that I could not get a scholarship. Present too was one of my neighbours, his fault being that he could not stop his wife from having tiffs with other women of the *mohalla*, thereby disturbing my peace of mind with her shrill tirades.

The rest of the victims were writers like me who had willfully tried to block my way to success. Another point that went against them was that they were critical of the establishment, thereby providing the police, at my instigation, with a handy excuse to haul them away to the police station.

"How much punishment are they likely to get?" I asked the Senior Police Officer.

He gave me a friendly pat on the back and told me blithely that since I had given the police the utmost co-operation he was prepared to go the whole hog. If I so desired, he would try to get all the victims sentenced to life imprisonment. It would not be too difficult. He would only have to tag on a story of bomb-throwing to what had already been improvised, to bring these people to book.

Suddenly I was overcome by remorse. Not because I had been instrumental in roping in innocent people, but because the names of a large number of real enemies, which slowly came to my mind, had been left out. These were the people whom I would really like to see rotting in jail.

Surprisingly, the list of real enemies turned out to be very large. And what surprised me even more was that I seemed to have more enemies than friends.

When I was transferred to the Central Jail the sight of row after row of prisoners made me feel very contrite. Who could say how many of them had been dumped into jail on false charges hatched by people like me ? Like my own, the families of these prisoners must also be living in shame and fear.

Then it dawned upon me that the real culprits were outside the jail and the ones inside it were the innocent lot. And even here the real jail-birds were having the time of their lives.

Every day I avidly searched the paper, looking in vain for those two significant lines which would bring me reprieve.

The convicts looked at me with fear and suspicion. They castigated me behind my back. But they fell silent or looked the other way as they saw me coming.

Sitting alone in my cell most of the time, I would brood over what must be happening in the outside world. The desire to read sensational news in the papers had long since vanished.

The *jamadar* who brought my food would enter my cell, smiling, "Sahib, the flowers outside must also be in bloom like the ones in the jail garden," he would say.

My gaze would rove over the jail garden. The flowers swayed in the breeze as if they were speaking.

Translated from the Hindi by Jai Ratan

फूल कह रहे हैं

बिलकुल सपने की तरह था।

कि आपने कभी सोचा ही न हो। जैसे आपके पंख लगे हों और आप घाटियों-घाटियों की उड़ान भर रहे हों –ठीक ऐसी ही यकीन न आने वाली घटना थी। उस वक्त मैं अखबार खोले, पांव तिपाई पर टिकाये अखबार में किसी ऐसी खबर की तलाश में था जिसपर दिन-भर तरह-तरह की अटकलें लगा गप्पी दोस्तों के बीच दुपहर और शाम बिता सकता। पर सुबह का वह अखबार शाम के अखबार की तरह बासी लग रहा था। न कुछ दिलचस्प खबरें थीं, न कोई ऐसा विज्ञापन जिसे पढ़कर थोड़ी देर के लिए ही सही अपना भविष्य सुखदायी लगता है। मसलन कोई ऐसा एलान कि सरकार नागरिकों के लिए सुन्दर घर बनाने की योजना पर विचार कर रही है, थोड़ी देर के लिए ही खुशी की एक लहर ले आती है कि देर-सबेर ही सही, हमारे लिए भी यह सरकार कुछ करने वाली है।

लेकिन सारे अखबार में ऐसी भी कोई खबर नहीं थी। उस दिन बिल्कुल एक घटना विहीन अखबार हाथ लगा था। कुल मिलाकर एक बड़े कवि की मौत की खबर थी और वह भी पांचवे पृष्ठ के आखिरी कालम में। जैसे सिर्फ़ यह दायित्व पूरा करने की थी कि आजकल के अखबारों का जिन्दगी और साहित्य से कोई रिश्ता है। मैं हैरान था इस अहसास पर कि जैसे वह खबर मैं तीसरी बार पढ़ रहा होऊं। हां, तीसरी बार। शायद वर्षों पहले यूनिवर्सिटी के दिनों, जब उस कवि की कविताएं इम्तिहान के सिलसिले में लाजिमी थीं, पढ़ते हुए मुझे लगा था कि यह किसी दिवंगत कवि के उद्गार हैं। यह तो मुझे बाद में पता चला कि बुढ़ापे की दिशा में अग्रसर वे कवि अभी जीवित हैं और इन दिनों कोई बड़ी चीज लिख रहे हैं। दूसरी बार यह अहसास अचानक खोले गये रेडियो पर उन कवि महोदय की कविता पाठ की घोषणा सुनकर हुआ था। हो न हो, कवि महोदय विदा हो गये हों और अब....

फिर भी, कुछ न पा सकने पर मैं एक शिकारी की तरह खबर खोज रहा था। इस उम्मीद के साथ कि हर अच्छी खबर या हर हौलनाक खबर पहले सिर्फ़ दो-तीन पंक्तियों में होती है और फिर कई-कई दिनों अखबारों के पन्ने के पन्ने उस खबर के विस्तार से भरे होते हैं। कम से कम किसी दिलचस्प खबर पा लेने की यह अपेक्षा भी किसी कौतुक से तो कम नहीं !

तभी निचले तल्ले से किसी ने जैसे मेरा नाम पुकारा। एक क्षण अखबार में आंख गड़ाये रखने में जैसे कोई बाधा आयी हो पर दुबारा कोई आवाज नहीं आयी तो मैंने फिर अखबार की सतरों पर गौर से देखना शुरू किया। लेकिन कुछ ही देर बाद मुझे

जीने पर कुछ आदमियों के चढ़ने की, जूतों की जुतजुताहट की जोरदार आवाज सुनाई दी। जैसे आने वाले लोगों को बहुत जल्दी हो।

बिना दरवाजे पर थाप दिये वे सीधे कमरे में घुस आये। वे पुलिस के सिपाही थे।

बहुत बेरूखी से, मेरे उठते-उठते ही आगे वाले सिपाही ने पूछा, ''उनियाल कौन है?''

रस्मी मुस्कराहट में मैंने बात पूछने की गरज से कहा, ''कहिये क्या हुक्म है?''

''तो क्या...तुम...आप ही उनियाल हैं?'' उसी पुलिस वाले ने रूककर कहा, जैसे वह उचित सर्वनाम की तलाश में हो।

''जी!...'' मैंने हैरानी में उन सबको देखना शुरू किया। उन सबमें थोड़े-से बड़े अफसर जैसे लगने वाले आदमी ने अपनी जेब से खाकी, मटमैला कागज निकालकर मेरे हाथ में थमाया। उस पर भद्दे, मुश्किल से पढ़े जाने वाले लहजे में कुछ टाइप किया हुआ था।

मुझे ठिठका देख, अफसरनुमा आदमी ने कहा, ''आपके नाम वारंट है। आपको इसी वक्त पुलिस थाने चलना पड़ेगा।''

मैंने फिर कागज पढ़ने की कोशिश की। मेरे नाम के नीचे साइक्लोस्टाइल इबारत थी जो पढ़ी नहीं जा सकती थी।

''अभी,'' मैंने अफसरनुमा पुलिसवाले से पूछा, ''पर....।''

''पर-वर कुछ नहीं साहब। आप जल्दी तैयार हो लीजिए, किसीको खबर करनी हो तो वह भी जल्दी कर लीजिये।''

दूसरा पुलिस वाला मेरे पास आया और बहुत उदारता से बोला, ''अच्छा हो आप किसी को यह भी इत्तिला दे दें कि वह आपकी जमानत की तैयारी कर लें। मामला सुबह ही सुबह मजिस्ट्रेट के सामने लग जायेगा।''

उनकी बातें सुनकर मैं समझ ही न पाया कि उन्हें मेरी जरूरत किस सिलसिले में हो सकती है। मुमकिन है कोई गलतफहमी हो। मुमकिन है किसीने कोई गलत बयान दे दिया हो।

पर यह एकदम सपने की तरह था। यकीन न आने वाली बात।

''थाने चलकर आपको सब कुछ पता चल जायेगा,'' अफसर ने कुछ-कुछ व्यंग्य के लहजे में कहा। फिर अतिरिक्त उदार होकर बोला, ''बस, तहकीकात करनी है।'' फिर वह मेरी ओर देखकर हँसा, ''आपको सारा मामला समझ आ जायेगा।'' वह ज्यादा ही विनीत हो गया था। जैसे मेरे घर में वह विनीत पुलिस-व्यवहार-सप्ताह मनाने का पूर्वाभ्यास कर रहा हो।

''लेकिन कोई कारण भी तो हो?''

''बेहतर हो कि पूछताछ का काम थाने में ही हो। हमें तो वायरलेस पर खबर मिली कि आप उन लोगों में से एक हैं जिन्होंने प्रधानमंत्री की कार रोकी और झगड़ते हुए मारपीट का काम किया,'' कहकर पुलिस वाला हँसा।

कल शाम...मैं शाम को कहां-कहां था? याद करने लगा। लाइब्रेरी से किताब हाथ में ले मैं चाय पीने के लिए एक ढाबे में रुका। फिर चौराहे के बीच बने पार्क में कुछ देर सुस्ताया। ताश खेलने वाले फालतू लोगों को झांकने के अलावा शाम मैंने कहीं नहीं बितायी। हां, याद आया, चौराहे के पास कुछ देर के लिए कुछ कारें रुक गयी थीं। और निहायत ड्रामाई अंदाज में शायद कुछ नौजवानों ने एक-दो नारे लगाये थे।

शायद वहीं प्रधानमंत्री की कार रोकी गयी होगी? भीड़ कुछ ही देर में छंट गयी थी और मैंने घर लौटते हुए देखा था उनमें कालेजों में पढ़ने वाले नौजवानों की शक्लें ज्यादा थीं। लौटते हुए मुझे ऐसा लगा, ठीक वैसा ही अब याद आ रहा था कि जैसे कुछ बैंड बाजे हों, क्योंकि जो धुन बज रही थी वह अक्सर शादियों में विदाई के अवसरों पर बजती रहती है।

शरारतन मेरे ओठों पर हँसी आयी। और मैंने मन ही मन खुद से कहा, लो बेटा। हुई न सनसनीखेज खबर। कभी कल्पना भी नहीं की थी कि घर में पुलिस वाले आयेंगे! और वह भी ऐसी वारदात के बहाने जिससे कोसों मेरा रिश्ता न था।

निश्चित रूप से ऐसी खबर के सामने अखबारों की, पिछली सालों की खबरें कितनी निस्तेज लगती हैं। उस वक्त मैं ध्यान ही नहीं दे पाया कि मैं कितना डरा, पांव कितने कांपे?

पूछताछ के पहले दौर में शायद चालीस से भी ज्यादा वक्त मैंने यह दुहराया कि 'मुझे नहीं मालूम', 'मैं नहीं जानता।'

हारकर पुलिस अफसरों ने अपनी आंखें लाल कीं। और उस वक्त तक सारे मामले को मामूली समझते, नाजुक समझने की कोशिशों में मैं थाने की चहल-पहल की तरफ ज्यादा देखता रहा। थाना मुंशी अपने अफसरों के होते हुए भी चपरासियों पर गरज रहा था, ''ओ ए मां के...अगर कलम न मिली तो मैं रोजनामचा किससे लिखूंगा? सालो, पुलिस थाने में रिपोर्ट लिखी जाने वाली कलम ही गुम हो जाय तो....''

मुन्शी के समकक्ष एक सिपाही रस लेने की नीयत से बीच-बीच में बोल पड़ता था, ''चौधरी, आज तुम्हारी कलम गयी और कल तुम्हारी...।''

''हरामियो, कलम न मिली तो तुम्हें यहीं गाड़ दूंगा।'' थाना मुन्शी बोलते-बोलते थक गया था। बेहद सुरक्षित जगह में वह कितना अरक्षित है।

''देखो!'' पुलिस अफसर ने अपनी हथेलियां बिछाकर कहा। ''केस इतना संगीन है कि तुम कम से कम तीन साल जेल में बन्द रहोगे और पुलिस ने किसी दूसरे केस में धर लिया तो कभी-कभी तो जिन्दगी-भर अन्दर ही रहना पड़ता है।''

डर या अपनी कमजोरी की वजह से अब मामले की गम्भीरता मेरी समझ में आयी। और समझ में आते ही थाने की चहल-पहल जैसे मेरी आंखों से ओझल हो गयी।

पुलिस अफसर ने तजवीज रखी कि अगर मैं अपने दस साथियों के नाम बता दूं तो वह मुझे वायदा माफ गवाह बना देगा और मैं बाइज्जत बरी हो सकता हूं। मेरी आंखों में झलके छोटे-से अविश्वास के बिंब को जैसे उसने पकड़ लिया। बोला, ''यह देखो फाइलें। तुम्हें पता चल जायेगा कि कैसे-कैसे संगीन जुर्मों में थोड़ा बता देने वाले आदमी भी बरी हो जाते हैं।''

मैं जानना चाहता था। उन्होंने किसकी सूचना पर मुझे पकड़ा कि तभी रोते-बिलबिलाते एक नौजवान को थाने का सिपाही बेरहमी से पीटते हुए लाया। थाना मुन्शी भी लपककर उस नौजवान के सामने गया और उसने भी दो-चार धौल इस कदर कसकर जमाये कि मैं अपने भविष्य के बारे में अचानक शंकालु हो उठा। अब पूछने की इच्छा नहीं हो रही थी, सिर्फ़ उस नौजवान का रोना महत्त्वपूर्ण हो उठा था।

''तो सोच लो…सोच लो,'' पुलिस अफसर मेज से उठा और नौजवान के सिर के बाल पकड़ सीधे मेज की तरफ ले आया।

''क्यों बे उल्लू के पट्ठे,'' पुलिस अफसर ने उसकी गाल पर जोरदार थप्पड़ मारा, जिस बेरहमी से पुलिस के लोग हाथ सेंक रहे थे उसे देखकर मुझे लगा कि शायद कुछ देर बाद यही प्रयोग मुझपर हो सकता है।

इस वक्त तक वहां चार-पांच ऐसे ही चेहरे आ गये थे जिनपर डांट-डपट, धौल-मुक्का उन्मुक्त होकर प्रयुक्त किये जा रहे थे।

आप सोच सकते हैं ऐसे में मेरा दिमाग क्या काम कर सकता था…

मन ही मन मैंने अपने तमाम दुश्मनों की एक सूची बनायी। यही मौका था जब मैं सबको फंसा सकता था। बस, सारे मामले की एक विश्वसनीय कहानी मुझे गढ़नी थी।

और दूसरी सुबह के अखबारों में वह आत्मस्वीकृति थी, सुर्खियों में मेरा नाम था। और तस्वीर थी कुछ ऐसी मुद्रा में जैसे मैं हत्यारों के किसी गिरोह का सदस्य हूं।

पहली बार हैरान हुआ कि मेरी गढ़ी हुई कहानी को पत्रकारों ने किस रोचकता से ढक दिया था।….बिल्कुल फिल्मी ढंग से पार्क के एक कोने से सड़क पर जमा नौजवानों के हाथों में लाठियां, खुखरियां तो थीं ही रंगीन किस्म का बैण्ड भी था, और सबके चेहरे किसी न किसी रंग से पुते हुए थे। उन लोगों ने पहले तो प्रधानमंत्री के खिलाफ नारे लगाये और फिर प्रधानमंत्री का गिरेबान खींच उन्हें बाहर निकाल लिया। बड़ी मुश्किल से, बिना हथियार इस्तेमाल किये छोटे-से सुरक्षा दस्ते ने, जो प्रधानमंत्री के पीछे जीपों पर सवार था, इस स्थिति पर काबू पाया। प्रधानमंत्री का मुस्कराता चित्र अखबार का ज्यादा हिस्सा घेरे हुआ था।

फिर उसी थाने में एक-एक कर मेरे दुश्मन, हैरत में, परेशानी में डरे-डरे पहुंचने शुरू हुए। जो जिस मुद्रा में पकड़ा गया, वह ठीक वैसे ही लाया गया। गरीब-सा

लगने वाला वह नाई भी धीरे-धीरे थाने के अन्दर आया जो अक्सर मुझे देर तक अपनी दुकान में बिठाये रखता। अब बच्चू को पता चलेगा कि एक शरीफ आदमी को सताकर क्या सजा पाई जा सकती है?

उसका कसूर सिर्फ यही नहीं था कि वह मुझे मेरी पारी पर बैठने ही नहीं देता, बल्कि वह उन लोगों को मेरी पारी दे देता जो उस मुहल्ले के धनी-मानी लोग थे। मुझे उन लोगों से नफरत थी। वे बेहद भले-से लगने वाले लोग थे लेकिन अपने नौकर-नौकरानियों को अक्सर पीटा करते थे। मैं सोचा करता, वे गरीब नौकर, जो बीमार, थके हुए बिल्कुल मरने-मरने वाले-से लगते, सिर्फ उन मोटे पैसे वालों की वजह से धीरे-धीरे खत्म हो रहे हैं। नाई की पैसे वालों से सहानुभूति कभी-कभी मुझे इतनी चिढ़ाती थी कि मैं मन ही मन उसे ढेरों गालियां देता रहता कि इतने में मेरी बारी आ जाती और मैं शीशे पर प्रतिबिंबित शिव जी के कैलेण्डर में सांपों के विभिन्न घुमाव देखने लगता। वे सांप थे जो शायद मेरे और दूसरे लोगों के रोंगटे खड़े कर देते, लिहाजा, गाल, दाढ़ी बहुत साफ करते।

नाई से मेरी ज्यादा दुश्मनी नहीं थी पर एक दस्ते की गिनती पूरी करने के लिए उसका नाम शामिल करना पड़ा था। फिर पुलिस वालों के लिए चाकू, उस्तरों का जो महत्त्व बनने वाला था उसकी बात सोचकर मुझे अपनी दूरदर्शिता पर खुशी हुई।

मेरा सबसे बड़ा दुश्मन वह स्कूल मास्टर था जो अब बूढ़ा हो गया था और रिटायर्ड जिन्दगी बिताने वाला था। वर्षों पहले उसने मुझे नौवीं जमात में फेल सिर्फ इसलिए किया था कि मैं ट्यूशन नहीं कर सका था। स्कूल में विद्यार्थियों के जत्थे के जत्थे मास्टरों के घर शाम को ट्यूशन पढ़ने जाते और साल के आखिर में गुरुदक्षिणा के स्तर से अच्छे नम्बर पाते। मैं जो खुद को सबसे लायक समझता था, नौवीं में सिर्फ उस मास्टर की वजह से फेल हुआ था। पुलिस वालों की पढ़े-लिखे लोगों के प्रति नफरत और मास्टरी जैसे बेहतर पेशे में से भी अपराधी खोज निकालने की तत्परता थी कि वे सबसे पहले मास्टर को पकड़ लाये थे।

कोने की तरफ कूबड़ निकला मेरा दुश्मन, उस दफ्तर का बड़ा बाबू था, जिसने कुछ सालों वजीफे के सिलसिले में मुझे सताया था। और लोग थे जिनमें मेरे मुहल्ले का डबल रोटी बेचने वाला और मेरा पड़ौसी जिसकी बीवी अक्सर मुहल्ले में सबसे लड़ा करती थी। बाकी मेरे जैसे लेखक के रास्ते में आने वाले नामी-गिरामी लेखक थे। वे लेखक थे जिनके अपने लेख व्यवस्था की कड़ी आलोचना करते थे। लिहाजा मेरे बिना ज्यादा कहे पुलिस ने खुद उन पर बड़े-बड़े आरोप लगा लिये थे।

आखिरी नाम ड्रामा कम्पनी के एक लेखक डायरेक्टर का था। उसे मैंने एक पुरानी अदावत के बहाने जोड़ लिया था। कुल मिलाकर किस्से का सरगना उसी को बनाना अच्छा था क्योंकि वह ड्रामाई अन्दाज में सड़क रोकने, ड्रामाई कपड़े सुलभ करने और पार्क में सिर्फ नाचने-गाने वालों की टोली का भ्रम देने वाले कारनामों में सफल आदमी हो सकता था। भीड़ के कुछ चश्मदीद गवाह पुलिस ने खुद जुटा लिये

205

थे। सारे मामले को राजनैतिक रंग देने का काम भी पुलिस को देना था। क्योंकि अगर प्रधानमंत्री की हत्या के प्रयास को विपक्षी राजनीति का करतब न घोषित किया जाता तो खबर का राष्ट्रीय-अन्तर्राष्ट्रीय महत्त्व क्या रह जाता ?

''इनमें से कुछ लोगों को क्या सजाएं हो सकती हैं'', जब मैंने पुलिस के बड़े अफसर से पूछा, तो बहुत दोस्ताना अन्दाज में वह बोला, ''अब आपने हमारी इतनी मदद की है तो आप कहें तो सालों को एक-एक को जन्म कैद करवा दूं। बस, बम फेंकने का एक किस्सा और जोड़ना पड़ेगा ।''

अचानक मुझे पछतावा हुआ। इसलिए नहीं कि मैंने लोगों को गलत-सलत फंसा दिया था बल्कि इसलिए कि मेरे दिमाग में पक्के दुश्मनों के वे नाम याद आ रहे थे जिन्हें लम्बी सजाएं दिलाकर कुछ तसल्ली मिलती। ऐसे लोग असंख्य थे जिनसे मामूली अदावतें थीं।

आश्चर्य था कि मेरे दुश्मनों की तादाद बहुत ज्यादा थी। आश्चर्य यह भी था कि मेरा कोई दोस्त नहीं था। ऐसा दोस्त जिसे बचाने की मुझे कभी फिक्र हो सकती थी।

मेरे दिये नामों के अलावा बहुत-से लोग और थे, जिन्हें पुलिस वाले अपनी-अपनी अदावत की वजह से ले आये थे। वे बेकसूर लोग थे, वे पैसे वाले या अपराधी लोग नहीं थे।

यहां से पछतावे की हल्की-सी लहर आयी थी। मैं उन लोगों को फंसवाना चाहता जरूर था जो अपराधी थे पर हम जिन्हें पहचानते नहीं थे। वे लाला लोग जो धड़ाधड़ लोगों से पैसे ऐंठते थे। वे गुण्डे जो मुहल्लों की जिन्दगी अपने इशारों पर चलाते थे।

बड़ी जेल में आकर अपराधियों की लम्बी कतारें देखकर भी मुझे पछतावा हुआ। न जाने कितने लोग उनमें से मेरे जैसे फर्जी लोगों की वजह से गिरफ्तार हुए होंगे। उनके घर वाले ठीक मेरे घर वालों की तरह से ग्लानि और डर की जिन्दगी बिता रहे होंगे।

जेल में बेकसूर लोगों के बारे में सोचकर मुझे लगा कि असली कसूरवार लोग तो बाहर हैं और अन्दर इस अल्पसंख्या में ज्यादातर बेकसूर लोग। सिर्फ़ इस दीवार के पार उन्मुक्त हवा में कसूरवार अपराधी मजे ले रहे हैं।

मैं वायदा माफी के इन्तजार में हर रोज अखबार में वे दो पंक्तियां खोजता हूं।

फंसे हुए लोग मुझे अविश्वास और डर से देखते। वो ना-नुकर करते रहने वाले लोग न जाने क्या बातें करते होंगे क्योंकि मेरे पास आते ही वे चुप हो जाते। चुपके से दूसरी तरफ देखने लगते। बहुत मुमकिन हो वे भाग्य और ईश्वर पर भरोसा रखते हों।

यहां अकेले कमरे में बैठकर मैं सिर्फ बाहर के बारे में सोचा करता। अखबारों के पन्नों पर किसी सनसनीखेज खबर का इन्तजार जैसे खत्म हो गया था। खाना लाने

वाला जमादार हँसकर अन्दर आता और कहता, ''साहब, बाहर भी इसी तरह फूल खिले होंगे?'' तब मैं जेल के बगीचे की ओर देखता। हवा में हिल-हिलकर फूल जैसे कह रहे होते।....

In the forest

In the kingdom of the forest
    a vast dumbness shrieks in silence,
      it's essence is there,
      and with loud noises
      this dumbness stirs up trouble.

Animals
are nowhere to be seen, the tree
      bewildered
      and in his wisdom thinks

How noisy the towns are now
    man must also have become an animal !

In the forest the storms
      settle,
      clouds
      having shed their tears

Give
a watery splendour
to the washed earth. The sun
      polishes the beauty.

The silence of the vast dumbness is broken
    only by crackling of the falling leaves.

वन में

वन राज्य में
　चीखता है सन्नाटा चुप में
　रहती है वनाली।
　शोर में
　मचाता है उत्पात

जानवर
का पता नहीं है पेड़
　ठिठका सा
　　सोचता है विवेक
कितना शोर है शहरों में
　क्या आदमी भी
　बन गया है पशु
वन में शांत हो जाता है
　अंधड़
　बादल
　पसीज कर

देते हैं
जल श्री धरती को धोकर
चमकाती है धूप
　सुन्दरता
तोड़ती है सन्नाटे की चुप्पी
　पत्तियों की चटख खट खट

The voice
Translated from the original Hindi story
Milte-Julte

The voice

'Somebody's voice...............'

A gentle feminine voice more like the sound of rustling air.

I have often come across such voices. When on a clear day, you can see, even in the midst of solid concrete houses, a certain portion of the sky – a patch of blue sky – you feel a kind of joy even if you happen to be in a dark mood. On such occasions there seems to be no end to these voices.

'Oh...no....'

Let me explain . . . the openness of a voice, it's transparency, its freshness – these can only be experienced. For instance a particular voice can be sweet.

A sweet voice is not the monopoly of beautiful faces, for unshapely and ugly women have been found more often to be endowed with a sweet voice. This truth about the history of voice can be a subject for research.

As for the romantics, an unheard voice belonging to an unseen face may be the chime of a bell of some medieval church creating melodies that linger in the mind.

That voice had a particular ringing tone, somewhat resembling a trembling in the air, like the resonance of a rupee coin struck against the floor as people did in the old days to test it was not counterfeit.

It was something different from the familiar world of voices outside the window – as though we were looking at a strange bird drawing its colourful plumage towards us, leaving casually, looking into the path of the bird's flight. What is left behind is just a patch of the blue sky soon to turn into a blur if we gaze at it for too long. A voice is also like a faint scratch-extending how far? and in what direction?

These voices are enshrined in some corner of memory – and innumerable events are associated with them. The voice of the old man who comes to take old newspapers has a certain coarseness about it. It smacks of quarrelsomeness that rings out from one end of the street to the other over and over again.

With that voice one could associate the screech of a ricketty

213

bicycle. Once he climbed the stairs of my house and knocked at the door. As I opened the door wondering who my visitor was, he called out from habit . . .

"Tins, containers, any tins ?"

Those words, as they came from his lips sounded strange. They did not fit his face. His face and the strident tone of his voice seemed to belong to two different worlds.

"I have heard that," he said, so feebly that I only heard it because I was looking at him. It seemed to me he was about to melt away from the face downwards. I soon forgot about the harsh note in his voice. I fixed my gaze on his face. I had a feeling that if there was anything like godliness it was in this face. There was a mysterious kind of ignorance in that face. As it is when a man reaches a certain age in his life, a kind of superfluousness is reflected through an awkward expression. But this old man had no hint of that superfluousness. "You have lots of old newspapers ? . . . I'm having a hard time these days.' As he said this the hard time he was having was clearly reflected on his face. "Wait !" I said and brought a whole pile of newspapers and dumped them before him.

Looking at the pile of newspapers his eyes brightened, then turned morose again. He had been standing erect, but now he leaned against the wall.

"What's the matter ?"

"I don't have the money for so many newspapers."

As I watched him taking the whole bundle away with him, I felt a little relieved. For those newspapers had been occupying too much space. With that sense of relief I also reassured myself that he would not come back. I had heard quite a number of anecdotes about these people trading in scrap paper.

So I was astonished to hear that particular voice again in the street some hours later. As the old man appeared at the door I noticed he had washed his face. It appeared he had done so deliberately to establish his honest credentials.

That face and that voice seemed to have a long history behind them. They told a story with a certain tragic background. His family had arrived here after partition, ruined and completely deprived of all belongings. As they recovered, within some years of their arrival, the family had another shock in store. A young son died within a few days of his marriage.

As the man narrated the story he swore, touching his ears, "Let no one ever be doomed to such fate . . ."

214

Now, whenever I see him in my imagination, I instinctively think of him walking with a stoop and his harsh voice filling the surrounding emptiness.

Years later the same harsh voice brings back memories of innocence, memories of the faces of children.

Old Rasheed Mian was an electrician by profession. I had recently started my new job when I first saw Rasheed Mian and I felt that his face suggested a kind of playfulness. His voice also gave the same impression. A brief and calm respite, something like sitting under the shade of a Peepal or Neem tree.

"As you set about repairing electric cables, your mood itself seems to become electrified."

To such an observation Rasheed would reply, in his usual composed manner. "Lightning strikes but once Mian."

And he would start dreaming of some forgotten moments of his past life.

The long and the short of his story was that he had only been able to spend just one night with his wife. The very next day his entire house was set on fire in a communal riot and he was the only surviving member of the household. A rather large house it was too. He had found himself lying by the side of his new bride, her charred body lay in the same pose as their love-making. It was such a nightmare that for a long time after Rasheed Mian would wake up wondering if he too had been burnt exactly like his wife.

Rasheed Mian would gaze at the sky very patiently.

"There's . . . there's a world up above. He who resides there did not wish that I should sleep by the side of my wife even for a day." Looking up his eyes would fill with longing and he would say:

"I've decided to ask Him the reason for it when I go there."

Rasheed Mian's voice is very pleasant, sweet like honey. But somehow that voice can shock and startle. Coupled with his calmness it compels you to experience his tragedy, just for a while.

"No . . . No . . . I'm not fond of playing the flute," says Rasheed, holding the fluorescent tube, tapping it lightly with his fingernails. I just know by the sound how long the tube will last."

Then he looks at the lines on his palms as if wondering how many phases of his life he still has to live through.

The echo of the outside is still ringing in some corner of my mind. I imagine myself living in some palatial mansion, provided with all the comforts, some of which I have only seen in films. The voices seem to free me from a state of deprivation and instead provoke in me a mood in which I think of high peaks and living up on the top of the world.

But I am jolted back to earth . . . . An old woman is counting her change at old Lalaji's shop. She seems to have reached a certain dead end. Her voice is slipping into the realm of memory even as she is counting her coins. She passes through her entire span of life from youth to old age, her white hair conjuring up her past in my mind. She must have been a tender young girl, arousing a yearning and a desire in people. I wish she would sit closer and whisper her plans for the future. How she needs something to eat and why just something to eat? There must be a need for so many other things. But the old lady wishes only to sleep forever. But would the problems of the world be over after she had sunk into that eternal sleep ? Would no other young girl have to age suddenly like her ?

In the myriad of synthetic smiles, I am reminded of those brothels where in utter helplessness somebody is ushered in, despite all hesitation, in total surrender.

In the midst of these very voices also resides a power that rules over others ruthlessly and breaks down innocent lives. It is a power that we are unable to combat at will and it defeats us all.

Among the faces resembling voices is also a reassuring note, capable of pulling us out of helplessness.

Just such a voice in coming from outside. As if someone with a familiar jingle, had torn assunder the black curtains of darkness.

It is there for a brief moment like a prophet of dreams, turning everything into limelight. It takes you out of closed doors far into the mango groves . . . for that brief moment charged with the power of hypnotic charm.

I come out and try to follow the echo of that voice. It is surely the voice of freedom.

The voice I have been chasing endlessly.

Translated from the Hindi by Sarala Jagmohan

मिलते-जुलते

वह किसी की आवाज थी।
वहां, कुछ महीन-सी। स्त्रैण आवाज। हवा में जैसे छोटी-सी सिसकारी होती है, उससे मिलती-जुलती।

अक्सर मैंने ऐसी आवाजों से मिलती-जुलती चीजें महसूस की हैं। जब मौसम खुला होता है और आप ठेठ कंक्रीट के मकानों के बीच भी आसमान का कोई हिस्सा देख लेते हैं-नीले आसमान का टुकड़ा, आदमी उदास भी हो तो पल-भर के लिए प्रमुदित हो जाता है-तब ऐसी आवाजों का कोई सिरा जैसे कहीं दिखायी देता है।

न...न...आप नहीं पकड़ पाते तो मैं ही बता दूं। इस आखिरी वाक्य में, मैं गलत था-आवाज कभी कहीं दिखायी दे सकती है? यह व्याकरण की गलती है न? लेकिन नहीं-आवाज जैसा खुलापन-पारदर्शीपन, एक टटकापन-यह सब दिखायी देता है। जैसे कोई आवाज मीठी भी हो सकती है।

मीठी आवाज का ठेका सिर्फ सुंदर चेहरों ने ही नहीं ले रखा है। बेडौल और बदसूरत औरतें मीठी आवाज का ज्यादा उदाहरण बनी हैं । आवाज के इतिहास का यह सच...कितना सच है, यह तो रिसर्च का विषय बन सकता है।

रोमांटिकों की तरह-किसी अनदेखी सूरत की कोई अनसुनी आवाज जैसे मध्य यूरोप के किसी गिरिजाघर में संगीतधुनों जैसा बजने वाला घंटा हो, जिसके बारे में सिर्फ सोचा ही जा सकता है। या शायद ऐसा ही कुछ।....

वह आवाज थी-खास किस्म की खनखनाहट भरी आवाज। जैसे पुराने जमाने में लोग रुपये को खोटाहीन पाने के लिए एक बार ठनठना देते थे, उससे जो आवाज, हल्की-सी, हवा में गूंज पड़ती थी, ठीक वैसी ही थी वह आवाज।

खिड़की के बाहर आवाजों की जानी-पहचानी दुनिया से भिन्न कोई चीज-जैसे हम कोई अजनबी चिड़िया देखते हों। उसके रंगीन पंख अपनी ओर खींच लेते हों और बरबस वहीं देखते रहते हों जिस दिशा में वह चिड़िया गयी थी-आखिर में क्या रह जाता है बस नीले आसमान का टुकड़ा, जो आंखों को ज्यादा देर टिकाये देखने से सिर्फ धब्बा बन जाता है। आवाज भी तो वैसी ही चीज है जो एक फिसलन-सी सर्राहट में जाने कहां-कितनी दूर चली जाती है।

यादों के किसी कोने में वे आवाजें कैद हैं जिनसे अनगिनत कहानियां जुड़ी हुई हैं। रद्दी अखबार ले जाने वाले एक बूढ़े की आवाज-उसमें खास किस्म की खर्राहट भरी होती थी। आप ऐसी आवाज का शायद ही कभी स्वागत कर सकते हों, उसमें लड़ाकूपन की बू आती थी, वह लड़ाकूपन की अनुगूंज जो मुहल्ले के एक सिरे से

गूंजकर देर-देर तक फिर-फिर दुहराव के साथ सुनायी देती थी। उसी के साथ मिली थी मरियल साईकिल की चीं-चपर। मैं अगर उस आदमी का चेहरा न देख पाता तो शायद भूल ही जाता कि वह भी कोई ऐसी हैसियत थी। वह तो एक दिन खुद सीढ़ियां चढ़कर मेरे दरवाजे पर दस्तक दे बैठा था।

मैंने कौन की मुद्रा में दरवाजा खोला तो उसने आदतन कहा, ''टीन-डिब्बे...।'' और उसके चेहरे से जुड़ा उसका बोलना मुझे विचित्र लगा। दोनों का आपस में कोई मेल नहीं था। चेहरा और बोलने का वाल्यूम–वे दोनों चीजें दो भिन्न नक्षत्रों की थीं।

''मुझे पता चला....'', वह इतनी तरलता से बोल रहा था कि यह मुझे तभी भान हुआ जब मैंने उसका चेहरा देखा, गोया वह बस अपने चेहरे से पिघलने ही वाला हो। आवाज में जो कठोरता थी उसे मैं भूल गया था और उसका चेहरा देखने लगा। सोचने लगा देवत्व जैसी कोई चीज है तो उसके चेहरे पर है। वहां विचित्र किस्म की अबोधता थी। उम्र के एक खास हिस्से में पहुंचकर वैसे भी चेहरों के बेडौलपन से फालतूपन झलकता है। पर उसका चेहरा था कि वह एक निहायत जरूरी-निहायत बेफालतूपन से लैस था।

''आप बहुत-से अखबार खरीदते हैं...इन दिनों मेरी हालत बहुत खराब है'', यह कहते ही उसके चेहरे पर खराब हालत की एक परत उभर आयी।

''ठहरिये'', मैंने उसे ठहराया और अखबारों का ढेर उसके सामने कर दिया।

''अखबारों का ढेर देखकर उसकी आंखों में चमक आयी और फिर बुझ गयी। वह सीधा खड़ा था फिर दीवार से सटकर खड़ा हो गया।

''क्या हुआ ?''

''इतने ज्यादा अखबारों के लिए मेरे पास पैसे नहीं हैं।'' वह चला गया–अखबारों का पूरा बंडल लेकर, तो मुझे थोड़ा चैन मिला। असल में उन अखबारों ने बहुत खाली जगह घेरी हुई थी। चैन के साथ एक दूसरी आश्वस्ति भी थी कि वह अब लौटेगा नहीं। मैंने रद्दी खरीदने वालों के बहुत-से किस्से सुन रखे थे।

परंतु कुछ ही घंटों बाद गली में उसकी आवाज सुनायी पड़ी तो मुझे हैरत हुई। वह जब दरवाजे पर आया तो मैंने उसका चेहरा धुला हुआ पाया। शायद अपनी ईमानदारी साबित करने के दर्प से वह धुला हुआ हो।

चेहरा और वह आवाज–उसके पीछे था एक भरा-पूरा इतिहास। वह एक कथा थी जो ट्रेजेडी के किसी एक पड़ाव की कहानी थी। विभाजन से लुट-पिटकर आया परिवार था वह–और अब जब यहां आकर वे कुछ बरसों में सम्पन्न हुए थे तो फिर दूसरा झटका लगा। एक जवान लड़का चल बसा था–जिसकी शादी हुए कुछ ही दिन हुए थे।

अपनी गाथा बताते-बताते वह कानों पर हाथ लगा लेता ''ऐसा किसी के साथ न हो साहब।''

जब कभी उसे अपनी कल्पना की आंख से देखता हूं तो पाता हूं कि वह झुकी

कमर से चल रहा होगा और अपनी सख्त आवाज से गलियों के हिस्सों को गुंजा रहा होगा।

बरसों बीत गये, उसकी सख्त आवाज मुझे बच्चों की भोली, निरीह शक्लों के बारे में याद करने के लिए विवश करती है।

बूढ़े रशीद मियां हमारे कालेज के बिजली मिस्त्री थे। जब मेरी नई-नई नौकरी लगी थी और मैंने बूढ़े रशीद मियां को देखा था तो न जाने कहां से मुझे लगा था उसके चेहरे पर एक खिलंदड़ापन था। वही भाव उसकी आवाज में था-हां, थोड़ा-सा धैर्यपूर्ण ठहराव, जैसे आप नीम के पेड़ के नीचे पीपल की छांह महसूस कर रहे हों।

''बिजली की तारें ठीक करते तुम्हारी तो तबीयत भी बिजली जैसी हो गयी'', अगर कोई कहता तो वह उसी ठहरे अंदाज में कहता-''बिजली बस एक ही बार गिरी थी मियां।'' और रशीद अतीत के किसी अनाम पड़ाव में भटकने लगता।

उसके लंबे किस्से का सारांश सिर्फ इतना है कि वह अपनी बेगम से सिर्फ एक रात मिल सका था। दूसरे दिन किसी साम्प्रदायिक दंगे में उनका पूरा मकान जला दिया गया था और उस बड़े हवेलीनुमा मकान में सिर्फ वही बचा रह गया था-ठीक अपनी नयी-नवेली दुल्हन के जले, जलांध, दुर्गंध से भरपूर जिस्म के पास, ठीक वैसा ही लेटा हुआ, जैसा वह काम-क्रीड़ा के वक्त होता था। वह दृश्य कि आज भी रशीद मियां कभी-कभी रात में उठकर बिजली के अपने पूरे सामान को टटोलता रहता है कि कहीं वह जलकर ठीक वैसा ही तो नहीं....

रशीद मियां बहुत धैर्यपूर्वक आसमान की तरफ देखते हैं। ''वहां..., वहां कोई दुनिया है, वहां रहने वाले को मंजूर नहीं था कि मैं एक दिन अपनी दुल्हन के साथ सो सकता।'' बहुत ही कामुक आंखों से ऊपर देखते रशीद मियां कहते हैं, ''अब तो अपन ने फैसला कर लिया है, वहीं उससे कुछ पूछेंगे।''

रशीद मियां की आवाज में मिठास, शहद की भरी पूरी कड़ाही जैसी है। पर वह आवाज कहीं गहरे आघात करती है। अपने ठंडेपन से आक्रमण कर-थोड़ी देर के लिए वह अपनी कंपकंपाहट में शामिल कर लेती है।

''न...न....मुझे बांसुरी का शौक नहीं'', रशीद मियां ट्यूब लाइट की नली पकड़ उसे हल्के से अपने नाखून से बजाते हैं। ''इसके टूटने का वक्त मुझे पता चल जायेगा-कि इसकी उम्र कितनी है।'' वह अपने हाथों की लकीरें देखने लगता, उम्र के कितने पड़ाव अभी पार करने हैं।

बाहर वाली आवाज की अनुगूंज अभी भी मन के किसी कोने में बजबजा रही है और अपने छोटे से, चीजों से बेतरतीब ठुंसे कमरे में उस आवाज की कल्पना से ही मैं महसूस करता हूं कि किसी आलीशान, फिल्मों में देखे महलनुमा मकान में तमाम सुविधाओं के साथ रह रहा हूं। वह आवाज मुझे छोटे-छोटे तंगदस्त खतरों से बेपरवाह रख न जाने किन ऊंची ऊंचाइयों के बारे में सोचने, वहां रहने या होने की अनुभावना में ले जाती है....

219

पर मुझे तभी न जाने क्यों मोटे लाला की दुकान में, अपने हाथों में पड़ी रेजगारी बार-बार गिनती एक बूढ़ी माँ याद आ जाती है। आवाज के किसी सिरे में जैसे वह टिकी हुई हो–और चुपचाप स्वचालित-सी अपने-आप एकदम याद में आ गयी हो। वह पैसे गिनते-गिनते ही जैसे जवानी से बुढ़ापे की आखिरी सरहद में आ गयी हो। मैं उसके संफेद बालों के अतीत में घूमने लगता हूं। वह रही होगी खूबसूरत कमसिन लड़की–ठीक वैसी ही जिन्हें देखकर ललक, कामना-सी होती है। कामना होती है कि वे पास बैठें, कानों में कुछ फुसफुसायें....बूढ़ी माँ अब फुसफुसाती है कल का दिन कैसे बीतेगा–कल, जब खाने के लिए कुछ चाहिए–और खाने के लिए ही क्यों, बहुत-सी दूसरी चीजें....बूढ़ी माँ सोचती हैं सो जाऊं–हमेशा वाली नींद। परंतु क्या बूढ़ी माँ की शाश्वत नींद के बाद समस्याएं खत्म हो जायेंगी? क्या फिर नहीं कोई बहुत जवान लड़की एकदम बुढ़ा जायेगी ?

बनावटी हंसी के बीच मुझे वे चकले याद आ जाते हैं जहां बस मजबूरी में बराबर कोई जिस्म बेहिचक समर्पित होता रहता है।

इन्हीं ध्वनियों के बीच बेखौफ दूसरों पर शासन करने वाली, निरीह लोगों को तोड़ने वाली ताकतें भी हैं। ताकतें जिनसे सीधे-सीधे रूबरू हम लड़ नहीं सकते, पर वे जब चाहें तब हमें परास्त कर देती हैं।

मिलते–जुलते चेहरों, मिलती–जुलती आवाजों के बीच ही कहीं आश्वस्त करने वाली, थकान से उबारने वाली आवाज होती है।

ठीक वैसी ही आवाज तो थी वह बाहर। कोई खनखनाकर जैसे अंधेरे के काले पर्दों को उघाड़ गया हो। वह एक सपने का मसीहा-सा क्षण भर जैसे आता है–सब-कुछ खुलेपन में तब्दील कर देता है। बंद दरवाजों के बाहर–कहीं दूर अमराइयों में ले जाता है...वह एक क्षण, सम्मोहन का एक कतरा।

मैं बाहर निकलता हूं और उस अनुगूंज के सहारे चल पड़ता हूं। वह मेरी मुक्ति की आवाज भी हो सकती है....वह आवाज...।

मैं उसी के पीछे लगा हूं....

Concrete and abstract

Mystery
      unfolds itself in the world
      in the realm
      of meaning
      then gathers again
      in abstract form.

This process of
      transliteration
      how liquid it is.
      Whatever was solid and simple
      has gone again in a moment
      returned
      to the unexplainable !

Whenever I
      draw it clearly
      the unseen
      drips veiled
      from my eyes
      solid and yet unseen – this is the journey
      to eternity

मूर्तित–अमूर्तित

रहस्य

अनावृत होता है शब्द में
अर्थ के
देश में
फिर से रहस्य
घिर आता है ठोस

शब्दान्तरित होने की
यह प्रक्रिया
कितनी तरल है
जो अभी ठोस और सरल था
पलान्त में वही
फिर से लौट गया है
अबूझ में !

जब जब मैं उसे
उकेरता हूं साफ साफ
झिलमिलाती मूर्ति में
आंखों से झरता है
अगोचर
ठोस और अगोचर–यही यात्रा है
अनन्त की....

The compatriot
Translated from the original Hindi story
Ham Watan

The compatriot

The particular incident had taken place far away from my country in a Central Asian city

Now it is an almost forgotten incident. One of many such incidents of the past, but it was an incident that still holds my interest.

Now, let me unfold the details. It occurred in a vegetable market of a city called Frunze. The place reminded me of the old Sabzi Mandi, the vegetable market of Delhi. The air was pleasant and cool. High mountain ranges sprawled along the southern border of the city. These mountain ranges were perenially covered with snow – like the peaks of our Himalayas at home.

How would you feel if, in such bracing weather, a charming woman would come forward and held your hand? You could be confused or even shocked and might even withdraw your hand. Or you might convey your displeasure through your eyes that your hand had been wrongly held.

But what I had experienced then was an incident that had taken place in a crowded market place in public view. That lady had held my hand hard and given me an extremely enchanting smile and asked: "Do you come from India?"

For a moment I was as though lost in the magical charm of her transparently fair complexion.

She was a woman of stunning beauty and any young man would have cherished to hang her picture in his bed room.

When she repeated the question with the same bewitching smile, I hastily nodded my head in affirmation.

She beckoned to some people standing at a distance. As they moved closer, she remarked: "Now, see ! Wasn't I right? He actually hails from India !"

And then her friends started greeting me so enthusiastically as if I had been their long lost friend !

"If you're from India, you are our relative, aren't you ?" She observed with a smile. Her voice was sweet and musical like a jal tarang being played nearby.

I wondered. We were relatives? Surely, she must have been

225

mistaken. But, they had greeted me in a manner as though we belonged to the same family and had come to join a feast around a dining table to celebrate some happy occasion.

She did notice amazement in my eyes. She said: "Now, look ! you are from India and we are from Farghana." Then pointing towards the rest of them she added: "They all belong to Farghana. That's where Babur came from. Tell me, then, are we not relatives ?" Saying this, she gripped my hand tightly.

Farghana . . . yes, I had read that name in history text books. That was long ago, perhaps in my childhood days . . . Farghana . . . a conquerer had come from there on horse-back and conquered India. That's a part of history. But now, that girl, in her excitement, was interpreting history in an utterly new light . . . that we were all relatives scattered all over Asia from end to end.

As those people stood beside me there, they started singing an Uzbek folk song in a gentle, melodious tune.

The girl said: "See ! we, who belong to Farghana, are so happy to meet our kith and kin ! Honestly, it's indeed a lucky day. In the first place, we've noticed the first bird of the season migrating southward. We then knew that the bird was going to our own warm-hearted brethers . . . in distant India by the bank of the lake . . ."

I was lost in thought. I suddenly realized that the migrating birds flocking in India during the cold season came from Central Asia . . . I suddenly remembered having read a number of articles on these birds by expert bird watchers. Lots of scientific research had gone into the study of these migrating birds, whereas this pretty girl held the view, that those birds flew from one end to the other merely to be with their own, particularly loved people !

Thus engrossed in talking and joking, we had passed that vegetable market of Frunze and had come to a park.

"We've come here to enjoy our autumn holidays," she declared.

"How far is Farghana from here?" I asked.

"Ahh it's very close. Tashkent is not far from here. And once we are in Tashkent, Farghana and Samarkand are like colonies on the opposite sides. But, friend, tell us, how do you happen to be here?

I was almost nonplussed to that question as it were. I was very excited and was almost lost in imagining the city of Farghana of my imagination.

However, I said: "I'm going to Tashkent tomorrow morning." Hearing this, the girl jumped with joy. She turned to her companions saying: "Now, listen ! he too is going to Tashkent !"

I do not remember how the day passed. I returned to my hotel late at night. Having waited for me for a long time, my interpreter had left the place. He had, however, left a note at the reception: "Be ready at five in the morning."

In the happy company of that group of pleasant people, I had almost forgotten that I was actually a guest in that unknown city. Back in my hotel room my thoughts returned to that girl who had also told me two days later, on a particular Sunday, she was to be married. And on that auspicious occasion, a relative from India had to be present.

"We belong to Babur's lineage and the blood of our forefathers had mingled with ours." She smiled as she translated for me a couple of lines from a folk song. "My grandfather had followed a black-eyed beauty to a city of lakes . . . and there live now my brown-eyed brothers and sisters. Oh, flying bird, do go and meet them and convey to them without fail our greetings."

These things are not recorded in history books. And I recalled a statement by someone that Babur had not conquered this land, but he had so lost his heart to this beautiful land and more like a defeated soldier, he had accepted this land as his very own. He belonged to this very land.

As my host received me at the Tashkent airport, he had brought me an invitation to Furghana. It was an invitation for Zulphia's wedding. He said: "Do you know that Zulphia had phoned me up last night herself to say that our Indian friend should be definitely brought for the wedding."

In fact, I had given them full details about my programme in Tashkent.

My host took me round the ancient monuments. In old Tashkent I noticed grown-up and elderly people much like the people going around the Jama Masjid in Delhi. – People scattered around the area, basking in the sun. And I was really amazed at the sight of the shops that looked exactly like the tiny little shops at home which we used to visit in our childhood days to buy things.

My host intervened: "Once while passing through Paranthawali Gali in Delhi I was so struck by the resemblance of those shops to the shops in Tashkent that at one of them I had started talking in the Uzbek language. Watch out – don't start talking in Hindi here !"

But I could not help noticing the points of similarity between Tashkent and Delhi . . . The same utensils with intricate engravings, the flaps of windows . . . domes of mosques . . . I was not sure if somewhere even the Ajaan Namaaz was also being offered in that bright morning !

My host's charming wife sat with me for a while. She asked: "What's the price of gold in Delhi ?"

"Gold . . . you mean the people even here are also interested in gold !"

My host observed with a laugh: "The women of Asia suffer only from two illnesses; unending scandal mongering till they grow old and craving for gold ornaments !" Hearing that both of us doubled up with laughter, over the common craving and fascination for gold !

The following day we were in Samarkand . . . undoubtedly an important link in Indo-Soviet relations. An elderly man was heard remarking that the wonders of Samarkand would be incomplete without a reference to India.

"But why ?"

"Because Samarkand had been in the early days the biggest centre for trade between India and Central Asia. In the Jassipahan river valley Samarkand was referred to as a "pearl of the Orient." The observatory of Al-Ulgzbeg and its astronomical calculations . . my dear friend, it's all a miracle of the East. And India has been the centre of knowledge in the East . . India, which has a niche in every heart in this part of the world."

Finally, we reached Furghana to attend Zulphia's wedding. A large number of guests had gathered on the threshold of that house – aunts and uncles, relatives, distant and close. I joined them as a relative from India, that is, a relative of Zulphia's ancestors.

I was eager to meet her bridegroom. But he must be seated somewhere, enjoying his drink in the company of his friends. And what a crowd ! – it looked as if the whole city had been invited. Guests thronged the place, busy enjoying themselves in a true spirit of gaiety and abandon.

Somehow, Zulphia managed to come upto me and dragged me towards a shamiana. She said: "Look, this is my dowry . . . that is, clothes, utensils and piles of other things."

I wondered whether I was dreaming or wide awake. In my own town, dowry items used to be displayed in exactly the same way !

"So you'll go away to your in-law's house !" I started teasing Zulphia. and suddenly her eyes were filled with tears !

"Oh, oh, what's this ?" I said, trying to pacify her. "When the first bird of the season appears, I shall send a message to my Indian relative . . Living far away from here . . beyond the

Himalayas . . .'' She said in her enchanting voice. Outside, someone
was singing a song. How wonderful ! It sounded just like a note of
the Indian flute. The words of the song went like this: ''Beyond
the mountains is my home. This side are the river and the fields and
gardens . . On the other sides . . .''

I had started wondering then. I wonder even now. Outside the
window of my house I notice a bird with a long beak chirping
merrily . . .

Translated from the Hindi by Sarala Jagmohan

हमवतन

–गंगाप्रसाद विमल

अपने मुल्क से बहुत दूर, मध्य एशिया के एक शहर में घटी थी वह घटना। आज वह विगत की एक चीज बन गई है। और तमाम घटी हुई घटनाओं की तरह लगती है। पर वह बेहद रसभरी घटना है।

तो आपको बताऊँ... फ्रन्जे नाम का वह शहर और उसका एक सब्जी बाजार–सहसा मुझे दिल्ली की पुरानी सब्जी मण्डी की याद दिलाने लग गया था। ठण्डी मजेदार हवा चल रही थी। शहर के दक्षिणी हिस्सों में ऊँची-ऊँची पर्वतमालाएँ थी–उनमें सदाबहार बर्फ लदी हुई थी। ठीक जैसे हमारे हिमालय पहाड़ों में सदा ही रहती है बर्फ।

अचानक ही अगर ऐसे खुशगवार मौसम में कोई सुन्दर महिला आपका हाथ पकड़ ले–तो कैसा लगेगा आपको। शायद आप हैरत में अपना हाथ खींच लें या फिर अपनी आंखों से झलकाएँ कि आपका हाथ गलती से पकड़ लिया है।

पर मेरे साथ तो जो कुछ घटा–वह भरे बाजार में सरेआम घटा था। कि मेरा हाथ पकड़कर मुझे रोकने महिला वाली ने बेहद मनमोहक मुस्कान से पूछा था—''क्या आप भारतवासी हैं ?''

मैं कुछ पल उसके पारदर्शी गोरे रंग के तिलिस्म में जैसे खो गया था। वह इतनी सुन्दर थी कि जवान लोग तो उसकी तस्वीर अपने कमरे में लगाना पसन्द करते। उसी मुस्कान में उसने जब अपना सवाल दुहराया तो मैंने झटपट अपना सिर हिला कर स्वीकृति दी।

दूर खड़े कुछ लोगों को उसने इशारा किया। वह लोग जब पास आ गये तो वह बोली, ''देखो ! मैने ठीक ही कहा था न ? ये भारत से ही आए हैं।''

और उस झुण्ड के लोग मुझसे ऐसे तपाक से मिलने लगे जैसे मैं उनका कोई खोया हुआ भाई-बन्धु हूँ।

आप भारत के हैं तो हुए न हमारे रिश्तेदार..., वह खिलखिला कर बोली। उसकी मीठी आवाज से लगता था कहीं पास ही जलतरंग बज उठा हो।

''कैसे रिश्तेदार...'' मैने मन में सोचा। जरुर इसे कोई गलती लगी होगी। पर वे मुझे मिल रहे थे जैसे हम एक ही वंश के हों और वे अभी-अभी दस्तरखान के चारों ओर किसी उत्सव के भोज में शामिल हो जायेंगे।

मेरी आंखों के संदेह को जैसे उसने पढ़ लिया। बोली—''भई ! आप हुए भारत के...और हम फरमाना के; उसने सबकी तरफ इशारा किया—''ये सब फरमाना के

ही हैं, जहाँ के बाबर थे। हुए न रिश्तेदार?'' और उसने कस कर मेरे हाथ पकड़ लिए।

फरमाना...यह लफ्ज मैने इतिहास की किताबों में पढ़ था। कहीं बहुत पहले, ठेठ बचपन में, जहां से आये वे घुड़सवार विजेता। उन्होंने जीत लिया था भारत....इतिहास की किताबें यही बताती हैं, पर अब यह लड़की जैसे अपने उत्साह से बता रही थी—इतिहास को एक नये ही ढंग से कि भई हम तो रिश्तेदार हैं, यहां से वहां एक तमाम एशिया में फैले हुए।...

मेरे साथ खड़े-खड़े उनमें कुछ लोग एक उज्बेक गीत गाने लगे थे। बहुत धीमी, मधुर आवाज में...।

''देखो, अपने लोगों से मिलकर कितने खुश होते हैं हम फरमाना वाले; लड़की बोली। ''सच आज कितना खुशकिस्मत दिन है। एक तो हम लोगों ने मौसम की पहली चिड़िया को दक्षिण की ओर जाते देखा है तो हम जान गये कि यह हमारे गर्म-जोश भाइयों के पास जा रही है...सुदूर भारत में किसी झील के किनारे।''

मैं अचानक सोच में डूब गया। तो सर्दियों में जो झुण्ड के झुण्ड पक्षी जाते हैं, वे यहीं-कहीं मध्य एशिया से आते हैं।...पक्षी विशेषज्ञों के कई पुराने लेख मुझे याद आने लगे। ''माइग्रेट'' पक्षियों के बारे में कितने वैज्ञानिक अनुसंधान हुए हैं और यह लड़की बताती है कि वे पक्षी एक सिरे से दूसरे सिरे तक बस अपने लोगों के पास ही जाते हैं। अपने और खास अपने लोगों के पास ...।

हम लोग बतियाते, चुहल करते फ्रन्जे की उस सब्जी मण्डी से निकल बाहर एक पार्क में आ गये थे।

''हम लोग तो पतझड़ की कुछ छुट्टियाँ बिताने यहां चले आये।''

''कितनी दूर है यहां से फरमाना।''

''अरे! बस यह रहा, पास ही तो ताशकंद है...और हम ताशकंद पहुँच गये कि फरमाना और समरकंद तो दूसरे किनारों पर बसे मुहल्ले लगते हैं। पर भई! आप बताओ हमें....आप यहां कैसे आये?''

मैं उसकी बात का जवाब देना भूल-सा गया था। मुझे तो फरमाना की कल्पना में डूबे रहना फिलवक्त अच्छा लग रहा था।

मैं अगली सुबह ताशकंद ही जा रहा हूं।'' मेरे यह कहते ही वह उछल पड़ी उसने अपने साथियों को सम्बोधित कर कहा— ''लो यह भी सुबह ताशकंद जा रहे हैं।''...

मुझे नहीं मालूम वह दिन कैसे बीता। रात गये मैं अपने होटल लौटा था। दुभाषिये महोदय मेरा इन्तजार कर लौट गये थे, बस रिसेप्शन पर उनकी एक पर्ची पड़ी मिली थी—''सुबह पांच बजे तैयार रहना।''

फरमाना के उस झुण्ड के बीच रहकर शायद मैं यह भी भूल गया था कि मैं इस अजनबी शहर में महज एक मेहमान था....होटल के कमरे में लौटकर मुझे बराबर उस लड़की की याद आ रही थी जिसने यह लिखा था कि इस इतवार को ही, दो दिन

बाद उसकी शादी है। इस शादी में भारत से आये रिश्तेदार को भी शामिल होना है।

''हम बाबर के खून से हैं....और आप लोगों का खून हमारे खून में मिल ही गया था; उसने हँसकर उज्बेक गीत की वे पंक्तियां मेरे लिए अनुवाद में बताई, ''मेरे दादा एक काली आँख वाली सुन्दरी के पीछे झीलों के नगर की ओर गये थे....और वहां हैं मेरे भूरी आंखों वाले भाई-बहन। ओ ! आने वाली चिड़िया, तुम उन्हें जरूर मिलना, जरूर। और हमारा सलाम देना।''

ये चीजें इतिहास की किताबों में नहीं लिखी थीं और मुझे याद आया किसी का कथन कि बाबर ने यहां जीत नहीं पाई बल्कि वह अपना दिल इस सुन्दर भूमि पर इस कदर लुटा बैठा कि वह एक हारे हुए सैनिक की तरह यहीं का बन गया। यहीं का...

सुबह ताशकंद में मेरे मेजबान हवाई अड्डे पर मिले तो उनके पास मेरे लिए फरमाना का निमन्त्रण था। यह जुल्फिया की शादी का निमन्त्रण था। ''आप जानते हैं जुल्फिया ने रात में ही फोन कर दिया था कि भारतवंशी को फरमाना जरूर ले आना।''

मुझे याद आया कि मैंने उन लोगों को ताशकंद का अपना पूरा प्रोग्राम बता दिया था।

मेरे मेजबान मुझे ताशकंद की पुरानी इमारत दिखाते रहे। पुराने ताशकंद में, मैंने वैसे ही बड़े-बूढ़े देखे जैसे जामा मस्जिद के करीब दीखते हैं। इधर-उधर धूप में सुस्ताते लोग। दुकानें देखकर तो मैं हैरत में पड़ गया—ठीक वैसी ही छोटी-छोटी दुकानें भी थीं जिनमें हम कभी अपने बचपन में सौदा सुलफ लेने जाते थे।

मेरे मेजबान बोले, ''एक बार मैं पराठें वाली गली से अकेला गुजर रहा था कि दुकानों का सामान तालमेल देखकर दुकान पर तो मैं उज्बेक भाषा में ही बातें करने लगा था। हो सकता है आप भी वहां हिन्दी में बात करने लग जाएँ।''

पर यहां की समानताएँ क्या गिनाऊँ....ठीक वैसे ही नक्काशीदार बरतन। खिड़कियों के पल्ले....मस्जिदों के गुम्बद। सुबह शायद कहीं अजान की नमाज भी पढ़ी जा चुकी हो।

मेरे मेजबान की खूबसूरत बीबी जब कुछ देर के लिए मेरे पास बैठी तो बोली, 'दिल्ली में सोने का क्या भाव है?''

सोना...क्या आप लोगों को भी सोने के लिए चाव है?....

मेरे मेजबान ने हँस कर कहा—'एशिया की औरतों को बस दो ही बीमारियां हैं—चुगली करते-करते बूढ़ी हो जाने की और सोने के जेवरात की....' फिर तो हम हँस-हँस के दोहरे हो गये क्योंकि वहां भी लोगों में सोने का चाव था।

अगले दिन हम लोग ताशकंद में थे। समरकंद....सचमुच हमारे रिश्ते की महत्त्वपूर्ण कड़ी थी। एक बुजुर्ग फरमा रहे थे, समरकंद की खूबियां हिंदुस्तान का जिक्र किए बिना अधूरी हैं।

'भला क्यों?'

''इसलिए कि समरकंद हिंदुस्तान और मध्य एशिया के व्यापार का सबसे बड़ा

दरवाजा है। जरफशान दरिया की घाटी में बस समरकंद 'पूर्व का मोती' कहा जाता है। ऊलगबेग की वेधशाला और उसकी नक्षत्र गणना—अरे भाई ! यह सब पूर्व का चमत्कार है और पूर्व का ज्ञानकेन्द्र है हिन्दुस्तान....हिन्दुस्तान जो यहां हरेक के दिल में बसता है।''

तो हम सचमुच गये फरमाना। जुल्फिया की शादी में। उसका घर था वहां बड़े आंगन में ढेरों मेहमान जमा थे। तमाम रिश्तेदार, मामियां, ताया, बुआ और मैं था हिन्दुस्तानी रिश्तेदार यानी पुराने दादाओं का सगा।

एक तरफ औरतों का गाना-बजाना चल रहा था तो दूसरी ओर सींके कबाब उठाये बच्चे और जवान खुश-खुश अपने में मस्त थे।

जुल्फिया के पिता ने बिल्कुल हिन्दुस्तानी अंदाज में मुझे मुहल्ले के मेहमानों से मिलाना शुरू किया....और मैं, मुझे उज्बेक भाषा का एक लफ्ज भी नहीं आता था। बस 'शुक्रिया' के सहारे काम चला रहा था।

मैं जुल्फिया के मियां से मिलना चाहता था पर वह दोस्तों में कहीं जाम उठा रहा होगा और यहां तो जैसे पूरा मुहल्ला, पूरा शहर आमंत्रित था। मेहमानों की भीड़, मस्त और बेपरवाह....।

किसी तरह जुल्फिया आई और मुझे एक शामियाने के भीतर खींचकर ले गई—'यह रहा मेरा दहेज...यानी कपड़े, बर्तन....दूसरी चीजों के ढेर।' मैंने सोचा मैं सपने देख रहा था या यह सच था...ठीक जैसे हमारे मोहल्ले में होता था, ऐसे ही प्रदर्शित किया जाता था दहेज।

'तुम ससुराल चली जाओगी', मैंने उसे छेड़ना शुरू किया तो उसकी आँखों से आँसू झरने लगे।

'अरे, यह क्या...मैंने उसे चुप करने की कोशिश की।'

'अगले मौसम की पहली चिड़िया आयेगी तो मैं अपने हिन्दुस्तानी रिश्तेदारों को सन्देश भेजूंगी.....यहाँ दूर....हिमालय के इस पार से...'वह अपनी मीठी आवाज में बोल रही थी। बाहर कोई गीत गा रहा था। वाद्य ठीक हमारी बांसुरी जैसा था। मुझे उसके शब्द याद नहीं, पर लग रहा था, वह गीत था 'मेरा घर पहाड़ के इस पार है...इस पार नदियां हैं, खेत और बागान और उस पार....।'

तब मैं सोच में डूब गया था। अब भी डूबा हुआ हूं। खिड़की के पार लम्बी चोंच वाली एक चिड़िया चहचहा रही है।

My address

My home is in the North
    amongst hills
    on the slope of some
    snow-clad peak.

In the centre of the world
    you'll find the Himalayas
    known as the back-bone
    and looking just like a girdle.

My home's towards the west
    of Burma
    towards the east of Kabul
    and towards the south of China.

Right
    on the eastern corner of the west,
    to the west of the Far East,
    slightly south of the north
    and to the north of the extreme south.

From the north-west corners
    they'd say it's in the latitude
    of southern-north.

Where's that ?
    In the net of all four directions . . .

अता-पता

मेरा घर उत्तर में है
पहाड़ों के बीच
हिम शृंगों की
किसी ढलान पर

विश्व के केन्द्र में
स्थित है हिमालय
कहते हैं उसे मेरुदण्ड
मेखलाकार

बर्मा के पश्चिम में है
मेरा घर
काबुल के पूर्व में
चीन के दक्षिण में

ठीक
पश्चिम के पूर्वीय कोने में
सुदूर पूर्व के पश्चिम में
उत्तर के थोड़े से दक्षिण में
धुर दक्षिण के उत्तर में

पश्चिमोत्तर कोनों से
उसे कहेंगे दक्षिणोत्तर माप में
कहाँ है वह
चारों दिशाओं के
जाल में....

The child
Translated from the original Hindi story
Bacha

The child

The child had fallen from the roof of the *haveli* and lay unconscious in the courtyard. When his body hit the ground, a thud resounded throughout the *haveli* startling everyone. They could not, a first, make out what happened and it took a few minutes before they began to investigate. All at once it seemed, people started running to the courtyard. Women ran helter-skelter, bumping into each other, trying to get to the spot before their neighbours. People crowded the stairs, looking as if they were fleeing a fire. By the time people had collected around the child, blood, in small rivulets, was flowing from the boy's mouth. His head, which had rolled to one side, was badly smashed. Seeing him thus disfigured, someone rushed forward and placed a towel over his face.

Within minutes of the fall, most residents of the *haveli* had gathered to stand around the injured child, watching him lie in a pool of blood. Because it was just before noon, women, of course, outnumbered men. Early every morning, the men left the *haveli* for offices or shops and when they came back at night it was to eat and sleep rather than to socialize so the women were left to their own devices during the day. After completing their morning chores, the women's favourite pastime was discovering everything that could be found about about their neighbours; to know more than anyone else was their greatest pleasure. The few men present this day were home either because they were ill or because they were handicapped and unable to work. When they saw that the women had taken control of the situation by setting up wailing rows, they began to move away, mainly because they wanted to show respect to the women. Perhaps, also, they thought it essential that women hold sway in such matters and that they should not intrude.

Within a quarter of an hour, the courtyard began to take on the appearence of a mass-prayer meeting. The women sat down and began to lament in earnest, several sat with small children in their laps or by their sides.

Since the accident took place around mid-day when the women, having finished their housework, usually joined their separate cliques

239

for gossip and socializing, it was not altogether a welcome break in routine. The day's certain pleasures were being denied them. The feeling that they should return to routine was as pervasive as if they had been set on automatic devices.

'Whose child is this? a woman asked.

'I don't know,' another replied. They began shaking their heads.

'From his shorts, he has the look of Nanak Chand.' said one.

'No, no, he is not mine!' a lanky woman shouted, patting the head of the child sitting beside her.

They looked at each other in confusion. Whose child was he?

An hour passed during which the women, having foregone their morning break, kept vigil by weeping and wailing. Earlier, they had made searches for their own children and those in the foremost rows had their children by their sides while women in the back rows still moved about, returning only after finding their children. A few, whose children were grown up or away at school or out of town with friends, kept the vigil without a break as did the women who had no children, but, at the outer fringes, there was much activity. Although the women nearest the child continued a steady wail, the crying was quietening down as some would stop to chat briefly before resuming their keening.

During the second hour, all the women who had gone out to look for their own children returned to the courtyard with them, happy in the safety of their own. It took them a few minutes to rejoin the show of sorrow that the others maintained but eventually they settled down to moaning anew.

'He must be dead by now!' said one woman, standing up and looking around the others. As soon as she uttered the word 'dead', there was a stir in the crowd and the cries of the women rose higher and higher.

No one had mentioned getting a doctor or seeking help because they did not know whose child it was and it was proper to know what the mother would want done before taking action.

'Today, Mamchand's father will return home earlier than usual. I must go and prepare food for him,' said a short-statured woman who got up after speaking to the women next to her. She left quickly for her rooms in the *haveli*. Two other women got up to leave and were about to say something in explanation when they saw a middle-aged woman coming into the courtyard. With her arrival, the women began to scream.

The new arrival took a quick glance at the body of the child and

240

staggered forward. 'Arrh. . . I was away at the bazaar and look what happens. My Nathmal has fallen from the top of the *haveli*,' she cried out, forcing her way to the front of the group where the child lay.

'Your Nathmal is in his teens,' remarked an old lady in the front row, removing the veil from her wrinkled face. 'This boy can't be more than six or seven.'

Nathmal's mother stopped crying at once. The veil covering her face slid off, exposing the stunned look of someone who has received a longed-for-but-little-expected reprieve by a stroke of unbelievable luck. She slumped to the floor and joined in the ritual of sorrow.

'Sasuji,' she called out, after a few minutes, looking at the old lady whose veil had fallen to her chin, 'you have saved my life, otherwise I would surely have had a stroke.'

Suddenly the wailing ceased and the women started to whisper to each other.

'Ghanmal's wife hasn't come out,' someone said tentatively.

'She has no child.'

'What does that matter? There are those here who have no children. She should have joined us by now.'

'She might not have heard the fall.'

'Damn, that's right. She must have gone out with her paramour before this happened.'

The word 'paramour' uttered in such a way that it caught everyone's attention, evoked knowing titters. It seemed as if the faces behind the veils were all smiles and laughter. Then they fell silent again. The lamenting had stopped. Women who had some job to attend to left on one pretext or another while others, who had been informed of the news late because they had been shopping, were just joining the group, their faces serious, their eyes sombre. But soon they, too, began a desultory conversation. The real problem, how to find out whose child it was, was mentioned but never explored. It was now past mid-afternoon.

'Something ominous has happened,' said one of the women and the others repeated this sentence with due significance and as custom demanded but they continued to talk casually without troubling to enquire about the parents of the child. Nor did anyone remove the towel from the boy's face to take a closer look at him. It never struck them that the child might be moved to a place out of the hot sun any more than it occurred to them to call a doctor. Their duty was fulfilled by sitting and wailing.

241

'Did you know my husband gave me a gold bracelet weighing about three *tolas*?' asked one pretty young woman.

'Isn't gold very costly these days? He must care for you dearly.'

The women had resumed their usual conversations, the familiar subjects they talked about every day. Then one called out, 'Look, Paresh's wife is coming.'

Everyone looked towards the gate. Dangling a purse in her hand, Paresh's wife entered the gate of the courtyard without wearing the veil. As she was the only woman in the *haveli* who never covered her face, she was the subject of much talk. Some women were apt to comment with asperity, 'What's the point of her going about veiled when she has no charm or attraction? But she was the wife of an important man.

Mrs. Paresh walked up to the center of the group.

'What happened here?'she enquired with a gesture.

'This child died after falling from the roof.'

'Whose child is he? she asked.

'We do not know. We cannot find his parents.'

'Dead!' Mrs. Paresh cried out loudly, expressing grief.

Tears welled up in the eyes of the women and they set to wailing again.

Mrs. Paresh walked up to the child cautiously, lifted the towel gently from his face, and said, 'Perhaps he is Sabri's son.'

'Sabri's son!' several women repeated. A hush fell off over the courtyard. They stood up, confused, looking at the ground or the corners of the building, avoiding each other's eyes.

'Poor boy – he is dead,' Mrs. Paresh said, crying softly. But no one joined her in lamenting now.

These women came from high caste, wealthy families. They asserted their position by not bothering to make further comments. How could they have stayed there all afternoon for a washerwoman, a *harijan's,* son? It was a scandal. And to touch his body as Mrs. Paresh had done – that was out of the question.

The day was closing in. The women began to move away, slowly, silently, leaving the courtyard vacant. By nightfall, hundreds of flies were swarming over the dried blood on the floor of the courtyard and over the little boy's body. At the end of the day, the child lay where he had fallen.

Translated from the Hindi by Jai Vrat *and revised by* L. Reynolds

बच्चा

हवेली की किसी मंजिल से गिरकर बच्चा सीधे दालान के बीचों-बीच आ गिरा था। जब तक लोग देखें तब तक उसके मुंह से निकले खून की धारियां इधर-उधर बहने लग गयी थीं। असहाय और गिरने के आघात से बेहोश बच्चे का सिर एक तरफ लुढ़क गया था। कोई दौड़कर आया था और उसने सिर्फ बच्चे का मुंह कपड़े से ढक दिया था।

धमाके को सुनकर लोग अंदाजा ही नहीं लगा पाये कि क्या हुआ ? लेकिन बहते खून और बच्चे को उलटा पड़ा देख जल्दी ही भीड़ जमा हो गयी।

जिसने भी सुना, वह उसी ओर भागा आया। हवेली की हर मंजिल के हर दरवाजे से दौड़कर आती औरतों का हजूम पल-भर में ही जैसे बच्चे के चारों ओर जमा हो गया था। सिसकती, चीखती औरतों की आवाज़ों के बीच कुछ भी सुनाई नहीं पड़ रहा था।

औरतों को देखकर घर, पड़ोस के जो थोड़े मर्द वहां इकट्ठे ही गये थे वे जल्दी ही वहां से हट गये थे। हट ही नहीं गये थे बल्कि जैसे कहीं गुम हो गये थे। और रात के पहले पहर तक अपनी ही दुनिया में अकेली रहने वाली उन औरतों को हवेली के हर घर का रहस्य मालूम था। यही काम था जिसे वह दिन-भर करती थीं। घर के मर्द लोग व्यापार या दुकानों की नौकरियों के लिए सुबह निकल जाते तो रात को सिर्फ सोने के लिए ही घर लौटते।

आज की घटना में जो दो-एक मर्द वहां पहले दिखाई दे रहे थे, वे बीमार या बेकार लोग थे और औरतों के सामने से हट जाने का शिष्टाचार निभाना उनके लिए बहुत जरूरी था।

थोड़ी ही देर में दालान भर गया था। औरतें बैठ गयी थीं और विलाप करने लग गयी थीं। वह एक सामूहिक संकीर्तन जैसी स्थिति थी। कुछेक औरतें अपनी गोद में छोटे बच्चे भी लिटाये हुई थीं।

कितनी देर वे लोग सामूहिक विलाप में डूबी रही होंगी इसका तो कोई विवरण इस कहानी में जुटाना मुश्किल है परन्तु इतना जरूर था कि वह दुर्घटना दुपहर के करीब हुई थी जब सब औरतें अपना चौका-बर्तन समेटकर अपनी निन्दा-गोष्ठी में बैठ जाती थीं। अब यह जैसे उठने का समय था। उठने के समय का कोई यंत्र चालित अहसास था कि तब लयबद्ध उस विलाप में अचानक विराम पड़ा।

"किसको छोरो ?" किसी औरत ने सवाल किया।

"पता नहीं किसका बच्चा है ?" दूसरी ने उत्तर दिया।

''नेकर तो नानकचन्द जैसी लगती है।''

''ना री मेरा बच्चा तो ये रहा,'' लम्बी-सी एक औरत ने अपने बच्चे का सिर सहलाते हुए कहा, जो उसके पास ही बैठा था।

इतनी देर बाद उन औरतों को खयाल आया कि बच्चा किसका था। घंटों विलाप करने के बाद और एकलय वहां बैठे रहने के बाद अचानक उनमें खलबली मच गयी। हर कोई अपने बच्चे की तलाश में निकल पड़ी। कुछ जिनके बच्चे बड़े-बड़े थे और शहर में नहीं थे या बांझ औरतें अभी वहां बैठी हुई थीं। बच्चे के बिल्कुल पास बैठी औरतें हालांकि अभी भी सिसक रही थीं लेकिन झुण्ड की झुण्ड औरतों को उठते-बैठते देखकर वे सिसकियों के बीच कुनमुनाकर पड़ोसिन से कुछ पूछ भी लेती थीं।

दनादन अपने बच्चों को लेकर हवेली की औरतें फिर दालान में लौट आयीं और एक-दूसरे को अपना बच्चा दिखाकर तसल्ली से फिर बैठ गयीं और रोने का उपक्रम करने लगीं।

''अब तो यह मर गया होगा?'' एक खड़ी औरत ने जैसे सबको सम्बोधित करते हुए कहा।

और मरने की यह बात सुनते ही बैठी हुई भीड़ में जैसे हलचल हुई और रोने का काम फिर शुरू हो गया।

''मामचन्द के पिता आज जल्दी आयेंगे। मैं घर चलूं और रात का खाना तैयार करूं।'' अपनी पड़ोसिन को सुनाती हुई ठिगने कद की एक औरत उठी और हवेली में अपने घर की ओर चल दी। देखादेखी दो-तीन औरतें दूसरों को सुना कुछ कहती हुई उठने लगीं कि तभी हवेली के दरवाजे से गठे हुए जिस्म की एक अधेड़ औरत अन्दर आयी और जोरों से दहाड़ मारकर रोने लगी।

''अरी, मैं जरा बाजार क्या गयी थी कि मेरा नाथ मल गिर पड़ा।'' और वह बैठी औरतों को धकियाती हुई बीच में उस जगह पहुंचने की कोशिश करने लगी जहां मरा हुआ बच्चा पड़ा था।

''तेरा नाथ मल तो भई पन्द्रह साल का है,'' एक औरत खड़ी होकर बोली। बोलते हुए उसने घूंघट उठा लिया तो देखा कि वह साठ साल की झुर्रियों-भरे चेहरे वाली औरत थी। ''यो बच्चा तो ६-७ साल का लगे है।''

नाथ मल की माँ बीच में ही रुक पड़ी। उसका घूंघट सिर की तरफ खिसक आया था। उसके चेहरे से लगता था जैसे उसे कोई आकस्मिक-सी चीज मिली है। और धम्म से जमीन पर बैठ गयी।

''आपने तो मेरी जान बचा ली सासू जी। वरना मैं तो मर ही गयी थी।'' उसने बूढ़ी औरत को सम्बोधित किया जो अपना घूंघट पूरी तरह चेहरे के नीचे तक झुलाने की कोशिश कर रही थी।

अब रुदन रुका हुआ था और हर दूसरे कान में कोई कुछ न कुछ फुसफुसा रहा था।

244

''धनमल की औरत तो न आयी होगी यहां ?'' एक चपल-सी आवाज ने पूछा ।

''उसके तो भाई बच्चा नहीं है न ?''

''तो क्या हुआ ? मातम मनाने न आ सकती थी क्या ?''

''ना पता चला होगा ।''

''बस री बस । अरी चली गयी होगी अपने 'यार' के साथ ।'' 'यार' शब्द इस फुसफुसाहट में कहा गया था कि वह चारों ओर फैल गया था । लगा जैसे घूंघटों के भीतर के चेहरे हंसी में दमक आये हों । फिर रोना रुका रहा । काम-काजी औरतें किसी न किसी बहाने से खिसकती रहीं । जिन औरतों को खबर बाद में मिली थी वे रोती हुई भीड़ की उस बैठक में घुसती और फिर तसल्ली की सांस लेकर वहां की बातचीत में शामिल हो जातीं ।

अब वहां सिर्फ यही समस्या थी कि बच्चा किसका है ?

''च-च-च, बड़ा बुरा हुआ ।''अनेक औरतों ने यह वाक्य दुहराया पर किसी ने जानने की कोशिश में लड़के के मुंह का कपड़ा नहीं हटाया कि उसकी शक्ल क्या है और वह किसका बच्चा है । डाक्टर को बुलाने या उसे उठाकर कहीं छाया में रखने की सुध जैसे हवेली की उन असंख्य औरतों में आयी ही नहीं ।

''मुझे तो भाई उन्होंने तीन तोले का बाजूबन्द बना दिया है ।''

''सोना तो बड़ा महंगा है न ?''

औरतों में फिर वे ही बातें चल पड़ीं जो उनकी दिन-दुपहर की गप्प-गोष्ठियों में होती थीं ।

''लो आ गई मास्टर परेश की बीबी,'' तो लोगों की आंखें एकदम मुख्य दरवाजे की ओर जा लगीं । हाथ का पर्स हिलाती घूंघट विहीन एक औरत दरवाजे से दाखिल हो रही थी । सारी हवेली में वही एक महिला थी जो घूंघट नहीं निकालती थी । और उसके बारे में ज्यादातर औरतें आपस में जो बातचीत करती थीं उसका सार इतना ही था कि 'न रूप न रंग खुले मुंह भी चले तो क्या ।'

''क्या हुआ ?'' मास्टर परेश की श्रीमती ने मुंह से कुछ नहीं कहा लेकिन सिर्फ अपनी मुद्रा से जाहिर किया ।

''ऊपर से गिरकर किसी का बच्चा मर गया ।''

''किसका बच्चा ?'' श्रीमती परेश ने पूछा ।

''यही तो घंटों से पता नहीं चल रहा ।''

''मर गया बेचारा ।'' और मरने का जिक्र आते ही जैसे औरतों के आंसू पिघल आये । मन्द गति से मातम चालू हो गया था ।

श्रीमती परेश धड़धड़ाती हुई ठीक बीच में पहुंची और लेटे बच्चे को देख बोली, ''मेरा अंदाज है कि यह सबरी धोबिन का लड़का है ।''

धोबिन का लड़का....भीड़ में सन्नाटा छा गया । औरतें हड़बड़ाहट में उठने लग गयीं ।

''बेचारा मर गया,'' श्रीमती परेश के कहने पर भी कोई औरत रोने और मातम के लिए नहीं रुकी।

कुलीन और श्रीमन्त किस्म की औरतें जैसे घूंघट के बीच ही नाक-भौंह सिकोड़ रही थीं। धोबिन के बच्चे के लिए वे नहीं रुक सकती थीं। उसे छूने का तो सवाल ही नहीं उठता था।

धीरे-धीरे दालान खाली हो गया। खून की धारियां सूख गयी थीं और वहां मक्खियां मंडरा रही थीं।

Trees at Lohital

Trees, mine
    since childhood
    I want to ask

If you ever saw
    magic folk
    bathing here ?

All I ever saw was a poor woman
    slapping clothes on a stone.
    Through the sound I watched her.

The curry
    was made of mint
    eaten with dry bread.
    Her children told me so.

And that on the upper hills
    the water had dried
    so much
    they'd had to leave and come down here.

In the dry Lohital
    amid the muddy earth
    the water is murky.

Oh you trees, standing for centuries,
    when they cut you down
    the past will melt away
    legends,
    and stories,
    slowly, slowly
    as the wood spreads,
    into nuclear present, future past.

लोहिताल के पेड़

मेरे बचपन से खड़े
पेड़ों
पूँछता हूं तुम से

क्या तुमने देखी थीं
अप्सराएं
यहाँ नहाती

मैंने तो एक गरीब औरत को
पत्थर पर कपड़े पटकते
अनुगूंज के सहारे देखा था।

पोदीने की सब्जी
और सूखे टिक्कड़ को खाते
उसके बच्चों ने बताया था।
ऊपरी पहाड़ पर
पानी सूख गया है
अब यहीं आते हैं हम।

सूखे लोहिताल में
कीचड़ के बीच
मटमैला पानी है

सदियों से खड़े पेड़ों
जब तुम कट जाओगे
ढल जायेगा अतीत
किम्वदन्तियाँ
और कहानियां
धीरे धीरे
पसर आयेगा
आणविक वर्तमान।

The suicide
Translated from the original Hindi story
Atma Hatya

The suicide

The high-rise buildings of a metropolitan city break into view from a distance. It's a so called 'desert of concrete' marked by a mad rush and an unending flurry of activity. You can have a fair sample of it as you pass along Kasturba Gandhi Marg, previously known as Curzon Road. The high-rise buildings flanking this road remind me of the picture post-cards which a friend used to send me from New York. The Empire State building in that city and such other sky-scrapers left me amazed. If you have never passed along Curzon Road or as I have never been to New York . . . well, does it make any difference ?

I was in a hurry to visit the newspaper office located in that building. Instead of climbing up the stairs I took my place in the queue, waiting for a lift. Queues had formed before all the three lifts and I being in the middle row had the advantage of commanding the view on both sides. In those minutes of tedious waiting I vaguely saw some-one in the row to my right flinging a perfunctory 'namaskar' at me – a 'namaskar' reserved for casual acquaintances. Before I could pull myself up to find out who the person was, the queue started moving and he disappeared into the lift. As it happened, he planted himself in the lift with his face towards me. Then the door swiftly closed and I could only have a fleeting glimpse of his eyes. And what eyes ! They had imprinted themselves on my mind like a flash of lightning. May be they had even sent a shiver through my body. Now I wished that the door of the lift had opened again so that I could have another look at the man.

I don't remember when I stepped out of my own row and squeezed myself into the row in which that man had been standing. I even forgot that I had to go to the newspaper office to meet my friend, Tikku, on some urgent business.

I felt greatly agitated as I stood in the queue out of my turn. I was not only set against the man in front of me but was even pushing against him. On its downward journey as the lift winked at the first floor in a red neon numeral my heart went a-twitter. Those eyes were still ablaze in my eyes. Those terror-stricken eyes, as if fearing some impending doom, had taken possession of me. They had almost shackled me.

Suddenly that evening of 31st December fifteen years ago which I had spent in the Coffee House at Jalandhar leapt to my mind. Fifteen years ago I had seen the same light in Dhanraj's eyes. Steady, unblinking eyes, shining with some diabolical determination.

Only a week ago, on the 24th December to be precise, Dhanraj had visited me in my college hostel at Chandigarh. Even after a lapse of fifteen years I still vividly remember the whole thing. We were about seven or eight people in my room merrily chatting about everything under the sun.

Dhanraj had made the announcement before all of us. Of course we had not taken him seriously. We thought he was joking.

As decided, I had reached Jalandhar in the evening of 31st December and had gone straight to the Coffee House where we were to spend the last day of the year together. Everyone was there except Dhanraj. He had kept us waiting and showed up late at nine. In winter nine o' clock looks almost like midnight. It being the New Year Eve all the hotels around were full of gaiety. Even that sleepy town had come awake.

Dhanraj looked so lost as if he was searching for something. As he shifted closer to me I looked at his eyes. They looked so stony and his gaze was so abstract. As he sat by my side I did not fail to notice how quiet he was; his silence on an occasion like this appalled me. One of our friends had monopolised the talk; he went on and on. Then suddenly Dhanraj got up from his seat and swept us with his gaze. An eerie sort of hardness shone in his eyes. He walked abruptly out of the Coffee House.

I shook Kapil, who was sitting next to me, by his shoulder. 'I'm afraid he is up to something' I said, striking a note of alarm.

But Kapil Malhotra ignored my remark.

'We must stop him, yar,' I said in a hard voice.

'You chicken-hearted Brahmin!' It must have taken Kapil half a minute to pronounce his verdict. He seemed to be under the influence of some drug.

'That *sala* Dhanraj is a coward,' he said after a pause. 'He can't be up to anything.'

'But how do you know? He is behaving in this manner for the first time.'

'For the first time?' Kapil said in a mocking tone. 'I tell you, he will not put his threat into action the first time.'

Kapil's indifference galled me. But it was no time to join issues with him.

'No, Kapil, perhaps you did not see his eyes,' I said, more to bring home to him how out of place his mockery was.

Kapil gave a sarcastic laugh which betrayed his helplessness. 'Pandit, have you seen my eyes?' he asked.

I looked at Kapil's eyes. Steady, tired eyes and expressionless, shorn of any feeling. May be because he was drugged.

He got up with a jolt which was in glaring contrast to his phlegmatic behaviour, as if his mind had suddenly become lucid in the course of his drug-induced torpor. He shook my shoulder. 'Bimal, You could be right,' he said.

I wanted to look at Kapil's face but he had shifted a little and his face was lost in the dark shadows of the room.

"Let's go,' his voice shook. 'We must go in search of him. He may not do something desperate.' He mumbled something whose meaning I failed to catch. 'Let's hurry,' he said.

We ran down the stairs of the Coffee House. Past the Green Restaurant we took to the by-lanes and came to the Kailash Café, a place which Dhanraj often frequented. But we did not see any familiar face there. There were only a couple of turbaned youths who looked like raw college students.

"We shall ask someone,' I said.

'No, don't,' Kapil said in a hard voice. 'Come, we shall look him up in "Kesari". This mama's son is like the tea of that restaurant. Sala !' Kapil dropped his voice as if he had strained himself beyond his physical resources.

I had almost to run to keep pace with the long-legged Kapil, who strode forward in the dark like a ghostly shadow. Darkness lay sprawled on the road. It had rained a few days back and there was a chill in the air. The wayside ponds had not yet dried and sometimes glimmered in the light.

There were two or three people sitting in the 'Kesari' but Dhanraj was not among them. They were sitting quiet and statuesque as if they were in mourning.

Coming out, Kapil held my hand and gestured me to get into a nearby standing rickshaw. We went to an eating place near Patel Chowk. Dhanraj was not there either.

'He may not do something desperate,' Kapil's voice was charged with fear. It was difficult to say whether his voice had become tremulous due to the effect of the drug or out of contemplation on the impending catastrophe.

We kept searching for Dhanraj till midnight. We called on his friends and acquaintances. We also looked up the women whom he sometimes visited, giving rise to scandalous gossip about him. We also visited all those hotels where he could possibly stay for the night.

The next day, very early in the morning, the police came to Kapil's house and informed him that it had discovered the dead body of a man at the feet of the statue in Nehru Park. It had found a piece of paper in the dead man's pocket with Kapil's address scribbled on it. Kapil who usually remained calm and composed suddenly broke down and clung to me like a child. 'For the past one week the bastard had been dinning into my ears that they would not find him alive on the New Year Day. Oh, hell, how could I have overlooked Nehru Park?'

I had also discerned the same desperation in the eyes of the man who had gone up by the lift. His pupils also looked dilated like Dhanraj's fifteen years ago. It was only a few minutes ago that the thought had shot through my mind and then I found myself standing in the other row.

As soon as the door of the lift opened I broke the queue without caring for what others would say, and elbowing my way through the people I barged into the lift, out of my turn. The lift was marked for the Steel Authority of India. There was only one lift for that floor and there was always a long queue forming outside this lift.

The man in front glared at me. He brushed up his spotless white suit and again gave me a hostile look. In the mirror fixed in the lift I saw a man muttering under his breath. I knew he was not reciting the Japji Saheb. To be sure, he must be passing some strictures at my boorish behaviour.

My eyes were glued to the numerals above the door of the lift. The lift seemed to be going up at an excruciatingly slow speed. My mind, full of dismay, despair, and fear, seemed to be like a boiling cauldron. A little delay and the man I was after would throw himself down from some floor and this tragic incident would make the headline in the *Evening News*. In the mirror I could still see the scowl on the passengers' faces. They had not forgiven me. I had committed the sacrilege of breaking the queue. But considering my 'epic' mission their anger looked childish to me.

Then I suddenly asked myself where would I find him? This building had seventeen floors. Where would he be? On which floor? How could I know which floor he had gone to? The lift was stopping at every floor. Four, six, eight, ten. By now there were only a few passengers left in the lift. Their anger seemed to have vanished. Perhaps they had other worries to cope with.

I tried to recall where I had last met this man. I knew him of course but had failed to place him. Man's memory can sometimes play tricks. Yes, now I remembered. He had done his M.A. in philosophy and was now teaching in a school. He had a charming wife, sober yet vivacious. He had two pretty children. At the Coffee House sometimes he sat at the same table with me. But that was quite sometime back.

I got out at the 10th floor. The first thing I did was to rush up and try to look out of the window. As I came nearer I found that the window was closed and there was no one in sight to guide me.It was not easy to open the window. As I turned towards the staircase I found a peon dozing on his stool.

'Bhai,' I said in a loud voice. He got up in confusion. 'Bhai, have you seen anyone going down these stairs a short while ago? He must be in a great hurry.'

'For the last one hour not even a sparrow has flapped its wings here,' he said testily in his Nepalese accent.

I stood there looking bewildered. Fear seemed to have gripped me like a vice. Where should I go? Where find him?

A little dejected, I started climbing the stairs to the 11th floor. The floor lay steeped in silence and its windows were closed. I marked that even their latches had rusted. Just the place to commit suicide. But it was evident that nobody had come up to this floor for a long while. I could even see my foot marks in the thin coat of dust on the floor. At a loss what to do next, I climbed down to the 10th floor. It did not even occur to me to take the lift to the ground floor. A little disappointed, I decided to use the flight of stairs on my downward journey.

'Saab !' the peon of the 10th floor suddenly accosted me. 'Just now I saw a man going down to the 9th floor by these stairs. He seemed to be in a great hurry and was looking around as if in search of something. May be he was looking for you.'

Oh, so he had not yet taken the plunge! He must be the same man and should be looking for some solitary corner. I wordlessly thanked God and quickly took the stairs to the 9th floor. I went straight towards the 9th floor window and looked at the lawn below. But there was nobody lying sprawled on the lawn. Mercifully, the man had still not taken the faltal jump.

The peon must have felt surprised on my scampering down to the 9th floor in such a bewildered state. There were many people there, some of them emerging from the toilet, others standing against the wall, taking their ease before going in to resume their work. I was just going down to the 8th floor when I collided against a man who was coming up.

Call it coincidence, it was the same man whom I was after. I had no doubt in my mind that he was searching for some isolated spot. His eyes still had that glint of fear in them. Dashing up I caught him by his collar.

'You !' he blurted out. 'What do you want of me?' he asked in a feeble, fumbling voice. 'Let go of my shirt. What do you mean by behaving with me in this manner ?' he added, giving me a furtive look.

'Asking me ? First tell me what were you going to do just now ?'

He feigned anger. 'What do you mean? What's this high-handedness ?'

Not taking any notice of his anger I tightened my grip over his collar and gave him an angry look. Changing his strategy, he worked up a defeated smile on his face. 'I . . . I'm doing nothing. Perhaps you are labouring under some misapprehension.' But he made no effort to get his collar released from my grip. Perhaps he was thinking of some new trick to get rid of me. After a brief interval his expression suddenly mellowed. 'Why do you want to hold me like this?' he asked. 'There's nothing the matter with me.'

But his eyes had not softened. There was still the same glitter in them. If anything, he looked more determined to carry out his intention. Maybe my attitude towards him was responsible for it.

'Look, you were going to commit sucide. Am I right ?'

He gave me a contemptuous look. He stood there facing me as if he had nothing but ridicule for me. He swallowed hard and then said in a theatrical voice, 'It seems you have a screw loose in your head. Perhaps the shoe is on the other foot. Perhaps you were yourself going to commit this act. Yes, you, not I. Now let go of me.' Exerting some force he tried to break away from me.

'No, I won't,' I said in a firm voice. 'Your intention is not good.'

For an instant I thought he felt vanquished. He fumbled for speech and what was more he had not been able to return my allegation. He must be foundering in despair.

'Why were you going to do such a mean and ignoble thing?' I asked. But before I could continue I again saw that glint in his eyes and his body becoming tense. Then without any warning, he gave a powerful blow in my face which shook my jaw and I tasted blood in my mouth. But I did not let go of his collar. He gave me a mighty push. We both staggered under its momentum and just escaped from falling down. Then he suddenly weakened. The way he was trying to break away from me indicated that he was already a spent force. His whole weight seemed to have gathered in his collar and he was heavily learning on me.

'How . . . how did you know?' he suddenly asked, looking very dejected.

I looked up at his face. It had softened but it was difficult to say whether his eyes had lost that suicidal glint or not.

I was feeling apprehensive lest he should release himself from my grip and make for the window. And as I had feared, as soon as he got an opportunity he ran towards the stairs, leading to the ninth floor. He did it like a bull who had just broken loose from its peg. He was bounding up the stairs with incredible speed while I ran after him, panting. Though the distance between us was not large , I felt that it made all the difference between life and death. The thought made me accelerate my pace so much so that I broke into a run.

He was just going to jump out of the window when I saw a man coming from the opposite direction. 'Stop him !' I cried. 'He's going to jump...' Since I was shouting at the top of my voice it had taken a shrill, trembling note.

He had just climbed on to the window ledge when a passer-by caught hold of him.

'Let me go !' While struggling to release himself from the clutches of the man, his foot struck against the window pane, shattering its glass into pieces which scattered on the floor. In the meanwhile some people had collected around him. He realised that the game was up. His body sagged and that strange light also died in his eyes like a flame suddenly extinguished. I knew he had thrown down his arms.

Seeing a small crowd around him his lips suddenly twisted as if he was on the point of crying. There was a barrage of questions making him anxious to get away from the crowd and seek refuge somewhere. He edged closer to me and set himself against me. May be there was some purpose behind his move for soon he took out a long

envelope from his pocket and held it before me. Was it a prelude
to his suicide ?

There was a letter in the envelope – a very long letter it was.

He gave me a beseeching look as if urging me to read the letter.
But his look also betrayed contempt and embarrassment as if he was
chary of facing the facts.

It looked like an open letter addressed to politicians, religious
heads, educationists and social reformers.

I started reading the letter:

'Yes, I am going to commit sucide because I see no alternative
to it. Slogans, values reflecting honesty and goodness and such like
other virtues – they are all tinsel, mere shibboleths. Those who are
free from their shackles are the happy people and intrinsically rich.
Those who live by these shibboleths expect a poor teacher like me
to sow the seeds of dharma, compassion, truth in the minds of the
poor children from the very beginning so that they are chained by
them all their lives. So that they cower before their oppressors and
do not demand their right. So that they unquestioningly carry out
the behests of the society like a beast of burden. Their teachings have
made us cowards and impotents, generation after generation.

'I had also imbibed these values from my very childhood. But
to what purpose ? Even though I topped the list in all the
examinations I could only get an ordinary job as a school teacher
whereas many of my companions who were duds and just managed
to scrap through their examinations, climbed up the social ladder
on the strength and recommendations of their relatives. Many of them
ended up as leaders.'

On the very first page of his letter this graduate of Philosophy
had given a long list of the leaders of political parties, chief ministers
of various states, the vice-chancellors of many universities, top
administrators, chairmen of various commissions, ministers and
senior university professors along with a list of their relatives who
had secured positions of vantage by sheer virtue of being relatives
of these high-ups. I was amazed at the amount of research he had
done in this connection.

''What will I bequeath to my children ?'' the letter read. 'Only
hunger, debts, drudgery and a perennial soul-killing hope. My salary
is so meagre that for the last few months I have not been able to
pay the dues of the grocer. I have borrowed money from friends to
pay my children's school fees. I wish I knew what is in store for
me. What alternative have I to escape this sense of insecurity? This

state of affairs is not of my making. I know the people who are responsible for it. But I can do nothing about it.

'Dacoits, smugglers, black-marketeers, profiteers – they put human values such as love of humanity and truth in cold storage and with great braggadocio rake in wealth with both hands whereas on the other side of the scale I have kept teaching the school children that it is a sin to tell lies, that one should always speak the truth, that one should always help the needy.'

While reading this long letter I was suddenly reminded of Dhanraj. Fifteen years ago, on 22nd December he was staying with me in my room in the university hostel. Those days that room of mine served as a guest room for my friends. Dhanraj had brought a trunkful of books with him. It had been quite a job heaving up that heavy trunk to the third floor of the hostel where I had my room. He had been staying with me for the past few days. He was away most of the day, but as night fell he would suddenly appear in my room, take out a massive tome from his trunk, turn over its pages and then unable to concentrate on the book, return it to the trunk with a huff. He would even take the extra precaution of fixing a weak lock on the trunk.

This antic of his would bring a smile to my face. Embarrassed, he would say, 'A lock is just a symbol of security. At every stage of our life we voluntarily put up locks as a safeguard against pilferage.'

'Dhanraj, you're very possessive. But I know you would not admit it.' I told him one evening.

He lapsed into a long silence. 'Perhaps you don't know,' at last he said coming out of his shell. 'Nor would you be able to appreciate its significance. You know my parents died when I was only small child.' He again fell silent as if he was digging into his past. 'I don't know anything else,' he said apologetically' 'I've only a very hazy picture of the whole thing.'

Lying in bed I would listen to his disjointed and sketchy 'life story' trying to patch up these bits into a coherent whole. At the same time I would wonder at the kind of hectic and bizarre life he had led in the beginning. While I would expectantly look at his face to glean more facts of his life he would suddenly fly at a tangent.'Have you read Spender's latest book?' he would, for instance, ask. He would get out of his bed though it was already mid-night, unlock his trunk and rummage through the books to locate the one he wanted. I feared that if he could not lay his hand on that particular book he may even walk out of the room in anger.

'Dhanraj, you were going to tell me something about your life,' I would remind him to divert his attention.

Only I and Kapil knew something about Dhanraj's life. Though Kapil who was given to reticence was not much of a help.

Dhanraj had studied upto the eighth class and had later joined the army as a truck driver. But to pursue his studies further had almost become an obsession with him. To tell the truth, Dhanraj could justly claim to be an educated man in the true sense of the word. He could even hold forth against university scholars. Though his expression was not flawless and he spoke English haltingly, he would spew out some startling truth. We had come to regard him as an intellectual.

To revert to his story, he had done his utmost to seek discharge from the army. He deliberately caused two truck accidents, getting injured into the bargain as a result of which he was hospitalised for several months. He made plans for the future but all of them remained mere dreams. At last he became a deserter from the army and was caught by the police through his own foolishness. After undergoing a long sentence in jail he was taken back in the army and made a jeep driver. He drove the jeep into a khud along with the officer who was travelling in it. Then the doctors declared him of unsound mind, unfit for military duty and he was ultimately discharged from the army.

''My life itself has been a long sentence,' once Dhanraj summed up his life with a deep sigh. 'After having been released from one place with great difficulty I feel ensnared in this so-called life of freeedom.' Then as usual, he ended up by making a bitter comment on life in his characteristic English.

People had formed a quaint impression about him. He would often visit us, talk about excellent wines and good books in the same breath. His pockets were stuffed with currency notes and my friends would ask by throwing oblique hints whether he belonged to the C.I.D. At this he would get incensed and abuse them filthily.

On the night of 22nd December the same Dhanraj was begging for rail fare from me to enable him to go to Jalandhar. I just couldn't believe him.

Then to my further amazement he came up with an unexpected suggestion.

'Doctor, we must spend the last day of the year together,' he said. 'You must visit me at Jalandhar. Otherwise I'll feel very lonely, my dear.'

Unable to hide my surprise, I asked him since when had he been in want.

Dhanraj did not reply to my question. He just kept turning the pages of a book.

'From your room you can command a good view of the Shivaliks,' he suddenly said. 'At night these blue hills look as if they are suspended from the sky,'

'Dhanraj . . .' I said looking very grave. But before I could finish he confronted me with another question.

'How is your beloved?' he asked, a smile playing across his face. 'Tell me, won't you?' There was a hint of sarcasm in his question but there was nothing cheap or malicious about it. Suddenly I was assailed by a doubt. Was there something wrong with him? I gave him a questioning look.

'Why are you looking so grave?' he said. 'I was going to tell you something important.' He paused for a while and then added, 'Doctor, you must take her to your village – at least once. A man must not disown his village. He must remain true to its soil. After a mother's death the village is like a mother's lap. Doctor, I wish that when I die I should be cremated in my village and my ashes should become one with its soil.'

'What nonsense are you talking?' I cried. But when I looked at his face I realised that I had struck a wrong note.

He got up and held my hand. 'Promise,' he said in a voice full of entreaty. 'Promise that you will carry my ashes to my village and scatter them on its soil.'

'Don't be stupid,' I said. 'You're becoming sentimental.'

'You don't know, Doctor. You know nothing. You're so naive, *sala* ! Simple people like you are a blemish, a slur on the face of humanity. No progress is possible so long as people of your ilk exist on the face of this earth.' He looked so angry. And once he lost his temper he came down to abusing people. 'Let it be,' he said resignedly at last and fell silent.

I was going to take issue with him when he suddenly got up from his bed and switched on the light. It was midnight. I looked at his face. He was quite a handsome man but now his face looked ugly. He said in a conciliatory tone, 'All these years I have lived like a hedonist, leading a fast life, if I may put it that way. Where all the money for it came from, you may ask? I sold off my ancestral land, bit by bit. And it was only last month that I realised that all my money was gone, that I had become a pauper. Today I don't have money even to buy a drink.' Tears came to his eyes.

'How did it happen? I mean allowing things to reach such a stage?' I put him this question in a matter-of-fact tone in order to hide my curiosity.

'I know,' he said in a mocking tone, 'A foolish man that you are, I knew that you would ask me this question. Yes, how did it happen ? And next you would ask, who was to blame? Do you know how much money I have thrown away? I've spent fifty thousand rupees on books alone.' Perhaps he was really feeling guilty for I could see a touch of pallor on his face.

'Now I've nothing left with me,' he continued. 'I can't even cry. What else have I got except a few devil-may-care type of friends? For the past few days I have started feeling that I don't even have friends.'

'You can surely face the situation,' I said. 'Why not look for a job?'

'You can only talk the language of books. That's all that you're good at. Do I have an uncle perched somewhere as a minister that he should manage a job of my liking for me? Who would care for a man who is down and out?' he shifted coser to me. 'You just buy me a ticket to Jalandhar,' he pleaded.

I assured him of my help and this cheered him up a little.

'Dhanraj, what about that girl?' I asked in order to change the subject which I hoped would put him in good humour. A long time back Kapil had told me that Dhanraj was having an affair with a girl.

At my question Dhanraj suddenly became tense. 'O, the girl ! So Kapil has told you everything ? That bloody bitch was after my money. When she came to know that I was going to sell the last plot of my land she jilted me. Let her rot . . . Now tell me . . .' After fulminating against the girl he felt a little better and got into a jocular mood. That was so characteristic of him. His moods changed so quickly. That was why we had nick-named him 'Blow hot-blow cold.'

In the evening of 24th December Dhanraj had openly declared in my room that he would end his life with his own hands on the 31st December. 'No bloody fool can stop me from doing so. You, your word, your law, your justice, your values – they are all subservient to money. All our institutions are corrupt. I wonder why man has tolerated such a state of affairs for so long.'

Dhanraj reeled out arguments in defence of his contemplated step.

He said it was his own incontrovertible decision and he had a right to it.

Sharma who had graduated in Philosophy had couched his letter in the same vein. He had fulminated against the system of justice. He had roundly abused the money bags and branded the politicians as their stooges and lackeys.

He had written in his letter: 'All the time the politicians are harping on the same tune, 'Let us come to power this time and we shall transform the whole world.' They are loud in their assurance that they would provide all the amenities to the masses. In their individual capacities also they are lavish with their promises. But what actually happens ? With every passing day life becomes more difficult for the ordinary man. The ministers are engaged in the game of 'saving of chair' and their underlings wag their tails to gain their own ends. Where are the masses for whose benefits the politicians take the oath ? Those masses just don't exist for them. If there is any tangible reality for them it is the lust of power. And power and the people are miles apart.

'There are others also who stake their claims to change the face of the country. For instance, the revolutionaries. But what's in a name ? Language has become their hand-maiden which they can twist to suit their purpose. They say one thing and mean something else. In their behaviour they are as vain as those in the seat of power. Religion, the temple, faith – these are the tools they use to prove how helpless man can be. The more I think, the more I am convinced that I do not have an alternative. If at all, my only crime is that I will be leaving my family at the door of death. But when I think more deeply I realise that even my family has no alternative. Even our rights are terribly circumscribed. For that matter we have only one right – the right to die.

'I doubt if a man who professes to make "truth" the sheet-anchor of his life can ever live his life to the full. At one time or the other he must have thought of taking his life with his own hands. Before he was killed how did Gandhi live ? There must be something rotten in the very foundations of our country that the Mahatma had to raise such a hue and cry all his life. By professing truth he had to pay dearly for it and ended up by placing his own life at its altar. But I have a suspicion that even in his definition of truth there is an element of lie. Truth, duty and action can also come to have false coverings.

'My only crime is that I have not been able to provide those comforts and amenities to my family which was its rightful due. I am now going to commit suicide to atone for my lapse. Even if the lives of my children are based on some egregious and barren truth why shouldn't they also emulate my example ? But, on the other hand, if any one of them makes good in life by becoming a hypocrite, a liar or a criminal it will give me immense satisfaction.'

The letter contained many episodes of his life which made my flesh creep. He had also mentioned many names complete with their exploits.

I asked him to sit down on the peon's stool but he refused. The Nepalese peon then led us to the visitor's room which happened to be empty at that time. It was so quiet.

'How did you . . .?' He suddenly stopped short. Then he glanced at my face and feeling reassured asked, "how did you guess my intention?'

'From your eyes,' I replied.'Your eyes gave you away.'

He gave a hollow laugh. 'So my eyes betrayed me?' He became thoughtful. 'For the past few months I had been preparing myself for it. I thought that if I failed this time I would never be able to achieve my objective. It was now or never.'

'But . . .'

'I'm responsible for my own life, am I not?' he cut me short. 'A man has to make his own decisions and fight his own battles. A man has the inherent right to take his own life. In our religious books we come across scores of such examples. Why did the Pandavas go to the Himalayas ? Not for a picnic ! It was nothing short of suicide. Swami Ram Tirath and Swami Tapowan had taken to the *samadhi* with the avowed object of giving up their lives. When the body has done its job it's incumbent upon man to allow death to take over as a matter of *dharma*.' As I could see, the man had imposed his own interpretations on what he had read of philosophy in the course of his studies at college.

I kept looking at his eyes. The fire seemed to have gone out of them. There was only contempt in them. Hadn't he said that if one's determination sagged one had to give up the game for ever.

Prior to Dhanraj, Kapil had also tried to commit suicide. He had himself told me about it. There were many reasons for his contemplating this step – the main reason being a girl named Sharmishtha. He was just going to take the fatal step when by a sheer coincidence his younger sister appeared on the scene.

Every year on the 3rd of June Kapil wrote me a letter. It had to be on this particular date for it happened to be my birthday. I have carefully preserved these letters written over the past many years. They make fascinating reading, being full of self-confessions, outrageous personal beliefs which are sometimes very piquant.

Only a few days ago I had received Kapil's last letter couched in beautiful language. 'Perhaps we may never meet again,' he had written at the end. 'But before it's too late I must tell you how beautiful those mountains looked when seen through the hostel window. And those yellow *sarson* [mustard] fields.' Knowing that I was partial to the yellow colour he had said that yellow was associated with Lord Buddha. It was the colour of renunciation. But what was renunciation ? . . .

I could not read the letter any further. It had filled me with apprehension. It appeared he was preparing himself for the final plunge. In the beginning it was my belief that he would take an overdose of the drug and then quietly make his exit from the world. He would not know it had happened and nor would we. But we had never realised that he would end his life in such an unusual manner.

,The news of his death had in fact caused me no surprise. It was bound to happen. The pills were slowly killing him, anyway. But nobody was prepared to believe that he would commit suicide. He had many friends who were witness to his slow creeping death. Some even said in jest that he was taking too long over it. But I knew that Kapil wanted to live and I had a remote hope that he may yet turn the corner and keep going year after year. I may be lucky to hear from him on many more birthdays.

On getting the news I reached the New Delhi railway station in a daze. The afternoon train was ready to leave and in a few hours I would be in the city of his birth. Then I asked myself what was the point in my going since Kapil would not be there and the desire of making the journey died in my heart. I tore up the railway ticket and returned home.

My wife was looking very distraught.

'Do you remember how once Kapil had snatched the money from my hand?' She had got into a reminiscent mood.

Perhaps I was hearing this episode for the hundredth time. On other occasions she narrated it to underscore the cussedness of my friend. But this time she was really sad.

I could see the parallel between Kapil's letter and this man's. I looked into the man's eyes. The fire within them had died. Only the embers remained. And the stillness of the room.

'Suppose your wife starts flirting with some other man. In that case will you come here to jump through the window?' I had asked him this question more in jest, just to lighten the oppressive atmosphere.

'It's not within the pale of possibility,' the man said covering his eyes with his hand. 'But even if such a thing happens it will not induce me to commit suicide. If my wife wants to live with some other man I'll gladly escort her to his house. It would be an act of gratitude on my part. I have done nothing for her.' His voice became strained. "Last month she had to sell off her bangles. My father had died and we were badly in need of money in connection with his death.'

I had so many questions to ask which were crying for answers. 'Come to my house some day and we shall have a nice long chat,' I said. 'We shall part now and not talk about these things.' I wanted to put his mind at ease.

He clasped my hands in a gesture of gratitude. 'Surely, I will visit you,' he said. ''You have saved me from committing a grave crime. Not only me, you have also done a good turn to my family. On the plea of asserting my right I was going to mortgage others' lives. Oh, God !' He clung to me. A new life seemed to have surged through his body.

'I hope you'll not make another attempt.' I winked at him. 'I won't blackmail you. But . . .'

'I assure you. Don't you believe me?'

I can recognise the ring of truth in a man's voice which leaves no scope for doubt.

'Keep this letter with you,' he said. 'You may like to discuss it with me when we meet next time.'

He took leave of me and slowly started climbing down the stairs. I knew he had a long way to go. Having nothing else to do I thought I would finish reading the letter. As I have said the letter was addressed to religious heads, political leaders, social reformers, educationists and the like. While reading the letter I was reminded of many literary celebrities who had taken their own lives – Hemingway, Mishima, Ernest Foller, Osamu Dazai, Dr. Sah.

Then there were Dhanraj and Kapil about whom I had personal knowledge.

There were other cases of suicide about whom I had read in the papers. They had created quite a sensation. For instance, that youth living in a flat on Peshwa Road who had hanged himself from a ceiling fan. And then there was that young girl who had flung herself before a speeding train at the rail crossing of Shantinagar, her blood gushing up in the air like a jet. It was such a gruesome sight that I could not help recording it in my diary.

While reading the letter I glanced through the window. A storm was raging outside the building and the trees were violently swaying in the breeze.

The letter had struck many personal notes. In the last few lines he had craved his wife's forgiveness. These lines will keep chasing me all my life.

But to me, personally, the letter had been like a miracle. It had not only transported me into another world but it had also set me thinking about myself. I felt as if I was meeting myself after a lapse of many years, as if I was trying to recognise the stranger in me. Since many years I had been holding an ordinary teacher's job, enmeshed in its soul-killing daily routine, like a blinkered bullock going round and round without reaching anywhere. The poor bullock ! I really pitied myself.

Over the years I had almost lost my identity in the pomp and glitter of the metropolitan city. I felt so insecure under the veneer of that false glitter. Like this man I had also borrowed money from Riaz Umer, Suresh Dhingra, Chaman Gupta and Krishnamurty to pay my children's school fees. I also owed money to many other friends to buy my daily necessities of life. My class-fellows and many of my friends who had started their lives with me had made good in life. Materialistically speaking, they had reached the top of the ladder; they owned shining cars and lived in posh bungalows. But these things had no lure for me. Being a stoic, I said to myself that they were mere illusions. I fought off all the urges in me which tried to lure me towards material gains. When I saw people in high places I deluded myself by thinking that they were leading a false life. I thought that I could annihilate my propensity for material advancement and come out triumphant.

But I was wrong. I felt dwarfed when I compared myself with these affluent people. When I saw them secure in their citadels of wealth I felt like a worker who did not know where his next meal would be coming from. I remembered the people of my village who ended their lives, pinning their hopes on one crop and then on the next. I don't think you have seen such a multitude of people fading away because of perpetual hunger. I have seen their empty, lustreless eyes. They must still be wearing that woe-begone expression for nothing has changed for them. And here are a handful of people in

267

this big city caught in the tentacles of power. What ideals can they hold for others ?

'So I too have a right !' My own familiar voice suddenly rang in my ears.

I don't know when I got up and when I started walking. My eyes started smarting. And I found some mysterious power dragging my feet towards the ninth floor window. While walking in a state of somnolence I happened to look at my reflection in the mirror hanging in the visitor's room. I felt alarmed as if I had seen a gleam of suicide in my own eyes.

Were they really my own eyes?

Translated from the Hindi by Jai Ratan

आत्महत्या

महानगरों की बहुमंजिली इमारतें अब बाहर से आनेवालों को दूर से ही दिखाई देती हैं। 'चौकोर सीमेंटी पत्थरों के रेगिस्तान' में विचित्र किस्म की जल्दबाजी और भागमभाग होती है। अगर आप कर्जन रोड—अब उसे कस्तूरबा गांधी मार्ग कहते हैं—की ओर निकलें, तो इमारतों और जल्दबाजी के सिलसिले से आपका सामना हो सकेगा। मुझे अकसर उन बिल्डिंगों को देख कर न्यूयॉर्क शहर से भेजे अपने दोस्त के 'पिक्चर पोस्टकार्ड' याद आ जाते हैं, न्यूयॉर्क की एंपायर स्टेट बिल्डिंग, विस्मय में डालनेवाले भवन....। अब आप कभी कर्जन रोड न गये हों और मैं न्यूयॉर्क भी न देख पाया हूं, तो इससे क्या फर्क पड़ता है....

फिलहाल मैं अखबार के दफ्तर में जाने की जल्दी में था। सीढ़ियों की बजाय मैं लिफ्ट से जाने के लिए लंबी लाइन में खड़ा हो गया। वहां तीन लिफ्टों के आगे अलग-अलग लाइनें लगी थीं। संयोग कि मैं बीच की पंक्ति में था, जिससे दोनों तरफ देख सकता था। प्रतीक्षा के उन पलों में दायें हाथवाली पंक्ति में से किसी को अपनी ओर नमस्कार उछालते देखा था। ठीक ऐसा नमस्कार, जो हम मामूली जान-पहचानवाले के लिए रस्मी तौर पर उछाल देते हैं। मैं उसे ठीक से देखने के लिए संभला ही था कि वह लिफ्ट के अंदर दाखिल हो गया। संयोग से उसका चेहरा मेरी तरफ था और जैसे ही लिफ्ट का दरवाजा बंद हुआ कि मैंने उसकी आंखें देख लीं। वे आंखें जैसे एक ही क्षण में मेरे पूरे जिस्म पर कौंध गयी थीं। शायद मैं क्षणांश के लिए कांपा भी होऊंगा। मैंने लिफ्ट का दरवाजा खुलने की कामना भी की होगी।

और मुझे नहीं मालूम कि मैं उस पंक्ति से कब अलग हुआ और कब उस पंक्ति में दाखिल हुआ, जिसमें वह आदमी, वह विचित्र-सी झलक देनेवाला आदमी जा घुसा था। मुझे यह भी याद न रहा कि मैं एक जरूरी काम से अखबार के दफ्तर में अपने दोस्त टिंकू से मिलने जा रहा था।

लिफ्ट की पंक्ति में खड़े-खड़े मैं जैसे किसी आवेश के कारण गड़बड़ा गया था और अपने से आगे खड़े आदमी से सिर्फ सटा ही नहीं था, बल्कि उसे धकिया भी रहा था। और जैसे ही लिफ्ट के ऊपर संकेत पट पर पहली मंजिल का नंबर चमकने लगा, मैं ज्यादा हड़बड़ी मचाने लगा था। मेरी अपनी आंखों में वे अभी देखी आंखें न जाने कौन-सी जलन भर रही थीं कि मैं उसे जानने के लिए भी क्षणांश सोचने को, खुद को तैयार नहीं कर पा रहा था। उन आंखों में छपी पूरी दहशत—किसी वारदात की आशंका से भरी दहशत—मुझ पर पूरी तरह छायी हुई थी। मैं उसकी गिरफ्त से खुद

को निकाल ही नहीं सकता था।

सहसा...मुझे कुछ बरस पहले की वह शाम, ३१ दिसंबर की शाम, याद आ गयी। आज से करीब १५ बरस पहले जालंधर के काफीहाउस में बीती वह सांझ। १५ साल पहले धनराज की आंखों में भी वही चमक दिखाई दी थी, ठीक वैसे ही किसी बेखौफ-से इरादे को झलकाती, दृढ़, न झपकनेवाली आंखें, जिनमें निर्णय की बेहद क्रूरता भरी होती है। एक हफ्ते पहले २४ दिसंबर को धनराज चंडीगढ़ के मेरे हॉस्टल में आया था। १५ बरस पहले की वह बात ज्यों-की-त्यों याद है मुझे। शायद उस वक्त हम सात या आठ लोग कमरे में जमा थे और दुनिया-जहान की बातों में मशगूल थे। तमाम लोगों के बीच धनराज ने वह ऐलान किया था। और हम सब लोग वह सुनकर उस वक्त सिर्फ उनका मखौल ही उड़ा सकते थे...

३१ दिसंबर की दोपहर मैं जालंधर पहुंचा था। जैसा कि पहले से तय था, साल की वह आखिरी सांझ हम सब दोस्त काफीहाउस में बिताने वाले थे, पर धनराज नौ बजे के करीब काफीहाउस में घुसा था। सर्दियों में नौ बजे जैसे आधी रात का एहसास देते हैं। नये साल की पूर्व संध्या के कारण होटलों में खूब चहल-पहल थी। एक सोया हुआ शहर भी जैसे उस शाम जाग रहा था।

धनराज जैसे कोई चीज टोह रहा था। वह मेरे करीब आया, तो मैंने उसकी आंखों में एक खास किस्म का पथरीलापन देखा। ऐसी दृढ़ता, जो शायद ही कहीं नजर आती है। उन क्रूरतापूर्ण आंखों के कारण धनराज के चेहरे पर भी एक सख्ती उभर आयी थी। वह हम लोगों के पास बैठा, तो मुझे उसका चुप्पापन खलता रहा। बात का सिरा उस समय किसी बातूनी के हाथ में था और वह बात खत्म करने की बजाय फैलाये जा रहा था कि अचानक एक झटके के साथ धनराज उठा, उसने हम लोगों की ओर देखा और आंखों में विचित्र-सी क्रूरता झलकते वह काफीहाउस से बाहर की ओर लपका...

मैंने पास ही बैठे कपिल को झिंझोड़ा, 'वह जरूर कुछ कर लेगा....'

कपिल मल्होत्रा ने मेरी ओर देखा तक नहीं।

'उसे रोको यार।' मैं फिर सख्ती से बोला।

'ओय.... छोटे दिल के ब्राह्मण....' यह वाक्य पूरा करने में भी कपिल को आधा-मिनट लगा होगा। उस पर नशे की गोलियों का भरपूर असर था, 'वह साला धनराज डरपोक है....' कपिल ने थोड़े अंतराल के बाद कहा, 'वह कुछ भी नहीं कर सकता।'

'पर तुम्हें कैसे मालूम? धमकी तो बस पहली दफा ही दी है उसने।'

'पहली दफा!' कपिल व्यंग्य में बोला, 'देखना, वह पहली दफा कभी न मरेगा।'

मुझे कपिल के ठंडेपन पर गुस्सा आ रहा था, परंतु उससे उस वक्त उलझना ठीक नहीं था। उसी के व्यंग्य के हलकेपन का एहसास कराने के लिए मैंने समझाते हुए

कहा, 'नहीं कपिल...तुमने गौर से उसकी आंखें नहीं देखीं ?'

कपिल अब व्यंग्यपूर्ण ढंग से हंसा। एक बेबस हंसी, जो उसके चेहरे पर पूरी तरह छपी नहीं थी। रुक कर बोला, 'तुमने मेरी आंखें देखी हैं पंडत.....'

तभी मैंने कपिल की आंखों की ओर देखा—ठहरी हुई, निराश आंखें, जिनमें कुछ भी न था, न कोई आकुलता, न प्रतीक्षा, बस एक भावनाहीन खुलापन था। मुमकिन है, नशे के कारण उनमें कोई बादलों जैसा जाला हो, पर वह मैं देख नहीं पाया था।

अचानक ही, एक झटके के साथ कपिल खड़ा हो गया। वह जितने धीमे बोल रहा था, जितना सुस्त नजर आ रहा था, उसकी तुलना में उसका उठना बहुत गतिशील था। जैसे नशे के बीच, किसी उतार-चढ़ाव के दौर में वह होश में आ गया हो। मेरा कंधा झिंझोड़ कर वह बोला, 'तुम ठीक कहते हो विमल....'

मैं उस वक्त कपिल का चेहरा देखना चाहता था, पर उसका मुंह अंधेरे की तरफ था।

'चलो', उसकी आवाज में कंपकंपाहट थी, 'चलो, उसे खोजते हैं। कहीं सचमुच वह कुछ कर न डाले।' यह कहते-कहते वह कुछ अपने में ही बुदबुदाने लगा था, 'पर जरा जल्दी-जल्दी....।'

हम लोग फलांगते-से काफीहाउस की सीढ़ियां उतरे। 'ग्रीन रेस्टोरेंट' के पिछवाड़े से हो कर न जाने किन गलियों से गुजर हम 'कैलाश कैफे' की ओर पहुंचे। पर वहां कोई परिचित चेहरा न था। वहां दो-चार पगड़ी धारी नौजवान बैठे थे, जैसे कॉलेजों में पढ़नेवाले हों।

'किसी से पूछ लेते हैं... मैंने सुझाया।

'नहीं,' कपिल सख्ती से बोला, 'चलो 'केसरी' में देखते हैं। उस माँ के दीने को वहां की चाय अच्छी लगती है। ... साला पन्नालाल....' कपिल आखिरी वाक्य बोलते-बोलते जैसे थक गया था। वह हर चालाक आदमी को पन्नालाल कह कर बुलाता था।

लंबे कद के कपिल के साथ चलने के लिए मुझे करीब-करीब भागना ही पड़ रहा था। उसके लंबे-लंबे डग और हलके अंधेरे में साये की तरह बढ़ना—सब कुछ विचित्र लग रहा था। सड़कों पर अंधेरा पसरा हुआ था। हवा में एक खास किस्म की नमी थी। शायद दो-चार दिन पहले ही वहां बारिश हुई थी। किनारों के छोटे-छोटे पोखर अभी सूखे नहीं थे। वे झुटपुट रोशनी में कभी चमक पड़ते थे। कपिल का चेहरा भी एक पोखर की तरह था, पर सूखे पोखर की तरह।

'केसरी' में दो-तीन लोग बैठे थे। धनराज का वहां भी कोई सुराग नहीं था। बैठे हुए लोग हमें इतने खामोश लगे, जैसे वे शोकसभा में बैठे हों।

बाहर आ कर कपिल एक जगह खड़ा हो गया। उसने मेरा हाथ पकड़ा और पास ही खड़े रिक्शे में बैठने का इशारा किया। हम पटेल चौक के ढाबे तक आये। धनराज

वहां भी न था।

'वह कुछ कर न डाले...' कपिल की आवाज में अजीब-सा डर था। यह जानना कठिन था कि कपिल की आवाज का कंपन गोलियों के कारण ज्यादा संजीदा लग रहा था या वह सचमुच डर गया था। अपने इस डर में वह करीब-करीब सामान्य दीख रहा था।

आधी रात तक हम राज को खोजते रहे। दोस्तों, परिचितों के घर, उन औरतों के घर, जहां वह कभी-कभी जाता था और उसकी पीठ पीछे हम तरह-तरह की बातें करते रहते थे। हमने वे तमाम होटल भी खोज डाले, जहां वह रात को ठहर सकता था।

दूसरे दिन अलस्सुबह कपिल के घर पुलिस ने खबर दी कि नेहरू पार्क में बुत की सीढ़ियों पर एक नौजवान की लाश पड़ी मिली है। उस नौजवान की जेब मे कपिल के घर का पता था। हमेशा बेहद गंभीर, कंपोज्ड और धैर्यशाली कपिल मुझे पकड़ कर बच्चों की तरह रोने लग गया था, 'हरामी ने हफ्ते भर से रट लगायी हुई थी कि साल के नये दिन तुम मुझे नहीं पाओगे... ओह रब्ब...कैसे भूल गया मैं नेहरू पार्क....।'

लिफ्ट-सवार की आंखों में भी वही हठ था। पुतलियां तनी हुई थीं। ठीक जैसे पंद्रह बरस पहले धनराज की आंखें थीं। कुछ मिनट ही तो बीते होंगे—जब मैं यह सब सोच गया था। और मैंने खुद को दूसरी लिफ्ट की लाइन में खड़ा पाया था। जैसे ही लिफ्ट का दरवाजा खुला, मुझसे देर सही न गयी और मैं लाइन तोड़ कर लोगों को धक्का दे, आने-उतरनेवालों की परवाह न कर लिफ्ट के भीतर घुस गया। यह लिफ्ट 'स्टील अथारिटी ऑफ इंडिया' के दफ्तरों की ओर जाती थी। इस तरफ एक ही लिफ्ट थी, इसलिए अकसर यहां लंबी लाइन नजर आती थी।

आगेवालों ने गुस्से से देखा। सफेद लकदक कपड़े वाला एक आदमी अपने कपड़ों की सलवटें ठीक कर रहा था। उसने बेहद लड़ाकू नजरों से मुझे देखा। लिफ्ट के शीशे में मैंने चपरासी से सटे एक आदमी को कुछ बुदबुदाते देखा था। जाहिर था, वह जपजी का पाठ नहीं कर रहा था, बल्कि मेरे व्यवहार पर कोई नसीहत उच्चार रहा था।

कितनी देर हो रही है...मैंने मंजिलों के चमकते अंकों पर अपनी नजरें गड़ा दीं। अंदेशा...दहशत और एक बेचैन करनेवाली हड़बड़ी में फंसा था मैं। अगर देर हुई, तो जरूर वह किसी मंजिल से कूद पड़ेगा और अभी दोपहर को निकलनेवाले 'इवनिंग न्यूज' में मैं त्रासद समाचार पढ़ूंगा। शीशे पर लोगों के चेहरों की गुस्सैल रेखाएं झलक रही थीं। उन लोगों ने अभी भी मुझे माफ नहीं किया था। मैंने 'क्यू' तोड़ी थी। लोगों की वर्जनाओं, सभ्यतावश सिर्फ गुस्सा झलकानेवाली क्रुद्ध मुद्राओं की परवाह न की थी। लिफ्ट के भीतर वे आक्रामक आंखें थीं, जिनमें हिकारत भरी थी। कोई जोरदार आवाज में भी टोकता, तो मैं उसकी परवाह न करता...। मुझे वे सब बातें बहुत मामूली लग रही थीं। शायद मेरे पास बड़ा कारण था....और उसकी रोशनी

में लोगों की हरकत बचकानी लग सकती थी।

तभी मुझे खयाल आया कि मैं उसे खोजूंगा कहां? यह इमारत तो १८ मंजिली है। कहां होगा वह? किस मंजिल पर...। वह कौन-सी मंजिल के लिए सवार हुआ, यह कैसे मालूम होगा? लिफ्ट माले-दर-माले चढ़ रही थी। रुक रही थी। चार-छह-आठ और फिर १०वीं मंजिल....। अब लिफ्ट में कम लोग रह गये थे। उनकी आंखें भी सामान्य हो चली थीं। शायद वे किसी और चिंता में व्यस्त हो गये होंगे।

अब मैं याद करने लगा था कि मैं उसे कब मिला था। मैं उसे जानता था...याद आया, वह किसी स्कूल में पढ़ाता था। उसने दर्शन शास्त्र में एम. ए. किया था। उसकी बीबी बेहद खूबसूरत थी, चुप और चुलबुली-सी। उसके दो चहकते बच्चे थे...वह अक्सर काफीहाफस में हम लोगों की मेजों पर बैठता था....

१०वीं मंजिल पर मैं बाहर निकल आया। सबसे पहला काम था, दौड़ कर बाहर की खिड़की की ओर देखना। पर वह खिड़की बंद थी और वहां आसपास भी कोई नहीं था। उस खिड़की को खोलना आसान नहीं था। मैं सीढ़ियों की ओर लौटा तो मैंने एक कोने में स्टूल पर बैठे चपरासी को ऊंघते पाया।

'भाई....! मैंने जोर से कहा, तो वह अलसायी मुद्रा में हड़बड़ा गया, 'क्या तुमने किसी आदमी को इधर सीढ़ियों से उतरते-चढ़ते देखा है अभी? वह बहुत जल्दी में होगा....'

'पिछले एक घंटे में तो यहां से कोई चिड़िया भी नहीं गुजरी साहब।' वह अपने नेपाली अंदाज में चिढ़ कर बोला।

अब मैं निपट बदहवास-सा खड़ा था। वह दहशत मेरे इर्द-गिर्द ज्यादा कस गयी थी। कहां जाऊँ? कहां खोजूं उसे?....कहां उतरा होगा वह ? मैं थका-सा ११वीं मंजिल की सीढ़ियां चढ़ने लगा...वहां निपट सन्नाटा था। खिड़कियां बंद थीं। उनकी सिटकनियों पर जंग लगा हुआ था। वह जगह आत्महत्या के लिए उपयुक्त थी, पर वहां तो कोई चढ़ा-उतरा भी न था। सीढ़ियों पर धूल में सिर्फ मेरे पांवों के निशान थे। फिर लौट कर दसवीं मंजिल की ओर चल पड़ा। मुझे कुछ सूझ ही नहीं रहा था कि क्या करूं! नीचे जाने के लिए लिफ्ट का इस्तेमाल करने की बात भी मुझे न सूझी। थकान, निराशा...मैं इस स्थिति में कुछ सोचते-सोचते धीमे सीढ़ियां उतरने लगा था।

'साब,' १०वीं मंजिलवाला चपरासी स्टूल से उठ मुझे पुकारने लगा, 'एक साहब अभी-अभी 'नाइन फ्लोर' की तरफ जल्दी-जल्दी में उतरा है। वह इधर-उधर झांका था शायद आपको खोजता हो।'

ओह! तो उसने अभी तक छलांग नहीं लगायी। जरूर यह वही है। मैंने मन-ही-मन खुदा का शुक्रिया अदा किया। वह निश्चित ही किसी निरापद जगह की तलाश कर रहा होगा...दो मिनट हो गये होंगे। मैंने समय का हिसाब लगाया और तेजी से नौंवी मंजिल की ओर लपका। वहां सीधे खिड़की की ओर गया। नीचे घासीले

लॉन की तरफ देख सकता था मैं। वहां कुछ नहीं था। जाहिर है कि वह अभी छलांग नहीं लगा पाया था।

नौंवी मंजिल की ओर मुझे भागते देख चपरासी जरूर हैरान हुआ होगा। वहां काफी लोग थे। कुछ शौचालय से निकल रहे थे, कुछ वैसे ही सुस्ता रहे थे और दीवार से सट कर खड़े थे। कुछ देर ऐसे ठहर कर वे फिर अपने दफ्तरों की ओर निकल जाते होंगे। मैं वहां से सीधे आठवीं मंजिल की ओर सीढ़ियां फलांगने लगा कि अचानक मैं किसी ऊपर आते आदमी से जा टकराया।

यह महज संयोग था....निपट संयोग कि यह वही आदमी था, जिसकी मुझे तलाश थी। वह सचमुच किसी निरापद जगह की तलाश कर रहा था। उसकी आंखों में वही एक खौफनाक-सा भाव मौजूद था। फुरती से थोड़ा ऊपर उचक कर मैंने उसकी कमीज का कॉलर पकड़ लिया।

'आप...तुम...' वह हकलाने-सा लगा 'क्या चाहिए...छोड़ो न मेरी कमीज। आखिर इसका मतलब क्या है?'

'मतलब....' मैं थोड़ा व्यंग्य में मुसकराया, 'तुम', चाह कर भी मैं उसे 'आप' शब्द से संबोधित नहीं कर पाया, 'क्या करने जा रहे थे तुम...कुछ समझते भी हो।'

उसने एकदम नकली गुस्सा जाहिर किया, 'क्या मतलब है?...क्या बदतमीजी है...'

उसके गुस्से की परवाह न कर मैंने उसके कॉलर पर अपनी गिरफ्त मजबूत कर दी और गुस्से भरी निगाह उस पर टिका दी। अचानक उसने पैंतरा बदला। अपने चेहरे पर उसने पराजित-सी मुसकान बिखेर दी और बोला, 'मैं...मैं तो कुछ भी नहीं कर रहा। आपको गलतफहमी हो गयी लगती है।' लेकिन कॉलर छुड़ाने की कोई पेशकश उसने नहीं की। मुझे लगा, वह चालाकी से काम लेने की कोई नयी तरकीब खोजने लगा है। एक छोटे अंतराल के बाद वह गरम-सा हो आया, 'मुझे ऐसे पकड़ने की क्या जरूरत है? छोड़िए भी...ऐसा कुछ भी नहीं।'

लेकिन उसकी आंखों में वह दृढ़ता बरकरार थी। और मुझे ऐसे दीख पड़ा, जैसे वह अपने इरादे में ज्यादा पक्का हो गया हो। संभव है, मेरे व्यवहार ने उसे अपने लक्ष्य के प्रति ज्यादा पक्का बना डाला हो।

'देखो...,' मैंने समझाने के लहजे में कहा, 'तुम...आत्महत्या करना चाह रहे थे...यह ठीक नहीं....

उसने हिकारत से मेरी ओर देखा। वह इस तरह खड़ा था, मानो मेरा मखौल उड़ाने के लिए तैयार हो। उसने जैसे अपने गले में अटका थूक गटका, फिर लापरवाही का अभिनय कर नाटकीय अंदाज में बोला, 'मुझे लगता है, आपका कोई पेच ढीला हो गया है या फिर आप खुद यह कर्म करने यहां आये हैं...' फिर उसने हलका-सा जोर लगाया, 'छोड़िए तो सही।'

'नहीं,' दृढ़ता से उसका कॉलर पकड़े-पकड़े मैंने उत्तर दिया, 'तुम्हारा इरादा नेक नहीं है...'

लगा, एक क्षण के लिए जैसे वह पराजित हो गया, क्योंकि वह बोलते-बोलते हकला-सा पड़ा था। उससे मेरी बात का कोई उत्तर न दिया गया। उससे इनकार भी नहीं किया गया, जैसे वह पल भर के लिए हताशा से घिर आया हो।

'तुम इतना गंदा, नीच काम करने जा रहे थे।' मैं अभी कुछ और कहता कि सहसा मुझे उसकी आंखों में फिर से चमक दिखाई दी। उसका जिस्म तन गया था। और उसने बिना किसी चेतावनी के मेरे मुंह पर एक जोरदार घूंसा जमाया। जोर के उस घूंसे से मेरे दांत हिल गये थे। मुंह के भीतर खून का स्वाद भी तैर गया था, लेकिन मैंने उसका कॉलर नहीं छोड़ा। उसने तेजी से एक झटका दिया। हम दोनों डगमगाये, लेकिन गिरे नहीं। फिर...अचानक ही वह पस्त पड़ गया था। उसका जिस्म जिस तरह मुझसे छूटने के लिए जोर लगा रहा था, उससे मालूम हो जाता था कि अब उसकी सारी अकड़ खत्म हो गयी थी। अब उसके तमाम शरीर का भार जैसे कॉलर पर सिमट आया था। वह पूरी तरह मुझ पर झुक आया था।

हताश-सा वह बोल पड़ा, 'आपको...आपको कैसे पता लगा?'

मैंने मुड़ कर उसके चेहरे की तरफ देखा। चेहरे पर नमी तैर आयी थी। वहां सादगी भरी चमक थी। हालांकि यह कहना कठिन था कि उसकी आंखों में अब भी वह हत्यारी चमक थी कि नहीं? मुझे अंदेशा था कि कहीं वह मेरी गिरफ्त से छूट खिड़की की ओर न लपक जाये...और सचमुच...मौका पा कर वह उलटी दिशा में नौवीं मंजिल की ओर भागा। मैं भी रस्सी छुड़ाये बैल की तरह उसके पीछे लपका। वह आश्चर्यजनक तेजी से सीढ़ियां फलांग रहा था और मैं हांफते-हांफते सीढ़ियां लांघने में तमाम ताकत लगा रहा था। उसके और मेरे बीच बहुत कम फासला था। मुझे महसूस हुआ कि वह जीवन और मौत के बीच का था। बहुत ही महीन फासला। लिहाजा मेरे चलने में ज्यादा तेजी आ गयी थी या कि मैं अब सचमुच सीढ़ियों पर दौड़-सा रहा था।

वह खिड़की से कूद ही पड़ता कि बाथरूम की ओर से आनेवाले एक आदमी को देख मैं चिल्लाया, 'पकड़ो इसे, रोक दो...यह कूद...' जोर से बोलने के कारण मेरी आवाज में छिपी कंपकंपाहट पूरी तरह छिप नहीं पायी, बल्कि वहीं जैसे मुखर हो गयी थी।

वह खिड़की से कूदने-कूदने को था कि मैं फिर चिल्लाया। तभी पास से गुजरनेवाले एक आदमी ने उसे खुली खिड़की पर चढ़े-चढ़े ही झोंप लिया था।

'छोड़ दो मुझे...जाने दो।' वह उस आदमी की गिरफ्त से छूटने के लिए छटपटाया कि अचानक ही उसका पांव खिड़की के शीशे से जा टकराया। शीशे के टुकड़ इधर-उधर छितरा गये थे। इसी बीच पांच-दस आदमी वहां जमा हो गये थे। वह छोटी-सी भीड़ देख उसने जैसे हथियार डाल दिये थे। मुझे प्रतीत हुआ, जैसे उसकी आंखों की हिंसक चमक खत्म हो गयी। जैसे वह कोई हत्यारी लपट थी, जो अचानक बुझ गयी थी। उसके जिस्म के तनाव में एक शिथिलता आ गयी थी। सचमुच उसने हथियार डाल दिये थे।

मैं उसकी आंखों में झांकने लगा। उनमें एक गीलापन तैर आया था—ग्लानि और बेबसी से भरा गीलापन।

उस छोटी भीड़ को अपने इर्द-गिर्द देख वह रोने-रोने को हो आया था। लोगों के पास सवाल-ही-सवाल थे और वह उनसे घिरा हुआ था। वह अब किसी आश्रय की तलाश में था...थोड़े अंतराल के बाद वह बिल्कुल मुझसे सट-सा गया था। शायद कुछ सोच कर ही वह नजदीक आया होगा। अपनी जेब से उसने एक भारी लंबा लिफाफा निकाला और मेरी ओर बढ़ाया। आत्महत्या कांड का यह पूर्व नियोजित कर्मकांड था।

वह एक पत्र था। खासा लंबा पत्र।

उसकी आंखों में याचना थी कि मैं वह पत्र खोलूं। पर उसकी याचना में ग्लानि का भाव भी भरा था। शर्म से मुंह चुराने जैसा खयाल भी उसके चेहरे से टपक रहा था। पत्र खोलने से पहले मैंने उसे आश्वस्त करना ज्यादा ठीक समझा, लिहाजा मैंने सप्रश्न उसके कंधे पर हाथ रखा, तो वह इतना झुक आया कि गिरने-गिरने को लगा।...

वह पत्र राजनेताओं, पादरियों, शिक्षकों और समाज सुधारकों को संबोधित था।

'हां, मैं आत्महत्या कर रहा हूं इसलिए कि अब कोई विकल्प नहीं है।...मूल्य, नारे, ईमानदारी और अच्छाई—ये सब चीजें झूठी हैं। जो लोग मूल्यों, ईमानदारी और अच्छाई के झूठ से बंधे नहीं हैं, वे सुखी लोग हैं। भौतिक रूप से संपन्न लोग। ये ही वे लोग हैं, जो अपेक्षा रखते हैं कि कोई गरीब मास्टर गरीब बच्चों के मन में बचपन से ही धर्म, दया, सत्य आदि के बीज बो डाले, ताकि वे इन बंधनों में जीवन भर बंधे रहें। वे बैल की तरह समाज का सारा भार ढोते रहं...हमेशा के लिए दब जायें, जिसके रहते वे कभी अपना हक न मांग सकें। इन उपदेशों से पीढ़ियों-की-पीढ़ियां कायर और नंपुसक बनी पड़ी हैं।

'अपने बचपन में मैंने भी इन्हीं मूल्यों की शिक्षा पायी थी। पर हुआ क्या? तमाम परीक्षाओं में सर्वोत्तम रहने के बाद भी मुझे एक मामूली मास्टरी की नौकरी मिल पायी, जब कि मेरे कई साथी अपने रिश्तेदारों की सिफारिश की वजह से ऊंचे पहुंच गये। ठीक मेरे भी ऊपर। वे सब लोग...जो निहायत मूर्ख थे, निकम्मे नंबरों से परीक्षाओं में सफल होते थे...वे अब नियंता हैं....।'

दर्शन शास्त्र के इस स्नातक ने अपने उसी पत्र के पहले पन्ने पर ही ऐसे लोगों की लंबी सूची प्रस्तुत की थी, जिनके रिश्तेदार बड़ी...बड़ी नौकरियों पर जमे थे। मैं उसकी रिसर्च देख कर दंग था। उन लोगों में संसदीय पार्टी के प्रमुख, प्रदेशों के मुख्यमंत्री, विश्वविद्यालय अनुदान आयोग के अध्यक्ष, प्रशासनिक अधिकारी, मंत्रीगण और विश्वविद्यालयों के प्रोफेसरों के नाम तो अंकित थे ही, साथ में दर्ज थे उन लोगों के भी नाम, जो केवल बड़े लोगों के भाई-भतीजे होने के कारण बेहद सुरक्षित जगहों पर बैठ गये थे।

'क्या दे सकूंगा मैं अपने बच्चों को?' अपने पत्र में नौजवान ने लिखा था,

'क्या छोड़ सकता हूं विरासत में...सिर्फ भूख...कर्ज...पराश्रय और एक निकम्मी-सी धारावाहिक, आत्मघाती प्रतीक्षा...पिछले कुछ महीनों से मैं अपनी पगार से पंसारी का पूरा हिसाब भी चुकता नहीं कर पा रहा हूं। बच्चों की फीस के लिए मैं कितनी ही बार दोस्तों से उधार मांग चुका हूं...आगे क्या होगा, कैसे...इस असुरक्षा से बचने का अब मेरे पास विकल्प ही क्या है...पर इस असुरक्षा के लिए मैं जिम्मेदार भी नहीं हूं...मैं उन लोगों को जानता हूं, जो हमारी असुरक्षा के लिए सीधे जिम्मेदार हैं, पर मैं उनका कर ही क्या सकता हूं!

'डकैत, तस्कर, चोरबाजारिये...वे लोग तो मानव मूल्य या मानव-करुणा या सच को ताक पर रख, बहुत ही क्रूरतापूर्ण ढंग से तिजोरियां भरे जा रहे हैं और मैं स्कूल में बच्चों को पढ़ाये जा रहा था कि झूठ बोलना पाप है, हमेशा सच बोला करो, दीन-दुखियों की मदद के लिए आगे आओ...'

लंबी चिट्ठी पढ़ते हुए अचानक ही मुझे धनराज की आंखें याद आ गयी। पंद्रह बरस पहले २२ दिसंबर के दिन यूनिवर्सिटी हॉस्टल में वह मेरे कमरे में ठहरा हुआ था। उन दिनों मेरा वह बड़ा-सा कमरा एक छोटा-मोटा मेहमानघर बना रहता था। धनराज अपने साथ किताबों से भरा एक बड़ा ट्रंक भी लाया था। तीसरे तल्ले तक उस बक्से को पहुंचाते यूनिवर्सिटी के बड़े-बड़े पहलवानों को भी पसीने छूट गये थे। रात होते ही वह कहीं से चला आता और कभी बक्से की कोई किताब निकालता, फिर पलट कर—न पढ़ पाने की कुढ़न से भर उस किताब को सहेज कर रख देता। और फिर काफी सावधानी से बक्से पर एक बेहद कच्चा-सा ताला भी लगा देता। बस, वह जैसे कोई कर्मकांड था। सुरक्षा का कर्मकांड।

मैं उसकी इस हरकत पर हंस देता, तो वह झेंपता-सा बोलता, 'यह सिर्फ बरजने का प्रतीक है। हम सबने जीवन में रोक के लिए कहीं-न-कहीं स्व-स्वीकृत कच्चे ताले डाले हुए हैं।'

मैं कहता, 'धनराज, तुम मान क्यों नहीं लेते कि कहीं तुममें कुछ चीजों को बेहद अपना बनाये रखने की आदत है।'

फिर वह लंबी चुप्पी में डूब जाता, 'तुम्हें नहीं मालूम, तुम महसूस भी नहीं कर पाओगे। बचपन में ही मेरे माँ-बाप मर गये थे।' ...इतना कह वह चुप हो गया था, जैसे कुछ याद करने लगा हो, 'इससे ज्यादा मुझे कुछ याद ही नहीं, बस, कुछ धुंधलायी-सी तसवीरें हैं...'

बिस्तर में लेटे-लेटे उसकी 'आत्मकथा' के टूटे-छितराये, बिखरे हिस्से सुनता रहता और उन्हें जोड़ता रहता, साथ में हैरान होता रहता कि उसने कैसा जीवन जिया था शुरू में! और उसके शेष बयान के इंतजार में उसकी तरफ मुंह किये धैर्यपूर्वक चुप रहता कि वह अचानक सारे संदर्भ तोड़ कह उठता, 'तुमने स्पेंडर की किताब पढ़ी है न?' और आधी रात में भी वह बिस्तर से उठता, अपना बक्सा खोलता और किताबें पलटने लगता। किताबें टटोलते गुस्से भरी उसकी मुद्रा देख कर मुझे आशंका

होने लगती कि कहीं वह उठ कर कमरे से बाहर न चला जाये ।

उसका ध्यान पलटने के लिए मैं कहता, 'धनराज, तुम तो अपने बारे में कुछ बता रहे वे न ?'

मुझे और कपिल को ही उसके जीवन के कुछ वृत्तांत मालूम थे। अल्पभाषी कपिल से मुझे सिर्फ कुछ ही बातें मालूम हुई थीं —यह कि धनराज फौज में ड्राइवर था, वह सिर्फ आठवीं जमात तक पढ़ा था और अब उसका पढ़ने का शौक एक बीमारी, एक पागलपन के ढंग-सा उभर आया था। और सचमुच धनराज अब तक एक पढ़ा-लिखा आदमी था। यूनिवर्सिटी के कई अच्छे स्कॉलरों से वह बेहतरीन लगता था। अटक-अटक कर अपनी गलत-सलत अंगरेजी में वह बेहतरीन बातें इस तरह उछालता कि हम लोग हैरान रह जाते। हम भूल जाते कि वह गलत भाषा का इस्तेमाल कर रहा था। लोगों के लिए वह एक बौद्धिक नायक बन गया था। वह एक ऐसे नौजवान की तरह विख्यात हो गया था, जो नायक भी था और बौद्धिक भी...।

फौज से बाहर आने के लिए उसने क्या नहीं किया ? वह महज एक ट्रक ड्राइवर था, सो दो बार उसने ट्रक को दुर्घटनाओं में फंसाया, अपने हाथ-पांव भी तुड़वाये। महीनों वह अस्पतालों में पड़ा रहा और अस्पतालों में पड़े-पड़े वह अपनी आगे की जिंदगी की तसवीरें गढ़ता रहा। बस, वे सिर्फ सपने थे। आखिर तमाम तरीकों से असफल हो जाने के बाद वह भाग खड़ा हुआ। दुर्भाग्य से या अपनी बेवकूफी से वह पकड़ा गया। एक शाम वह अपने गांव जा पहुंचा था, जहां पुलिस ने उसे धर दबोचा और फिर भुगती उसने एक लंबी, भगौड़े की तकलीफदेह सजा। वह दोबारा एक जीप का ड्राइवर तैनात किया गया, तो एक अफसर समेत उसने जीप खड्ड में गिरा दी। उसे कोई सजा मिलती कि डॉक्टरों की इस रिपोर्ट पर कि डॉक्टरी तौर पर अब वह फौज के काम का नहीं रहा, वह फौज से बाहर आ गया।

लंबी सांस भर धनराज बोलता, 'लंबी सजाओं की तो जिंदगी मिली है मुझे। एक जगह से मुश्किल से बरी हुआ, तो अब यहां मुक्त जिंदगी में भी खुद को फंसा हुआ महसूस करता हूं। 'फ्रीडम' की कैद में हूं दोस्त।' अंगरेजी का शब्द इस्तेमाल करते वह मुसकराता और मुझे लगता, जल्दी ही वह अब कोई कड़वी बात कहनेवाला है।

यह वही धनराज था, जिसकी अजब-सी तसवीर लोगों के मन पर अंकित थी। वह बार-बार हमारे बीच आता, बेहतरीन शराबों, कीमती किताबों के उद्धरणों की बातें करता। वह धनराज, जिसकी जेबें नोटों से ठुंसी होतीं। दबी जबान में हमारे कामरेड पूछते, 'कहीं यह सी. आइ. ए. का एजेंट तो नहीं ?' और धनराज उन पर गालियां उछालता। अब वही धनराज २२ दिसंबर की रात गिड़गिड़ाहट के स्वरों में मुझसे कह रहा था कि मैं उसके जालंधर लौटने के किराये का इंतजाम करूं, और मुझे उस पर यकीन नहीं हो रहा था। उसके इसरार में अचानक ही एक करुण भाव टपक आया था, 'डाक्टर, इस साल का आखिरी दिन हम साथ-साथ बितायेंगे। तुम जालंधर जरूर आना प्यारे, वरना बहुत सूना-सूना लगेगा।'

अपनी हैरानी को छिपाने की कोशिश मुझसे नहीं हो सकी, मैंने तुरंत पूछा, 'पर तुम्हें पैसे की कमी कब से हो गयी धनराज ?'

धनराज ने इस सवाल का जवाब ही नहीं दिया। वह किताबें टटोलता रहा, 'तुम्हारे कमरे से शिवालिक बहुत अच्छा दीखता है।' थोड़ी देर सोच कर वह बोला, 'रात को ये नीले पहाड़ कैसे टंगे रहते हैं...?

'धनराज...' अचानक ही मैंने गंभीर हो कर उससे कुछ पूछना चाहा कि उसने मुझे फिर बीच में ही टोक दिया।

'तुम्हारी माशूक के क्या हाल हैं ?' वह मुसकरा कर बोला, 'कुछ बताओ न...' वह जैसे इल्तिजा करने लगा। पर मुझे लगा कि धनराज न मखौल कर रहा था, न किसी तरह के सस्तेपन से बात कह रहा था। उसका लहजा मुझे खासा गंभीर लगा। अनायास मुझे किसी अनाम आशंका ने घेर लिया। यह धनराज को क्या हो गया था !

'किस सोच में पड़ गये !' धनराज फिर बोला, 'मैं सचमुच तुमसे एक बात कहना चाहता हूं डाक्टर'। वह बहुत प्यार से बोला।

मैं सप्रश्न उसकी तरफ देखने लगा।

'उसे तुम अपने गांव जरूर ले जाना। आदमी को कभी अपना गांव, अपनी मिट्टी नहीं छोड़नी चाहिए। माँ के मरने के बाद आदमी की मातृवत गोद वह गांव ही है। मैं तो चाहता हूं डाक्टर मैं मरूं, तो मुझे गांव के श्मशान में ही जलाया जाये। वहां की खाक को वहीं की मिट्टी में मिलना चाहिए न।'

'क्या बक-बक कर रहे हो तुम ?' मैं न जाने किस रौ में यह कह गया। उसका चेहरा देख मैंने महसूस किया कि मैं कुछ गलत, कुछ आक्रामक-सी शैली में यह कह गया था।

वह चुपके से उठ कर मुझ तक आया और उसने मेरा हाथ जोरों से पकड़ लिया, 'वादा करो', वह याचना के ढंग पर उतर आया, 'तुम्हें वादा तो करना ही पड़ेगा कि मेरी मिट्टी को मेरे गांव की मिट्टी में ही मिला दोगे ?'

'स्टुपिड', मैंने उत्तर दिया, 'यार, तुम तो बहुत ज्यादा भावुक हो उठे हो।'

'तुम नहीं जानते डॉक्टर...। कुछ भी नहीं...' वह कुछ बेचैन-सा हो आया था, 'कुछ भी नहीं, तुम हद दरजे के मूर्ख हो।... साले, तुम जैसे भोले लोग तो दुनिया, समाज और मानवी विकास के मत्थे पर कलंक हैं।' वह कुछ गुस्से में आ गया था। गुस्सा शुरू होते ही वह गालियों पर उतर आता था, 'जानते हो...' वह फिर बोला और यह कह कर चुप हो गया।

मैं प्रतिवाद में कुछ कहने ही वाला था कि वह बिस्तर से लपक कर उठा और उसने कमरे की बत्ती जला दी। आधी रात के वक्त उजाले में मैंने उसका चेहरा देखा—दूसरे मौकों पर खूबसूरत-सा लगनेवाला उसका चेहरा बदसूरत और भदेस-सा लग रहा था। एकदम घिनौना। उसने मेरी ओर देखा, तो सहसा मुझे यकीन न हुआ कि यही हमारा दोस्त धनराज है। उसने एकाएक अपनी मुद्रा बदल ली और

पुचकारने के-से लहजे में बोला, 'सुनो...इतने बरस मैं ऐयाश आदमी की तरह रहता रहा। जानते हो, यह सब मैंने कहां से जुटाया? अपने बाप, दादा की जमीन बेच कर। और इसी महीने मुझे पता चला कि मैं अब खाली हो गया, दिवालिया...। आज मेरे पास एक पौवे की खातिर भी पैसे नहीं हैं।' वह एकदम रोने-रोने को हो आया।

'यह हुआ कैसे?' मैंने सहज जिज्ञासावश पूछा।

'बस', वह व्यंग्यपूर्वक बोला, 'मूर्खतापूर्ण ढंग से तुम यही पूछ सकते थे न? कैसे हुआ...फिर तुम कहोगे, गलती किसकी थी! जानते हो, मैंने कितनी पूंजी लुटायी? अकेले पचास हजार की तो मैंने किताबें ही खरीदी होंगी...' वह अफसोस में डूब गया। पछताने के कारण उसके चेहरे पर पनीलापन तैर-सा आया था, 'अब मेरे पास कुछ भी नहीं है। मैं रो भी नहीं सकता। दो-चार फाकेमस्त दोस्तों के अलावा मेरे पास है भी क्या? अब तो कुछ ही दिनों से यह लगने लगा है कि दोस्त भी नहीं हैं...।'

'इस हालत का मुकाबला किया जा सकता है। तुम कोई नौकरी क्यों नहीं कर लेते?'

'तुम किताबी भाषा बोलने में माहिर हो। कौन मेरा चाचा मिनिस्टर है, जो सिफारिश से मनपंसद नौकरी दिला दे...किसी को किसी भी बेकार की क्या परवाह?' बातें करते-करते वह मेरे बिल्कुल करीब आ गया और याचना के लहजे से फिर बोला, 'बस, तुम मेरी जालंधर वापसी का इंतजाम कर दो। कर दोगे न?'

मैंने उसे तसल्ली दी, तो वह कुछ खुश हो आया। उसे सामान्य करने के लिए मैंने जानबूझ कर विषयांतर करना चाहा, 'उस लड़की का क्या हुआ धनराज?' बहुत दिन पहले कपिल ने बताया था कि हमारे धनराज का भी एक लड़की से सिलसिला चल निकला है। लेकिन मेरी बात सुनते ही धनराज फिर तनाव में कस गया। उसके चेहरे की नमी और आंखों की तरलाहट जैसे सूख गयी थी। आंखों में हिंसक-सा भाव तैर आया था, 'वह लड़की...तुम्हें भी कपिल ने सब कुछ बता डाला! वह साली पैसे की यार थी। जैसे ही उसे पता चला कि मैं आखिरी खेत बेच रहा हूं वह किनारा कर गयी...सड़ने दो साली को...तुम बताओ...!' लड़की पर गुस्सा उतार वह कुछ ही पलों में मखौल पर उतर आने को तैयार हो गया था। धनराज का नाम इसलिए हम लोगों ने रखा था—'ब्लो हॉट ब्लो कोल्ड'।

और २४ की शाम को खुले आम धनराज ने मेरे ही कमरे में एलान किया था कि वह ३१ दिसंबर को आत्महत्या करेगा। और कोई मादर...उसे ऐसा करने से रोक नहीं सकता? 'तुम...तुम्हारी दुनिया, तुम्हारे कानून, तुम्हारा न्याय, तुम्हारे मूल्य...सब पैसे के प्यारे हैं। यह व्यवस्था, ये संस्थाएं सब टुच्चेपन से भरी हैं। आश्चर्य है कि आदमी इन्हें सहता है।'

अस्तित्ववादी ढंग से धनराज ने दलीले देनी आरंभ कीं...यह उसका अपना फैसला है, बल्कि उसका हक है...।

यहां इस खत में दर्शनशास्त्र का स्नातक शर्मा भी बहुत गुस्से में पूरी समाज व्यवस्था, न्याय प्रणाली, पूंजीवाद को कोस-कोस कर गालियां दे चुका था। वह राजनेताओं को पूंजीवाद का दलाल सिद्ध कर चुका था।

उसके पत्र में था...'क्या कहते हैं राजनेता...हर बार यही कि इस दफा आप हमें सत्ता में आने दें—हम तमाम क्षेत्रों में परिवर्तन ला देंगे—वे आश्वासन दे जाते हैं कि जीवन की सभी सुविधाएं लोगों को शीघ्र दी जायेंगी...व्यक्तिगत रूप से भी वे कुछ लोगों से तरह-तरह के वायदे कर जाते हैं—पर होता क्या है? साधारण लोगों के लिए जीवन दिन-प्रतिदिन मुश्किल होता जाता है। कभी आप कल्पना कर सकते हैं कि कोई मजदूर पिछले साठ वर्षों से हर सुबह शाम का खाना जुगाड़ने के लिए मेहनत किये जा रहा हो और वह...जीवन हर रोज दुष्कर बनता जाता है। मंत्री लोग 'कुरसी बचाओ' खेल में लगे रहते हैं, चाटुकार अपने स्वार्थों के लिए दुम हिलाते रहते हैं...वह कौन-सी जनता है, जिसके सुधार के लिए राजनेता शपथ लेता है! अनुपस्थित जनता...और उपस्थित है, तो सिर्फ एक चीज-सत्ता। सत्ता और जनता दोनों अलग-अलग चीजें हैं—दोनों एक-दूसरे से कोसों दूर।

'देश को बदलने के लिए दूसरे लोग भी कुछ कहते हैं। मसलन, क्रांतिकारी दल...पर भाषा जैसे फरजी चीज हो गयी है। वे भी कहते कुछ हैं, विश्वास किसी और चीज पर करते हैं और व्यवहार करते हैं सत्ताधिकारियों की प्रवृत्ति जैसा...। धर्म, मंदिर...विश्वास, ये चीजें आदमी को बेचारा साबित करने में लगी हैं।...मैं जितना सोचता हूं, उतना ही मेरा मन अंदर से दृढ़ होते जाता है कि मेरे पास कोई विकल्प नहीं है। अगर अपराध कर रहा हूं, तो यही कि अपने परिवार को भी मौत के कगार पर छोड़ रहा हूं। परंतु थोड़ा गहराई से सोचने पर मुझे लगता है कि मेरे परिवार के पास कोई विकल्प नहीं है...हम बेचारों के लिए हमारे अधिकार की सीमा में सिर्फ एक वरण है...और वह है—मौत को अपनाना।

'संदेह है मुझे, कम-से-कम इस बात पर कि कभी सच बोलनेवाला, 'सच' पर जीनेवाला आदमी पूरा जीवन जिया हो। उसने जरूर आत्महत्या की होगी। हत्या से पहले, गांधी कैसे जिया होगा? कभी-कभी हैरानी होती है। हिंतुस्तान की बुनियाद में कहीं कोई खराब चीज जरूर आयी है और गांधी उसी के लिए खपता रहा है। अगर वह सच पर ही जीता रहा है, तो उसे भी कीमत चुकानी पड़ी थी...उसे भी मरना पड़ा। पर मुझे शक होता है, गांधी ने भी सच की जो व्याख्याएं की हैं, उनमें कहीं झूठ है। धर्म और धर्म के प्रमाण आवरण तो बन ही जाते हैं।

'मेरा अपराध...यही है कि मैं अपने परिवार को वे सुख-सुविधाएं नहीं दे पाया हूं जिनकी मुझसे अपेक्षा थी...और इसी अपराध के प्रायश्चित स्वरूप मैं आत्महत्या कर रहा हूं। मेरे बच्चों का जीवन भी यदि बेचारगी भरी सच्चाई से भरा होगा, तो क्यों न वे भी मेरा आदर्श अपनायें? पर अगर उनमें कोई झूठा, मक्कार, अपराधी बन गया, तो वह दुनिया के लिए सफल आदमी बन जायेगा।...शायद मुझे खुशी होगी...'

उसके अपने जीवन के कितने ही ब्योरे उस पत्र में थे, जो रोंगटे खड़े करनेवाले थे। उसमें कितने ही लोगों के नाम थे, और उनके कारनामे...।

मैंने उसे वहीं चपरासी के स्टूल पर बिठाना चाहा, तो उसने इनकार कर दिया। नेपाली चपरासी हम लोगों को अतिथि कक्ष में बिठा गया। वहां अब हम दो ही लोग थे। वातावरण में एकदम सन्नाटा-सा हो आया था।

'आपको,' वह कुछ कहते-कहते रुक गया था। फिर मेरी ओर देख जैसे उसे तसल्ली हुई हो, 'मेरे इरादे का पता कैसे चला?' उसने दोबारा यही सवाल किया।

'आंखों से,' मैं अतिरिक्त रूप से संयत हो कर बोला, 'तुम्हारी आंखें ही मुझे उस क्षण जैसे सब कुछ बता गयी थीं।'

वह एक पराजित-सी हंसी हंसा, 'तो आंखें धोखा दे गयीं।' वह कुछ सोचने लगा था, 'कई महीनों से मैं खुद को तैयार कर रहा था। मेरा खयाल था...' उस सोचने की प्रक्रिया में ही जैसे कुछ जोड़ रहा था, 'यदि इस बार यह घटना स्थगित हो गयी, तो फिर कभी नहीं हो सकेगी, कभी नहीं...।'

'लेकिन ऐसा कुछ करना..'

उसने मुझे बीच में ही टोक दिया, 'अपने जीवन के जिम्मेदार हम ही हैं। हम ही तो चुनते हैं—हम ही झगड़ते हैं। आत्महत्या तो आदमी का अधिकार है। भारतीय शास्त्र की असंख्य व्यवस्थाएं इस सिलसिले में मिल जायेंगी। पांडवगण हिमालय की ओर किस लिए गये थे...वह भी तो आत्महत्या थी...उन लोगों ने इसे पवित्र काम कहा था। देहत्याग से बड़ा कोई अनुष्ठान नहीं है...स्वामी रामतीर्थ, स्वामी तपोवन...उन्होंने जो समाधियां ली थीं, वे देहत्याग की समाधियां थीं। जब देहधर्म खत्म हो जाता है, तब देहत्याग धर्म है। मुझसे देहधर्म इस व्यवस्था में चलता नहीं था...तो...' वह बहुत वाक्य बोल गया था। और मैं सोच रहा था, उससे दर्शनशास्त्र के अपने अध्ययन से क्या-क्या व्याख्याएं बना ली थीं।

मैं लगातार उसके चेहरे की तरफ देखे जा रहा था। निश्चय ही उसकी आंखें बुझी हुई थीं। उनमें ग्लानि का भाव था। वह सच कह रहा था कि एक बार इरादा टूट जाये, तो फिर आदमी खुद को तैयार नहीं कर सकता।

धनराज से पहले कपिल ने आत्महत्या की कोशिश की थी। इसके बारे में खुद कपिल ने मुझे बताया था। आत्महत्या के पीछे कई कारण थे—मुख्य कारण था, शर्मिष्ठा नामक लड़की। और वह आत्महत्या के अपने कार्यक्रम को अंतिम रूप देनेवाला ही था कि ऐन वक्त उसकी छोटी बहन वहां पहुंच गयी थी।

हर साल तीन जून को कपिल मुझे एक खत लिखता था। ऐसा खत वह सिर्फ तीन जून को ही लिखता था। वह मेरा जन्मदिन था। कितने ही वर्षों के उसके खत मेरे पास अभी सुरक्षित पड़े हैं। वे अजीब-सी ऊष्मा से भरे खत हैं। विचित्र बहसों, आत्म-स्वीकृतियों से भरे विस्मित करनेवाले खत हैं वे।

कुछ ही दिन बीते होंगे कि मुझे कपिल का आखिरी खत मिला था। और उस खत

में बेहद खूबसूरत इबारत में कपिल ने साफ-साफ लिखा था—'विमल, शायद फिर कभी मुकालात न हो।' मैंने पहली बार महसूस किया था कि मौत को कपिल कितने खूबसूरत अक्षरों में व्यक्त कर रहा था—'तुम नहीं जानोगे विमल, मुझे वे पहाड़ कितने अच्छे लगते थे, जो हमारे हॉस्टल से दिखाई देते थे। सरसों के पीली फूलों के वे खेत! मेरे पीले रंग की पसंद को ले कर तुम कितनी बार कह चुके थे कि यह भगवान बुद्ध का रंग था। निर्वाण का रंग। क्या होता है यह निर्वाण...' इसके आगे उसका खत पढ़ते डर लगा था। लगता था, वह अपने को तैयार कर रहा था। पहले मेरी अटकल थी कि वह अपने नशे में डूबा किसी दिन अचानक खत्म हो जायेगा—चुपचाप! न उसे पता चलेगा और न हमें। लेकिन यह तो बिल्कुल भी उम्मीद नहीं थी कि वह एक आक्रामक ढंग से खुद को खत्म कर डालेगा।

जब उसकी मौत की खबर मिली थी, तो आश्चर्य नहीं हुआ था। अविश्वास भी नहीं। ऐसा तो होना ही था। वे नशे की गोलियां, जिन्हें वह लेता था, निश्चित ही उसे धीरे-धीरे मार रही थीं। परंतु उसने भी आत्मघात किया था। बहुत-से यकीन नहीं करते। पर मुझे उसके आखिरी खत में कहीं यह सूचना मिल गयी थी कि वह आत्महत्या करेगा। पंक्ति-पंक्ति में, आखिरी शब्दों तक में, एक फैसले का अनुमान ही लगाया जा सकता था। कितने ही वे दोस्त गवाह होंगे, जिन्हें कपिल की मृत्यु की खबर पहले से थी कि कपिल कैसे धीरे-धीरे मौत के मुंह में अपने को धकेल रहा था। मखौल में कई दोस्त तो यह भी कहते थे—यार, वह बहुत देर लगा रहा है। पर मैं जानता था, कपिल जीना चाहता था। और मेरे मन में यह दबी आकांक्षा-सी थी कि वह ठीक हो जाये और साल-दर-साल मुझे जन्मदिन पर प्यार भरे खत लिखता रहे।

खबर पाते ही मैं 'कंडीशंड'-सी अवस्था में नयी दिल्ली स्टेशन पहुंचा। दोपहर को चलनेवाली ट्रेन खड़ी थी, जो कुछ ही घंटों में मुझे उसके शहर पहुंचा देती। पर न जाने क्या हुआ...शायद मुझे खयाल आया कि अब उस शहर में कपिल को नहीं देखूंगा...और मेरी जाने की इच्छा अचानक जैसे मर गयी। टिकट के टुकड़े-टुकड़े कर मैं घर लौट आया।

घर लौटा तो बीवी परेशान थी।

'जानते हो,' वह अपने संस्मरण सुनाने लगी, 'कैसे कपिल ने मुझसे एक दिन रुपये छीन लिये थे?'

यह संस्मरण मैं शायद सौवीं बार सुन रहा था। दूसरे मौकों पर यह मेरे नाकारा दोस्तों की प्रवृति जाहिर करता था। परंतु तब अनामिका भी जैसे दुखी थी, 'वह कभी आत्महत्या नहीं कर सकता। जो आदमी जीने के लिए गोलियां खाता हो, और मेरे हाथ से पैसे झटक सकता हो, वह आत्महत्या थोड़े ही करेगा।' पत्नी देर तक कुछ-कुछ बोलती रही।

मेरी आंखों के आगे कपिल के पत्र की वे पंक्तियां तैर रही थीं, जो चिल्ला-चिल्ला कर बता रही थीं कि उसने सिर्फ आत्महत्या की थी। सहसा वह पत्र याद करते ही

मुझे इस पत्र के बारे में खयाल आया। कहीं यह आदमी फिर आत्महत्या का प्रयास न करे! मैंने उसकी आंखों में झांका। आग बुझ जाने के बाद राख जैसी शुष्कता थी वहां। निपट सन्नाटा।

'फर्ज करो, तुम्हारी बीवी किसी से इश्क करने लगे, तो फिर दोबारा यहां कूदने आओगे!' माहौल को सामान्य बनाने के लिए मैं मजाकिया हो उठा था।

उसकी आंखों में जैसे पानी आ घिरा था। दोनों हाथों से उसने आंखें बंद कर लीं, 'अगर यह संभव हो भी जाये, तो मैं आत्महत्या नहीं करूंगा। मेरी बीवी कहीं जाना चाहे, तो खुश-खुश उसे पहुंचा आऊंगा। कृतज्ञता के नाते यह तो मैं करूंगा ही। मैंने उसे दिया ही क्या है?' वह रुआंसा हो आया, 'पिछले महीने उसने अपनी चूड़ियां बेच की थीं। अचानक मेरे पिता की मृत्यु होने पर पैसों की जरूरत पड़ गयी थी।'

मेरे पास उससे पूछने के लिए सवाल-ही-सवाल थे, 'तुम किसी दिन मेरे घर आओ, तब जम कर बातें करेंगे। बुरा तो न मानोगे, मेरे घर आ कर! आज का प्रसंग यहीं खत्म। मैं कभी इसे अपनी जबान पर न लाऊंगा?' मैं उसे आश्वस्त करना चाहता था।

उसने प्रणाम की मुद्रा में मेरे हाथ पकड़ लिये, 'जरूर आऊंगा...जरूर। आज आपने मुझे घोर अपराध करने से बचा दिया। मुझे ही नहीं, बल्कि मेरे परिवार को भी सुरक्षा दी है। मैं अपने अधिकार के बहाने दूसरों की जिंदगी बंधक रख रहा था। क्यों? वह मुझसे लिपट गया। उसके जिस्म से नये जीवन की कोई ऊष्मा...सी लहक रही थी।

'अब शायद तुम कभी यह कोशिश न करो।' मैंने उसे आंख मारी, 'मैं ब्लैकमेल नहीं कंरूगा, पर...'

'सच...क्या मेरे कहने पर आपको संदेह है।...मैं इस अपराध की ओर कभी न आऊंगा।'

भद्र आदमी की वाणी में सत्य का एक प्रखर आश्वासन होता है, उसमें अविश्वास की कोई गुंजाइश नहीं होती।

'अभी मैंने तुम्हारा पत्र पूरा पढ़ा ही नहीं। बहुत कन्विसिंग वक्तव्य है यह...मैं पूरा पंढू?'

'तो मैं चलूं?

मैंने उसके चेहरे की ओर फिर गौर से देखा, 'क्या मैं छोड़ आऊं?'

'आप ऐसा क्यों कह रहे हैं?'

मैं सिर्फ तर्क की खातिर बोला, 'मैं चाहता हूं, तुम्हें यह खत भी दे दूं और तुम्हें छोड़ भी आऊं।'

'नहीं, यह खत तो अपने पास ही रख लीजिए। कभी तो आप इसके बारे में लिखेंगे?'

वह अलविदा कह कर थका-सा सीढ़ियों से उतरने लगा। मैं निपट फुरसत में आ गया था। फिर से उस पत्र को मैं शुरू से पढ़ने लगा था। वह पत्र पादरियों, राजनेताओं, शिक्षकों, समाज-सुधारकों के नाम संबोधित था। पत्र पढ़ते-पढ़ते मुझे कई समानांतर आत्महत्याएं याद आने लगीं। यूकियो मिशिमा ओसामू दजाई, हेमिंग्वे, डॉ. शाह, अखबारों में पढ़ी दूसरी सनसनीखेज आत्महत्याएं कपिल और धनराज की आत्महत्या...याद आया पेशवा रोड के फ्लैट में पंखे से लटका एक नौजवान... शक्तिनगर रेलवे क्रॉसिंग पर मेरी आंखों के सामने ही एक जवान लड़की दनदनाती ट्रेन के आगे कूद गयी थी। दूर-दूर तक खून के छींटे—जैसे मैंने खून का कोई फव्वारा देखा हो। मेरी डायरी में दर्ज हैं, कुछ अन्य आत्महत्याएं.....

आठवीं मंजिल पर बैठा मैं वह खत पढ़ रहा था। और बाहर, शीशे के बाहर दोपहर के बाद का एक अंधड़ हौल रहा था। पेड़ों के ऊंचे-ऊंचें शिखर हिल-डुल रहे थे। बहुत-सी बातें थीं, उस पत्र में, निजी बातें। और आखिर की कुछ पंक्तियों में उसने अपनी पत्नी से माफी मांगी थी। कैसी माफी थी वह? वे पंक्तियां कभी आपका पीछा नहीं छोड़ सकतीं।

मैंने वह पत्र फिर से पलटा। जैसे वह एक सम्मोहन था। उस तिलिस्म के जरिये मैं दूसरी ही दुनिया में पहुंच रहा था। अचानक ही...मैंने अपनी हालत पर सोचना शुरू किया। अरे! तो मैं खुद को भूला हुआ था। मैंने शायद वर्षों बाद अपने बारे में सोचना शुरू किया था—वर्षों बाद जैसे मैं खुद से मिल रहा था, जैसे खुद के बारे में जान रहा था। खुद वर्षों से एक मास्टरनुमा नौकरी से मैं बंधा हुआ था। कोई खूंटा-सा था वह, जिससे मैं बंधा हुआ था। वह जगह भी तो घुड़साल जैसी थी। अदृश्य खूंटे से बंधे एक निरीह बैल का बिंब मेरी स्मृति में उभरा। बेचारा बैल! मुझे अपनी स्थिति पर दया हो आयी।

इस शहर की चमक-दमक में तो मैं इन वर्षों में खुद को भूल ही गया था। ...अंदर-अंदर मैं भी उतना ही असुरक्षित था और असुरक्षा के कवच को मैं एक झूठी, बनावटी गलतफहमी में चमक-दमक से ढके हुए था। अपने बच्चों की फीस देने के लिए मैं भी रियाज उमर, चमन गुप्ता, सुरेश धींगड़ा और कृष्णमूर्ति का कर्जदार था। दूसरी जरूरतों को पूरा करने के लिए मैं कितने ही लोगों का देनदार था... मेरे साथ पढ़े लोग, यहां तक कि मेरे साथ जिन्होंने अपनी नौकरियां शुरू की थीं—वे कहां-से-कहां पहुंच गये थे। दुनियावी अर्थ में वे संपन्नता के शिखरों पर पहुंच गये थे। उनमें से बहुतों के पास चमचमाती कारें थी, बहुतों के पास बड़े-बड़े बंगले—पर मैं इन चीजों से कभी डरा नहीं। कहीं फकीरपने के संस्कार थे कि मुझे लगता था, ये मिथ्या चीजें हैं। लोगों को ऊंचे ओहदों पर देख कर मुझे महसूस होता था कि वे कृत्रिम जीवन जी रहे हैं और मैं अपने अंदर पनपनेवाली उस हर आकांक्षा से लड़ता था, जिसका लक्ष्य बरास्ता संपन्नता था। कभी-कभी क्रूरता से इच्छाओं को दबाता, कभी-कभी चालाकी से खुद को समझाता। मैं सोचता था कि मैं तमाम

चीजों को परास्त कर लूंगा।

यह सिर्फ मेरा खयाल ही था। उलटे दूसरों की तुलना में मैं कहीं बौना हो गया था, दूसरों को सुरक्षित, संपन्न देख—अपनी स्थिति मुझे उस मजदूर से बेहतर कभी नहीं लगी, जिसके पास दूसरी सुबह के लिए कोई जुगाड़ नहीं है। मैं घोर असुरक्षा के एहसास में गिरफ्तार हो गया...घोर असुरक्षा! मुझे अपना गांव याद आया, जहां आदमी की उम्र एक फसल से दूसरी फसल के इंतजार में खत्म हो जाती है। आप लोगों ने भूख से पिसते लोग—इतने लोग एकमुश्त न देखे होंगे। मैंने देखे हैं—उनकी निरीह आंखें भी देखी हैं—और अब भी उनमें वही भाव होगा, क्योंकि कहां बदला है कुछ?

बस यहां शहरों में कुछ लोग, सत्ताओं के केंद्र में तथा बड़ी सत्ता के चारों ओर सिमटे लोग...ये लोग आदर्श नहीं हैं। अपराधी हैं, हत्यारे, दस्यु...इन्होंने ही तो मुल्क को गारत किया हुआ है। इन लोगों ने मिल कर हम सबको घेरा हुआ है...इनके बाहर के घेरों में विदेशी ताकतों के जाल हैं। कितने घिरे हुए हैं हम लोग। हमारा अस्तित्व ब्राह्मांड की कैद में है। और हम निरीह लोग....

'तो मेरा भी हक है'... सहसा मुझे अंदर से अपनी ही परिचित आवाज सुनाई देने लगी।

वह पत्र पढ़ने की प्रक्रिया में कुछ ऐसी चीज थी, जिसने मुझे बेहद बेचैन कर दिया। इस बेचैनी ने अचानक मेरा जिस्म गरमाना शुरू किया। मुझे लगा, कोई चीज मुझे ठेले लिये जा रही है। आंखों में अजब-सी जलन तैरने लगी। मेरे पांव मुझे नौवीं मंजिल की खिड़की की ओर धकेल रहे थे। मैं कब कुरसी से उठा और कहां जा रहा था, इसका मुझे ठीक-ठीक पता ही नहीं चल रहा था। परंतु कोई सम्मोहन था, जो मुझे खींचे लिये जा रहा था। अतिथि कक्ष के बायें कोने में ही एक दर्पण था। मैंने उसमें अपना चेहरा देखा... मैं विस्मित हो उठा, जैसे फिर आत्मघाती भाव देखा हो।

क्या वे मेरी ही आंखें थीं? उनमें भी एक हिंसक चमक थी....

In the shade of trees

Sleepy are the tiny blades
        of grass
        sprawled quietly in the shade.

In the darkest part
        the shade
        hides away
        from the sun
        from the day

wrapped in memories and legends
        and the lonely memory of
        generations.

From the sun's vast expanse
        the circled shade
        gazes towards
        a mute stupendous sky
        silence !

In the shade of trees
        my mind roams
        as if looking for
        a reason.........

पेड़ों की छाया

सोयी है नन्हीं गुदगुदी
दूब
चुपचाप फैली है साये में

घेरे में संवलाई
छाया
समेटे है खुद को
धूप से
दिन से

कितनी ही पीढ़ियों के एकांत
स्मृतियों और गाथाओं में
लपेटे हुए

धूप के अकेले विस्तार से
घिरी छाया
सन्नाटे भरे
विराट आसमान की ओर
उन्मुख है ।

पेड़ों की छाया तले
भटकता है मन
जैसे खोजता हो
कारण......।

Notes

Most of the time Ganga Prasad Vimal asks questions, even the titles of his poems are questions. He rarely, if ever gives any answers – or even – suggestions. Some are personal questions about himself and his own life. Some are the broad universal questions about existence and eternity. But although the questions may be huge, the images he uses are frequently small and familiar.

They are not symbols or parables. He does not draw parallels, a style we are familiar with in Western literature. Instead he extends an idea. A voice, a face, a roadside incident, a journey. He begins with a simple recognisable image and then he allows his imagination to explore it. Circling an idea, like an animal sniffing it thoroughly. The form is poetic rather than narrative.

In 'The voice' he begins by simply listening to the cries of a street trader below his window. He passes from one voice to another, one memory triggers another and finally to the voice of a very old lady. The writing has a dying fall, almost elegiac, as he slides down the tunnels of each life and each mind in search of . . . what? Something intangible and yet at the same time immediately recognisable to almost everyone. That inexpressible yearning for something that one feels is there but just out of reach, without which our lives are incomplete.

'The Talisman' has a rather similar theme, but in this story it is a precious gift, given to the boy as a child by his mother, that he has lost. There are similarities to the idea of the Holy Grail. As though something exists that can free the world from brutality and ignorance. A Hindu would probably describe this quality as insight.

From the teaching point of view, because the stories spring from such simple beginnings, it is a very good way of approaching a discussion on the Hindu religion, because this idea of insight occurs in different forms in both the stories and the poems. They present a vision beyond the physical world and a strong feeling that there is a spiritual dimension pervading all aspects of our lives that is often ignored or unpercieved in Western society.

Not all Vimal's attention is directed towards the spiritual. His feet are on the ground even though his head may be touching the clouds. The eye for detail and the very careful observation of Indian social and domestic life is intriguing, so are his oblique political references.

In 'Something from the past' (an adaptation of 'Memories of an Indian Boy') the casual cruelty displayed towards the family by the authorities is repeated in other stories. The ruled soon absorb a pattern of behaviour from their rulers.

The doctor in 'On the road' shows that same disdain for human suffering as the military. When the women of the Mohalla, in 'The child', realise it is the caretaker's child that has fallen from the roof, they drift away because he is of no importance. The snobbery of the British caste system met a willing conspirator in the Indian system.

The indifference to the pain of the boy lying in the road outside the hospital is quite chilling.

"A crowd collected around us. . . .
They had come so suddenly, it appeared they were waiting for just this kind of spectacle."   (*On the road*).

There is more than indifference, there is real menace, that the crowd takes pleasure from the sight. Several of the stories have this underlying implication of a society that lacks compassion through inertia. Violence by ommission rather than commission.

A kind of modesty or self effacement would sometimes account for the lack of interference in other people's lives. Crowds are everywhere, in the streets, in buses, in cafés and yet the writing gives the impression of people leading separate lives. Perhaps in a country of 500 million people it is necessary to find a way of being alone and so they develop this solitude inside themselves.

Many small incidents and details provide tantalising glimpses of Indian life. Often no more than briefly, but they arouse curiosity and prompt more questions.

After the mother has died, in 'The Talisman', his sister puts flour on the floor of their mother's bedroom to find out the form of their mother's rebirth. When bird tracks are discovered the children decide she will return as a bird. Later the boy is disturbed because a bird falls from its nest into the courtyard. He is concerned that having died once, his mother may die again too soon.

Little superstitions, similar and yet different, from the kind of thing you still find in villages in Britain today. Omens and portents, the province of children and old people, the same the whole world over. – And in the middle, the too sophisticated or too busy generations, working hard making money, getting on with crowded lives.

Almost all of society Vimal presents to us in one way or another – rich or poor, powerful and powerless – he allows us to walk along beside them.

But in spite of the liveliness and often the humour of the stories, they are haunted by the constant presence of death. Sometimes violent, sometimes accidental, sometimes implied, but always central to the action. If not an actual death ('The child' and 'Something from the past') then the contemplation of death, ('The suicide') where the author becomes aware of the possibility of his own death in similar circumstances. Almost the yearning for death ('The peace of the graveyard') as a longed for release from suffering for people who have no hope.

The repetition of life, suffering and death ('Inside the closed door') with little change or improvement would seem to be Vimal's prospect of hell.

Other Titles from
FOREST BOOKS

International Poetry Series

AN ANTHOLOGY OF CONTEMPORARY ROMANIAN POETRY
Translated by Andrea Deletant and Brenda Walker.
0 9509487 4 8 paper £6.95   112 pages

ANTHOLOGY OF SORBIAN POETRY 1550–1990
Translated from the *Sorbian* by Robert Elsie.
UNESCO collection of representative works.
0 948259 72 8 paper £8.95   176 pages

ARIADNE'S THREAD An anthology of contemporary Polish women poets.
Translated from the *Polish* by Susan Bassnett and Piotr Kuhiwczak.
UNESCO collection of representative works.
0 948259 45 0 paper £6.95   96 pages

BEFORE WE WERE STRANGERS Poems by the *American* poet Nadya
Aisenberg.
Introduced by Sylvia Kantaris.
0 948259 81 7 paper £6.95   96 pages

CALL YOURSELF ALIVE? The love poems of Nina Cassian.
Translated from the *Romanian* by Andrea Deletant and
Brenda Walker. Introduction by Fleur Adcock.
0 948259 38 8 paper £6.95   96 pages   Illustrated

CLOSED CIRCUIT by Shadab Vajdi.
Translated from the *Persian* by Lotfali Khonji and introduced by Peter Avery.
0 948259 78 7 paper £6.95   96 pages

CONTEMPORARY POETRY FROM THE CANARY ISLANDS
Translated by Louis Bourne. Dual text English/Spanish.
0 948259 73 6 paper £9.95   224 pages

ENCHANTING BEASTS An anthology of Finnish women poets.
Translated from the *Finnish* and the *Swedish* by Kirsti Simonsuuri.
0 948259 68 X paper £8.95   160 pages

THE EYE IN THE MIRROR Slected poems of Takis Varvitsiotis.
Translated from the *Greek* by Kimon Friar. (Forest/Paratiritis)
0 948259 59 0 paper £8.95   160 pages

EXILE ON A PEPPERCORN Selected poems of Mircea Dinescu.
Translated from the *Romanian* by Andrea Deletant and Brenda Walker.
0 948259 00 0 paper £7.95   96 pages   Illustrated

FIRES OF THE SUNFLOWERS Selected poems by Ivan Davidkov.
Translated from the *Bulgarian* by Ewald Osers.
0 948259 48 5 paper £6.95   96 pages   Illustrated

FISH-RINGS ON WATER Selected poems by Katherine Gallagher,
the *Australian* poet. Introduced by Peter Porter.
0 948259 75 2 paper £6.95   96 pages   Illustrated

FOOTPRINTS OF THE WIND Selected poems of Mateja Matevski.
Translated by the *Macedonian* by Ewald Osers.
Introduction by Robin Skelton. Arts Council funded.
0 948259 41 8 paper £6.95   96 pages   Illustrated

GATES OF THE MOMENT Selected poems of Ion Stoica.
Translated from the *Romanian* by Brenda Walker and Andrea Deletant. Dual
text with cassette.
0 9509487 0 5 paper £6.95   126 pages   Cassette £3.50 plus VAT

IN CELEBRATION OF MIHAI EMINESCU Selected poems.
Translated from the *Romanian* by Brenda Walker and
Horia Florian Popescu. Illustrated by Sabin Balaşa.
0 948259 62 0 cloth £20   176 pages

JOUSTS OF APHRODITE Poems collected from the Greek Anthology Book V
Translated from the *Greek* into modern English by Michael Kelly.
0 948259 05 1 cloth £6.95   0 948259 34 5 paper £4.95   96 pages

THE NAKED MACHINE Selected poems of Matthías Johannessen.
Translated from the *Icelandic* by Marshall Brement.
(Forest/Almenna bokáfélagid)
0 948259 44 2 cloth £7.95   0948259 43 4 paper
£5.95   96 pages   Illustrated

ON THE CUTTING EDGE Selected poems of Justo Jorge Padrón.
Translated from the *Spanish* by Louis Bourne.
0 948259 42 6 paper £8.95   176 pages

PEOPLE ON A BRIDGE Poems by Wistawa Szymborska.
Translated from the *Polish* by Adam Czerniawski. Arts Council Funded.
0 948259 70 1 paper £6.95   96 pages

PIED POETS An anthology of Romanian Transylvanian and Danube poets writing in German. Translated from the *German* by Robert Elsie. Dual text English/German. Arts Council funded.
0 948259 77 9 paper £9.95   208 pages

POETRY FROM BENGAL
Translated by Ron. D.K. Banerjee
UNESCO Library of World Poetry
0 948259 79 5 paper £8.95 208 pages.

POETS OF BULGARIA An anthology of contemporary Bulgarian poets. Edited by William Meredith. Introduction by Alan Brownjohn.
0 948259 39 6 paper £6.95   112 pages

PORTRAIT OF THE ARTIST AS AN ABOMINABLE SNOWMAN
Selected poems of Gabriel Rosenstock translated from the
Irish by Michael Hartnett. New Poems translated by Jason Sommer.
0 948259 56 6 paper £7.95   112 pages   Dual text

THE ROAD TO FREEDOM Poems and Prose Poems by Geo Milev
Translated from the *Bulgarian* by Ewald Osers.
UNESCO collection of representative works.
0 948259 40 X paper £6.95   96 pages   Illustrated

ROOM WITHOUT WALLS Selected poems of Bo Carpelan.
Translated from the *Swedish* by Anne Born.
0 948259 08 6 paper £7.95   144 pages   Illustrated

SILENT VOICES An anthology of contemporary Romanian women poets.
Translated by Andrea Deletant and Brenda Walker.
Introduced by Fleur Adcock.
0 948259 03 5 paper £8.95   172 pages

SNOW AND SUMMERS Selected poems of Solveig von Schoultz.
Translated from *Finland/Swedish* by Anne Born.
Introduction by Bo Carpelan. Arts Council funded.
0 948259 52 3 paper £7.95   112 pages

SPRING TIDE Selected poems of Pia Tafdrup.
Translated from the *Danish* by Anne Born.
0 948259 55 8 paper £6.95   96 pages

STOLEN FIRE Selected poems by Lyubomir Levchev.
Translated from the *Bulgarian* by Ewald Osers.
Introduction by John Balaban.
UNESCO collection of representative works.
0 948259 04 3 paper £5.95   112 pages Illustrated

International Drama Series

THE HOUR OF THE LYNX A play by Per Olov Enquist.
Translated from the *Swedish* by Ross Shideler. Arts Council Funded.
0 948259 85 X paper £6.95   96 pages

THE THIRST OF THE SALT MOUNTAIN Three plays by Marin Sorescu. Jonah,
The Verger, and the Matrix) Translated from the *Romanian* by Andrea
Deletant and Brenda Walker.
0 9509487 5 6 paper £6.95   124 pages   Illustrated

VLAD DRACULA THE IMPALER A play by Marin Sorescu
Translated from the *Romanian* by Dennis Deletant.
0 948259 07 8 paper £6.95   112 pages   Illustrated

International Short Story Series

DUBAI TALES by Muhammad al Murr.
Translated from the *Arabic* by Peter Clark.
0 948259 86 8 paper £8.95   176 pages

FANTASTIC TALES by Mircea Eliade and Mihai Niculescu.
Translated from the *Romanian* by Eric Tappe.
0 948259 92 2. paper £7.95   112 pages

HEARTWORK Stories of Solveig von Schoultz.
Translated from *Finland/Swedish* by Marlaine Delargy and
Joan Tate. Introduction by Bo Carpelan.
0 948259 50 7 paper £7.95   144 pages

PREPARATIONS FOR FLIGHT and other Swedish stories.
Translated from the *Swedish* by Robin Fulton.
0 948259 66 3 paper £8.95   176 pages

RUNNING TO THE SHROUDS Six sea stories of Konstantin Stanyukovich.
Translated from the *Russian* by Neil Parsons.
0 948259 06 X paper £6.95   112 pages

THE SEER AND OTHER STORIES by Jonas Lie.
Translated from the *Norwegian* by Brian Morton and Richard Trevor.
0 948259 65 5 paper £8.95   160 pages

THICKHEAD AND OTHER STORIES by Haldun Taner.
Translated from the *Turkish* by Geoffrey Lewis.
UNESCO collection of representative works.
0 948259 58 2 paper £8.95   160 pages

A WOMAN'S HEART Stories by Yordan Yovkov.
Translated from the *Bulgarian* by John Burnip.
0 948259 54 X paper £9.95   208 pages

YOUTH WITHOUT YOUTH AND OTHER NOVELLAS by Mircea Eliade.
Edited and with an introduction by Matei Calinescu.
Translated from the *Romanian* by MacLinscott Ricketts.
0 948259 74 4 paper £12.95   156 pages